Susanne M. Gaertner
Ein Afrikaner auf dem Balkon

Alles Liebe fürs Leben –
mit gesundem
Körper und Geist.

Susanne M. Gaertner

Susanne M. Gaertner

Ein Afrikaner auf dem Balkon

Roman

edition fischer
im
R. G. Fischer Verlag

Die Handlung dieses Romans sowie die darin vorkommenden Personen sind frei erfunden; eventuelle Ähnlichkeiten mit realen Begebenheiten und tatsächlich lebenden oder bereits verstorbenen Personen wären rein zufällig.

Bibliografische Information Der Deutschen Bibliothek
Die Deutsche Bibliothek verzeichnet diese Publikation in der Deutschen Nationalbibliografie; detaillierte bibliografische Daten sind im Internet über http://dnb.ddb.de abrufbar

© 2004 by R.G.Fischer Verlag
Orber Str. 30, D-60386 Frankfurt/Main
Alle Rechte vorbehalten
Schriftart: Times 11°
Herstellung: Satz*Atelier* Cavlar / NL
Printed in Germany
ISBN 3-8301-0605-X

Für
INSPIRATION UND IMPULSE
möchte ich mich herzlich bedanken bei
Sabina Exner und
Said El Gharbaoui
und bei meiner Tochter
Denise Marie
für die Idee zum Romantitel.

1

Bunte Bilder rasten orkanartig vorbei, bewegten sich wie abgerissene Filmszenen in alle Richtungen, mal nach rechts und links, mal nach oben und unten.
Die Fensterscheibe war so dick, dass sie einem fast den Atem nahm. Doch draußen war alles grün, saftgrün, und in voller Blüte. Der Wind bewegte ganz zärtlich einige Blätter, drückte sie an sich und gab sie wieder frei.
Ich stand unbewegt an der dicken Fensterscheibe und sah hinaus in den Garten. Eine dicke Träne hatte sich an meine Wange verirrt. Als ich sie bemerkte, ließ ich sie langsam hinuntergleiten, ohne sie wegzuwischen. Das war das Leben. Das war Schicksal und mir vorherbestimmt.
Vor lauter Blättern war kein Stück Himmel zu sehen, nur Hausmauern, Zäune, Rasen und Blätter. So viele Blätter, dass sie wie eins geformt waren; nur konnte ich nicht erkennen, welche Form sie bilden wollten.
Meine Hände berührten die Scheibe sanft, dann etwas fester. Aber ich wusste genau, dass das nicht mein Weg war, hinein in den Garten, sondern ich musste mich umdrehen und einen ganz anderen Pfad einschlagen. Nur war mir im Moment noch nicht nach Umdrehen zumute. Wer konnte mir vorher sagen, was ich dort sehen oder antreffen würde? Wer würde meine Hand halten, meine Füße anheben, damit ich nicht über Steine stolperte? Wer würde mein Gesicht schützen oder meine Augen zuhalten vor Dingen, die ich nicht sehen wollte?
Mein Blick senkte sich auf den Boden der Gartenterrasse, die übersät war von Blütenteilen, eingerollten Blättern und allerhand Naturresten, die der Wind besonders in die Ecken trieb. Schon lange hatte ich damit aufgehört, die Terrasse wie einen Küchenboden zu reinigen und sauber

zu halten. Die vielen Blumen und Rankpflanzen hatten in letzter Zeit auch mehr Arbeit gemacht, als ich mir eingestehen wollte. Ihre Naturpracht sollte mir und meiner Familie Schutz und Geborgenheit spenden. Aber ich wusste in diesem Augenblick, dass ich sie nie wirklich gespürt hatte.

Wie aus einer festen Umklammerung riss ich mich von diesem Terrassenbild los und drehte mich zur Seite, ohne in den Raum hineinzusehen. Ich griff schon im Laufen nach meiner Gartenzeitschrift und blätterte, als ich mich in den Korbstuhl fallen ließ, emsig die grünen und blühenden Seiten um. So viele wunderschöne Gartenanlagen mit gepflegtem Rasen, hübschen Staudenbeeten, paradiesisch gedeihenden Fruchtsträuchern, Terrassenoasen, in denen glückliche Menschen auf ihren Liegestühlen lagen und es sich gut gehen ließen. Herrliche Sonnenblumen, Terrakotta-Töpfe mit Oleander und Engelstrompete. Ein kontrollierender Blick auf die langsam dahindämmernde Terrasse sagte mir abermals, dass ich schon viele dieser Paradieszustände erreicht hatte. Die Gartengestaltung für die Kinder war bei uns noch nicht so üppig, aber es gab eine Schaukel mit Klettermöglichkeit, einen Sandkasten, wir konnten im Sommer ein großes Schwimmbecken aufstellen und ein Spielzelt aufbauen. Es gab Dreiräder, Bobbycar, Trecker, Trampolin, alles, was das Kinderherz höher schlagen lässt. Und von der Terrasse aus konnten die Kinderaktivitäten gut beobachtet werden, in einem Stuhl aus Leder liegend, da sie etwas höher angelegt war.

Viel schöner als das Anlegen des Gartens und natürlich vor allem das Pflegen der Pflanzen war für mich das Planen und Vorstellen im Kopf. Was könnte wohin gesetzt werden? Wie lange würde es dauern, bis es soundso groß geworden war? Und ganz wichtig erschien mir die Frage, wann man vor allen umliegenden Nachbarn durch die netten Pflanzen verdeckt sein würde. Natürlich war ich nicht so naiv zu glauben, dass ich sie dann nicht mehr hören würde, und ebenso sie mich nicht mehr. Vielleicht hatte ich das anfangs geglaubt, okay. Sooft ich nachts auf der

Couch geschlafen hatte, so oft konnte ich nicht gut schlafen und beobachtete die Zypressen, die unser Grundstück einrahmten, als ob sie dadurch schneller wachsen würden. Aber jetzt war ich doch schon zu einem rationalen Hauseigentümer in einer spießigen alteingesessenen Straße einer gutbürgerlichen Kleinstadt geworden.
Sehr schnell liefen die verschiedenen Nachbarn an meinem inneren Auge vorbei, schauten einmal kurz zu mir hin und liefen dann weiter ihres Weges. Alle waren immer geschäftig und solide, ordentlich und höflich, teilweise etwas wehleidig und klagend, aber sie wussten die Lasten des Lebens beharrlich zu tragen, indem sie halsstarrig und unnachgiebig an Regeln festhielten, wie zum Beispiel: ›Nicht in der Einfahrt wenden!‹ oder ›Beim Aussteigen aus dem Auto nicht die Hecke berühren!‹ Ich wollte mich anpassen, strengte mich an, höflich und redselig zu sein, um es mir mit niemandem zu verderben. Eine nette Begrüßung gehörte dazu, eine interessierte Frage nach dem Befinden und das Thema aufnehmen, das der Nachbar gerade anspricht. Nun ja, meistens war mir nicht danach, aber ich musste mich dazu zwingen. Wir waren schließlich die Neuen hier, wenn auch schon mehrere Jahre ins Land gegangen waren. Mit Kindern sammelt man als junge Familie gleich Pluspunkte, die einem aber auch gleich wieder abhanden kommen können, wenn die Kinder mal zu laut sind.
Die beiden schliefen selig in ihren Bettchen, meine Unterrichtsvorbereitungen für den nächsten Schultag waren alle gemacht. Nun musste nur noch mein Mann nach Hause kommen und der Tag war wieder erledigt. Ach ja, eigentlich durfte ich ja gar nicht mehr warten. Die Warterei hatte nun ein jähes Ende gefunden. Fast hätte ich das doch tatsächlich im Alltagstrott vergessen. Ich schüttelte mich ein wenig, als ob ich Staub von mir abschütteln wollte, der mich wie in Nebel gehüllt hatte. Sollte das wirklich mir passiert sein? Sollte das Schicksal mich so hart anfassen und mir so was antun, was sonst nur allen anderen widerfährt? Alles konnte nur ein schlechter Traum sein.
Ich stand wieder auf, innerlich unruhig und aufgewühlt, begab mich

zur Terrassentür und öffnete sie diesmal. Die noch etwas kühle Mailuft strömte mir entgegen. Ich genoss die Frische und trat hinaus in die Nacht. Sie kam mir vor wie ein großes Nichts und ich wusste, dass sich mir nur zwei Wege auftaten: Entweder machte ich Feierabend und war allen Sorgen und Leiden ein für alle Mal entgangen, oder aber ich fing ein ganz neues Leben an. Ich wankte von einem Fuß auf den anderen, links die Entscheidung für das Ende, rechts für das Leben, den Neubeginn. Das Wanken machte mich so schwindelig, dass ich mich an der Hausmauer festhalten musste. Da spürte ich hinter mir einen Luftzug.

»Und? Hat es geklappt?«, hörte ich meinen Mann leise fragen. Er hielt sich, während er an mir vorbeiging, in sicherer Entfernung von mir, als ob ich eine ansteckende Krankheit mit mir herumtrüge.

»Die Vermieterin will sich Anfang der Woche melden, bis sie alle Bewerber für die Wohnung gesehen hat«, antwortete ich monoton. Im gleichen Augenblick dachte ich, dass ich eh keine Aussichten auf diese Wohnung haben würde, da die Vermieterin einen Mieter haben wollte, der möglichst lange dort wohnen bleibt und in geordneten Verhältnissen lebt. Und mit einer Frau, die gerade von ihrem Mann verlassen worden war und mit zwei kleinen Kindern sicher schnell wieder jemand Neuen finden wollte, war dieses Mietverhältnis eher eine unsichere Sache.

»Na, dann mal abwarten«, sagte er leise vor sich hin und hoffte bestimmt inständig, dass ich möglichst schnell das gemeinsame Haus verließ. Aus seinen Schuldgefühlen heraus, die Mutter seiner Kinder durch eine neue Frau austauschen zu wollen, überließ er mir alle Entscheidungsfreiheit, in der ich mich für die Kinder und gegen das Haus mit all seinen Schulden entschied. Alles Selbstgepflanzte und Selbsteingerichtete musste dann mit aufgegeben werden, sozusagen als Bezahlung für das neue Leben, für das neue Los, das mir immer attraktiver erschien.

Mit jedem Tag entfernten sich die Pflanzen, Wohnräume und Möbel von mir, wurden mir unwichtiger und kurz vor meinem Auszug empfand ich das alles als bloße Last.

Mit der Wahl für das Leben und gegen das Ende stellte sich das erste Glück schon am nächsten Tag ein. Meine Vermieterin sagte mir telefonisch die Wohnung zu, die nur wenige Straßen weiter entfernt lag. Mein Lehrerjob hatte die geschäftstüchtige Dame wohl doch davon überzeugt, dass ich der richtige Mieter für ihre Wohnung sei. Ich jubelte innerlich auf, als ich das Telefonat beendet hatte, und spürte, wie eine ungeahnte Energie in mir aufstieg. Ja, ich wollte ein neues Leben anfangen! Jetzt war ich mir sicher. Alle Gartenzeitschriften packte ich auf einen Stapel zusammen und brachte sie kurzerhand in die Papiertonne. Laut knallend ließ ich den Mülltonnendeckel zufallen und ging beschwingt zurück ins Haus. Ohne zu zögern stieg ich die Treppe zum Keller hinunter und kramte aus den Aktenordnern alle alten Papiere und Unterlagen, die ich sowieso nie wieder brauchen würde, alte Schulbücher, die nur aus sentimentalen Gründen noch in den Regalen standen und mir Platz raubten. Alles brachte ich an diesem Abend zur Papiertonne und ließ es krachend in ihr verschwinden. Mit jedem Stapel wurde mir leichter ums Herz. Ich legte eine eigene Akte an, nur mit meinen Versicherungen und meinen Angelegenheiten und tat damit den ersten Schritt zur Eigenständigkeit.

Als ich mich todmüde ins Bett legte und mich doch unruhig hin und her wälzte, flammten die Bilder vom Betrug in mir auf und ließen meine Seele brennen. Es tat ungeheuer weh, so eine bittere Enttäuschung, so eine Blamage und so eine Demütigung! Wie unfair das Leben doch war! Er hatte sein Glück eingestielt und ich guckte in die Röhre! Ich war allein! Allein! Allein! Nein, stopp, dachte ich mit einem Mal. So machst du dich kaputt. Wenn du ein neues Leben anfangen willst, musst du diese Gedanken ausschalten. Die fressen dich an, wenn nicht sogar auf. Nur die Gedanken an das neue Leben bringen mich weiter. Alles, was passiert ist, ist doch nicht mehr rückgängig zu machen. Und meine Wut und Neidgefühle entstanden ja nicht aus enttäuschter Liebe zu meinem Mann, sondern waren purer Neid und gekränkte Eitelkeit. Wenn ich ganz ehrlich zu mir war, gab es keine Liebe mehr. Mein Mann war in den letzten Jahren nur noch Ernährer und Haushandwerker gewesen. Nichts weiter. Es war nur Einbildung, dass wir zusammen ein harmonisches Familienleben führten. Wir hatten uns total auseinander entwickelt und waren unsere eigenen Wege gegangen, in denen sich der andere jeweils nicht echt um den Weg des anderen gekümmert oder sich dafür interessiert hätte. Wir waren nicht im Gespräch geblieben, wir hatten uns zum Schluss nichts mehr zu sagen, weil der Alltagsstress und die Gewohnheit einen Menschen gefangen nehmen und ihm sein Bewusstsein aussaugen.

Mein Mann hatte aus Angst vorm Alleinsein und um weiterhin Bestätigung zu bekommen einen nahtlosen Übergang von alter Frau zu neuer Frau geplant. Ich hatte ja niemanden und außerdem beschlossen, mein neues Leben ganz offen anzugehen. Doch machte ich mir schon Sorgen, wie um alles in der Welt ich denn neue Leute, insbesondere neue Männer, kennen lernen sollte. Dann die Kinder, die bei solchen Geschäften immer eine Erschwernis darstellten.

Erst in diesen Wochen, in denen ich noch warten musste, meine neue Wohnung endlich beziehen zu können, fiel mir auf, wie viele Singles ich kannte, die mir per Telefon Mut zum Alleinsein machten, mir weismachen wollten, wie toll es ohne Mann ist. Eine Bekannte meinte sogar, sie bräuchte nie wieder einen und würde sich nicht mehr umgewöhnen können. Diese ewige Rücksichtnahme, darauf hatte sie keine Lust mehr. Ich stellte mir vor, wenn ich allein auf eine Party gehen müsste, allein in Urlaub fahren sollte, allein vor den ersten Reparaturen stand, für die stets mein Mann zuständig gewesen war, selbst die Basteleien aus den Überraschungseiern hatte meist der Vater vorgenommen, jetzt stand ich allein davor, allein ... allein ... Und er hatte sie. Sie hatten sich. Und ich war allein ...

Stopp, Telefon her und alles von der Seele reden. Das war zwar teurer, aber für meine Seele heilsamer.

Ich war in diesen Tagen erstaunt, wie offen ich über alles sprechen konnte. Es war ein bisschen Sensationslust dabei, die ich beim Tratschen und Ausplaudern von – meist negativen – Neuigkeiten schon früher gehabt hatte. Dass die negativen Neuigkeiten nun mich selbst betrafen, machten mir beim Erzählen gar nichts aus. Ich rief zunächst alte Schulfreundinnen an, die weit weg wohnten. Danach Frauen aus unserem gemeinsamen Bekanntenkreis. Es sprudelte alles aus mir heraus, die Nächte waren meistens ziemlich kurz, so dass sich meine Kollegen am Morgen in der Schule schon ernsthaft Sorgen um mich machten.

Unser Bekanntenkreis bestand größtenteils aus oberflächlichen Freunden, die mehr oder weniger selten mit uns etwas unternahmen oder sich zu einem Treffen aufraffen konnten, wo es fast ausschließlich um Firmengeschäfte ging. Mit den Frauen redete ich über Kindergruppen, Kindererziehung, Kindergärten, Kindergeburtstage, Kindergeschenke, Kinderförderung, Kinderturnen, Kinderentwicklung. Wenn ich das Thema mal sanft umlenken wollte und mein Gegenüber nicht darauf einging, kam in mir sofort das schlechte Gewissen hoch, eine Rabenmutter zu sein. Wie konnte ich mich für etwas anderes interessieren als für das Leben und die beste Förderung meines Kindes. So spielte ich mit, nickte zustimmend oder fügte als studierter Pädagoge Einsichten oder Erkenntnisse aus irgendwelchen ausgedachten Studien hinzu. Wie prächtig sich die Kleinen entwickelten, wie superintelligent sie waren, wie beweglich und fit in sprachlichen Dingen, wie talentiert im musischen Bereich, wie rosig sah ihre Zukunft aus! Nun ja, dachte ich dann stets, mal sehen, wie ihre Zukunft so aussehen würde. Mir war in erster Linie wichtig, dass sie sich durchsetzen konnten, um später das zu erreichen, was sie wirklich wollten. Intelligent waren meine Kinder, sprachlich sehr fit, was ihnen in ihrem Leben sicherlich sehr viel weiter helfen würde. Alles andere würde sich zeigen. Im Übrigen wusste ich selbst nicht so recht, was den Sinn des Lebens ausmachen sollte. Arbeiten, essen, schlafen, arbeiten, Freunde treffen, essen, schlafen, arbeiten, essen, schlafen usw., jeder nach seiner Art. So wie die Durchschnittsfamilie lebte, konnte doch nicht alles im Leben sein. Oder etwa doch?

Techno- und Discomusik hämmerte ohrenbetäubend in meinem Auto und lenkten mich vom Außenleben ab. Die Musik gab mir Power und Schwungkraft, so etwas wie einen Rauschzustand, in dem ich mich nur auf mich selbst konzentrieren konnte. Nur meinen Körper und meine Seele wahrnehmen, das wollte ich. Musik in meinen Ohren, in meinem Kopf, in meinem Bauch und vor allem in meinem Herzen. Ich wollte noch nicht über Sinn und Unsinn nachdenken.

In den letzten Tagen vor meinem Umzug beschwerten sich dann auch mal die Nachbarn über die laute Musik, was mir aber gar nichts mehr ausmachte. Ich musste ja hier nicht mehr wohnen.

Meinen Schwiegervater traf ich an der Treppe zur Terrasse. Er wohnte mit seiner Frau oben im Haus und war sehr getroffen von der ganzen Situation, verständlicherweise. Er war geschockt vom Verhalten seines Sohnes, der aber doch auch nur sein eigenes Glück suchte und sich zu einem schweren Schritt durchgerungen hatte, zu dem nicht alle den Mut aufbringen.

»Ja«, meinte er schweren Herzens seufzend, »du findest auch wieder einen Partner.«

Tja, der Schock sitzt tief, das urtümliche Vertrauen ist angeknackst und kann wahrscheinlich nie wieder so intensiv und innig aufgebaut werden, selbst wenn der neue Partner noch so lieb und vertrauenerweckend ist. Neuer Partner. Wie sollte ich einen finden? Und was überhaupt für einen? Mein Mann hatte sich das genaue Gegenteil von mir ausgesucht. Sollte ich das auch tun?

Ich hatte das furchtbare Gefühl, meinem Mann gegenüber im Nachteil zu sein. Er hatte Sex mit einem neuen Partner und war mir daher um Erfahrungen voraus. Ich hatte in meinem ganzen Leben nur ihn und immer wieder ihn gehabt und spürte ein großes Nachholbedürfnis, um diese Ungleichheit wieder auszugleichen. Einzig und allein Neid und Missgunst, keine Verletzung aus enttäuschter Liebe. Dessen war ich mir nun ganz sicher, dass das meine negativen Gefühle ausmachte. Und da ich mich aus dieser Kette der vermeintlichen Liebe endlich befreien konnte, empfand ich die große Freiheit, jetzt alles das nachzuholen, was ich in den beinahe zwanzig Jahren meiner Beziehung versäumt hatte. Ich erkannte, dass Gott dieses Schicksal für mich ausgesucht hatte, weil ich noch ganz andere Dinge erleben sollte. Er schickte mich auf den Weg des Lernens und Erkennens von absolut Neuem. Das Leben war so reichhaltig, dass es für mich zu schade wäre, aus meiner Umklammerung nicht herauszukönnen. Das Leben war ein großes inszeniertes Theaterstück, in dem alle Arten von Gefühlen und Schicksalen vorkamen, in dem ich bisher aber nur eine kleine Rolle eines winzigen Stückchens gespielt hatte. Mein Mann spielte das gleiche Drama mit anderer Besetzung, ich aber sollte nun ein ganz neues Stück im Leben darstellen.

2

Der Umzug hatte prima geklappt. Während Anstreicher und Möbelpacker die wirkliche Arbeit leisteten, ging ich einkaufen von unseren Ersparnissen, die wir dank meiner Weitsicht neben allen Schulden doch noch hatten und die ich, aus den schon erwähnten Schuldgefühlen meines Mannes heraus, mitnehmen durfte. Nur wenige Schüsseln und Glasteile packte ich in Kartons; die meisten Haushaltssachen schaffte ich mir neu an. Das machte großen Spaß, doch beschränkte ich mich erst mal auf das Notwendigste. Alles andere konnte nach und nach dazukommen. Ich wollte auch nicht mehr so viel besitzen, vor allem nichts zum Hinstellen. Freie Fläche, Ausblick wollte ich haben, keine Pflanzen, die mir die Sicht versperrten und auch noch gegossen werden wollten.
Ich packte fleißig Kartons, nachdem ich ausgemistet hatte, was das Zeug hält. Es tat so gut wegzuschmeißen, war so ein befreiendes Gefühl, dass ich wünschte, am liebsten mittellos in mein neues Leben zu gehen. Aber mit kleinen Kindern und den eigenen Ansprüchen an wenigstens etwas Luxus wäre das sehr teuer geworden und sicherlich hinderlich, mich frei zu entfalten. So schleppten wir schließlich doch beinahe fünfzehn Kartons in meine neue Wohnung, die meisten gefüllt mit Unterrichtsmaterialien und Büchern. Bücher waren etwas, was mir ein Wohlgefühl verlieh, wenn ich sie in meinen Räumen aufbewahrte. Dieses große Wissen und die unendliche Fantasie, die in ihnen verborgen war, lösten in mir eine große Faszination aus. In meinem neuen Leben wollte ich viel mehr lesen als bisher. Denn nun hatte ich ja Zeit, musste mich um keinen Mann mehr kümmern oder auf ihn Rücksicht nehmen. Das erste Buch in meinem neuen Leben kaufte ich mir sehr

spontan in einer Buchhandlung, obwohl noch zwei andere Romane auf meinem Nachttisch bereitlagen. Aber es passte so gut zu meiner Situation, dass ich mich nicht entziehen konnte und es in kurzer Zeit durchgelesen hatte.

»*Ich schenk dir meinen Mann!*« von Claudia Keller sei dem Leser hier verraten. Aber die Hauptperson war schon im gesetzteren Alter, mit erwachsenen Kindern und Enkelkindern. So amüsierte ich mich zwar über die direkte Wahrheit, insbesondere des betrügenden Mannes, identifizierte mich aber nicht wirklich mit der Frau, die sich endlich aus Zwängen und falschen Vorstellungen lösen konnte, ähnlich durch Schockwirkung ausgelöst wie bei mir. Ich konnte ihre eingefädelten Schritte gut verstehen und verspürte etwas wie Schadenfreude, doch es fehlte hierbei ganz klar der Racheakt. So wie ihr Mann andere Frauen lieben konnte, sollte sie das für sich auch beanspruchen. Sicherlich war sie nicht so attraktiv, dass sie problemlos Sexbekanntschaften schließen konnte, doch ich war mit Mitte dreißig noch in den besten Jahren. Danke, lieber Mann, dass du nicht noch zehn Jahre mit der Trennung gewartet hast. Mein jugendliches Aussehen machte mir insgeheim doch Hoffnung, irgendjemand in meinen Bann zu schlagen.

Und endlich war der Umzugstag gekommen; ich in meiner ersten eigenen Wohnung, allein mit meinen beiden Kindern. Die Nachbarn unten und oben begrüßte ich sehr offen und freundlich und stellte fest, dass auch sie sehr nett waren. Als der letzte helfende Freund meine Wohnung verlassen hatte und alles bereit für das alltägliche Leben war, blieb ich an meinem großen Wohnzimmerfenster stehen und genoss den wunderbaren Ausblick auf die freien Wiesen. Kein störender Zaun, keine unmittelbaren Nachbarn, die mich belauschen konnten, keine erdrückenden Hausmauern oder einschließende Zypressen. Der weite Himmel lud mich ein in die Freiheit, die orangefarbene Sonne setzte sich lächelnd auf die Wipfel der Tannen und die Birken wedelten mir liebevoll zu. Ein Glücksgefühl durchströmte mich. Ich kuschelte mich in meine neue Couchecke und genoss einfach nur diesen freien Ausblick.

Die Kinder waren von aller Tätigkeit und der neuen Situation sehr müde geworden und schliefen problemlos in ihren ungewohnten Schlafräumen ein. Jetzt war ich wirklich allein und versuchte mich wieder in meine bequeme Ecke zu kuscheln, aber es gelang mir nicht. Jede Sitzhaltung passte mir irgendwie nicht und liegen wollte ich schon mal gar nicht. Das erinnerte so an Tod. Die Musik durfte ich nicht zu laut machen, damit meine Kinder und meine neuen Nachbarn nicht gestört wurden. Also musste der Fernseher her. Ich zappte durch alle Programme, ohne etwas Interessantes zu finden. Nichts konnte meine Aufmerksamkeit erregen, denn meine Bilder im Kopf zeigten mir mein altes Wohnzimmer, wo mein Mann nun mit seiner neuen Frau auf unserer Couch und an unserem Couchtisch saß und sicherlich keinen Fernseher brauchte, um sich Unterhaltung zu verschaffen. Wie unendlich gemein von ihnen! Hatten sie denn kein Mitgefühl?! Wie konnten sie mich allein lassen und von mir verlangen, dass ich alles so akzeptierte und mich nur noch um meine Kinder und meinen Beruf kümmerte, wo sie doch wussten, dass ich nie die typische Hausmutter gewesen war! Wie kaltherzig sie ihr Leben geplant hatten, und meines dazu! Wenn ich mich selbst dafür entschieden hätte, wäre das etwas anderes gewesen, als vor vollendete Tatsachen gestellt zu werden. Wie unfair, wie demütigend, wie furchtbar hilflos ich mich fühlte. Ich konnte doch nichts ändern, geschweige denn Geschehenes rückgängig machen. Wie ungerecht war das Leben! Am liebsten hätte ich pausenlos mit meinen Fäusten an eine Wand gehämmert, bis sie blutig waren, aber ich blieb still sitzen und zerrte mein inneres Auge weg von dem alten Wohnzimmer, weg vom Tisch, der Couch, weg vom alten Haus und weg von der Straße. Ich wollte diese Bilder ausradieren, bis ich in der Lage war, sie ohne negative Gefühle wieder anzusehen. Wenn ich meine Seele selbst retten wollte, ging das nur so, indem ich mich vollkommen auf meine Wohnung und meine neue Umgebung konzentrierte. Mein Blick musste nach vorne gerichtet sein, alles, was hinter mir lag, war vergangen und vollkommen unwichtig. Noch einmal kochte Wut und Neid in mir auf, noch einmal schien mich die pure Verzweiflung nach unten zu zerren. Ich kämpfte energisch dagegen an und sah plötzlich, wie die rote Sonne allmählich hinter den Tannen verschwand. Die sanften Himmelsfarben wurden langsam farbloser und gaben mir ein zärtliches Gefühl, ich fühlte mich aufgehoben in den schwächer werdenden Nuancen und gab mich der Nacht hin. Nicht einmal eine Kerze wagte ich anzumachen, sondern genoss die Dunkelheit, die mir so viel Sicherheit versprach; Sicherheit, unbeobachtet zu sein. In dieser Dunkelheit schlief ich schließlich vor Erschöpfung auf meinem neuen Sofa ein und erwachte am nächsten Morgen beinahe zu spät.

Die letzten Schultage des alten Schuljahres waren voll mit Terminen und Vorbereitungen für den Abschluss der 10. Klassen, so dass die Tage nur so dahinrasten. Die letzte Deutscharbeit zu korrigieren stellte sich als eine ganz üble Sache dar, weil ich mit meinen Gedanken überall war, nur nicht bei der Korrektur. Jede zensierte Arbeit brachte mich ein Stück dem Ende näher, aber es gestaltete sich als so zäh, dass ich dachte, nie damit fertig zu werden. Ich las Schulbücher, Romane, Sachbücher, während der Fernseher lief, sobald ich ins Auto stieg, dröhnte mich der Bass zu, ich sang lauthals mit, ohne mir Gedanken zu machen, was die anderen Autofahrer denken mochten.

Ein Blick auf meinen Kalender in der Küche zeigte mir die leeren Wochen in den Sommerferien, die ich unbedingt füllen wollte. Ich machte Termine mit meinen weit entfernten alten Schulkameradinnen und fühlte mich danach schon etwas besser.

Nichts war mir unangenehmer, als dass die Leute Mitleid mit mir empfanden. Ach, die Arme, sitzt da allein, verlassen in ihrer Wohnung und weiß nicht, wo sie hingehen soll. Wo geht man als Frau auch schon alleine hin? Die Ärmste! Ist schon übel, wenn der Mann sie nicht mehr haben will. Na ja, wer will schon eine ewig meckernde Frau zu Hause haben, die noch nicht einmal vernünftig den Haushalt macht, weil sie selbst berufstätig ist? Ist ja klar, dass so was dabei herauskommt. Sie sollte sich rund um die Uhr um ihre lieben Kindlein kümmern, die ja am meisten an der Trennung zu leiden haben. Und wenn sie ganz großes Glück hat, findet sie einen neuen Partner, der auch ihre Kinder annimmt. Da muss sie schön brav sitzen und warten, bis der Richtige kommt.

Nee, Leute, so nicht. Zum einen war ich selig, durch meinen Beruf auf eigenen Beinen stehen zu können. Das gab mir sehr viel Selbstvertrauen und Zuversicht. Zum anderen begann ich mein Alleinsein wirklich zu genießen, so wie meine Bekannte versichert hatte. Ich konnte am Abend die Beine hochlegen, wenn ich wollte, auf der Couch schlafen, wenn ich wollte, ohne mich dafür rechtfertigen zu müssen (»*Ja, du hast wieder so geschnarcht, dass ich einfach nicht einschlafen konnte.*«), lesen, wann und was ich wollte, im Fernsehen anschauen, was ich wollte. Das war sehr befreiend. Ich ertappte mich dabei, Liebesdramen zu bevorzugen, in denen schicksalhaft Beziehungen zerstört, andere aufgebaut wurden und großen verzwickten Problemen gegenüberstanden. Ich schaltete aber auch gerne Gesprächsrunden ein wie die von Biolek und Kerner oder »*Zimmer frei*«. Noch nie zuvor hatte ich so intensiv und genau hingehört, wie der Gastgeber die Menschen interviewte und wie seine Gäste ihm antworteten. Ich spürte, wann die Gäste frei von ihren wahren Gefühlen erzählten und wann sie etwas verbargen. Und ich fragte mich, warum Menschen von ihrer Intimsphäre oder ihren Sorgen nichts preisgeben oder was sie dazu bewegt, ganz offen und direkt wunde Punkte aus ihrem Leben aufzudecken. Hatte das mit dem jeweiligen Typ von Mensch zu tun, mit seinen Erlebnissen an sich oder mit dem Abstand, den er zu diesen Erfahrungen gewonnen hat?

Ich war mir mit mir selbst noch nicht einig, ob ich mich anderen gegenüber völlig öffnen oder lieber ein Geheimleben führen sollte. Die Telefongespräche mit meinen Bekannten über meine Trennung hatten mir sehr gut getan. Ich konnte alle Gedanken und Gefühle sozusagen wegreden und fühlte mich hinterher befreiter. Manchmal dachte ich, nachdem ich aufgelegt hatte: ›Hättest du besser nichts davon gesagt.‹

Man schießt so schnell übers Ziel hinaus. Und die Gedanken, was der andere jetzt wohl über einen denkt, können schlimmer sein als diejenigen, die man loswerden wollte.

Meine Schüler in der Schule hatten jedenfalls, glaube ich, ein Gefühl dafür, was für Gedanken mir durch den Kopf gingen. Ich strahlte in diesen Wochen wohl eine merkwürdige Lethargie aus, die die Schüler nicht zu stören gedachten. Sie verhielten sich ruhiger und rücksichtsvoller denn je und wurden erst in den letzten Tagen des Schuljahres neugierig, weil ich eine neue Telefonnummer angegeben und von meinem Umzug kurz erzählt hatte. Was dahinter steckte, erahnten wohl viele, aber keiner fragte direkt nach.

Einer Kollegin vertraute ich mich an, nachmittags bei ihr zu Hause, ganz entspannt beim Kaffee, aber immer kurz vorm Heulen, obwohl ich mir das doch abgewöhnen wollte. Sehr temperamentvoll riet sie mir, alle Kraft und Energie in meine Arbeit zu stecken, aktiv zu sein und mit den Kindern viel zu unternehmen, zu reisen, die Welt kennen zu lernen und bloß nicht an die Vergangenheit zu denken. Dass mein Mann und ich Kontakt halten müssten wegen der Kinder, verstand sich von selbst. Aber weiterhin privat voneinander zu wissen und wie dicke Freunde durchs Leben gehen, hielt sie nicht für richtig.

»Um einen gesunden Abstand zu bekommen, der ein neues Leben ermöglicht, dürft ihr nicht voneinander wissen oder eure Freizeit miteinander verbringen. Was die Kinder angeht, besprecht ihr und plant die Termine, und dann hat sich's.«

»Aber wir wollen doch Freunde bleiben«, entgegnete ich etwas verzweifelt. Ich merkte an diesem Satz, dass ich doch noch nicht ganz losgelassen hatte.

»Ihr geht, zugunsten der Kinder, nett miteinander um. Mehr tut schnell weh«, setzte Doris resolut hinzu. »Leb dein eigenes Leben. Je weniger du von ihm und seinen Aktivitäten weißt, desto besser. Und jetzt iss noch ein Stück Kuchen.«

Widerwillig ließ ich mir noch ein Stück auf den Teller geben, obwohl ich nicht den kleinsten Hunger verspürte. Aber ich hatte schon einige Kilos abgenommen, die meiner schlanken Figur nicht unbedingt gut taten. Während einige Menschen in Krisenzeiten unkontrolliert zunahmen, weil sie aus Frust alles in sich hineinstopften, nahm ich beinah unkontrolliert ab. Doch ich zwang mich mindestens jeden zweiten Tag etwas zu essen, insbesondere Obst und Quark, Buttermilch und Joghurt. An ein richtiges Essen mit Fleisch und Gemüse mochte ich noch nicht so recht denken. Selbst wenn meine Kinder am Tisch aßen, saß ich einfach essen los dabei und schaute aus dem Fenster oder redete mit ihnen über ihre Fragen und Erlebnisse.

Startschuss für alle neuen Anfänge in meinem neuen Leben war der erste Tag der Sommerferien. Dann wollte ich mich auf die einzelnen Bereiche stürzen und ganz bewusst aufräumen und neu starten.

Doch um bloß keinen Leerlauf in meiner leeren Wohnung zu haben, fing ich schon sechs Tage vor Beginn der Sommerferien an, meinen Kleiderschrank auszumisten, einfach schon aus dem praktischen Grund, weil er erheblich kleiner war als mein »Vorgängerschrank«, in den nun meine »Nachgängerin« ihre Kleidung hängte. Was sie wohl für Kleidung bevorzugte? Doch stopp, darüber wollte ich nicht nachdenken. Viel wichtiger war, was ich denn eigentlich für einen Stil tragen wollte? Meistens veränderten sich getrennte Frauen in ihrem Äußeren ja sehr. Ich gedachte das auch zu tun, wusste aber noch nicht wie. Zunächst landeten alle weiten T-Shirts und Pullis auf dem Ausrangierhaufen. Mein Brautkleid hatte ich schon vor dem Umzug entsorgt. Mein Ehering dagegen schlummerte in meinem Schmuckkasten als Vorzeigestück für meine Tochter. (»*Sieh mal, das war mal mein Ehering. Möchtest du ihn einschmelzen lassen für deinen Trauring?*«) Über die Hälfte all meiner Kleidungsstücke brachte ich am nächsten Tag zur Altkleidersammlung und fühlte wieder ein befreiendes Gefühl dabei.

Und dann kam das erste Wochenende ohne Kinder. Mein Mann und ich hatten uns den Kalender vorgenommen und problemlos die Termine

festgelegt, welches Wochenende wer von uns die Kinder hat. Die Taschen waren gepackt und meine Kleinen doch etwas aufgeregt, dass der Papa sie holen kam. Die Sechsjährige verstand auf ihre Weise, dass Mama und Papa sich nicht mehr verstanden und lieber in getrennten Häusern leben wollten, um sich nicht dauernd zu streiten. Wir hatten ihr das auch in liebevoller Weise gemeinsam erklärt und ihr versichert, dass sie Papa und Mama behalten sollte, nur eben nicht zur gleichen Zeit am selben Ort. Der Dreijährige hatte natürlich noch nicht den Durchblick und nahm alles so, wie es eben kam. Das wollte ich auch lernen. Alles hinnehmen wie es das Schicksal mit mir vorhatte, auf meine kindliche Intuition vertrauen und immer das Beste daraus machen. Oder gab es vielleicht einen anderen Weg zum Glücklichwerden? Sozusagen einen erwachsenen Weg?
Der Vater erschien pünktlich, lud alle Sachen ein, neben den Taschen auch noch Kuscheltiere und Spielzeug, Bettzeug und Schuhe. Ein flüchtiger Abschiedskuss von meinen Kindern und fort waren sie. Zwar nur zwei Straßen weiter, aber doch so weit weg. Ich ging nicht zurück ins Haus, sondern steuerte auf mein Auto zu, stieg ein und fuhr einfach los, ohne ein Ziel, aber mit dröhnend lauter Musik. Etwas sorgsam dachte ich an den verfahrenen Sprit, aber Hobbys kosteten immer Geld. Und eines meiner Hobbys war eben, mit dem Auto durch die Gegend zu fahren. Über eine Stunde steuerte ich meinen Golf über die Landstraßen von einem Dorf ins andere und wieder in unsere gutbürgerliche Kleinstadt zurück, sang jeden Discohit lauthals mit, ohne meine eigene Stimme zu hören. Ich hatte mehr und mehr das Bedürfnis, mich auch zur Musik zu bewegen. Das musste diesen Rauschzustand perfekt machen, wenn mein ganzer Körper voll eintauchen konnte in die Rhythmen, Harmonien und Melodien. Wo konnte ich das ausprobieren? Natürlich – in einer Disco. Wie viele Jahre war der letzte Besuch her? Und schon damals war ich nicht allein dorthin gegangen, sondern mit meinem heutigen Noch-Ehemann und befreundeten Pärchen. Ohne Begleitung in eine Disco zu gehen kam mir in diesem Augenblick

unmöglich vor. Doch ich verspürte eine unbändige Lust, tanzen zu gehen, dass ich diesen Gedanken nur verschob, aber auf keinen Fall auslöschen wollte, selbst wenn ich glaubte, dieses Bedürfnis nie befriedigen zu können.
Etwas unwillig stellte ich mein Auto in der Garage ab. Ich konnte schließlich nicht ewig durch die Lande fahren. Meine Körperlänge reichte, wenn ich mich streckte, gerade aus, das Garagentor zu schließen. Im Postkasten war wieder nur Werbung, die ich sofort in der Papiertonne versenkte, ohne die Angebote durchzusehen. Nachdem ich die Haustür aufgeschlossen hatte, stieg ich die Treppen zu meiner Wohnung im ersten Stock hinauf und dachte dabei an meine ehemalige Nachbarin, die gegenüber auch zur Miete gewohnt hatte. Wie oft hatte ich hochnäsig gedacht, wie schlecht es ihr und ihrer kleinen Familie doch ging, dass sie in einer Mietwohnung ohne Garten leben mussten. Ich hatte ein eigenes Haus, war meine eigene Herrin mit Unternehmer als Mann und Garten für die Kinder und konnte jederzeit die Terrassentür zum Garten hin aufmachen. Aber – glücklich war ich dennoch nicht. Sie wahrscheinlich mehr als ich. Jetzt hatte sie ihre Genugtuung, da ich nun aus meiner Hochnäsigkeit herabgefallen war, ebenfalls in eine Mietwohnung im ersten Stock. Wie heißt es so schön: ›*Hochmut kommt vor dem Fall.*‹
Jetzt hatte ich keine Terrasse mehr, die mich in meinen Garten führte. Jetzt hatte ich einen kleinen Balkon, der vielleicht gerade ausreichte, mit zwei Leuten an einem kleinen Tischchen zu sitzen. Dafür war der Ausblick schön, ich konnte weit in die Ferne schauen, auf Wiesen und Felder sehen und die frische Luft atmen. Das bedeutete mir im Moment viel mehr, als mich in einem Garten zu bewegen, den ich hegen und pflegen musste. Auf meinem Balkon durfte ich einfach stehen oder sitzen und den Ausblick und die Luft genießen.
In meiner Wohnung angekommen, lief ich geschäftig von einem Zimmer ins andere, ohne wirklich etwas Sinnvolles zu tun. Ich verstellte einige Gläser in den Küchenschränken, klopfte die Decke im

Wohnzimmer aus, räumte Konserven in meinen Vorratsschränken um, schüttelte mein Bett auf und blieb schließlich an meiner Nachttischschublade kleben. Ich zog sie auf und fischte ein kleines Päckchen heraus. Kopfschüttelnd hielt ich es in der Hand. Wofür? Wofür hatte ich mir das verschreiben lassen, wenn ich es eh nicht mehr brauchte? Nach den Geburten meiner Kinder hatten wir auf den Gebrauch der Pille verzichtet und nur noch mit Kondom verhütet. Doch dann hatte ich mir, um meinem Mann auch einen Gefallen zu tun, kurz vor unserer Trennung wieder die Pille verschreiben lassen. In Planung war dieser Verhütungswechsel übrigens, als mein Mann seine neue Beziehung schon angefangen hatte, deshalb äußerte er sich auch nicht wirklich dazu, ob er diese Art der Verhütung wieder bevorzugen wollte oder nicht. Als wenn bei mir unbewusst schon etwas gearbeitet hätte.

Ich hielt die Schachtel zitternd in der Hand und spürte wieder etwas Wut aufkeimen. Ob ich sie je benutzen würde? Mit dem Einsetzen der nächsten Regel musste ich mich entscheiden. Und das würde am morgigen Tag sein. Ich wollte erst die Nacht darüber schlafen und mich wirklich erst entschließen, wenn es Zeit dafür war.

Obwohl ich mir diese Situation so oft herbeigewünscht hatte, ohne schlechtes Gewissen mal wieder kinderlos zu sein, spürte ich jetzt doch eher ein beklemmendes Gefühl der Leere. In den Kinderzimmern war es dunkel und still, alle Luft in den Räumen war wie in Eis erstarrt. Aber als ich die Musik anstellte, gefror das Eis nach und nach, ich konnte wieder richtig durchatmen und begann im Wohnzimmer zu tanzen. Meine Körperbewegungen spiegelten sich in meinen großen Fenstern, so dass ich beobachten konnte, wie mein Körper immer geschmeidiger und rhythmischer wurde. Meine Figur war schon in Ordnung, wenn ich mich gerade hielt. Aber mit ihr hatte ich meinen Mann auch nicht halten können. Nur am Äußeren etwas zu tun war also noch lange nicht alles. Es war mir ein Rätsel, was ich zu tun hatte. Ich wusste nur, dass ich vieles verändern musste. So negativ wie in den letzten Jahren durfte nichts mehr laufen.

3

Am nächsten Morgen empfand ich die Ruhe im Bett als sehr angenehm. Keine lärmenden Kinder, die wollten, dass ich aufstand, kein Wecker, der mich zur Arbeit antrieb, kein Mann, der irgendwas vorhatte. Ich konnte mich ungeniert noch tausendmal umdrehen, meinen Kaffee im Bett trinken, fernsehen, lesen oder einfach nur faul rumliegen. Herrlich! Kaffee hatte ich noch nie so genossen wie an diesem Morgen, na ja, Beinah-Mittag muss ich sagen. Doch trieb ich mich nun etwas an, da ich mir an diesem kinderfreien Samstag vorgenommen hatte, shoppen zu gehen. Je nachdem, wie sexy die Kleidung war, die ich für mich finden würde, würde ich mich dann für oder gegen die Einnahme der Pille entscheiden. So ein Schwachsinn, aber es hielt meine Gedanken aktiv und lenkte sie vor allem ab.

Außer Kaffee frühstückte ich nichts, kramte meinen Rucksack aus dem Kleiderschrank, fuhr als Erstes zur Bank zur Bestückung meiner Geldbörse und ließ mich dann bald in der Menschenmenge durch die Geschäfte treiben. Als Erstes fand ich eine Jeansjacke mit Fransen, die mir super passte. Die Fransen hatten zwar ihren Preis, aber sie schienen mir gut zu Veränderung und Freiheit zu passen und dafür lohnte sich das Geld allemal. Umstehende Leute beobachteten mich, so meinte ich jedenfalls, und dachten bestimmt: ›Na, verlassene Frau, was man alles tut, um wieder einen Mann zu ergattern.‹ Ich dachte zeitweise wirklich, dass man mir es an der Nasenspitze ansehen müsste, dass ich verlassen und allein bin, ohne Mann in der Stadt herumlaufen und mir meine Kleidung und Geschenke selber kaufen muss. Verflixt noch mal, Mitleid war grauenvoll. Jeder sollte denken: ›Mensch, sieht die Frau glücklich aus!‹ Und danach änderte ich, vor einem Spiegel in der

Kaufhaustoilette, meinen Gesichtsausdruck. Nicht mehr verkniffen und skeptisch, sondern strahlend und offenherzig. Sollten doch alle sehen, wie frei ich mich fühlte. Mit erhobenem Haupt kam ich aus der Toilette und probierte als Nächstes etwa zehn verschiedene Stretch-Shirts an, bis ich mich für zwei sehr figurbetonte entschied. Das eine Shirt grellrot, das andere hellblau, Farben, die mir wirklich gut standen. Auch eine passende Hose wählte ich recht schnell aus, auffällig in rot-weiß mit großen Rosenblüten und beinahe hauteng.
Zufrieden mit meinen Einkäufen gönnte ich mir in einem Café einen Cappuccino mit viel Zucker. Vier Einkaufstüten lagen neben mir auf der Lederbank, die ich still betrachtete, während ich aus der Tasse schlürfte. Dann beobachtete ich die Leute, die um meine Sitzecke herum saßen. Frauen, die aufgeregt miteinander tuschelten und lachten, Familien mit zappelnden Kindern, die ich erst etwas neidisch betrachtete, dann aber doch wieder froh war, meinen Familienrest abgegeben zu haben, als die Kinder anfingen zu weinen und zu nörgeln und die Eltern langsam, aber sicher die Geduld verloren. Ich bezahlte und schlenderte durch die Einkaufsstraße, diesmal neugierig auf Männer. Zu jedem, der an mir vorbeikam, machte ich für mich selbst eine Bemerkung. Ich hatte mir die letzten Wochen immer wieder gesagt, dass das Äußere meines Mannes gar nicht mein eigentlicher Männergeschmack war, stabil und blond und blauäugig. Sicherlich ist das Innere eines Menschen wesentlich, und das Aussehen kann sich für einen liebenden Partner deutlich zum Guten hin verändern, wenn einem der Charakter und die Einstellung zum Leben zusagt. In meiner derzeitigen Situation wusste ich überhaupt nicht mehr, was ich wollte oder brauchte. Blonde, dunkle, fast kahle Männer liefen an mir vorbei, kleine, mickrige, stämmige, große, fette, Stupsnasen, Hakennasen, Adlernasen, muskulöse, schlanke; ich wusste nicht, worauf ich gucken sollte. Manche waren mir auf den ersten Blick sympathisch, andere überhaupt nicht. Keine Ahnung, woran das lag. Nach einer Weile ließ ich mich schlapp auf einen kleinen Mauervorsprung nieder und war

ziemlich geknickt und verzweifelt. Wie sollte ich in diesen Menschenmassen wieder Fuß fassen? Wie sollte ich mein Leben neu einrichten? Wie sollte ich jemals wieder einen Partner finden, der mich mochte und mit mir sein Leben gemeinsam gestalten wollte? Würde ich jemals wieder Sex haben? Sex mit einem fremden Mann? War das überhaupt möglich? Ich verkniff mir jede Träne. Ich wollte nicht mehr negativ sein. Das zerstörte mich. Und ich wollte leben, und zwar so schön wie möglich. Aber wie? Wie schafften es andere Menschen, glücklich zu sein? Wieso waren sie mit dem Wenigen, was sie oft nur hatten, so zufrieden? War Zärtlichkeit und Sex der Schlüssel zum Glück? Geborgenheit? Und wie sollte ich sie finden, wenn ich mein grundlegendes Vertrauen verloren hatte?

Eilig schlug ich den Weg zu meinem Auto ein, warf die Tüten rücksichtslos auf den Hintersitz und drehte meine Musik auf. Ich wollte nicht weiter nachdenken. Das wühlte mich auf.

Das erste Strafmandat meines neuen Lebens fing ich mir kurz vor der Stadt ein, ich glaube, es waren 40 Euro – hab ich ziemlich verdrängt. Aber das schnelle Fahren fand ich beinahe ebenso berauschend wie die laute Musik.

Den frühen Abend verbrachte ich mit Lesen und Putzen und Fernsehen. Ich ärgerte mich mit jeder Minute mehr darüber, dass ich meine Gelegenheit, auszugehen, nicht nutzte. In eine Kneipe ging ich als Frau nicht allein, und jemanden anrufen und zu fragen und wahrscheinlich eine Absage zu bekommen, ließ mein Stolz nicht zu. Tja, da saß ich nun und war in mir selbst gefangen. Ich hasste Mitleid, und das schlimmste Mitleid war das Mitleid mit sich selbst. Allen zeigen, wie schlecht es einem ging, was man an Schicksalsschlägen hinnehmen musste, schreckte sie eher ab, als dass sie zum Trösten kommen würden. Und wenn man sich immer wieder einredete, wie schlimm man dran ist, desto kaputter wird man.

Eigentlich war ich doch gern allein, allein mit mir selbst, genoss die Ruhe zum Lesen oder einfach nur das Dasitzen und in den Himmel schauen. Ich bemerkte recht schnell, was mir an diesem Abend am meisten zu schaffen machte. Andere, und ganz spezielle andere (!), würden den Samstagabend jetzt mit Freunden verbringen oder ihrem geliebten Partner, sie würden sich amüsieren, Spaß haben, lachen, feiern, sie waren mitten im Leben und ich – ich war allein.

Wäre ich der Leser dieses Buches, säße ich an dieser Stelle schon tief deprimiert in meinem Lesesessel und würde das Buch wahrscheinlich bald zur Seite legen. Das hielt ja kein gesunder Mensch aus. Dieser Neid, diese Missgunst und dieses ewige Selbstmitleid konnten einen ja in den Wahnsinn treiben. Und wenn ich nicht wahnsinnig werden wollte, musste damit nun Schluss sein. Ich war mit einem Mal überzeugt, dass Gott mich auf die Erde geschickt hatte, um zu lernen. Dazu brauchte ich Energie und positive, motivierende Gedanken und vor allem eine gesunde, aktive Einstellung zum Leben. Ich sprang von meiner Couch auf, lief aufgeregt in mein kleines Schlafzimmer und zog hastig die Nachttischschublade auf. Ohne zu zögern nahm ich die erste Pille ein, packte die Schachtel wieder zurück und legte mich etwas zufriedener auf meinen gemütlichen Couchplatz zurück.

Diese Überzeugung musste mich an diesem Abend soviel Kraft gekostet haben, dass ich bald darauf einschlief und erst am späten Vormittag des kinderfreien Sonntags erwachte, mit steifen Gliedern zwar, aber gut erholt und frisch. Ich kochte mir Kaffee, den ich in aller Ruhe trank, ohne mich einsam zu fühlen. Mein Magen kündete sogar einen leichten Hunger an, so holte ich mir vom Bäcker zwei Croissants und ein Stück Butter, was ich genüsslich mit Pfirsichmarmelade verspeiste. Was ging es mir doch gut!

Per SMS fragte mein lieber Mann am frühen Nachmittag an, wann er die Kinder wieder zurückbringen sollte. Eine Weile überlegte ich, was ich mit meiner freien Zeit noch anfangen sollte, und entschied, bis 17 Uhr noch faul auf der Couch liegen zu bleiben und meine Kinder dann erst in Empfang zu nehmen. Ich simste diese Zeit zurück und blieb danach keine fünf Minuten faul liegen. Innerlich war ich viel zu aufgewühlt, als dass ich die Ruhe hätte genießen können. Zwar entspannte ich mich ein wenig bei dem schönen, freien Ausblick aus meinem Wohnzimmerfenster, lief aber zwischendurch immer mal in die Küche, dann ins Bad, dann kramte ich in meinen Regalen nach irgendwelchen Büchern, ich fegte den Flur, schaltete zwischendurch die irre laute Musik mal ab und den Fernseher dafür ein. Bloß keine Ruhe haben; das klang nach Tod.

Ich las *Flut* von *Wolfgang Hohlbein* und schnitt mir einen Apfel zurecht. Appetit auf etwas Deftiges hatte ich nicht, auch auf Süßes für die Nerven verzichtete ich.

Mit einem Mal war es kurz vor fünf und an meiner Haustür klingelte es Sturm. Die Kinder! Ich lief ihnen schon auf der Treppe entgegen. Der dreijährige Jonas, quengelig und müde, und die sechsjährige Dorothee, erfreut, mich wiederzuhaben, schleppten ihr Spielzeug wieder hinauf in den ersten Stock und in ihre Zimmer. Bettzeug und Taschen und Schuhe wanderten langsam, aber sicher wieder an ihren alten, neuen Standort. Mein Mann sah auch etwas abgekämpft aus.

»War alles okay«, meinte er und lächelte kein bisschen.

»Und was habt ihr unternommen?«, fragte ich oben angekommen, als ich eine Tasche abgestellt hatte. »Ach, wir waren im Garten und im Tierpark.«

»Habt ihr euch alle gut verstanden?«, wollte ich wissen, stellte mir aber keineswegs bildlich vor, wie meine Nachfolgerin mit meinen Kindern umging.

»Ich denke schon«, entgegnete mein Mann zuversichtlich. »So, ich hau ab.« Fast überhastet küsste er die Kinder so ausgiebig wie möglich und verschwand ganz schnell. Jede Minute war kostbar!

Ich stand etwas überrumpelt im Flur zwischen den ganzen Gepäckstücken und Spielsachen, die ich nun alle wieder einräumen und ordnen und waschen durfte. Na, super.

Jonas und Dorothee kamen gar nicht zur Ruhe und spielten in ihren Zimmern. Auf meine Fragen kamen eigentlich gar keine richtigen

Antworten. Mal ja, mal nein, alles war wohl problemlos gelaufen. Nichts Aufregendes oder Störendes.

Ich sortierte die Wäsche aus und ließ die erste Maschine schon mal laufen. Die Spielsachen stellte ich erst unbemerkt im jeweiligen Kinderzimmer ab, räumte die Schuhe in den Schuhschrank und machte das Abendessen. Da es an diesem Tag etwas kühler war, kochte ich eine Hühnersuppe aus der Tüte und schmierte Brote dazu.

Als ich zum Essen rief, kamen meine Kinder wie in einer Schützenbruderschaft in die Küche mit »links zwo drei vier«, der Kleine wedelte emsig einen Stock wie ein Fahnenschwenker. Das war schon das dritte Schützenfest, das sie mit ihrem Vater besucht hatten.

Während sie ihre Suppe löffelten, erzählten sie ein wenig vom Tierpark, wie sie manche Tiere füttern durften und andere lange beobachtet hatten.

In Jonas' Zimmer legten wir uns alle lang auf den Boden, um die Bilder in einem Buch anzuschauen, während ich die Geschichte dazu vorlas. Etwa eine Stunde später lagen die Kleinen friedlich im Bett und schliefen recht schnell ein. Diese neue Situation und das Hin und Her waren doch sichtlich anstrengend für sie.

Ich hatte nun noch Zeit, die letzten Unterrichtsstunden vorzubereiten; so kurz vor den Ferien lief ja doch nicht mehr viel. Danach tanzte ich eine Weile und stellte fest, dass meine Bewegungen recht steif und monoton waren. Unzufrieden ließ ich mich auf den Teppich sinken und hielt mein Ohr ganz dicht an die Lautsprecherbox. Mir gefiel so wirklich nichts an mir, meine lockigen Haare lagen immer so wie sie wollten, meine Ohren standen zu weit ab, meine Nase fand ich zu groß für meine zierliche Erscheinung, meine Schultern hingen nach vorne, mein Hals war zu lang, meine Augen waren trüb und kurzsichtig. Heulen oder sich unter einer Decke verstecken nützte da gar nichts. Ich musste was tun. Und damit wollte ich so schnell wie möglich anfangen.

Die Nacht schlief ich wieder auf der Couch. Im Bett in meinem kleinen Zimmer fühlte ich mich irgendwie noch nicht richtig wohl.

Die letzten Tage vor den Ferien vergingen rasend schnell. Ich hatte so viel zu tun, dass ich keine Zeit mehr hatte, mir über irgendwas Gedanken zu machen.
Die Zeugnisse waren am Mittwoch ausgeteilt und das Kollegium traf sich noch in einem Café. Ich erzählte schwungvoll von meinen ganzen Vorhaben in den Sommermonaten und bot für alle das Bild einer glücklich verlassenen Frau in den besten Jahren. Als ich im Auto saß, war mir gar nicht so zumute. Für einen Moment wollten mich Tränen übermannen, aber ich hielt sie eisern zurück, startete den Motor und ließ mich wieder von lauter Musik zudröhnen. Ich kämpfte verbissen gegen meine unbändige Wut, meine Verzweiflung. Was sollte ich anfangen? Wie sollte ich es anfangen? O Gott, diese unglaubliche Leere, die da vor mir lag. Das war fast so ein beklemmendes Gefühl wie die Vorstellung von der Unendlichkeit. Als Kind hatte ich mir immer wieder die Galaxien aufgemalt, ein immer größeres Papier dazu benutzt und schließlich alles panikartig beiseite gelegt, damit ich nicht verrückt wurde. Ich habe mich nie wieder damit beschäftigt. Dieses Thema berührt hat natürlich die immer neu auftretende Frage nach dem Woher und Wohin. Und damit hatte ich mich in letzter Zeit sehr häufig beschäftigt; vor allem aber auch mit dem Zwischenraum: Was ist der Sinn des Lebens?
Eine ehemalige Studienkollegin von mir bot mir irgendwann im letzten Jahr an, eine so genannte »Reading-Sitzung« bei ihr zu machen, wo sie mir durch das »Lesen von Bildern«, die in meinem Inneren verborgen waren, zeigen wollte, welchen Ballast ich mit mir herumschleppe. Ihrer Vorstellung nach stammte das meiste davon aus früheren Leben, und die eigene Energie wurde immer wieder auf die Welt geschickt, um daran zu arbeiten, Erfahrungen, Eindrücke und Gefühle zu gewinnen und Schwierigkeiten und Probleme zu überwinden. Es zeigte sich sehr schnell, dass eins meiner großen Probleme die Bilder vom Schrecken des Lebens waren. Ich konnte damit nicht umgehen, dass es das Böse im Leben gab und Grausames und Ungerechtes, konnte die Hilflosig-

keit der Menschen gegenüber ihrem Schicksal nicht ertragen, weil mir wahrscheinlich die nötige Geborgenheit in meiner Kindheit gefehlt hatte. Oder ein wahrer Glaube an eine göttliche Macht, die mir Kraft und Zuversicht geben konnte. Eine Macht – eine Energiequelle, die ich anzapfen konnte. Das musste es sein. So was brauchte ich jetzt. Aber woher nehmen? Wo finden?

Ich trat aufs Gaspedal und fuhr an meiner gutbürgerlichen Kleinstadt vorbei, einfach durch die Lande, von einem Dorf ins nächste und wieder zurück. Ich hatte das große Glück, eine ganz wunderbare Tagesmutter für meine Kinder zu haben, die sich voll und ganz und mit Leidenschaft für das Wohlergehen meiner Kinder einsetzte. In diesem Moment wusste ich, dass unsere Begegnung vor zwei Jahren Schicksal gewesen sein musste, denn ohne sie hätte ich in den ersten Wochen der Trennung manches gar nicht geschafft. Und sie unterstützte mich auch weiterhin praktisch wie seelisch.

Ob sich noch weitere Schicksalsfügungen einstellen würden?

Ich war so ungeduldig, dass jetzt bloß schnell etwas passieren müsse, ermahnte mich selbst zu Disziplin und Geduld und zur Ruhe. Doch spürte ich gleichzeitig, dass eine ungeheure Energie in mir aufgehen wollte. Irgendwas versperrte ihr aber noch den Weg. Ich wollte schnell herausfinden, was das war.

4

In der ersten Ferienwoche fuhr ich mit den Kindern zu einer Bekannten, die ebenfalls allein erziehend mit zwei Kindern lebte und auch Lehrerin war. Ihre und meine Kinder verstanden sich prima, spielten mit dem Hund und den jungen Kaninchen, wir gingen spazieren, saßen im Garten, aßen den Abend in einem italienischen Restaurant und hatten uns eine Menge zu erzählen. Ich war ganz überrascht, dass sie auch mal über Männer sprach, über Möglichkeiten, einen Partner zu haben, diese aber nicht ausnutzte, um ihre Freiheit nicht zu verlieren.

»Ich bin so froh, dass ich hier in meiner eigenen Wohnung meine Ruhe habe, tun und lassen kann was ich will und auf niemanden Rücksicht nehmen muss. Ich muss nichts mehr abstimmen oder mich für etwas rechtfertigen. Das gefällt mir so gut.«

»Aber, brauchst du denn am Abend keinen Gesprächspartner, mit dem du dich austauschen kannst?«, fragte ich nachdenklich.

»Nee, ich hab doch am Tag genug Menschen, mit denen ich reden kann. Dann gönn ich mir abends lieber Ruhe.«

»Aber, wenn du irgendwo eingeladen bist, musst du ja überall allein hingehen. Ist das nicht blöd?«, bohrte ich weiter.

»Wieso? Weil die andern denken, ›guck mal, die ist ja allein?‹ Nee, im Gegenteil: So hab ich doch viel mehr Chancen auf gute Gespräche, auf das Kennenlernen neuer Leute, kann mich viel freier bewegen.«

Sie grinste, als sie meine Unsicherheit bemerkte.

»Du hast immer jemanden neben dir gehabt, oder? Du bist kaum als eigene Person aufgetreten. Das macht unsicher. Aber warte mal ab, bis du dich dran gewöhnt hast, allein zu sein.«

Julia nahm einen kräftigen Schluck Wein und füllte ihr Glas wie auch das meinige wieder mit Wein auf.

Ich wollte mich nicht daran gewöhnen, allein zu sein, dachte ich verzweifelt. Wie konnte diese Frau so glücklich sein? Eine innere Stimme schrie geradezu auf: »*Nein, um Himmels willen nicht allein sein! Ich will nicht ins Leere fallen! Nein!*« Dieser Schrei wand sich in meinem Inneren wie ein Gefangener.

»Es kommt so, wie es kommt«, sprach Julia weiter. »Und ich entscheid, was ich in meinem Leben tun will.«

»Das ist gut. Ich denke, das ist der richtige Weg.« Zum ersten Mal in diesem Gespräch stimmte ich zu. Natürlich hatte sie damit Recht. Aber eine Veränderung im Leben, eine so gravierende wie sie bei mir eingetreten war, entpuppte sich oft als eine Krise, mit der man erst einmal umgehen lernen muss. Der Mensch ist ein Gewohnheitstier, obwohl Gewohnheit so langweilig sein kann. Sie gibt dem Menschen Sicherheit. Aber was nützt sie mir, wenn ich dabei unglücklich bin?

Meine Gedanken gab ich Julia nicht preis. Ich saß im Sessel, nippte an meinem Glas Wein und dachte nur stumm nach. Ich wusste im gleichen Augenblick, dass ein gutes Gespräch abrupt abgebrochen war, es tat mir auch leid, aber ich konnte einfach nicht weiter sprechen. Ich war gehemmt ohne zu wissen wieso. Ich war stumm und wollte eigentlich sprechen. Ich war nachdenklich nach innen gekehrt und wollte doch meine Gedanken nach außen hin zeigen.

Nach einer langen Redepause sagte Julia: »Ich glaube, deine Trennung hat auf jeden Fall einen Sinn für dich. Es ist eine große Chance für etwas Neues. Du musst es dir nur packen.« Sie lächelte ein wenig, dachte aber bestimmt insgeheim, dass ich so schnell keine Energien zum Anpacken aufbringen würde.

›Wie denn, verdammt noch mal!‹, schrie es wieder in mir auf.

»Sicher hast du Recht«, sagte ich schließlich und zwang mich eisern zur Ruhe. Etwas später zeigte der Wein seine Wirkung und ließ mich fast im Sessel einschlummern.

»Es ist, glaube ich, Zeit zum Schlafengehen«, meinte Julia gähnend. Als ich im Gästebett neben meinem kleinen Sohn lag, war ich wieder hellwach und brauchte noch Stunden, um endlich in einen erholsamen Schlaf zu kommen. Ich kam mir so unendlich einsam und klein vor, absolut ahnungslos in Sachen Leben, so unerfahren und naiv, dass ich am liebsten hemmungslos geheult hätte. Bestimmt hätte mir das auch gut getan, aber ich schluckte den Kloß im Hals hinunter. Angst stieg bedrohlich in mir auf, aber ich wusste gar nicht, wovor ich Angst hatte. So wurde ich immer wütender auf mich selbst. Dann stellte ich mir wieder vor, wie mein Mann sein neues Leben vorbereitet hatte und nun glücklich verleben würde und kämpfte wieder gegen den Neid und die Missgunst. Ich hatte bald das Gefühl, mein ganzer Körper sei eine brodelnde Masse, die entweder explodieren oder verdampfen müsse. Ich zwang mich ganz ruhig zu atmen, und bald ging es mir etwas besser.

So viele verschiedene Empfindungen hintereinander hatte ich noch nie durchlebt. Gott hatte den Menschen nun mal mit Gefühlen ausgestattet, damit er sie erlebt. Was war also schlimm daran, sich verlassen zu fühlen? Was war schlimm, wenn man traurig war und weinte?

Irgendwann schlief ich dann doch erschöpft ein und fühlte mich am Morgen wie gerädert, als Jonas auf meiner Bettdecke herumhüpfte und meinte, es wäre schon lange Zeit aufzustehen. Die anderen Kinder hörte ich schon in der Küche johlen, Geschirr klapperte. Julia war also auch schon munter. Schwerfällig stand ich nach einigem Hin- und Herwälzen auf und saß bald darauf am großen Küchentisch und frühstückte mit meiner Bekannten und den vier Kindern. Es war eine muntere Gesellschaft, doch mir war nicht nach Frohsinn zumute. Ich war an diesem Tag ein richtiger Spielverderber und Miesepeter, dachte viel über mich und meine Zukunft nach und kam zu keinem Ergebnis. Ich konnte mit meinen verwirrenden Gefühlen überhaupt nichts anfangen. Auch Julias erfahrene Erzählungen über das Dasein als Single brachten mich nicht einen Schritt weiter. Ich musste mir für mich selbst über mein Leben klar werden und konnte nicht die Empfindungen eines anderen einfach so übernehmen.

Zum Mittag kochte Julia Nudeln; damit konnte man bei Kindern nichts falsch machen. Und tatsächlich hauten sie alle richtig rein, als die angemessene Menge Ketchup verteilt war. Sie hatten stundenlang im Garten gespielt und getobt und nun Hunger. Ich dagegen überhaupt nicht. Ich saß lethargisch am Tisch und schaute den anderen mal beim Essen zu, dann wieder hinaus aus dem Fenster.

»Was wirst du noch so in den Ferien unternehmen?«, fragte Julia plötzlich, sodass mir vor Schreck ein Ellbogen von der Tischkante rutschte. Ich verzog das Gesicht einige Sekunden vor Schmerz, rieb meinen Ellbogen hastig und antwortete ganz ehrlich: »Ich hab mir vorgenommen, viele Besuche zu machen, um mich abzulenken, weiß aber noch nicht so recht wohin. Mal sehen.« Etwas beschämt schaute ich auf die langsam schmutziger werdende Tischdecke. Die Kinder waren gut gelaunt und ausgelassen. Da hatten die Nudeln und der Ketchup wenig Chancen, treffsicher in den Mund zu gelangen. Auch Julia und ich hatten schon ein paar Spritzer abbekommen. Früher hatte mich das rasend gemacht, jetzt behielt ich die Ruhe und kümmerte mich gar nicht drum. Das war ein gutes Gefühl, stellte ich verwundert fest. Sich überhaupt nicht aufregen, alles mit Ruhe angehen, kommen lassen, was kommen wollte.

Wenig später waren unsere Kinder wieder im Garten verschwunden, sodass wir in Ruhe das Schlachtfeld beseitigen konnten.

»Hast du schon mal darüber nachgedacht, ganz allein in Urlaub zu fahren?«, fragte Julia beim Abwasch.

Ich erschrak geradezu. Allein in Urlaub? Wie sollte das denn gehen? Ich? Wo ich doch so unselbstständig und unsicher war?

»Nein, ich muss gestehen, hab ich nicht. Ich bin noch nie allein in Urlaub gefahren.« Ich sah sie mit großen Augen an.

»Dann wird's Zeit, oder nicht?«

»Wieso?«, erwiderte ich, weil ich nicht recht wusste, was ich darauf antworten sollte.

»Es ist eine ganz neue Erfahrung, mal ohne Kinder Urlaub zu genießen, sich zu entspannen, das zu tun, was man möchte. Und du hast doch jetzt eine gute Möglichkeit, wenn dein Mann die Kinder hütet, oder nicht?« Mit einem Ruck reichte sie mir den nächsten Teller zum Abtrocknen.

»Was werden denn die Leute sagen, wenn ich ohne Kinder Urlaub mache?«

»Das kann dir schnurzpiepegal sein. Es geht doch um dich.«

»Was für eine Rabenmutter müsste ich sein!«, entgegnete ich, freundete mich aber immer mehr mit diesem Gedanken an.

»Hör mal, ich bin auch Mutter und schon zweimal allein in Urlaub gefahren. Du hast doch, seitdem du Kinder hast, nicht aufgehört, ein eigenes Leben zu leben.«

»Da hast du Recht, aber ...«

»Außerdem müsste dein Mann dir dankbar sein, wenn er seine Kinder öfter als nur das geregelte Wochenende erleben darf, oder nicht?«

»Ja, aber ...«

»Aber jeder muss natürlich in solcher Lebensphase das Beste für sich aussuchen. Wenn du meinst, du kannst das nicht, ist das sicher auch in Ordnung.«

Insgeheim hatte ich kein Problem damit, meine Kinder eine Zeit lang zu verlassen. Immerhin waren sie von klein auf bei meiner Tagesmutter, weil ich in meinem Beruf, den ich liebte, arbeiten wollte. Ich hatte vielmehr ein Problem mit meiner nicht vorhandenen Selbstständigkeit. Ich konnte doch nicht alleine ohne Hilfe einen Urlaub planen und buchen. Nichts würde ich finden oder organisieren können. Ich hatte viel zu viel Angst vor der Fremde. Doch ich ließ Julia in dem Glauben, dann eine Rabenmutter zu sein und dass mir das Gerede der Nachbarn und Bekannten viel ausmachen würde.

Nachdem das Thema, Gott sei Dank, abgehakt war, kam meiner Bekannten eine neue Idee.

»Was sagst du denn zu einer Therapie? Viele Trennungspaare, ha, schönes Wort, viele getrennte Menschen gehen zu einer professionellen Hilfe, um das Vergangene und den Schock zu verarbeiten.«
Das gesamte Geschirr war gespült und abgetrocknet und wurde nun von Julia in die Schränke geräumt.
Ich war fassungslos. Therapie?! Ich war doch nicht bekloppt! Auf keinen Fall musste ich zum Seelenklempner. Mit mir war doch alles in Ordnung, mit mir war nichts passiert, gar nichts, nichts, was ... Oder vielleicht ... vielleicht ein bisschen, oder doch mehr ...?
»Eine Kollegin von mir hat im Übergang von einer Lebensphase in einen ganz neuen Lebensabschnitt eine Therapie gemacht und kam als neuer Mensch daraus hervor. Man muss natürlich offen sein, alles herauslassen, was einen quält und ärgert.«
»Schön für sie«, entgegnete ich etwas sarkastisch.
»Mit dir hat man es nicht leicht«, seufzte Julia. Ich glaube, nun hätte ich es mir mit ihr endgültig verdorben, hätte ihre Geduld überstrapaziert. Aber sie klopfte mir mütterlich auf die Schulter, obwohl sie kaum größer war als ich, und meinte: »Das wird alles schon wieder. Wirste schon sehn.«
Ich spürte wieder den Kloß im Hals und ließ, als Julia gerade im Garten war, ein paar Tränen fließen. Was war mein Leben bisher gewesen? Alles kam mir im Moment vor wie ein Trugbild, wie verschenkte Zeit, wie nur scheinbar gelebte Stunden aus einem Traum. Ich wollte endlich aufwachen, um echt und wahrhaftig zu leben. Und ich spürte das große Verlangen, nachzuholen, was ich wohl nicht erlebt hatte. Ich hatte irgendwo gefesselt gesessen, das Leben von weitem etwas gesehen, war aber bisher noch nicht von den Fesseln befreit worden und hatte mitlaufen können. Und wenn ich endlich aufstehen und loslaufen konnte, wollte ich nicht mit dem Strom rennen, sondern in ganz andere Richtungen, wenn's sein musste, auch genau in die gegensätzliche Richtung wie alle anderen.
So sehr sich meine Ideenwelt in diesem Moment aufbäumte, so stark

sackte sie auch wieder zusammen. Ich fühlte mich nicht in der Lage, aufzustehen und dem Traum zu entfliehen. Ich dachte, jemand müsse kommen und mich von meinen Fesseln befreien. Doch es war niemand in Sicht. Ich wusste auch nicht, an wen ich mich wenden sollte. Es überkam mich nur immer und immer wieder das Gefühl, dass alle meine bisherigen Lebenseinstellungen und -erfahrungen über den Haufen geworfen waren. Und ich wusste nicht, wo ich mit dem Sortieren und Ordnen anfangen sollte.

Als Julia ihre Küche wieder sauber hatte, folgten wir unseren Kindern in den Garten, den nun die Nachmittagssonne beschien. Wir setzten uns auf den Rand des Sandkastens und beobachteten die Kinder beim Schaukeln und Ballspielen. Genüsslich hielt ich mein Gesicht in die wärmende Sonne. Das tat gut. Vitamin D, dachte ich als Erstes, dann aber entspannte ich mich einfach nur, ohne an etwas zu denken.

»Stell dir jetzt noch schönes blaues Meer vor, Strand, Pool ...«

Als ich meine Augen öffnete, blickte ich in Julias amüsiertes Gesicht. Sie hatte mich beobachtet, – Unverschämtheit. Aber es waren verführerische Gedanken. Wie gerne war ich als Kind mit meinen Eltern in den Süden gereist, vor allem in Italien hatten wir Urlaub gemacht, auch mal in Spanien und Südfrankreich, einmal waren wir sogar quer durch Jugoslawien bis nach Griechenland gefahren. Mein Vater war ein reiselustiger Patron, den regelmäßig das Fernweh packte. Nach sechs Tagen Auto- und Besichtigungstour mit über 3000 Kilometern, von denen ich übrigens jeden einzelnen genossen hatte, hatten mein Vater und ich es nur drei Tage am Strand von *Kinetta* (bei Athen) ausgehalten und waren dann in drei Tagen den ganzen Peloponnes entlanggefahren. Das ist die südliche Halbinsel Griechenlands, durch Isthmus von Korinth mit dem Festland verbunden mit buchtenreichen Steilküsten und bekannt als historischer Schauplatz der antiken griechischen Geschichte. Ich erinnere mich noch, wie wir eine staubige Geröllstraße befuhren, die plötzlich an einer steil abstürzenden Klippe endete. Ende der Straße, Ende der Welt. Dafür standen plötzlich eine schwarz gekleidete Frau und fünf Kinder neben unserem Auto. Wild gestikulierend und griechisch sprechend gab uns die Frau zu verstehen, dass sie ihren Fuß verletzt hatte und die Fahrgelegenheit gern in Anspruch nehmen würde. Mein Vater überlegte nicht lange, nachdem er die Frau endlich verstanden hatte. Dieses Abenteuer wollte er sich nicht entgehen lassen und ließ die ganze Horde in unseren Mercedes einsteigen. Unser Auto roch noch Tage später nach Ziegenstall. Alle sechs Personen passten tatsächlich auf die Rücksitzbank und lotsten uns dazu noch in ihr winziges Dörfchen, das vielleicht zwei Kilometer vom »Ende der Welt« entfernt lag. Als die Frau einen gellenden Schrei ausstieß, trat mein Vater erschreckt aufs Bremspedal, was die Frau wohl beabsichtigt hatte, denn in aufgeregtem Gemurmel machte sich unsere Fracht an der Autotür hinterm Fahrer zu schaffen. Schnell stieg mein Vater aus, bevor sie noch irgendwas beschädigen konnten, und öffnete ihnen die Tür. Wild schreiend sprangen sie alle heraus und liefen ihren Dorfbekannten entgegen, die sich neugierig auf dem kleinen, staubigen Platz versammelt hatten, der umrahmt war von primitiven, fast verfallenen Hütten. Alle lachten und erzählten und blickten uns aus freudig strahlenden Augen an. Ehe wir's uns versahen, schoben sie uns in eine der Hütten, wo wir auf einer Decke Platz nehmen sollten. Ich bekam Angst und hielt mich dicht bei meinem Vater, der alles Treiben sehr neugierig aufnahm. Wir verstanden leider nicht ein Wort Griechisch, und die Dorfbewohner nicht ein Wort Deutsch oder Englisch. Trotzdem unterhielten wir uns mit Händen und Füßen und wurden wenig später mit Salat und Fleisch beköstigt. Diese Menschen hier waren arm, staubig und dreckig, rochen nach Ziegenstall, hatten aber Sonne in ihrem Herzen und gaben von dem Wenigen, was sie besaßen, mit Freuden. Das beeindruckte mich als Kind damals schon. Als wir meiner Mutter bei unserer Rückkehr nach *Kinetta* von unserem Abenteuer begeistert erzählten, mussten wir uns eine Standpauke anhören, welch großes Risiko wir doch eingegangen wären, diese Leute zu kutschieren und auch noch mit ihnen zu essen.

Am Golf von Korinth hatten wir uns einen Tag aufgehalten, hatten die *Akropolis* mit dem berühmten *Parthenon* besichtigt und *Mykenä* mit dem *Löwentor* und den Schachtgräbern. Die Blütezeit dieser Stadt lag um 1500 bis 1350 vor Christus. Den religiösen Mittelpunkt Alt-Griechenlands mit seinem Orakel, nämlich *Delphi*, bildete das Tempelheiligtum des Apollo am Fuß des Parnaß, das ich als Kind aus den Erzählungen meines Vaters schon sehr interessant fand.

Diese tolle Reise, auch wenn sie anstrengend gewesen war, noch einmal als Erwachsener zu wiederholen, war ein toller und faszinierender Gedanke.

In den ersten Jahren meiner Ehe hatte ich jeden Sommer Lust verspürt zu verreisen, meistens auch in den Süden. Diese Lust hatte mein Mann auch mit mir geteilt. Aber nach und nach ließ dieses Urlaubsbedürfnis nach; Fernweh kannte ich bald gar nicht mehr. Ich war nur noch froh gewesen, in Ruhe meine Zeit zu Hause zu verbringen, zumal Kinder alles komplizierter und anstrengender machten. Jetzt bemerkte ich, wie dieses Gefühl wieder aufkeimte und eine stille Sehnsucht in mir entfachte.

»Na, jetzt doch Lust gekriegt?«, mischte sich Julia in meine Gedanken ein. »Dein Gesichtsausdruck hat sich in den letzten Minuten doch etwas verändert.«

Ich fühlte mich unwohl bei der Vorstellung, dass sie mich so genau beobachtete, aber es machte mir schon nicht mehr so viel aus wie noch am Mittagstisch.

Gegen 17 Uhr begannen wir alle Sachen einzusammeln und einzuräumen. Die Kinder verabschiedeten sich in langer Zeremonie. Julia umarmte mich und meinte zum Schluss noch: »Demnächst fahren wir mal zusammen weg. Unsere Kinder verstehen sich prima. Das wäre doch dann für alle eine erholsame Sache, oder nicht?«

›Oder nicht?‹ Diese Redefloskel brauchte sie gar nicht immer zu verwenden, denn ich war nicht der richtige Gesprächspartner dafür. Ich konnte nichts entgegnen.

Ich bedankte mich herzlich für ihre Gastfreundschaft und ihre gut gemeinten Ratschläge und war froh, endlich mit Sack und Pack im Auto zu sitzen, die Musik laut zu hören und einfach nur zu fahren.
Meine Kinder waren schon bald hinten eingeschlafen und ließen sich bei der Ankunft zu Hause recht leicht ins Bett transportieren.
Die Wäsche hatte ich noch aussortiert, zu mehr aber keine Lust mehr.
Ich war müde und ausgelaugt und wollte lieber meinen Urlaubserinnerungen nachhängen.
Strand, Meer, Sonne, Wärme. Das Meeresrauschen klang in meinem Kopf, als ob ich wahrhaftig am Ufer stehen würde. Ich schloss die Augen und sah die Brandung, die rötlich gefärbte Sonne, ein Fischerboot am Horizont, fühlte die wohlige Wärme der untergehenden Sonne auf meinem Gesicht, schmeckte den Salzgehalt in der Luft und genoss das wunderschöne Rauschen des sanften Meeres.
Meine Sehnsucht nach der Ferne war wieder neu erwacht.

5

»Ich will das aber wieder haben!«
»Das ist meins! Das kriegst du jetzt nicht!«
»Ich reiß dir alle Haare aus, wenn du mir das jetzt nicht sofort wieder gibst!«
»Bäh, bäh, fang mich doch! Blödmann!«
Gerade als ich wutschnaubend ins Kinderzimmer kam, flog ein Matchbox-Auto quer durch den Raum, knallte an die Wand und hinterließ an der Tapete eine daumengroße Macke.
»So«, machte ich, außer mir vor Wut, »das reicht jetzt.« Ich packte Jonas brutal am Arm und schleppte ihn in sein Zimmer und schloss hinter ihm die Tür, sodass er laut zu brüllen anfing. Dorothee zerrte ich von Jonas' Autos weg, entriss ihr die ganze Spielkiste und knallte hinter mir die Tür zu, wobei sie hysterisch schimpfte und fluchte.
Ich hatte mal wieder die Nase gestrichen voll von Kinderlärm und Kinderstreit und erwartete die Ankunft meines Mannes sehnlichst, der an diesem Wochenende die Kinder wieder zu sich holte.
Relativ wortkarg sammelte er wieder alle Taschen und Schuhe, Bettzeug und die beiden Kinder ein, trug alles ins Auto und war in nur wenigen Minuten verschwunden.
Nach dem kurzen Abschied ging ich die Treppen zu meiner Wohnung hinauf und geradewegs auf meinen kleinen Balkon, für den ich noch immer keine Stühle hatte. Aber das machte nichts. Ich stellte mich dicht ans Geländer und genoss den ruhigen Ausblick. Es war angenehm warm, ein leichter Wind strich durch die Obstbäume im Garten, bewegte die Birkenblätter sanft und säuselte zärtlich um mein Gesicht.

Ich hatte die Augen einen Moment geschlossen und atmete die Luft und die Ruhe ein. Da wurde ich plötzlich angerufen:
»Hallo, Sara!«
Erschrocken riss ich die Augen auf und blickte hinunter auf die schmale Straße.
»Hallo«, entgegnete ich der jungen Frau, die mir zwar bekannt vorkam, ich aber nicht wusste, wo ich sie hinstecken sollte, geschweige denn, dass mir ihr Name eingefallen wäre.
»Wohnst du hier?«, rief sie weiter zu mir hinauf.
»Ja, aber noch nicht so lange«, antwortete ich, fieberhaft nachdenkend, woher wir uns kannten.
»Aha, wie kommt's?«
»Mein Mann und ich haben uns getrennt«, rief ich zurück und war etwas stolz auf meine offene Antwort. Eigentlich war das ja nichts Besonderes, aber für mich lag doch eine gewisse Überwindung darin.
»Oh«, machte sie nur.
Ich glaube, in diesem Moment überkam mich eine Intuition, die mir zuraunte: ›*Hol sie rein, lass sie nicht gehen.*‹ Keine zwei Sekunden überlegte ich, als ich sie bat, doch in meine Wohnung zu kommen. Früher hätte ich mich das nicht getraut, denn derjenige hätte ja ablehnen können. Diese Enttäuschung wollte ich nicht ertragen, wollte nicht akzeptieren, dass Menschen einfach mal zu etwas keine Lust hatten und es nicht immer nur an mir lag.
Zu meinem Erstaunen willigte sie ein und kurz später klingelte es an meiner Tür. Das erste fremde Klingeln, wenn man so wollte. Bisher hatten nur meine Tagesmutter und mein Mann und die Kinder bei mir geschellt. Aufgeregt öffnete ich die Tür, und als sie in meine Wohnung eintrat, war ich gleich von ihrer offenen und sympathischen Art fasziniert.
Wir schüttelten uns die Hand und setzten uns ins Wohnzimmer.
Hastig bot ich ihr etwas zu trinken an. Sie entschied sich für Wasser, was ich eilig besorgte.

»Du weißt noch nicht, wer ich bin, stimmt's?«, fragte sie geradeheraus. Ich war betroffen von ihrer Offenheit, aber zugleich auch beeindruckt.
»Stimmt«, gab ich sofort zu und errötete ein wenig.
»Gymnastik. Sagt dir das was?« Sie lächelte mich keck an.
»Ja, genau.« Mein Blick blieb trotzdem fragend.
»Saskia.« Sie schüttelte mir erneut die Hand, als hätten wir uns gerade erst kennen gelernt. Dabei konnte ich mich jetzt recht gut an sie erinnern, die alle gymnastischen Übungen sehr enthusiastisch und mit großem Ansporn ausgeführt hatte, die oftmals das Wort ergriff oder Anregungen zur musikalischen Untermalung gegeben hatte.
»Jetzt dämmert es mir«, sagte ich lächelnd und war verwundert, dass sie meinen Namen behalten hatte. Meinen, wo ich doch so unscheinbar und unauffällig war.
»Wie lange bist du getrennt?«, fragte sie unvermittelt und nahm einen großen Schluck Wasser.
»Etwa drei Monate jetzt.« Ich schluckte. Bilder flammten wieder auf, aber ich würgte sie schnell ab, sodass sie gar nicht richtig zum Vorschein kamen.
»Darf ich bei dir rauchen?«
»Na klar«, sagte ich sofort, obwohl mir eine rauchfreie Wohnung sehr angenehm war. Das war überhaupt eine der positiven Erscheinungen, die mir nach meinem Umzug auffiel.
Während sie sich eine Zigarette ansteckte, überflog ich die letzten Wochen im Schnelldurchlauf und wusste eigentlich gar nicht, wie ich die Zeit umgekriegt hatte.
»Ich bin auch getrennt und hab mit meinem Ex 'ne Menge durchgemacht.« Sie saugte ausgiebig an ihrer Zigarette und blickte nachdenklich auf den Boden.
»Ich wollte die Trennung, als ich endlich begriffen hatte, dass er mich nur betrogen und kleingehalten hatte. Damit ist er nicht klargekommen. Ich hab mich schließlich um alles gekümmert und er hat ein bequemes Leben führen können.«

»Hast du Kinder?«, fragte ich leise und war verblüfft, wie gelassen und ruhig sie erzählte.
»Ja, zwei. Mein älterer Sohn lebt bei ihm, der kleine bei mir. Am liebsten hätte ich sie beide bei mir, manchmal auch keinen.« Sie verzog ihren Mund zu einer Grimasse, die kein richtiges Lächeln werden wollte.
»Und bei dir?«
Ich wusste erst nicht recht, was ich sagen sollte, spürte aber ein großes Bedürfnis, mir endlich mal alles von der Seele zu reden. Bei Gitte, meiner Tagesmutter, hatte ich das zwar hin und wieder doch getan, aber bei Saskia hatte ich das Gefühl, dass etwas Brauchbares für meine Situation zurückkommen könnte.
»Mein Mann hat 'ne andere, lebt schon mit ihr in unserem Haus.«
Einige Sekunden brauchte ich, um weiterreden zu können.
»Aber bei uns war schon länger nichts mehr wirklich in Ordnung. Ich war nur unzufrieden und depressiv, mir war alles zu viel, meine Kinder haben mich nur aufgeregt, Geldsorgen kamen hinzu. Und ein Mann, den man nur selten in Heim und Familie antrifft, weil er beruflich so eingespannt ist, gibt einem nicht die nötige Unterstützung und Zuwendung, die man braucht und ...«
»Wieso sagst du ›man‹? Du sprichst doch von dir«, unterbrach mich Saskia abrupt.
»Du hast Recht«, gab ich zu und begann, bewusster mit meinen Worten umzugehen.
»Was passte denn bei euch nicht mehr?«, fragte sie nach, als sie merkte, dass ich den Faden verloren hatte.
»Wir haben uns einfach auseinander gelebt. Keiner hat sich wirklich für den anderen, seine Neigungen und Sorgen interessiert.«
»Aha.«
Fast nicht für mich spürbar wendete sich unser Gesprächsthema der Neuen zu, die ich weder gesehen noch gesprochen hatte. Ich erzählte ganz entspannt von meinen Gefühlen ihr gegenüber, von meiner falschen Eifersucht, über meine Missgunst und meine Wut, über die

Ungerechtigkeit des Lebens. Und es schien uns beiden, als seien Minuten verstrichen, dabei waren daraus Stunden geworden. Ich spürte ganz deutlich, dass ich mehr von diesen Gesprächen wollte und brauchte. Es tat mir ungeheuer gut, so offen zu sprechen und alles rauszulassen, was in mir wühlte und wütete.

»Sind deine Kinder bei deinem Mann?«, fragte Saskia mit einem Blick auf die Uhr.

»Ja, bis Sonntag.«

»Meine auch, das heißt, bei meinem Ex. Seit einer Woche bin ich endlich geschieden.« Sie strahlte bei diesen Worten. »Du kannst mir ruhig gratulieren. Das war ein harter und steiniger Weg bis dahin.«

Ich gratulierte ihr handschüttelnd. In einem Jahr würde ich auch geschieden sein. Würde ich dann ebenso erfreut aussehen wie sie?

»Hast du Lust, heute Abend mit in die Disco zu kommen? Bin dort verabredet.«

Ich muss wohl etwas komisch geguckt haben, denn sie fragte: »Gehst du nicht in die Disco?«

»Doch, früher war ich mal da. Aber das ist schon lange her. Ich höre gerne Musik aus den Charts und tanze auch sehr gerne.«

»Aber? Du warst noch nie allein da, hab ich Recht?«

Ich nickte unsicher, dachte dabei aber an meine dröhnende Techno-Musik im Auto und fand, dass ein Discobesuch genau dazu passen würde.

»Außerdem hab ich gar nichts Passendes anzuziehen.« Ich ging meine Kleidung in Gedanken durch, die ja jetzt nur noch auf die Hälfte reduziert in meinem Schrank hing, und stellte fest, dass ich nur sehr biedere Klamotten hatte, weit und hochgeschlossen, bequeme, legere, unauffällige Hosen, die den ein oder anderen Fleck in Sachen Kinderbetreuung vertragen konnten. Erst, als Saskia ihr Angebot machte, fiel mir mein Kleidereinkauf ein. Ich wollte ihr die freudige Idee aber nicht vermiesen und schwieg.

»Dann ziehst du eben was von mir an. Wir haben doch in etwa dieselbe

Größe.« Sie stellte sich aufrecht vor mich hin und hob keck ihren Kopf. Saskia war eine sehr hübsche Frau in meinem Alter, also 34, mit top Figur, brünetten Haaren, etwas rötlich getönt, und schönen braunen Augen. Anstatt meiner blauen Augen hätte ich auch gerne dunkelbraune gehabt, meine dunkelblonde Haarfarbe dagegen gefiel mir recht gut. Mit meiner Figur war ich auch zufrieden; ich hatte keine Veranlagung zum Dickwerden und einen sehr zierlichen Körperbau. Aber die junge Frau vor mir hatte eine Ausstrahlung, die sie sehr attraktiv machte. Männer mussten scharenweise hinter ihr her sein.
Ich empfand das erste Mal in meinem Leben keinen Neid. Dass sie schön war, war nur eine neutrale Feststellung. Es gab Tausende von Frauen, die auch schön waren, schöner als wir beide zusammen. Da hätte ich ja kein anderes Gefühl als Neid mehr haben dürfen.
Als wir wenig später vor ihrem Kleiderschrank in ihrer niedlichen Wohnung, fast gegenüber von meiner, standen, fragte ich neugierig: »Hast du wieder eine neue Beziehung?«
»Nein.« Sie schüttelte hartnäckig mit dem Kopf. »Ich muss erst mal mit mir selbst klarkommen, bevor ich mich wieder mit Beziehungsfragen beschäftige. Zuerst will ich herausfinden, was ich will und wer ich wirklich bin. Außerdem brauche ich jetzt meine Ruhe. Mein Ex hat mir anderthalb Jahre das Leben zur Hölle gemacht.«
Weiter verriet sie an diesem Abend nichts, sondern steckte ihren Kopf in den Schrank und wühlte in ihren Kleidungsstücken herum. Bald zog sie ein rotes Stretch-Shirt und einen beigefarbenen Stretch-Rock hervor und hielt es mir an. Skeptisch blickte sie in mein Gesicht.
»Du musst dir unbedingt deine Augenbrauen zupfen und die Wimpern färben lassen. Du hast schöne lange Wimpern. Wäre doch schade, wenn du die nicht betonen würdest. Hier, zieh mal an.«
Als ich die Kleidungsstücke angezogen hatte, schob Saskia mich zufrieden vor ihren Spiegel.
»Sieht klasse aus. Du kannst dich mit der Figur wirklich sehen lassen.«
Ich war gerade damit beschäftigt, etwas stolz zu werden, als sie sagte:

»Nur an deiner Haltung und deiner Ausstrahlung musst du was tun. Lass die Schultern nicht so hängen und sag mal deinem Gesicht, dass du fröhlich bist.«
Ich grinste und war erfreut, dass sie Sinn für Humor hatte.
»Wenn du deiner Welt zeigst, dass du fröhlich bist, wird alles Fröhliche zu dir kommen.«
Ich nickte. So weit war ich in meinen Gedanken ja schon gekommen. Traurig und depressiv sein machte nicht interessant, sondern stieß andere Leute ab.
»Oder geht es dir noch nicht so gut?«
»Doch, ich fühle mich eigentlich befreit. Ob ich richtig fröhlich sein kann, weiß ich noch nicht«, antwortete ich ehrlich.
»Das musst du auch noch nicht. Aber Ablenkung tut ganz gut.«
Eine Stunde vor Mitternacht fuhren wir in Saskias Auto los zur Disco, wo sie sich mit einem Bekannten zum Tanzen verabredet hatte. Ihr ginge es ausschließlich ums Tanzen. Als ich ihren Bekannten später sah, wusste ich, wieso sie nichts anderes von ihm wollte. Er war einfach hässlich mit zurückgebliebenem Haarkranz, etwas abstehenden Ohren und matten Augen.
Während der Fahrt war ich ganz schön aufgeregt. Saskia hatte zur Einstimmung die Musik laut aufgedreht und sang die deutschen Poplieder ausgelassen mit. Sie tanzte ausschließlich Discofox und hatte auch schon mehrere Tanzkurse belegt. Wie sie zum Takt der Musik hin und her schaukelte, bekam ich auch ungeheure Lust zu tanzen und merkte, wie meine Blockade etwas gelöst wurde.
Ich war schon mittendrin im neuen Leben und sehr neugierig, was mich in dieser Nacht erwarten würde.
Als wir angekommen waren und die Musik abrupt beendet war, kam mein unsicheres Gefühl wieder. Am liebsten wäre ich wieder ins Auto gestiegen und nach Hause zurückgefahren. Ich fühlte mich hässlich, mickrig und unwichtig. Aber als ich Saskia erhobenen Hauptes zum Eingang schreiten sah, tat ich es ihr nach, richtete mich auf und gab mir

einen inneren Ruck. Ich wollte verflixt noch mal jetzt selbstbewusst werden.

Die Türsteher musterten uns einen Augenblick, um abzuschätzen, wie alt wir wohl waren, und ließen uns dann hindurch. Nach der Bezahlung gab es einen Stempel auf den Handrücken, der nur im Dunkeln leuchtete, damit am Tage nicht erkannt werden konnte, dass man sich in der Disco herumgetrieben hatte.

Zielstrebig steuerte Saskia auf die Techno-Tanzfläche zu, wo wir sofort zu tanzen begannen. Der Bass dröhnte in meinen Ohren und meinem Bauch betäubend laut. Meine armen Ohren! Die Lichter und Laser trübten meinen Orientierungssinn, sodass ich bald um mich herum nichts mehr richtig wahrnahm. Deshalb schloss ich die Augen und ließ mich einfach von der Musik treiben. Der schnelle Beat trieb mich an wie eine Marionette, die zunächst steif wie an Fäden gehalten ihre Bewegungen ausführte, dann merkte ich, wie meine Glieder dynamischer und geschmeidiger, wie Schritte und Richtungen vielfältiger wurden. Ich empfand die dröhnende Musik bald nicht mehr als unangenehm, sondern fühlte mich nur noch berauscht. Das würde ich jetzt öfter tun; am besten jedes kinderfreie Wochenende. Saskia zerrte mich an der Schulter zu sich heran und schrie mir ins Ohr, dass sie nun zur Disco-Fox-Tanzfläche gehen und ihren Bekannten treffen wolle. Wie ein gerade geschlüpftes Küken folgte ich meiner Ziehmutter und gelangte in einen sehr gemütlichen Discobereich, wo alles etwas ruhiger zuging. Die Leute waren meist etwas älter, tanzten in Pärchen auf der Tanzfläche oder genehmigten sich an der Bar einen Cocktail oder etwas zum Durstlöschen. Wir fanden noch einen Platz an der Theke und bestellten zwei Cola. Mit dem Glas in der Hand drehten wir uns zur Tanzfläche hin und beobachteten die vergnügten Tanzpaare, die schwungvoll und federleicht ihre Figuren drehten, flirteten, sich lächelnd in die Augen blickten, sich umarmten oder gar küssten. Ich spürte wie mein Herz zu einem Stein gefror. Wie erniedrigend, hier allein zu sitzen, während andere zu zweit Spaß hatten. Mir kamen die

Tränen. Ich wollte die Vergangenheit wieder haben, als noch alles in Ordnung gewesen war und mein Mann und ich auch so vergnügt und schwungvoll getanzt hatten. Das konnte doch alles nicht wahr sein!
In diesem Moment trat Saskias Bekannter zu uns, begrüßte uns sehr nett und gab uns gleich etwas zu trinken aus. Ich hatte erst nicht verstehen können, wie man als getrennte Frau einen Mann ausschlagen konnte, der einen begehrte. Aber bei seinem Anblick war mein Verständnis schlagartig da. Ich hatte etwas Mitleid mit ihm, obwohl ich ihn gar nicht kannte. Aber er war, nach Saskias Erzählungen, schon mehrfach bei ihr abgeblitzt und hatte nun endlich wohl verstanden, dass er nur gelegentlich mit ihr tanzen durfte. Und das tat er ganz ausgezeichnet, wie sich herausstellte. Es traf mich noch mal wie ein eiskalter Schlag, als Saskia mich an der Theke allein ließ, um mit Peter zur Tanzfläche zu eilen. Sie tanzten prima zusammen und hatten auch sichtlich Spaß daran. Nach einigen Minuten Eintanzphase wurden ihre Bewegungen und Figuren schwungvoller und geschmeidiger und sie tauchten ein in der wiegenden Menge.
Ich aber fasste mich recht schnell, trank mein Glas Cola aus und entschied, allein zur Techno-Tanzfläche zurückzukehren. Saskia würde schon nicht ohne mich fahren, und wenn, kam ich auch allein nach Hause. Ich brauchte jetzt niemanden mehr. Ich brauchte keine Angst zu haben, mich zu verirren, zu verlaufen oder jemanden zu verpassen, sondern war für mich ganz allein verantwortlich. Ganz allein für mich. Das war ein sehr befreiender Gedanke.
Ich schob mich aufgeregt durch die voller werdenden Gänge und glitt tanzend zwischen herumstehenden Menschen hindurch endlich auf die Tanzfläche. Ich ließ meinen Bewegungen freien Lauf, konzentrierte mich nur auf meinen Körper und spürte den Rhythmus in allen Gliedern. Füße, Beine, Knie, Po und Hüften nahm ich mehr und mehr als erotische Werkzeuge wahr, fühlte bewusst die Bewegungen und empfand eine regelrechte Lust dabei. Bald spürte ich meine Füße gar nicht mehr, sondern fühlte mich wie ein pulsierendes Herz in der Luft uner-

müdlich zum Puls des Beat schlagen. Ich hatte das Gefühl, bis in alle Zeit so weitermachen zu können. Die Hitze nahm zu sowie auch die Körpermassen auf der Tanzfläche. Zwischendurch blitzten Lichter grell auf, Laser spießten Ecken und Menschen auf. Ich hatte nun doch den Mut gefunden, mich einmal umzuschauen und genau die Menschen um mich herum zu inspizieren; soweit das in den Lichtverhältnissen ging. Die meisten Tanzenden waren Frauen, sehr gut aussehend und sehr selbstsicher. Ich beobachtete ihre Bewegungen und Schritte, ihre Mimik und Gestik, ob sie allein waren und wie sie gekleidet waren. Zeitweise blickte ich an mir hinunter und steuerte meine Füße so, wie ich es kurz vorher woanders gesehen hatte. Nachdem ich angenehme Bewegungen für mich gefunden und meinen kleinen Rucksack endlich passend über der Schulter hängen hatte, ohne dass er mich noch sehr störte, schaute ich mir die wenigen Männer an, die sich auf der Fläche bewegten und den Frauenraum genauestens unter die Lupe nahmen. Ihre Blicke kamen mir teilweise gierig und eklig vor; sie waren sicher nur darauf aus, in dieser Nacht eine Frau fürs Bett abzuschleppen. Widerlich! Angeekelt verließ ich die Tanzfläche und schob mich wieder an die Theke der Schlagerseite, wo Saskia noch immer ihre Disco-Fox-Figuren mit Peter tanzte. Nach einer ganzen Weile hatte ich endlich eine Cola ergattern können und sah mir, irgendwie enttäuscht, die Discowelt an. Was sollte ich eigentlich hier? Ich hatte sowieso keinen Spaß. Was machte mir überhaupt noch Spaß? Für was lohnte es sich noch zu leben? Alles war sinnlos geworden. –
Wenn ich so einen depressiven Partner gehabt hätte wie ich es gewesen war, hätte ich mich wahrscheinlich auf kurz oder lang auch von ihm getrennt. Also wenn ich nun mein Leben ändern wollte, musste ich von diesen negativen Gedanken loskommen.
In diesem Moment stand Saskia plötzlich hinter mir und legte prustend ihre Hand auf meine Schulter.
»Puh, ich kann nicht mehr.« Der Schweiß lief ihr an Gesicht, Nacken und Rücken hinunter. Peter reichte ihr sofort ein Glas Wasser und trank

selbst einen großen Schluck. Er schien eine sehr gute Kondition zu haben und war kaum erschöpft. Nach ein paar Minuten forderte er mich zum Tanz auf. Saskia schob mich mit einem Ruck vorwärts, als ich unschlüssig und etwas schüchtern stehen blieb. Scheu reichte ich ihm die Hand und ließ mich auf die Tanzfläche führen. Und schon drehten wir unsere Runden, was er begeistert kommentierte: »Du tanzt ja sehr gut.«

»Danke«, antwortete ich und bekam Spaß daran. Saskia war sichtlich erfreut, dass es gut klappte und mir Freude brachte. Als ich wenig später zu ihr hinsah, stand schon ein junger, blonder Mann bei ihr und redete gestikulierend auf sie ein. Auch diesmal erfasste mich kein Neid. Ich wusste nur in dieser Sekunde, dass ich keinen blonden Mann mehr haben wollte.

6

Obwohl ich die ganze Nacht nicht wirklich zu einer Partystimmung gefunden hatte, waren wir erst gegen fünf Uhr morgens zu Hause. Wir hatten getanzt und getanzt und getanzt, bis uns die Füße rauchten. Der ein oder andere Mann hatte, mehr oder weniger betrunken, Saskia angebaggert, die geradezu lustvoll alle hatte abblitzen lassen, ja, sie spielte regelrecht mit ihnen, flirtete, redete, kokettierte. Ich war, wenn ich das Gefühl hatte, jemand käme auf mich zu, jedes Mal geschickt ausgewichen. Mir war die ganze Sache zu eklig, die Typen zu aufdringlich. Ich fühlte mich wohl, als wir wieder in Saskias Auto saßen und gen Heimat fuhren. Sie war froh, jemanden gefunden zu haben, meinte sie, der es genauso lange aushielt wie sie. Die meisten Freundinnen konnten schon um 2 oder 3 Uhr nicht mehr und nörgelten rum, sie wollten nach Hause.

»Nein«, entgegnete ich, »ich bin ein Nachtmensch, schon immer gewesen.«

»Das trifft sich gut.« Sie strahlte mich an und drehte die Musik noch einmal voll auf. So strahlen wie sie wollte ich auch, und zwar so bald wie möglich. Ich würde sie fragen, wie sie das machte.

Vor ihrer Haustür angekommen, blieben wir noch im Auto sitzen, bis es allmählich hell wurde.

»Wie kann ich so zufrieden aussehen wie du?«, fragte ich neugierig und lehnte mich gespannt nach vorne.

»Indem du innerlich zufrieden bist«, war prompt ihre Antwort. »Bei mir sieht es aber eher nur so aus. Ich hab noch viel mit mir zu tun, bis ich meine innere Zufriedenheit erreicht habe.«

»Ja?«, fragte ich ungläubig. »Was willst du denn noch erreichen? Du hast doch alles, bis auf einen passenden Partner.« Ich beugte mich noch weiter vor und drehte mich mehr zu ihr hin. Sie rauchte in aller Ruhe ihre Zigarette und blies den Rauch zwischendurch aus dem halb geöffneten Fenster. Sanftes, frühmorgendliches Vogelgezwitscher drang zu uns herein und hüllte unser Gespräch in eine wohltuende Geborgenheit.

»Mit eisernem Willen und festem Glauben schafft man alles, was man will. Aber es sind immer, besonders wenn man gerade eine Krise zu bewältigen hat, irgendwelche Dinge zu erledigen und noch zu schaffen, die man aus der Kindheit mit sich herumschleppt oder nachholen will, weil man sie in der Jugend nicht geschafft hat. Ich tanke gerade Kraft, damit ich meiner Mutter sagen kann, was sie falsch gemacht hat, damit ich meinen Sohn zu einem selbstständigen und verantwortungsvollen Menschen erziehen kann, damit ich fähig bin, zu einem Mann wieder vollstes Vertrauen aufzubauen. Aus Krisen geht man immer gestärkt heraus. Und wie sich im Leben alles fügt, hat seine jeweilige Bedeutung, wenn man aktiv mithilft und mitgestaltet ...«

Ich war überwältigt von ihrer Rede und sie hatte noch nicht einmal Abitur oder studiert. Alle Weisheiten und Einstellungen hatte sie sich in den letzten Jahren erlesen und mit unerbittlichem Lerneifer verarbeitet und angewendet.

Noch niemals hatte ich mich mit einem Menschen so offen und intensiv unterhalten wie an diesem Morgen im Auto; niemals hatte sich jemand für diese philosophischen Lebensfragen so viel Zeit und Ausdauer genommen, weil alle, die ich kannte, kein Interesse an solchen Themen hatten.

Als wir endlich ausstiegen, bot sie mir an, doch bei ihr zu schlafen, wenn ich mich allein fühlte. Ich zog es aber vor, in meinem Bett zu liegen und in aller Ruhe über alles nachzudenken.

»Dann kommst du aber zum Mittagessen. Ich ruf dich an, wenn ich wach bin.«

Ich nickte und gähnte ungeniert. Wir umarmten uns zum Abschied, und mit einem aufgewärmten Herzen schlenderte ich die paar Meter zu meiner Wohnung. Ich war froh, alles leer und ruhig vorzufinden und fiel todmüde ins Bett. Auf meinem Gesicht muss sich ein freudiges Lächeln befunden haben, denn ich wusste: Ich hatte eine echte Freundin gefunden.

Am Mittag dieses Samstages wachte ich etwa gegen halb eins auf, als mein Telefon schellte. Saskia begrüßte mich froh gelaunt und wartete in etwa einer halben Stunde darauf, dass ich zum Essen kam.

»Ich geh noch in die Wanne. Dann komme ich«, sagte ich aufgeregt, ließ Wasser in die Badewanne ein und kochte mir Kaffee, den ich genüsslich beim Baden schlürfte. Was war das Leben doch schön! Das erste Mal, seit ich mich erinnern konnte, lag ich einfach nur in der Wanne, ohne ein Buch zu lesen oder mit meinen Kindern oder meinem Mann zu sprechen, ohne Störung, einfach nur liegen und entspannen.

Bevor ich zu meiner neuen Freundin hinüberging, schwor ich mir selbst mit erhobener Hand, nie wieder negative oder gar depressive Gedanken zu haben. Ich würde die schönen Seiten des Lebens mit Gottes Hilfe wiederfinden.

Wir saßen erst eine Weile auf der Couch; Saskia rauchend, ich mit übereinander geschlagenen Beinen. Ich hörte aufmerksam zu, als sie mir von verschiedenen Büchern erzählte, die sie gelesen hatte oder grade im Begriff war zu lesen. Es handelte sich dabei um Therapieabhandlungen, Psychologie, Bücher zur Lebensbewältigung, Bücher die zum Erfolg führten, und Bücher über Kommunikation. Ich war beeindruckt, wie viel und wie genau sie las. Zwischendurch blitzten mal ein paar Aussagen über ihren Exmann auf, der die Trennung wohl anscheinend nicht verkraftet und ihr deshalb das Leben auf verschiedenste Arten schwer gemacht hatte.

In der Küche brutzelten schon zwei Schweineschnitzel in der Pfanne, als wir uns an den Küchentisch setzten. Sie zeigte mir eine Textstelle in einem ihrer Bücher, das aufgeschlagen dort auf der Fensterbank wartete. *Sich über jemanden ärgern heißt, ihm die Macht zur Kontrolle zu geben.*

»Ich kann dir einige solcher Sprüche sagen. Das Wichtigste für dich ist, dass du weißt, was du willst«, riet sie mir und holte aus dem Gefrierfach einen Beutel Mischgemüse heraus und schüttete es in einen Topf.
Zum Essen tranken wir Wein, obwohl es erst drei Uhr am Nachmittag war, aber es entspannte uns und machte die Atmosphäre gemütlich.
Wir redeten fast nur über Beziehungen, was dazu gehörte, was man für eine Vorstellung hatte, was alles warum schief gehen konnte. So intensiv hatte ich mir noch nie Gedanken über Beziehungen gemacht, geschweige denn über meine eigene. Ich war nie auf den Gedanken gekommen, dass es keine Garantie für das ewige Funktionieren einer Partnerschaft gab, dass man alles laufen lassen konnte, wenn es nur den »normalen« Ansprüchen der Gesellschaft, in der man lebte, gerecht wurde. Also vernünftigen Beruf, Heirat, eigenes Haus, Kinder. Sicherlich gab es Krisen und Probleme, aber Trennungen waren was für charakterlose Leute. Die Leute, die sich trennten, waren unfähig Spannungen auszuhalten, ungeduldig und unsensibel.
Nein, mein Mann hatte den konsequenten Schritt zu seinem Glück gewagt und jetzt war es an mir, entsprechende Wege für mich einzuschlagen.
Ich verbrachte den ganzen Tag bei Saskia bis spät in die Nacht und unser Gesprächsstoff wollte und wollte nicht ausgehen. Sehr schön entwickelte es sich, dass jeder mit seinen Eindrücken und Empfindungen mal an der Reihe war. Ich merkte, dass ich sehr viel von unseren gemeinsamen Bekannten erzählte, welche Verbindung wir zu ihnen hatten, welche Rolle sie in unserer Beziehung beziehungsweise unserer Gesprächswelt spielten. Und ich öffnete mich mehr und mehr und erlebte Sprache als wunderbaren Schlüssel zur Seele eines anderen Menschen. In dieser Nacht glaubte ich, Saskia schon sehr lange zu kennen.
Am nächsten Tag, Sonntag, schlief ich wieder lange aus. Ich genoss das Faulenzen und Nichtstun, begann aber dann doch, in einem der geliehenen Bücher von Saskia zu lesen.

Wenn mein Leser nun an dieser Stelle wissen möchte, um welche Bücher es sich handelte, da ich weiter vorne geradeheraus die Buchtitel genannt habe, muss ich ihn leider enttäuschen. Ich möchte keine Propaganda machen für eine bestimmte Sichtweise, geschweige denn ein Rezept zur positiven Lebensführung verordnen. Das muss jeder für sich selbst herausfinden. – Schön aufmerksam weiterlesen!
Die Grundlage für meine eigene Zufriedenheit bestand darin, – das hatte ich schon mehrfach von Saskia vernommen und nun auch gelesen –, dass ich allen um mich herum aus tiefstem Herzen alles Glück der Welt wünschte, besonders denen, die mir angeblich(!) Schlechtes angetan haben. Wenn ich das konnte, würden alle meine frei gewordenen Energien, die sich vorher mit Neid, Rache und Bestätigungholen beschäftigt hatten, für mich zur Verfügung stehen und zu ungeheuren Kräften aufsteigen.
Ich musste also meinem Mann und seiner neuen Frau wirklich und wahrhaftig ihr Glück aus reinem Herzen gönnen und es ihnen wünschen. Im Moment war ich vielleicht zu 60 Prozent dazu fähig, vielleicht auch schon 70 Prozent. Je länger ich darüber nachdachte, desto mehr befiel mich der Gedanke, dass ich eigentlich nur gewonnen hatte. Denn als Saskia mich an diesem Abend fragte, welche schönen Seiten meiner Ehe mir denn einfielen, konnte ich so recht keine einzige mehr finden. Die Zeit für uns war abgelaufen. Jetzt kam eine neue.
Die Kinder kamen etwas aufgedreht aber ganz zufrieden vom Wochenende mit ihrem Papa zu mir zurück. Sie hatten neue Stofftiere bekommen, mit denen am Abend noch ausgiebig gespielt wurde.
In der darauf folgenden Woche befolgte ich Saskias Ratschlag, mir die Augenbrauen zupfen zu lassen und ließ auch noch eine Kosmetikbehandlung über mich ergehen. Der Friseur kürzte meine Haare und tönte sie mit »Dunkler Kirsche«. Ich gefiel mir gut und kaufte mir auch noch einen kurzen Stretchrock, denn es wurde jetzt richtig Sommer. Die wärmende Sonne entfachte meine neuen Energien noch mehr und ich spürte einen immer stärker werdenden Tatendrang in mir. Ich wollte

was erleben und ganz neue Dinge tun. Neues aufsaugen, alles ausprobieren, was ich früher noch nicht ausprobiert hatte.
Saskia und ich sprachen uns jeden Tag. Ich hatte mir ein neues Handy zugelegt und wurde im SMS-Schreiben immer flotter und sicherer. Es war ein tolles Gefühl, eine Nachricht zu bekommen. Ich fühlte mich wichtig und akzeptiert und vor allem ernst genommen.
Meine Telefonrechnung war in diesen Monaten sehr hoch, denn ich rief bei vielen Bekannten sehr ausgiebig an und wurde es nicht leid, alles über meine Lebenskrise und meine Zukunftsaussichten zu erzählen. Ich betonte immer wieder, wie gut es mir ging und wie befreit ich ja nach meiner Trennung war. Und mit jedem Tag wurde mein Abstand und meine Neutralität meinem alten Leben gegenüber tatsächlich immer größer. Beendet wurde fast jedes Telefonat mit der Herausgabe der jeweiligen Handynummer, sodass mein Verzeichnis ständig wuchs.
Während ich es in den ersten Wochen nicht wirklich mit Stille in meiner Wohnung aushalten konnte, genoss ich nun die Abende, wenn die Kinder schliefen, absolut ruhig auf meinem Sofa mit einem Buch oder mit einem meditativen Blick aus meinem Wohnzimmerfenster, aber am liebsten stand ich auf meinem kleinen Balkon. Der freie Himmel tat mir unglaublich gut.
Zwischendurch lud ich Saskia einen Abend zum Essen ein. Ich hatte ein neues Auflaufrezept ausprobiert, was mir prima gelungen war, und zwar ein Puten-Curry-Auflauf mit Zwiebeln, Sahne, Tomatenmark und Pfirsichen. Dazu gab es Reis und ein kühles Bier.
Ganz unvermittelt fragte Saskia beim Essens: »Was sagt eigentlich deine Mutter zu deiner Trennung?«
»Meine Mutter ist schon lange tot«, antwortete ich unbewegt. Es war schon über zwanzig Jahre her, als sie an Brustkrebs gestorben war. In Stephen Kings *Es* erzählte einer der Jungen in der Geschichte, sein Vater sei am »großen K« gestorben. Zwischendurch liebte ich Horrorgeschichten; vor allem der Schreibstil Stephen Kings faszinierte mich.

Fast in jeder Familie kommt diese verfluchte Krankheit einmal vor und rafft ein Familienmitglied hinweg.

»Schlimm wird der Verlust noch einmal, wenn man dann selbst ein Kind bekommt und sich Tipps und Hilfe von der eigenen Mutter wünscht und sie nicht mehr bekommen kann.«

»Das kann ich verstehen«, pflichtete meine Freundin mir bei. »Und dein Vater?«

»Der lebt auch schon seit einigen Jahren nicht mehr. Er war depressiv und hat sich das Leben genommen. Über zehn Jahre ist das her.«

Ich fühlte mich in diesem Moment gar nicht allein oder von Verlusten betroffen, sondern – ich weiß gar nicht, ob ich das sagen darf – eher befreit, dass ich keine Last oder irgendwelche Probleme mit meinen Eltern hatte wie viele andere meiner Bekannten und Verwandten.

Saskia schien keineswegs geschockt, sondern versuchte sofort die Hintergründe zu erforschen und diskutierte mit mir über Erziehung und Kindheitserlebnisse und wie man damit als Erwachsener umgeht.

Einen Abend überwand ich mich, nach langer, langer Zeit alte Videos wieder anzusehen, in denen meine verstorbenen Eltern sich noch bewegten, lachten und redeten. Meine Mutter war mir sehr ähnlich. Das sah sogar ich selbst.

Als Erstes holte ich den selbst gedrehten Film über Griechenland aus dem Schrank und setzte mich im Schneidersitz auf den Fußboden. Die Qualität der Filmaufnahmen aus den 70er Jahren war schlecht und die Familie immer nur kurz zu sehen. Meinem Vater war es beim Filmen wichtiger, Straßen, Bauten, Architektur und Natur aufzunehmen. Doch ich spürte, wie die unendliche Neugier meiner Eltern und die Freude, Fremdes zu entdecken, sich in mir wiederfand. Bestimmt hatte dieses Gefühl schon immer in mir gesteckt, war nur in den letzten Jahren überdeckt worden und nicht mehr zum Vorschein gekommen. Meine Energie brodelte weiter empor, ich spürte Tatendrang und Aktivität in mir, die ich ganz schnell umsetzen wollte.

Die *byzantinischen Meteoraklöster* bannten meinen Blick. Unglaublich beeindruckend, wie diese Klöster seit Beginn des 14. Jahrhunderts dort in bis zu 300 Meter Höhe in Sandsteinfelsen gehauen waren. Ursprünglich waren es mal 24, in den 70er Jahren waren nur noch vier davon bewohnt. Die Klöster konnte man früher nur mit Leitern erreichen oder musste sich in Netzen hinaufziehen lassen. Heute sind für die Touristen natürlich Treppengänge für den ungehinderten Zugang gebaut worden. Nicht auf unserem Videofilm festgehalten war das abenteuerliche Erlebnis an einer Felskante dieser Gegend, wo wir unseren Mercedes, wie andere Besucher auch ihre Autos, geparkt hatten. Als wir nach unserer ausgiebigen Besichtigung der Klöster ins Auto stiegen um weiterzufahren, funktionierte der Rückwärtsgang nicht mehr, und mein Vater musste viel Fußpedalgefühl beweisen, um nicht den Abhang hinunterzustürzen. Etwas in die Schlucht hinein kletterten mein Vater und sein uns begleitender Arbeitskollege, um den Mercedes von unten anzuschieben, was ihnen nach ein paar Rutschpartien und mit viel Schweiß schließlich auch gelang. Puh, das war aufregend gewesen.
Zigeuner auf Pferdekarren und in Zelten beeindruckten uns, denn dieses Volk kochte noch immer an offenen Feuern. Überall in Griechenland wurde Tabak angebaut. Die Landbevölkerung war arm und lebte in dürftigen Hütten. Die Karl-May-Musik, die mein Vater unter anderem zur Untermalung der einzelnen Szenen ausgewählt hatte, weil wir uns zeitweise ja auch im »Land der Skipetaren« befanden, als wir durch Jugoslawien fuhren, bescherte mir eine Gänsehaut. Wie schön hatte Gott doch unsere Welt gemacht! Und als Kind fühlte ich mich deswegen so sehr davon angesprochen, weil ich unermüdlich die Erzählungen Karl Mays auf Hörspielkassetten zum Einschlafen benutzte.
Unser damaliges Ziel *Kinetta* liegt zwischen Korinth und Athen und ist wegen seiner zentralen Lage für Tagestouren wie geschaffen.
Auf unseren Besichtigungsfahrten kamen wir immer wieder am Kanal

von Korinth vorbei. Ich sah mich im Film als neunjähriges Mädchen am Geländer stehen, wie ich mich nicht traute in den Kanal hinunterzusehen, weil mir sonst schwindelig geworden wäre.

Der Kanal von Korinth ist 6,3 Kilometer lang, 23 Meter breit und 8 Meter tief; die Brücken führen in 52 Metern darüber hinweg.

Natürlich war eines der wichtigsten Ausflugsziele die *Akropolis* in Athen, deren gewaltige dorische Säulen erst im Verhältnis zu mir als Kind deutlich wurden.

Das Nationalmuseum sei auch lohnenswert gewesen, so mein Vater auf dem Film, da dort die Goldschätze aus Mykenä ausgestellt sind, die Heinrich Schliemann ausgegraben hat.

Als ich Szenen sah, in denen ich zusammen mit meiner Mutter im Meer schwamm und wir nebeneinander hergingen, wurde mein Herz doch wider Erwarten schwer. Ich dachte den Verlust verarbeitet zu haben, aber da hatte ich mich wohl getäuscht.

Dieses Kind von damals steckte ja immer noch in mir mit allen Erinnerungen, Charaktereigenschaften und Bedürfnissen nach Anerkennung, Geborgenheit und Ausgelassenheit.

Ich saß wieder mit Saskia in meinem Wohnzimmer zusammen; wir tranken *Dornfelder* und naschten Chips und Schokolade, konnten uns das ja beide figurmäßig leisten.

Nach einer Weile entschlossen wir uns dazu, uns auf meinen Balkon zu setzen und die laue Sommernacht zu genießen. Ich hatte zwar noch immer keine Stühle, aber eine dicke Decke tat es auch.

»Herrliche Luft!«, schwärmte Saskia, warf den Kopf in den Nacken und atmete tief ein.

»Weißt du, wozu ich jetzt Lust hätte?«

»Nein«, antwortete ich gespannt und genoss die sternenklare Nacht genauso.

»Ich möchte jetzt im Urlaub sein und am Strand liegen, die Brandung hören, Sonne auf meiner Haut spüren, mich verwöhnen lassen, und ah ...«

Sie hatte die Augen geschlossen und träumte wahrscheinlich von diesen paradiesischen Bildern.

»Das möchte ich auch. Ich liebe das Meer und den Strand, und vor allem die Wärme.« Meine Gedanken tauchten ein in die Bilder meiner früheren Urlaube im Süden, mit wunderschönen Buchten, weiten Stränden, zerklüfteten Bergen und Moscheen.

Nach einer Weile öffnete Saskia abrupt die Augen, richtete sich auf und sah mich fest entschlossen an: »Dann fahren wir doch einfach.«

»Wie?«, fragte ich erstaunt.

»Wir fahren zusammen in Urlaub. Unsere Exmänner kriegen die Kinder und freuen sich sicher, viel Zeit mit ihnen zu verbringen. Was hältst du davon?« Sie sah mich so erwartungsvoll und freudig an, dass ich ohne nachzudenken meinem Gefühl folgte.

»Ja, dazu habe ich große Lust.«

Die Ängste, ob ich das allein schaffen könnte, ob mir was passieren könnte und so weiter, kamen überhaupt nicht auf. Alles würde zu seiner Zeit von mir bewältigt werden.

Kurz später saßen wir vor meinem Computer und stöberten im Internet nach Last-Minute-Flügen.

Und nachdem wir einen Tag später mit unseren Männern, Entschuldigung, – Exmännern natürlich, unseren Urlaubstermin von zehn Tagen abgesprochen hatten und sie beide bereitwillig darauf eingingen, saßen wir schon im Reisebüro. In vier Tagen sollte es losgehen. Saskias Urlaubsantrag war auch schon bewilligt.

Ich war aufgeregt. Das erste Mal alleine fliegen! Wohin war uns eigentlich egal, Hauptsache Hotel in Ordnung, mit Pool, Strand in der Nähe und schön heiß. Noch vor ein paar Wochen hätte ich nicht im Traum daran gedacht, jemals in Urlaub zu fliegen. Aber ich wollte jetzt meinen Traum leben.

7

Unser Urlaubsziel war gebucht: Alanya in der Türkei. Meine Aufregung stieg noch mehr, da ich noch nie in der Türkei gewesen war. Ich kaufte Sonnencreme, Feuchtigkeitslotion, Nagellack und Nagellackentferner und einen neuen schwarzen Bikini. So gerade eben passten alle meine Kleidungsstücke in meinen kleinen Koffer. Ich durfte mir also nichts dazukaufen. Aber Saskia hatte noch genügend Platz, sodass ich noch ein paar Schuhe bei ihr unterbringen konnte und genügend Raum für Neuerwerbungen hatte. Wir wollten diese zehn Tage so gut es ging genießen.

Mein Ex hatte sich am Telefon etwas verwundert angehört, als wenn er mir mein Vorhaben nicht so recht zutrauen würde. Doch das hatte mir noch mehr Antrieb gegeben, wirklich und wahrhaftig in Urlaub zu fahren. (Etwas Sicherheit gab mir die selbstsichere Saskia, das muss ich ja zugeben.)

Am Abend vor unserer Abreise gingen wir noch schön gemütlich essen, wozu wir meine Tagesmutter Gitte einluden, die so nett war, uns zum Flughafen zu fahren.

»Das finde ich ja schön, dass ihr zusammen fahrt«, sagte sie und löffelte fröhlich ihre Suppe. »So ein Urlaub ohne Kinder muss auch mal sein«, fügte sie hinzu und blickte in zwei freudestrahlende Frauengesichter. Auch für Saskia war das, seit sie 19 Jahre alt war, der erste Urlaub ohne Anhang.

»Ich werde zwischendurch mal nach den Kindern sehen«, sagte sie zu mir.

»Die sind bei ihrem Vater schon gut aufgehoben. Da bin ich sicher«, entgegnete ich.

»Ja, vielleicht ist er durch seine neue Frau ja doch abgelenkt«, meinte Gitte skeptisch.
»Das glaube ich nicht. Er tut das Beste für die beiden.«
»Wahrscheinlich hast du Recht, kann er sich ja auch gar nicht leisten. Er hat dieses Leben für euch alle entschieden. Da hat er auch die Pflicht dafür zu sorgen, dass es allen dabei so gut wie möglich geht.«
Mein Herz klopfte wild, als wir nach beinahe zwei Stunden Autofahrt am Flughafen ankamen. Es war schon nach Mitternacht und deshalb auf dem ganzen Gelände nicht so betriebsam wie am Tage. Gitte, flugerfahren wie sie war, half uns bei der ersten Orientierung und verabschiedete sich dann gähnend.
»Einen schönen Urlaub wünsche ich euch beiden. Kommt heil und gesund wieder zurück.« Gitte drückte uns beide innig und winkte uns von weitem noch ein letztes Mal zu. Ihre Herzlichkeit und Fürsorge stärkte mich in meinem Inneren und ich war stolz auf mich, wie resolut ich meinen Koffer alleine schleppte, uns eincheckte und mit welcher Sicherheit ich schließlich im Flugzeug saß und aufgeregt auf den Start in die Sonne wartete. Saskia saß fröhlich pfeifend neben mir.
»Das habe ich mir fest vorgenommen, dass wir beide fliegen. Und nun sitzen wir hier.« Sie blickte mir fest in die Augen. »Glaub nur ganz fest, dann kommt alles, was du willst, zu dir.« Ein Zwinkern funkelte zu mir herüber, als die Maschine sich in Bewegung setzte. Sie beschleunigte und hob dann endlich vom Erdboden ab. Ein irres Gefühl. In meiner Kindheit war ich schon einmal geflogen, hatte aber dieses schöne Gefühl des Startens und Landens ganz vergessen.
Über Bildschirme kamen die Bord- und Rettungsanweisungen, die mir aber keine Angst machten. Wenn ich abstürzte, so war dies mein vorbestimmtes Schicksal. Dann zeigte sich auf den Bildschirmen die Landkarte, auf der wir Passagiere den Flug unserer Maschine verfolgen und uns orientieren konnten. Es wurde Flughöhe, Geschwindigkeit und die noch verbleibende Flugzeit angezeigt.
Früher hätte ich jetzt gegrübelt, wie es wohl nach dem Flug weiterge-

hen würde, wie wir zu unserem Hotel finden würden, wie wir dort alles vorfinden und ob wir auch wieder heil zum Flughafen und nach Hause zurückkämen. Aber dieses Mal lebte ich ganz und gar in meiner Jetzt-Zeit, nahm den Innenraum des Flugzeugs mit Geräten, Ausstattung und Menschen intensiv wahr, stöberte in Zeitschriften und aß das servierte Frühstück gänzlich auf.

Mein Blick fiel zeitweise auf ein paar Ausländer, wahrscheinlich Türken, mit tiefschwarzen Haaren und dunklen Augen. Sie waren sicher auf dem Weg nach Hause.

Saskia schlief fast die ganzen Flugstunden. Sie hatte trotz ihrer Freude und Aufregung sehr erschöpft ausgesehen und den Schlaf wohl bitter nötig. Ich war auch müde, aber viel zu aufgewühlt, um auch nur ein Auge zuzumachen.

Als wir landeten, war die Sonne schon längst aufgegangen und empfing uns am Flughafen mit voller Kraft. Bevor wir in den Bus einstiegen, der uns zum Hotel bringen sollte, hielt ich mein Gesicht einige Sekunden in die Sonne. ›Willkommen‹, dachte ich, ›willkommen in der Sonne des Lebens.‹

Der Bus hatte Klimaanlage, zur Freude aller Touristen an Bord. Mir machte die Hitze überhaupt nichts aus. Schon als Kind war ich bei Badewetter noch mit Strickjacke gelaufen und bei über 30 Grad im Schatten in irgendwelchen Ruinen herumgeklettert, während andere Kinder sich erschöpft irgendwo im Schatten aufgehalten hatten.

Die meisten schliefen im Bus, wie auch Saskia. Ich erblickte hocherfreut nach einiger Zeit Felsen und eine Bucht und – endlich das blaue Meer. Leichte Hügel wölbten sich im Hintergrund, Palmen säumten die Straßenränder und entfachten in mir ein märchenhaftes Gefühl. Ich konnte es nicht begreifen, dass ich mich wirklich ganz allein, mit Saskia natürlich, in der Türkei befand.

Nach über zwei Stunden Busfahrt erreichten wir unser Hotel in *Alanya* und begegneten, trotz aller guten Vorstellungskraft Saskias, der ersten Misslage unseres Urlaubs. Durchgeschwitzt und erschöpft wie wir

waren, freuten wir uns riesig auf unser Zimmer und eine wohltuende Dusche. An der Rezeption musste man uns aber leider klarmachen, dass das für uns reservierte Zimmer noch nicht geräumt, geschweige denn geputzt war. Und diese Information erhielten wir auch noch von einem Personal, was nur mäßig Englisch sprach. Mit Mühe und Not konnte ich seinen Worten entlocken, was das für uns bedeuten sollte.
»Übrigens, wenn das hier so weitergeht, wirst du wohl diejenige sein, die hier was zu sagen hat«, meinte Saskia, die vor Wut kochte.
»Wieso?«
»Weil ich kein Wort Englisch spreche!«
»Hast du das in der Schule etwa nicht gelernt?«, fragte ich erstaunt und fühlte, wie eine große Menge Verantwortung plötzlich auf meine Schultern gelegt wurde. Das kannte ich nicht. Ich war nie für etwas verantwortlich, hatte nie allein entschieden, aber ich empfand dieses Gewicht gar nicht als Last, sondern als Herausforderung und fühlte meine Stärke wachsen.
»Doch, aber ich hab mit meinem Kurzzeitgedächtnis alles wieder vergessen.«
»Weil du es nicht gebraucht hast«, ergänzte ich pädagogisch. »Das wird hier ja wohl anscheinend anders.«
Über zwei Stunden mussten wir im Aufenthaltsraum auf unser Zimmer warten und zweimal nachfragen, wann es endlich fertig war. Die stoische Ruhe des Personals ging uns beiden auf die Nerven, und als wir endlich auf unser Zimmer kamen, stellten wir fest, dass diese Ruhe und Gelassenheit wohl auch beim Putzen stark zur Geltung kam. Mit deutscher Sauberkeit war das Ergebnis überhaupt nicht zu vergleichen, aber etwas mehr Mühe hätten sich die Putzfrauen doch geben können. Wir nahmen es so hin und waren selig, als jeder von uns duschen konnte.
Auf den weichen Betten ruhten wir uns aus und schliefen bald beide ein. Gerade passend zum Abendessen wurden wir wieder wach und beobachteten vom Balkon aus die Hotelgäste, die schon wartend an den Speisetischen draußen am Pool saßen.

Unser Hotel befand sich inmitten vieler anderer mehrstöckiger Hotels. Neben dem großen Pool gab es noch eine niedliche Bar mit einigen Tischen. Aber das war auch schon das ganze Angebot. Zum Meeresstrand mussten wir die große Hauptstraße überqueren, was bei dem Fahrstil der Türken nicht ungefährlich war. Doch wir entdeckten am dritten Tag eine Unterführung, die uns direkt an den Strand brachte und für die wir sehr dankbar waren.

An diesem ersten Abend stellten wir fest, dass im Gegensatz zur deutschen Sauberkeit auf jeden Fall die Tugend Pünktlichkeit in dieser Hotelanlage gepflegt wurde. Punkt halb acht stürzten die Hotelgäste auf das Buffet und grapschten nach den Tellern und Salaten, drängelten in der Schlange, gierig und anscheinend ausgehungert, endlich ihr Menü zum Tisch tragen zu können. Und darin lag unser abendliches Problem, denn wir hatten nicht, wie alle anderen, rechtzeitig eine halbe Stunde vor Buffeteröffnung einen Tisch belegt und standen nun etwas verdutzt am Pool, wo einige Gäste schon geräuschvoll mit dem Essen begannen. Jetzt kapierten wir, weshalb alle schon so früh an den Tischen gesessen hatten.

Schnell näherte sich uns ein netter türkischer Kellner, der uns vorschlug, an einem der Tische zur Rechten Platz zu nehmen, wo jeweils nur zwei Personen saßen, obwohl für vier gedeckt war.

Dann war unser Problem ja gar kein Problem und freudig trabten wir auf das Essen zu, was wirklich in reichlicher Vielfalt angeboten wurde, mit zehn verschiedenen Salaten, Kuchen, Melonen, Konfekt und zwei warmen Gerichten. Als wir unsere Teller ordentlich beladen hatten, strömten wir mit vielen anderen Gästen hinaus auf die Terrasse am Pool und setzten uns an einen der rechten Tische, wo im Moment noch niemand saß. Das Essen war etwas fettig, der Nachtisch meist zu süß oder zu staubig, aber eigentlich ganz lecker. Und wir hatten großen Hunger, da kam es nicht so sehr auf den Geschmack an.

Nach einer Weile kamen die eigentlichen »Tischbesetzer«, waren wohl für einen Moment verwundert, Fremde an ihrem Platz zu finden, setz-

ten sich dann aber und wünschten uns gleichzeitig einen guten Appetit. Die beiden jungen Männer sahen weder wie Türken noch wie Deutsche aus, der eine von ihnen war glatzköpfig und machte auf mich gleich einen etwas gefährlichen Eindruck (diese Vorurteile!), der andere wirkte eher bubihaft und naiv (wieder ein Vorurteil, wie sich später herausstellte).
»Ich hoffe, unsere Gesellschaft stört euch nicht«, begann Saskia das Gespräch. »Aber wir haben leider keinen freien Tisch mehr gefunden.« Die beiden schüttelten nur mit den Köpfen und aßen unbeirrt weiter. Sie waren höchstens Anfang zwanzig und sicherlich nicht der passende Umgang für uns, dachte ich etwas enttäuscht, solche Tischpartner vorgesetzt bekommen zu haben. Ich konzentrierte mich auf das Essen und dachte darüber nach, was wir wohl in den nächsten Tagen erleben würden. Für mich sollte dieser Urlaub totale Erholung sein, relaxen pur, am Pool und am Strand liegen und einfach nur genießen. Was sich zwischendurch ergeben sollte, ließ ich völlig offen. Ich war einfach nur glücklich, im Urlaub und in der Wärme zu sein. Dass ich aber unweigerlich auch auf Menschen treffen würde, hatte ich in meine Urlaubsgedanken gar nicht richtig mit eingeplant. Andererseits fühlte ich eine große Chance, einfach mal unbehelligt, weit von zu Hause entfernt, auszuprobieren und vielleicht Dinge zu tun, die ich in meiner alten Umgebung niemals getan hätte. Ich konnte mich frei bewegen und Verhaltensweisen und Reaktionen austesten, ohne dass sie mir gelingen mussten.
Mein Gegenüber, der Glatzköpfige, tupfte sich auf einmal mit der Serviette den Mund, sodass ich aufblickte.
»Und was macht ihr so beruflich?«, fragte er unvermittelt.
Saskia und ich sahen uns grinsend an. So begann man doch kein Gespräch. Und außerdem würden wir das erst recht nicht preisgeben.
»Ist das für dich wichtig?«, fragte Saskia zurück, nachdem sie ihr Stück Melone hinuntergeschluckt hatte.
Sollte man nicht erst mal nach dem Namen fragen?, dachte ich und

bekam mit einem Mal Lust, mich an dem anfänglichen Gespräch zu beteiligen.
»Darf ich euch duzen?« Ich blickte zuerst den Glatzköpfigen an, dann seinen Freund neben ihm.
»Klar«, antwortete der junge Mann gegenüber.
»Wie heißt ihr?«, fragte ich weiter und hatte meine anfängliche Scheu schon fast überwunden. Ich richtete mich ganz bewusst etwas auf und zeigte damit, dass ich eine selbstsichere Frau war.
»Ich heiße Arthur und das ist mein Freund Dimitri.«
»Aber ihr kommt nicht aus Deutschland«, entgegnete meine Freundin.
»Nein, aus Sibirien, leben aber schon lange Jahre in Ulm«, antwortete Arthur weiter. Aha, also Aussiedler, mit denen ich in der Schule auch viel zu tun hatte. Arthur hatte, trotz fehlender Haare, eine sympathische Stimme. Er erzählte von ihrem Last-Minute-Flug, von ihren Zimmerproblemen, da sie zuerst keine Klimaanlage hatten und zweimal umziehen mussten, von ihren Aktivitäten, dass sie viel arbeiteten und nun dafür einen erholsamen Urlaub verleben wollten. Hauptbeschäftigung sei bei ihnen das Lesen.
Das hatte ich ihnen ja nun überhaupt nicht zugetraut. Dimitri sprach nur wenig und sehr leise. Er schien ziemlich schüchtern zu sein.
Saskia übernahm die Gesprächsführung, indem sie viele Fragen stellte, aber auch über uns berichtete. Wir seien erst gerade angekommen und machten das erste Mal Urlaub ohne Kinder.
Kinder?! Wie konnte sie das nur erwähnen? Das würde ja alle Männer, die man an der Angel hatte, abschrecken. Ich erschrak kurz später über mich selbst und fühlte, dass ich ein wenig Sehnsucht nach meinen beiden hatte.
Die Russlanddeutschen standen bald auf, wünschten uns noch einen schönen Abend und waren schnell hinter einer Palme verschwunden.
Nachdem wir mit dem Essen fertig waren, wechselten wir hinüber zu der kleinen Bar und machten dort Bekanntschaft mit dem Oberkellner

Fico, der sofort ein Auge auf Saskia geworfen hatte und unseren Tisch umschlängelte wie eine beutesuchende Schlange.
Saskia ging auf das Flirtspiel ein und ließ es nachher sogar zu, dass er sie am Tisch massierte.
Woher wir denn kommen, was wir so machen wollen, ob wir uns nicht dort unter den Palmen gemütlich hinlegen möchten, wie alt wir denn sind, wie wir denn heißen ... Ich fand diese Anmacherei ekelhaft und wollte nichts lieber als endlich ins Bett. Die letzten zwei Tage waren anstrengend genug gewesen, jetzt hatte ich mir erholsamen Schlaf verdient. Aber Saskia fühlte sich natürlich geschmeichelt und war wild entschlossen, dieses Spielchen noch etwas zu treiben. Der Oberkellner hatte was vom *Glöckner von Notre Dame*, wenn er auch charmant und galant war. Aber das Bucklig-Hässliche blieb einfach etwas an ihm haften.
Die zweite Massage ließ Saskia vollends entspannen und ich saß gelangweilt und müde am Tisch neben ihr und schaute in mein Glas. Ein blödes Gefühl, neben einem flirtenden Pärchen zu sitzen? Früher hätte ich das gehabt, aber an diesem Abend war es mir egal. Ich wollte nur schlafen gehen.
Die Massage war schneller beendet als gedacht, als nämlich Ficos Chef an der Bar auftauchte. Das war meine Chance, endlich ins Zimmer zu kommen. Und nach der dritten geduldigen Anfrage kam Saskia nun doch mit. Sie hatte die letzten Tage wesentlich mehr geschlafen als ich und war daher auch ziemlich munter.
Aber wir spürten instinktiv, dass wir uns diesen Urlaub jeweils nicht allein lassen konnten, denn diese Anmache war sicherlich nur der Anfang.
Aber meine Neugier war geweckt. Wie würde ich mich verhalten, wenn ein Mann sich mir nähern wollte? Könnte ich mit einem fremden Mann flirten? Und mit welchem Ziel?
Zwei Treppen mussten wir hinauf zu unserem Zimmer. Die Beleuchtung auf den Fluren war so schlecht, dass Saskia eine Weile brauchte,

bis der Schlüssel im Schloss steckte und uns die Türe öffnete. In unserem Zimmer war die Luft angenehm kühl. Jetzt zur Nacht hatte sich die Klimaanlage ausgestellt.

Saskia stand noch eine Weile auf dem Balkon, während ich schon längst in meinem Bett schlief und wilde Träume träumte.

Am nächsten Morgen mussten wir uns beeilen, das Frühstück nicht zu verpassen, hatten diesmal aber überhaupt kein Tischproblem, weil die meisten Hotelgäste schon längst am Pool oder am Strand lagen. Jeden Sonnenstrahl musste man nutzen, um so braun wie möglich nach Hause zurückzukommen.

Wir frühstückten ausgiebig mit Kaffee und Brötchen. Es gab keinen Unterschied zu deutschen Essgewohnheiten, was ich ein wenig schade fand. Ich hatte so langsam das Gefühl, dass hier nicht vieles anders war als in Deutschland, dabei wollte ich mich doch schon so fühlen, als sei ich im Ausland. Dazu gesellte sich ein leichtes Gefühl von schlechtem Gewissen: Ich hatte mich überhaupt nicht über die Türkei, geschweige denn über den Urlaubsort *Alanya* informiert. Ich war völlig ahnungslos, aber ich tat dieses Gefühl ab mit den Gedanken an Spaß und Erholung. Das durfte ich auch mal. Ständig musste ich mir als Lehrerin Informationen beschaffen und über etwas Bescheid wissen. Damit machte ich nun eben mal Pause, ob mir das gefiel oder nicht.

Da am Pool sowieso kein Platz mehr war, blieb uns die Qual der Wahl erspart und wir entschieden uns nach dem Frühstück sofort für den Strand. Nach dem Einölen schnappten wir uns ein Handtuch und ein Buch und traten das Abenteuer des Straßeüberquerens an. Endlich auf der anderen Seite angekommen, erblickten wir schon die Liegestühle in Reih und Glied und waren überrascht, dass der Strand gar nicht so überfüllt war.

»Wahrscheinlich bleiben viele Touristen bequemerweise am Hotelpool«, dachte ich laut und Saskia nickte. An meiner Freundin fiel mir erst auf, dass die Sonne glutheiß schien, denn ihr lief der Schweiß am ganzen Körper hinunter. Es waren über 40 Grad im Schatten, wie wir später erfuhren, und die Abkühlung im Meer war nicht wirklich eine Abkühlung. Das Wasser war herrlich klar und ruhig. Total gut gelaunt ließ ich mich auf dem Rücken liegend von den leichten Bewegungen des Wassers tragen, atmete den Salzgeruch tief ein, spürte die brennende Sonne auf meinem Gesicht und wünschte mir, niemals hier wegzumüssen. Ich drehte mich absichtlich weg von den fast erdrückenden Hotelanlagen hin zu den Hügeln und dem etwas weiter entfernt liegenden Hafen von A*lanya*. Die Stadtmitte konnte man leider nicht gut zu Fuß erreichen, auch für die nächstgelegene Disco mussten wir mit Bus oder Taxi vorlieb nehmen. Aber das würde für uns auch kein Problem werden. Ich ließ mich noch eine Weile hin und her wiegen und las dann eine Stunde in meinem Buch, bequem auf einem komfortablen Liegestuhl in der dritten Reihe liegend.

Plötzlich sprach uns ein tiefbrauner, muskulös gebauter Türke an und gab uns halb Deutsch, halb Englisch zu verstehen, dass wir für unseren Liegekomfort auch bezahlen müssten. Natürlich hatten wir kein Geld mitgenommen, weder Euro noch Türkische Lira. Aber wir hatten eh an unserem ersten Tag genug Sonne getankt, sodass wir das Sonnenstudio jetzt auch verlassen konnten. Das war uns nur durch Blickkontakt klar geworden, und wir ließen den Geldeintreiber etwas verdutzt in der dritten Liegestuhlreihe stehen.

Es war etwa gegen halb vier am Nachmittag, als wir unser Geld holten und an der nächsten Straßenecke Wasser und Weintrauben kauften. Als wir damit in unser Hotel marschierten, rief uns das »wachhabende« Personal an. Die Tüten dürften wir nicht mit aufs Zimmer nehmen. Getränke und Sonstiges seien hier im Hotel zu kaufen. Das Englisch war diesmal viel besser, aber der Inhalt der Worte gefiel uns überhaupt nicht. In den nächsten Tagen schleppten wir unsere Rucksäcke stets mit, in denen wir dann unbemerkt Getränke ins Zimmer schleusten. Diesmal mussten wir unsere Einkäufe im Safe deponieren und bei unserem nächsten Ausgang wieder in Empfang nehmen und draußen verzehren.

Nun ja, das waren eben andere Regeln hier als bei uns.
Bevor wir zum Abendbrot gingen, fiel uns eine Reihe von Fotos auf, die an einer Pinnwand aufgehängt waren. Hotelgäste waren darauf zu sehen, wie sie aßen, im Pool badeten oder den Sonnenuntergang am Strand genossen.
»Hey«, stieß Saskia aus, »das will ich auch machen.« Begeistert stand sie vor den Sonnenuntergangfotos und stellte sich schon vor, wie sie dort stehen oder liegen würde, in erotischer Pose, begehrenswert.
»Lass uns zum Essen gehen, sonst kriegen wir wieder keinen Platz mehr«, entgegnete ich, wenig an so einer Fotosession interessiert. Ich war unfotogen und zu unsicher, um mich vor einer Kamera zu postieren.
Der Hotelfotograf trat gerade zu uns und schien begeistert, als Saskia sich für Aufnahmen interessierte.
»Na, sollen wir?« Saskia drehte sich auffordernd zu mir um, nachdem sie eine Weile mit dem Fotografen gesprochen hatte, der sie auffällig genau musterte.
Neues ausprobieren, Herausforderungen annehmen, dachte ich und sagte zu.
Bis wir einen Termin vereinbart hatten, war das Buffet schon wieder eröffnet worden, sodass wir erneut keinen Platz fanden.
Diesmal riskierten wir mit unseren angefüllten Tellern zwei noch freie Plätze anzusteuern, ohne dass uns welche zugewiesen wurden.
Wir gesellten uns zu zwei in Berlin lebenden Türken, auch erst Mitte zwanzig, von denen der eine recht gut aussehend war. Sie besuchten einige Mitglieder ihrer Familie, waren aber jetzt hier in diesem Hotel, um ganz normalen Urlaub zu machen. Ihr Berlinerisch verriet, dass sie schon sehr lange dort lebten. Doch sie kannten sich in *Alanya* und Umgebung aus und schwärmten von einer tollen Disco am Ende der Stadt.
Da wollte ich hin und meine Abenteuer beginnen. Saskia war heute mehr auf Ruhe eingestellt, aber mir zuliebe willigte sie ein, sich mit

den zwei Türken nach Mitternacht auf den Weg dorthin zu machen. Ich war sehr aufgeregt. Gleich am zweiten Abend begegneten uns junge Männer, die uns begleiten würden. Da sie im gleichen Hotel wohnten wie wir, waren sie sicherlich auf angemessenes Verhalten uns gegenüber bedacht und würden sich wie Gentlemen benehmen.
Davon war ich zwar nicht überzeugt, aber etwas beruhigte mich das doch.
Kurz vor Mitternacht klopfte es an unserer Zimmertür. Ich stand vom Bett auf und öffnete. Wir hatten während des Wartens auf dem Bett gelesen und Musik gehört. Jetzt wurde es auch Zeit, dass es endlich losging. Der gut aussehende Türke Sinan stand dort, etwas nervös von einem Bein auf das andere schwankend und bat hereinkommen zu dürfen.
Wir setzten uns auf den Balkon, wo er uns beichtete, dass er gestern eine heiße Nacht verbracht und fast gar nicht geschlafen hatte. Jetzt würden ihn noch unglaubliche Kopfschmerzen quälen, sodass er uns nicht begleiten könnte. Seinem Freund ging es ebenso. Ob wir ihnen nicht Kopfschmerztabletten geben könnten, war seine abschließende Frage.
Natürlich hatten wir welche dabei, die wir ihm mitgaben.
Ich war enttäuscht, als er zur Tür hinausging. Würde Saskia jetzt immer noch Lust haben, in die Disco zu fahren? Ich wollte so gern dahin, hatte solch ein Verlangen zu tanzen, dass ich diese Enttäuschung nicht ertragen wollte. Da sagte Saskia:
»Dann fahren wir eben allein.«

8

Mit dem Taxi erreichten wir gegen halb eins die Disco am Ende der Stadt, die im römischen Baustil mit beeindruckenden Säulen von vielen Scheinwerfern angestrahlt in der Dunkelheit leuchtete. Bis zur Kasse führte uns der breite Gang an Marmor- und Mosaiksteinchen entlang, gesäumt von großen Palmen, zu einer großen Bühne, die umrahmt war von hohen Terrassen, Bars und Pools. Wir blieben eine Weile im Eingang staunend stehen. Alles wirkte sehr imposant, so wie auch der Eintrittspreis. Es waren noch kaum Leute da, dennoch setzten wir uns und bestellten einen Cocktail. Mit dem Eintrittsgeld hatten wir, laut Kellner, drei Getränke frei. Hinterher stellte sich aber heraus, dass der Kellner nicht *three* (auf Englisch drei) gemeint hatte, sondern einfach nur *free* (auf Englisch frei). Ich war mir sicher, dass das nicht an der Lautstärke oder der schlechten Aussprache gelegen hatte und beschwerte mich beim Oberkellner. Doch wir hatten kein Glück und mussten die teuren Cocktails trotzdem bezahlen.

Auch beim Wechselgeld versuchten sie uns hier zu betrügen, denn mit dummen Touristen konnte man es ja machen. Wir ließen uns aber unsere Laune nicht verderben, genossen die tolle orientalische Atmosphäre unter freiem Himmel und den leckeren Drink. Erst gegen halb drei füllte sich die Discothek, da viele Touristen und auch Einheimische aus den Bars am Hafen von *Alanya* kamen, die um drei Uhr schlossen. Es gab sogar extra Discobusse, die die Leute in Scharen hierher transportierten.

Als sich endlich zwei Männer auf die Tanzfläche trauten, zogen wir nach. Saskia gefiel der türkische Pop nicht so besonders; für mich war diese Musik vom Rhythmus genau richtig und ich merkte, wie meine

Bewegungen geschmeidig und erotisch wurden. Mein Stretchkleid saß super und ich fühlte mich rundherum zufrieden. So dauerte es nicht lange, bis der erste Tänzer nach meinem Namen fragte und woher ich denn käme. Er schien Asiat zu sein und interessierte mich nicht weiter. Mir gefielen die Türken wesentlich besser.

Ich tanzte mit Saskia, die anscheinend gar nicht an Männerkontakte dachte. Immer wenn ihr jemand zu nah kam, drehte sie sich zur Seite, und nach einer Weile hatten wir uns aus den Augen verloren. Auf der Tanzfläche war es mittlerweile sehr voll geworden, sodass man zum Ausweichen kaum noch Platz hatte. Ich tanzte wie in Ekstase, genoss die Lautstärke, die Lichter, den Nebel und meine eigenen Bewegungen. Doch sehr bald fühlte ich fremde Bewegungen, die einem niedlichen Türken gehörten, der mich mit rehbraunen Augen kokett anlächelte. Eigentlich sah er eher wie ein Inder aus, machte, soweit ich das erkennen konnte, einen sehr jungen Eindruck und war vielleicht nur fünf Zentimeter größer als ich. Aber er schien Gefallen an mir gefunden zu haben, tanzte immer näher an mich heran und versuchte zwischendurch, seine Hände um meine Hüften zu legen. Ich ließ das nicht zu, lächelte nur kokett zurück und tanzte in eine andere Richtung. Doch er gab nicht auf und erschien immer wieder vor mir mit sehr geschmeidigen Bewegungen. Plötzlich zog mich jemand hinten am Kleid zurück. Erschrocken drehte ich mich um und sah Saskia gestikulierend zur Bar zeigen. Sie schob mich vorwärts von der Tanzfläche herunter bis zu einer der vielen Theken, wo ich sie wieder etwas besser verstehen konnte.

»Sieh mal, da ist Sinan. Lass uns auch was trinken, okay?«

Ich nickte, obwohl ich gerne weiter getanzt hätte, zumal mir das »Tanzflirten« langsam Spaß machte.

Sinan ging es wieder besser, und er wollte nach uns sehen. Er hatte wohl Feuer gefangen was meine Freundin anging. So trank ich meine Cola und machte mich wieder auf zur Tanzfläche. Schließlich wollte ich den beiden auch nicht störend im Wege sein.

Der »Türkeninder« hatte mich schnell wiedergefunden, schrie mir irgendwann seinen Namen ins Ohr, der aber so kompliziert war, dass ich ihn damals wie heute weder auszusprechen noch zu schreiben wüsste. Aber er war sehr nett, führte mich bald zur Theke, wo wir einen Cocktail tranken, der es in sich hatte. Ich merkte schnell, dass er meine Sinne etwas benebelte. Das Tanzen kam mir nun noch sinnlicher vor und ich ließ mich auf engen Körperkontakt mit dem jungen Türken ein. Ich muss gestehen, lieber Leser, dass etwas Bockigkeit dabei war, wenn ich an mein erstes Abenteuer zurückdenke. Saskia mit Sinan, mein Exmann mit seiner neuen Freundin. Ich wollte nun auch etwas und war zu allem bereit. Jedes Risiko würde ich auf mich nehmen. Und das tat ich in dieser Nacht, wenn das nächtliche Abenteuer in einem Steinbruch auch äußerst unbequem war und mir keineswegs die Erfüllung brachte. Aber darum ging es mir auch gar nicht. Als wir unsere Kleider wieder einigermaßen gereinigt hatten und zurück auf die Tanzfläche gingen, wurde es schon langsam hell, in den Hirnen der meisten Menschen langsam dunkler; es gab kaum noch nüchterne Gäste. Und so gestaltete sich auch der Umgang, versteht sich. Betrunkene Türken waren mir ein Ekel und ich war froh, als Saskia sich endlich entschließen konnte, den 6-Uhr-Bus zurück zum Hotel zu nehmen, in dem auch Sinan mitfuhr. Sein junger Freund war mittlerweile auch aufgetaucht und begleitete uns mit zurück. Am Hotelpool saßen wir noch eine Weile zu viert, kühlten unsere zertanzten Füße und unterhielten uns über die tolle Nacht, die Musik, die Leute, den Urlaubsort, lachten und schäkerten, bis ich mich unerwartet im Pool wiederfand. Sinans Übermut war nicht zu bremsen gewesen. Geistesgegenwärtig streckte ich meinen linken Arm in die Luft, an dem sich meine Uhr befand. Doch sie hatte das Wasserbad überlebt.
Welch ein Kind, dachte ich, nahm es aber humorvoll hin.
»Ich geh schon mal rauf«, sagte ich zitternd und war mir sicher, Saskia würde folgen.
»Komme gleich nach!«, rief sie mir hinterher.

Hauptsache, schnell das nasse Kleid aus, dachte ich nur, hob die Hand zum Abschied ohne mich noch mal nach den Dreien umzudrehen und beeilte mich, unter die warme Dusche zu kommen. Das tat gut. Noch besser fühlte ich mich, als ich im Bett lag und meine Füße hochlegen konnte. Sie hatten diese Nacht so viel geleistet. Ich dachte noch eine Sekunde an den süßen »Türkeninder«, da war ich schon fest eingeschlafen.
Verständlicherweise bekamen wir an diesem Morgen kein Frühstück mehr, als wir erst am frühen Nachmittag aufwachten. Ziemlich erledigt suchte ich taumelnd den Weg ins Bad, glaubte aber irgendwo anders gelandet zu sein.
»Was ist denn hier los?«, stieß ich aus und sah mich verwirrt um.
»Hier liegt ja alles voller Steine. Die ganze Dusche ist voll damit!« Ich schaute aus dem Bad um die Ecke zu Saskia, die sich gähnend im Bett aufgerichtet hatte und mich verräterisch angrinste.
»Das war ich.«
»Wie? Das warst du?«
»Ich hab die Steine mit hereingebracht.«
Ich verstand immer noch nicht, was geschehen war, und trat näher an Saskias Bett heran.
»Wir waren noch am Strand«, erklärte sie lächelnd.
»Hab ich echt nicht gemerkt, dass ich die ganzen Steinchen noch am Körper hatte.«
»Na«, sagte ich grinsend, »da werden sich die Putzfrauen ja freuen.«
Das hatte ich mir doch fast gedacht. Auch sie ging aufs Ganze.
»Wie siehst du denn eigentlich aus?«, fragte Saskia jetzt.
»Wieso? Ich hab keine Steinchen mitgebracht.«
»Nee, aber blaue Flecken hinten.« Der Steinbruch war doch nicht ohne weiteres an mir vorbeigegangen.
Saskia lachte laut auf. »Wir sind schon verrückte Hühner.«
Jetzt fing unser Urlaub richtig an.
Am Spätnachmittag mussten wir erst unseren unsäglichen Hunger stil-

len und kehrten in einer türkischen Pizzaria in der Nähe unseres Hotels ein, wo wir sehr höflich und zuvorkommend bedient wurden. Saskia bestellte Calamares, ich eine Pizza, wie das die normalen Touristen tun, die das fremde Land nicht wirklich kennen lernen wollen. Wir tranken türkisches Bier, das uns schnell zu Kopf stieg und uns später dicke Füße verschaffte. Der nette Kellner Hassan fragte uns auf Englisch aus und bot mir zum Schluss an, als Saskia zur Toilette verschwunden war, uns einen Abend die Stadt zu zeigen. Wir seien so hübsche, tolle Frauen. Die dürfe man nicht allein herumlaufen lassen. Ich sagte sofort zu. Wenn meine Freundin auch mitkommen wollte, würde uns sein Freund begleiten. Selbstverständlich nahm ich meine Freundin mit und verabredete mit Hassan den morgigen Abend.

Saskia war von meiner Entscheidung zwar nicht begeistert, aber die große Stadt mit einheimischer Führung zu besuchen, schien uns ganz sinnvoll zu sein. Und schließlich waren wir hier, um Abenteuer zu erleben. Und wir konnten alles erleben, was wir wollten.

Als wir nun satt und etwas beschwipst aus dem Restaurant kamen, schlugen wir den Weg zum Basar ein. Die Sonne knallte noch immer heiß auf unsere Körper herab.

»Sieh dir das mal an.« Ich blieb erstaunt vor einem riesigen Baum stehen, von dem es wie in einer Allee Dutzende am Straßenrand gab. Saskia blieb wie ich stehen, schien aber gar nicht fasziniert zu sein.

»Weißt du nicht, was das ist?«, fragte ich und berührte die großen, dicken Blätter dieser Sukkulente. Meine Freundin schüttelte mit dem Kopf. Ich glaube, bei ihr machte sich der Alkohol des Bieres mehr bemerkbar als bei mir.

»Das ist ein Gummibaum. Hast du schon mal so einen riesigen Gummibaum gesehen?« Ich war beinahe überwältigt. Diese Bäume standen hier fast so groß wie Buchen bei uns an der Straße, waren in der Stadtmitte sogar gestutzt, wie ich später feststellte. Saskia machte von mir und dem Gummibaum ein Foto. Da war ich zufrieden und wir spazierten die Straße weiter entlang, bis wir die ersten Stände des

Basars erblickten. Die Verkäufer bewegten sich schlagartig auf uns zu, machten uns Komplimente, wollten wissen, woher wir kamen und sprachen meistens auch Deutsch. Die Ware war immer so gut wie an keinem anderen Stand, alles mussten wir gebrauchen können. Am besten war aber der Apfeltee, den wir heiß serviert bekamen und der unserem Magen sehr gut tat. Saskia war voller Eifer, eine tolle Jeans zu ergattern, einen silbernen Ring auszuwählen, eine Uhr so günstig wie möglich zu kaufen und was man noch so Schönes entdeckte. Ganz zufällig fand ich einen beigefarbenen Rock und ein knatschgrünes Kleid, die mir beide passten und mich sehr gut kleideten. Saskia hatte Spaß am Handeln und war teilweise so hartnäckig, dass die Verkäufer schon ärgerlich wurden. Aber die beiden nachgemachten Markenklamotten bekam ich für ein paar Euro.

Vorbei an den Restaurants in der Straße wurden wir überall angehalten und mit Komplimenten überschüttet. Schöne blaue Augen, schöne braune Augen, super Figur, strahlendes Lächeln, wunderschöne Beine, atemberaubende Taille, süßes Gesicht und so weiter und so weiter. Während andere Passanten ärgerlich oder geniert das Weite suchten, genossen wir die Aufdringlichkeit der türkischen Laden- und Restaurantbesitzer schon ein wenig.

Zurück in unserem Hotelzimmer meinte Saskia schmunzelnd: »Diesen Urlaub über lassen wir den Verstand im Koffer und packen die Komplimente in den Rucksack.«

Das wurde zu unserer Urlaubsdevise, wann immer wir ein Kompliment erhielten, ehrlich gemeint oder nicht, machte für uns keinen Unterschied. Wir amüsierten uns köstlich und spielten mit den aufdringlichen Männern.

Piercings und Tattoos konnte man sich in den engen Gassen auch machen lassen, obwohl die Läden ganz und gar nicht vertrauenswürdig aussahen. Am besten fand ich die Preise, die in dieser Währung in Millionen ausgedrückt wurden.

»Soll ich mich für drei Millionen auf die Straße legen?«, fragte Saskia

schalkhaft. Sie liebäugelte nämlich mit einem Tattoo auf dem Po, würde dieses aber in jedem Fall nicht in der Türkei machen lassen. Das wäre sicherlich ein Bild, das Millionen Männer anlocken würde.
An diesem Abend kamen wir wieder zu spät zum Essen, aber wir hatten überhaupt keine Lust auf diesen Stress, wer zuerst in der Essensreihe stand, und beeilten uns deshalb auch nicht. Im Gegenteil, wir bemühten uns möglichst spät zu gehen und trafen, als wenn es vorherbestimmt gewesen wäre, wieder auf die beiden Aussiedler, die dieselbe Idee gehabt hatten.
Diesmal war Dimitri redseliger, erzählte von seinem Studium als Graphiker, von seiner Familie in Sibirien, von schlimmen Übergriffen, die er als Kind erlebt hatte. Arthur betonte immer wieder, dass sein großes Ziel immenser Reichtum war und er mit Hilfe seines Freundes Dimitri sorgfältig an der Erreichung dieses Zieles arbeitete.
Ich hielt dieses Geschwätz für ziemlich naiv und klinkte mich bald aus. Saskia hingegen hatte richtiges Interesse am Gespräch mit den beiden gefunden, stellte ihnen direkte Fragen, holte sie mit ihrer Argumentation aus der Reserve. Doch es stellte sich heraus, dass sie außerordentlich gebildet und intelligent waren und mit Saskia gut mithalten konnten.
Uns in die Disco begleiten wollten sie aber nicht. Sie hatten diesen Urlaub zum Entspannen und Lesen geplant. So recht verstehen konnte ich das nicht, dass junge, freie Männer sich zurückzogen und nicht begierig waren, Mädchen oder Frauen kennen zu lernen. Ich wollte auf jeden Fall wieder auf die Pirsch gehen, wollte dorthin wo das Leben tobt, hatte ungeheure Lust zu tanzen und wieder diese schöne türkische Popmusik zu hören. Sie erinnerte mich an meine Kindheit, an die Langspielplatte meines Vaters aus Griechenland.
Auch wenn der Eintritt in die tolle Orient-Discothek teuer war, verbrachten wir auch die kommende Nacht dort.
Ich tanzte bestimmt über zwei Stunden am Stück, ohne eine Trinkpause oder mit den Bewegungen aufzuhören. Langsam bekam ich Routine

im Flirten, bemerkte, welcher Gesichtsausdruck ankam, welche Bewegungen die Männer verrückt machten. Besonders attraktiv fanden die Türken es anscheinend, wenn deutsche Frauen zu ihrer einheimischen Musik tanzten. Ich mochte diese Musik und empfand es als natürlich, mich dazu zu bewegen. So kam ich auch in dieser Tanznacht einem jungen Türken näher, der gerade erst 23 Jahre alt war. Immerhin sprach er, im Gegensatz zum ersten, dem süßen Inder, ganz gut Englisch, sodass wir uns wenigstens unterhalten konnten. Seine braunen Augen und seine schwarzen Haare zogen mich magisch an. Für solche Männertypen hatte ich als Kind schon geschwärmt und dieses Bild für meinen Exmann wohl jahrelang verdrängt. Mein Gott, dachte ich bei mir, was hast du alles versäumt! Was hast du in deinem vorherigen Leben alles gemacht, was du eigentlich gar nicht wolltest!

Ich taumelte in meiner Leidenschaft, ließ mich zum Küssen verführen und machte all seine erotischen Bewegungen mit und – fand es herrlich. Sich so gehen zu lassen war eine Wonne, hätte ich nie für möglich gehalten, dass ich fähig dazu wäre.

Auch diese Nacht machten wir durch bis zum Morgen und fuhren wieder mit dem »Dolmusch« zum Hotel zurück. Diesmal aber schaffte ich es, am Frühstücksbuffet gerade noch die letzten beiden Brötchen und eine Tasse Kaffee zu erhaschen, um dann wieder ins Bett zu gehen. Als ich mittags wieder wach wurde, hatte Saskia etwas Obst und Wasser gekauft, das wir im Bett gemeinsam verspeisten. Dann legten wir uns noch mit unseren Büchern an den Pool bis zum Abendbrot.

Um 21 Uhr waren wir mit Hassan verabredet, der uns die Stadt zeigen wollte. Wir waren gespannt. Hassans Chef servierte wir uns kostenfrei ein Getränk unserer Wahl, da wir auf Hassans Freund warten mussten. Schließlich erschien er, hoch gewachsen und mehr europäisch aussehend, aber für mich trotzdem sehr sympathisch. Er musterte uns erst von weitem und kam erst näher, als er eine Weile mit Hassan gesprochen hatte. Wir stellten uns kurz vor, als er mit seinem Freund an unseren Tisch kam, und los ging's zur Bushaltestelle. Hier in der Türkei brauchte man nur zu winken und der Bus hielt an. Im Bus musste der Fahrgast schreien, wenn er aussteigen wollte. Alles war sehr unkompliziert hier.

Unser Reiseleiter meinte bei seiner Vorstellung des Landes, dass wir Verständnis für die Einheimischen haben sollten, die die große Hitze im Auto kaum aushielten und deshalb etwas mehr aufs Gaspedal drückten. »Also, seien Sie nicht böse, wenn Sie überfahren werden.« Wir konnten nicht recht ausmachen, ob er das nun aus Spaß oder doch mit großer Ernsthaftigkeit gemeint hatte.

Jetzt saßen wir in einem dahinrasenden Bus mit offenen Türen, der zeitweise bedrohlich nach rechts schwankte. Latif hatte sich zu mir gesetzt, während Hassan sich in die Nähe von Saskia begeben hatte. Er sprach gutes Englisch und berichtete, dass er Student für Elektrotechnik sei und demnächst im Ausland, vielleicht sogar in Deutschland studieren wollte. Ein Intellektueller, na, Gott sei Dank, dachte ich bei mir und hörte aufmerksam zu. Er war 22 Jahre und machte schon einen sehr vernünftigen Eindruck.

Schon nach wenigen Minuten waren wir in der Stadtmitte angekommen und Latif gebot dem Busfahrer durch lauten Zuruf, uns rauszulassen. Relativ hastig bugsierten uns die beiden durch die Straßen der großen Stadt, aus der wir alleine niemals herausgefunden hätten. Was würden meine Verwandten zu Hause bloß denken, wenn sie mich hier mit wildfremden Männern durch eine wildfremde türkische Stadt hechten sehen würden. Und wie war mir selbst zumute? Ich hatte keine Angst, ich setzte auf volles Risiko, obwohl ich früher immer ein ängstlicher Mensch gewesen war, der alles am liebsten 100%ig geplant und vorher durchdacht hätte.

Saskia hatte vor unserer Busfahrt noch ein Bier getrunken und musste nun dringend auf Toilette. Da sie kein Wort Englisch sprach, übernahm ich die ganze Zeit die Konversation. Latif bog, als er von unserem Begehren erfuhr, um eine Ecke, stieß eine alte Tür auf und führte uns zwei Treppen hinauf in eine türkische Wohnung.

»Do you know many people in Alanya?«, fragte ich ihn, um meine Aufregung etwas abzulenken. Er bejahte und zeigte uns kurz später eine komfortable und saubere Toilette. Danach reichte man uns sogar ein Glas Tee. Latif gab mir zu verstehen, dass wir uns gerade bei einem Verwandten von ihm befanden, der einen Friseursalon besaß. Als ich um die Ecke spähte, konnte ich einen bärtigen Türken erblicken, der einem Jüngeren zeigte, wie er die Haare eines Dritten schneiden musste. Ich war amüsiert und interessiert zugleich. Hier waren wir in einer typischen türkischen Wohnung, in der ich das wahre kulturelle Leben dieser Menschen erleben könnte.

»They study hair styling«, erklärte Latif und zeigte uns eine Karte von Alanya, die an der Wand hing. Dort konnte man die historische Entwicklung der Stadt hinsichtlich der Hotelanlagen erkennen. Gerne wäre ich noch in diesem einheimischen Salon geblieben. Aber es ging weiter durch die Straßen von *Alanya* in einem mysteriösen Eiltempo. An einer Parkanlage sollten Saskia und ich schließlich entscheiden, ob wir in einer Art Teestube unter freiem Himmel sitzen oder eine Hafenrundfahrt machen wollten. Also hatten sie doch keinen durchtriebenen Plan mit uns, da sie uns freie Wahl ließen. Das beruhigte mich ein wenig. Wir hatten uns einstimmig für die Teestube entschieden, konnten aber nicht einen einzigen freien Platz für uns finden. Die Tische zum Essen oder Trinken waren in diesem Urlaub nicht gerade nett zu uns. So wählten wir dann entschlossen die Hafenrundfahrt. Fahrt- und Getränkekosten übernahmen die beiden großzügigen Herren gentlemenlike. Wir nahmen Platz auf dem oberen Deck des kleinen Kutters und warteten geduldig auf den Beginn unserer Rundfahrt.

Hassan und Latif hatten sich wohl im Restaurant schon abgesprochen, wer welche Frau nehmen würde. Und Hassan baggerte nun ganz hartnäckig meine Freundin an, die nicht im Geringsten an ihm interessiert war. Das zeigte und sagte sie ihm unmissverständlich deutlich. Ganz und gar nicht verstand Hassan, wie eine Frau ihn ablehnen konnte, und versuchte, halb auf Deutsch, halb auf Englisch, Saskia zu verstehen zu geben, dass er ein toller Mann war.

Latif beschäftigte sich mit mir. Er würde sicherlich mal in Deutschland studieren und wollte deshalb die deutsche Sprache lernen. Ich stellte fest, dass er schon viele Wörter kannte und sie gut aussprechen konnte und ein Sprachstudium gar nicht vonnöten war. Er wollte ein anderes Studium genießen und ging sehr direkt zur Sache.

Der würde seinen Weg im Leben machen, dachte ich fasziniert. Ein zielstrebiger, junger Mann, der genau wusste, was er wollte und wie er schnell an sein Ziel kam. So wollte ich auch werden.

Das Warten auf die Abfahrt dauerte für Saskia wahrscheinlich unendliche Stunden, denn sie musste sich die ganze Zeit gegen den hartnäckigen Hassan verteidigen und ihm geduldig beibringen, dass er keinerlei Chancen bei ihr hatte. Ich bat Latif nach einer Weile, der mit Liebkosen meines Körpers beschäftigt war, was ich sehr genoss, seinem Freund dringend anzuraten, meine Freundin nun endgültig in Ruhe zu lassen. In sehr hartem Ton übersetzte der wohl zehn Jahre jüngere Latif seinem Freund, was ich ihm aufgetragen hatte. Hassan wich wirklich eingeschüchtert zurück, bestellte sich vor lauter Frust ein Bier und rauchte eine Zigarette. Doch nach einer Weile des Aufatmens machte der frustrierte Türke einen erneuten Versuch, Saskia von seinen männlichen Vorzügen zu überzeugen. In diesem Moment lief der Kutter aus und präsentierte uns die Bucht von *Alanya* in bunte Lichter getaucht, während wir wie schwebend über das schwarze Wasser dahintuckerten.

Ich war ein wenig stolz, den Hübschen der beiden Türken erwischt zu haben, beziehungsweise darüber, dass dieser sich anscheinend für mich interessierte. Saskia tat mir wirklich Leid, denn Hassan war für einen Mann ziemlich klein und mickrig, mit sehr schmalem Gesicht und kleinen Augen, er erinnerte mich ein wenig an Ilja Richter.

Latif flüsterte mir auf Englisch zu, dass wir uns doch bitte nach unserer Hafenrundfahrt noch treffen sollten. Er habe einen Freund, dessen Vater Hotelbesitzer sei und uns ein Zimmer reservieren könne.

Saskia war froh, als wir nach der zwanzigminütigen Kutterfahrt den direkten Weg zur Bushaltestelle nahmen und zum Hotel zurück fuhren. Hassan wimmerte die ganze Rückfahrt mit neidischem Blick auf seinen Freund, der mit mir Arm in Arm die Straße entlangging. Wie gemein das doch alles wäre, dass Saskia ihn nicht wollte. Er könne das überhaupt nicht verstehen, und was das doch für ein blödes Gefühl wäre, so abgestoßen zu werden.

Ich hatte nicht eine Spur Mitgefühl für ihn; ich erkannte nur wieder einmal, wie scheußlich jemand ankommt, der Mitleid erregen will und über sich selbst jammert.

So ist nun einmal das Leben: Der eine bekommt etwas, der andere eben zu dieser Zeit nicht. Dabei hat alles seinen Sinn, wenn man nur fest daran glaubt und es mit Fassung und Humor trägt.

Saskia blieb im Hotelzimmer, während ich mit Latif und Hassan zur Hauptstraße zurückging. Ich dachte nur daran, ob wir den nervigen Hassan auch loswurden. Doch kurz vor dem besagten Hotel von Latifs Freund beschritt er jammernd einen anderen Weg und war bald nicht mehr zu sehen und Gott sei Dank auch nicht mehr zu hören. Latifs Handy schrillte plötzlich in seiner Hemdtasche. Aufgeregtes Türkisch schien von einem Ende zum anderen zu gehen und Latifs Miene verdüsterte sich kurzzeitig.

Das reservierte Hotelzimmer war leider eben vergeben worden, sodass wir auf diese komfortable Möglichkeit verzichten mussten. Mein Gedanke klammerte sich an Saskias Strandabenteuer mit Sinan und ich schlug sofort vor, zum Strand hinunterzugehen. Latif war damit einverstanden und kannte den Strand wie seine eigene Westentasche. So führte er mich zu einer gemütlichen, geschützten Stelle mit Liege, die er bestimmt schon öfter als Liebesnest eingerichtet hatte.

Mein Liebesabenteuer entpuppte sich hier als die Ausgeburt eines Obermachos, der alles bestimmen und seine Macht rigoros zur eigenen Befriedigung ausleben wollte. Ich spielte dieses Machospiel eine Weile mit, dann gab ich ihm eindringlich zu verstehen, dass ich entweder auch meinen Spaß haben oder sofort ins Hotel zurück wollte. Er lächelte fies und hielt mich am Arm brutal fest. Ich bekam ein wenig Angst, obwohl ich doch noch so willig war, dass es nicht zu einer Vergewaltigung gekommen wäre. Aber in diesem Augenblick klingelte abermals sein Handy. Diesmal stand er abrupt im Gespräch auf und zog in Windeseile seine Kleidung wieder an. Er gebot mir mit einer Geste, absolut still zu sein, denn sein Vater war am anderen Ende der Leitung und befahl seinen Sohn dringend nach Hause.

Er hatte gerade noch Zeit, meine Handynummer zu speichern und war dann wie ein Geist in der Dunkelheit verschwunden.

Weichei, dachte ich schmunzelnd und tappte durch den Sand hinauf zur Straße und dann rasch zum Hotel. Es war mittlerweile tiefe Nacht und der Weg noch lang und gut einsehbar für »jederMann.«

Als ich total müde, aber doch erleichtert in meinem Bett lag, konnte ich gar nicht so recht glauben, dass ich das bisher alles erlebt hatte, was geschehen war.

Ich war dabei, mich völlig zu verändern.

9

Unsere Urlaubstage vergingen wie im Flug. Es war unglaublich heiß, und wir verbrachten den Tag meistens am Strand – hatten nun auch die zwei Euro für die Liegestühle immer parat – mit Lesen und Sonnen. Unsere Körper hatten schon gut Farbe bekommen, sodass wir uns für die Fotos »wohlgebacken« fühlten.

Ich war nervös, als wir mit dem Hotelfotografen zum Strand liefen, der die ganzen Minuten furchtbar hektisch war. Hinterher erst verstand ich weshalb. Man konnte nämlich zusehen, wie die Sonne am Horizont versank und für die Farben, die Platzierung und die Beleuchtung eine große Herausforderung darstellte. Die Posen waren von ihm schon tausendfach gestellt worden, er wusste, wie er unsere Körperteile legen oder anwinkeln musste, damit wir und die Sonne so gut wie möglich getroffen waren. Wir ließen Fotos von uns beiden zusammen und einzeln machen. Schon am nächsten Tag konnten wir die Ergebnisse bewundern. Wirklich erstaunlich, wie fotogen ich auf einmal wirkte.

»Vor meiner Trennung sah ich auf Fotos meistens total doof aus. Und guck dir das jetzt an.«

Saskia sah wirklich klasse aus und wir kauften fast alle der gemachten Aufnahmen.

Am Nachmittag meldeten wir uns für einen Hamam-Besuch in der Stadt an. Dass draußen auch Saunatemperaturen herrschten, machte uns das Unternehmen nicht mies.

Mit einem kleinen Bus unseres Reiseunternehmens ging es am folgenden Mittag los. Männer und Frauen wurden getrennt, was uns nicht weiter störte, da wir ja keine hatten. Alle zogen sich nackt aus, bekamen ein Kleiderfach mit Schlüssel und Badeschuhe. Dann wurden wir in den Saunabereich geführt, in dem alles aus Marmor gemacht war, mit blauen Mosaiksteinchen bildschön verziert. Golden eingefasste Wasserbecken gab es an vier Ecken des runden Raumes – klingt paradox aber war so – und zwei Duschen waren hinter Vorhängen versteckt. Der Form des Raumes war eine durchgehende Marmorbank angeglichen, auf der wir alle Platz nehmen und auf die Waschung warten sollten. Zwischendurch besprenkelten wir uns mit kaltem Wasser, was bei einer Temperatur von über 50 Grad angenehm war und das Ausschwitzen fördern sollte.

Ich war noch nie in einer Sauna gewesen und beobachtete die ganzen nackten Frauenkörper mit Interesse. In der Mitte des Raumes war ein großer runder Marmorstein, auf den wir uns der Reihe nach legen mussten, um mit Peeling-Handschuhen von den nicht zaghaften Waschfrauen bearbeitet zu werden. Auch ich wurde eingeschäumt und sorgfältig gewaschen, was unheimlich gut tat. Es war mir nicht peinlich, sondern ich genoss einfach diese tolle Sitte und kam mir vor wie in einem Harem, in dem die Frauen für ihren Mann und Herrscher zurechtgemacht wurden. Zwischendurch wurde man zum Duschen geschickt. Die Kommandos der Waschfrauen waren militärisch und wenig einfühlsam, doch wenn man das tagtäglich machte, wurde das Ritual wahrscheinlich unweigerlich zu einer harten, disziplinierten Routine.

Nach der ausgiebigen Waschung wurden wir in Tücher gehüllt und in einen Restroom geführt, in dem wir ein frisches Getränk serviert bekamen. Dort begegnete man übrigens auch den Männern wieder, die ziemlich erschöpft aussahen, weil die Waschmänner sie wohl sehr männlich behandelt hatten. Danach wurden wir zur Massage gerufen. Solch ein Erlebnis hatte ich vorher auch noch nicht gehabt und genoss dies sehr. Meinen Exmann hatte ich wohl mal gelegentlich massiert, da er an starken Rückenproblemen litt, war aber selber noch nie in diesen Genuss gekommen.

Wieder im Eingangsbereich angekommen fühlten wir uns alle wie neugeboren, doch die Hitze draußen machte uns nach einer halben Stunde wieder schlapp. Die zwei Treppen zu unserem Hotelzimmer hinauf kamen uns unsagbar anstrengend vor. Wir aßen auch in den letzten Tagen immer weniger und waren, im Vergleich zu den ersten Tagen, viel ruhiger geworden.

An diesem Abend veranstaltete das Hotel eine Poolparty, die aber ein absoluter Reinfall wurde. Orientalische Tanzgruppen spielten und tanzten um die Tische und den Pool herum. Das war alles.

Wir saßen mit den Russen zusammen, noch die letzten Reste des Abendbrots verzehrend, und lästerten über die schlechte Organisation und die Einfallslosigkeit des Hotelpersonals.

»Wir machen nachher selber eine Poolparty. Ich hab noch eine Flasche Sekt in unserer Zimmerbar«, sagte Arthur plötzlich und fuhr sich mit der Zunge über die Lippen.

Saskia hatte sofort Feuer gefangen. »Au ja, das machen wir. Dann werden wir denen mal zeigen, was eine Poolparty ist.«

Dimitri lächelte verschmitzt. Wir tranken zusammen türkisches Bier und unterhielten uns prächtig über alles, was die Welt anging.

Ich wäre zwar lieber wieder in die Disco gegangen, aber zugleich war ich auch neugierig auf die beiden, was sie außer den schon gewohnten Tischgesprächen noch zu bieten hatten. Als Männer fand ich sie in keiner Weise anziehend, als dass ich mich auf einen von beiden eingelassen hätte. Aber ihre Redeweise und ihre Lebenseinstellungen faszinierten mich.

Immer mehr Leute entzogen sich dieser turbulenten Hotelparty, und die Tanzgruppen waren bald auch verschwunden. Nur noch wenige Gäste saßen an den Bartischen, allein zwei Kinder schwammen wirklich im Pool.

Wir vier zogen uns auf unseren Zimmern Badesachen an, Arthur brachte wie versprochen die Flasche Sekt mit und so machten wir es uns am Rand des Pools gemütlich. Jeder mit einem Glas Sekt in der Hand paddelten wir am Beckenrand und genossen das Flair der großen, reichen Welt.

»Ihr seid Frauen, die für die reiche Welt ausgewählt sind«, meinte Dimitri auf einmal. »Ihr werdet mal in der High Society leben und großen Wohlstand genießen und euch von euren Männern verwöhnen lassen.«

Etwas grimmig aussehend kam der Oberkellner Fico an uns vorbei, um ein junges Pärchen unter der Palme zu bedienen. Er gönnte den jungen Männern das Zusammensein mit Saskia nicht, das war ihm an der Nase anzusehen. Lieber hätte er sich selbst am Beckenrand gesehen, eine Hand an Saskias Taille, die andere das Sektglas umklammernd.

Saskia war schon ziemlich betrunken und redete wie ein Wasserfall, verlor zeitweise den roten Faden des Gesprächs, so dass ich mehr und mehr müde wurde.

Arthur und Dimitri gaben uns zum Schluss noch zu verstehen, dass ihr eiserner Wille sie zu allem Erfolg bringen würde, den sie sich für ihr Leben vorgenommen hätten. Dass wir uns an ihren Tisch gesetzt hätten, wäre auch nur die Kraft ihrer Vorstellung gewesen. Ich lachte insgeheim darüber, aber Saskia sah sie todernst an. An solche Mächte glaubte sie auch.

Aber dafür, dass wir sie auf ihre Zimmer begleiteten, reichte ihre Vorstellungskraft und Energie an diesem Abend nicht aus.

Mit Kopfschmerzen erwachten wir am nächsten Morgen in unserem Chaoszimmer. Keiner von uns beiden hatte in den Urlaubstagen Lust zur Ordnung oder zum Aufräumen. Als wir zu Hause den Schnappschuss von der »Verteilung der Dinge im Zimmer« sahen, war uns dieser Anblick doch etwas peinlich. Dieses Foto durften wir niemandem zeigen.

Obwohl wir ziemlich kaputt von durchlebten Nächten und von der Hitze ausgelaugt waren, meldeten wir uns für eine Abschlussparty auf einer Burg an, von unserer Reisegesellschaft organisiert. Der Bus war diesmal voll, Saskia und ich waren wohl die Ältesten, aber das machte

uns nichts aus. Die jungen Leute waren zwar ziemlich kindisch und hatten wohl schon Alkohol im Blut, aber wir mussten uns ja nicht mit ihnen abgeben. Wir hatten unseren eigenen Spaß.
Ungefähr eine halbe Stunde fuhr uns der Bus durch die dunkle Landschaft, schließlich einen Berg hinauf, wo wir eine Art Westernstadt vorfanden. Die Tanzfläche war ähnlich wie in unserer Orient-Disco, aber leider angefüllt mit deutschen Touristen.
Saskia war zu Beginn erfreut, als sie deutsche Charts spielten. Doch schon nach einer halben Stunde wechselte die Stilrichtung wieder in die landestypische um und ich war zufrieden.
Bier war im Eintrittspreis für diese organisierte Fahrt enthalten, sodass schon bald taumelnde Gestalten vernünftiges Tanzen fast unmöglich machten. Es war eng und die Gerüche eher abstoßend.
An Saskia hatte sich ein mädchenhafter Typ gehängt. Sie knutschten unerhört lange und ausgiebig, so dass ich mich wegdrehte und die Augen schloss.
Nach einer Weile tanzte ich auf einige Türken zu, einer von ihnen schon älter im weißen Hemd und dunkler Hose. Ob meine Verführungskünste auch bei reifen Männern ankamen? Ich wollte es ausprobieren. Türkische Musik und Blickkontakt, erotische Bewegungen und schon hatte der Türke Feuer gefangen, war fasziniert davon, wie ich mich zu seiner Musik bewegte und bedankte sich sogar später dafür. Zweimal ging ich zu unserem Tisch zurück, um etwas zu trinken, und zweimal forderte er mich wieder zum Tanzen auf. Er sprach einigermaßen Englisch und erzählte stolz, dass er der Kapitän eines Reisebusses war. Nebenbei erwähnte ich, in welchem Hotel ich wohnte, ohne daran zu denken, dass er als Reisebusfahrer sämtliche Hotelanlagen in der Gegend kannte.
Saskia war schon lange Zeit nirgendwo mehr auffindbar und ich blieb mit Hayati am Tisch sitzen, bis er plötzlich etwas von »bus« faselte und mich mit sich zog. Erst als wir an seinem Bus ankamen, verstand ich, was er gesagt hatte. Nichts konnte mir gefährlich oder unangenehm

werden, solange ich genau das wollte, worauf die Männer scharf waren.
So stieg ich ohne Angst in den Bus ein, wo Hayati es mir auf der Rückbank mit Decken und Klimaanlage so bequem wie möglich machte.
Wir genossen unser Liebesspiel sehr; ich hatte schon ein paar Bier getrunken und war total entspannt.
Hayati musste zur gleichen Zeit los wie ich. So gingen wir passend zur Partygesellschaft zurück und taten, als ob nichts geschehen wäre.
Saskia saß mit ihrem »Mädchen« an unserem Tisch und unterhielt sich angeregt. Es kostete mich viel Mühe, sie zur Rückkehr zum Bus zu bewegen, bevor dieser ohne uns abfuhr.
Hayati winkte mir von draußen noch leidenschaftlich zu, als sich unser Bus in Bewegung setzte.
Im Hotelzimmer schwärmten wir uns gegenseitig von unseren Sexerlebnissen vor und fielen in den frühen Morgenstunden in tiefen Schlaf.
Schon am frühen Abend des nächsten Tages, als wir mit den Russen zusammensaßen, trat plötzlich ein junger Türke an unseren Tisch.
»Sara, there's the bus in front of the hotel.« Er deutete grinsend zum Ausgang und verließ uns wieder.
»Wie?«, staunte Saskia. »Wirst du etwa jetzt von einem Reisebus abgeholt?«
Erschrocken, aber gleichzeitig auch etwas stolz, richtete ich mich auf und spähte zur Straße hinüber. Tatsächlich. Da stand sein Bus und er wartete wahrscheinlich. Aufgeregt entschuldigte ich mich für einen Moment und ging hinaus. Hayati strahlte und wollte mich gleich mitnehmen. Ich lehnte dankend ab. Allein, ohne meine Freundin, ging ich nirgendwo hin.
»We are gentlemen«, betonte sein junger Freund hitzig und schob mich vorwärts in Richtung Bus.
Auf Englisch gab ich ihnen eindringlich zu verstehen, dass ich erst meiner Freundin Bescheid geben wollte und verschwand wieder im Hoteleingang. Ich gebe zu, dass ich an dieser Stelle doch etwas von meiner Risikobereitschaft verloren hatte und leise Angst in mir auf-

stieg, die sich aber binnen weniger Sekunden in Aufregung umwandelte.
Saskia hatte überhaupt keine Lust, etwas zu unternehmen und zog eine tiefsinnige Unterhaltung mit Arthur und Dimitri vor.
Ich entschloss mich im Pool schwimmen zu gehen. Angenehm erfrischend war die Temperatur des Wassers und tat meinem Körper sehr gut. Doch die ungestörte Ruhe dauerte nicht lange an, als Hayati und sein Freund mir von der Hotelmauer aus zuraunten, nun endlich mitzukommen. Ich schüttelte den Kopf.
Die waren ja hartnäckig, dachte ich etwas angewidert. Doch als ich nicht mehr reagierte, waren sie schließlich doch von der Mauer verschwunden, und etwas später setzte sich auch der große Reisebus in Bewegung und entfernte sich von unserem Hotel.

Uns war etwas traurig zumute. Wir hatten noch kein Verlangen, in die Heimat zurückzufahren, zumal dort, wie uns eine Freundin von Saskia per SMS mitgeteilt hatte, nur Regen und Kälte zu erwarten waren. Aber der Abfahrtstag war nun gekommen. Unser Zimmer hatte sich vom Chaos befreit. Und wir saßen schlapp in der Hotelhalle und warteten auf unseren Bus, der uns zum Flughafen nach *Antalya* bringen sollte.
Noch im Flugzeug packte mich die unendliche Sehnsucht, die der Romantiker im 19. Jahrhundert gespürt haben musste, eine Sehnsucht nach Unendlichkeit, Weite und Unerfüllbarem.
Am liebsten wäre ich gleich aufgebrochen zu einem neuen Urlaubsziel. Mein Vater hatte früher oft von Fernweh gesprochen. In der Tat, es tat wirklich regelrecht weh, wenn man diese Sehnsucht verspürte.
Doch ich tröstete mich mit dem Gedanken, noch einige Tage für mich zu Hause allein zu haben, da die Kinder noch weiterhin bei ihrem Vater Urlaub machten.
Die ganze Rückreise verlief so schnell, dass ich erstaunt war, als ich um Mitternacht in meiner Wohnung stand, den Koffer abstellte und langsam registrierte, dass ich wieder zu Hause war.

Erschöpft ließ ich mich ins Bett fallen und schlief einen erholsamen Schlaf.
Am nächsten Tag war ich voller Tatendrang, wusch die ganze Wäsche, wischte die Treppe und meine Küche und stellte fest, dass die Fenster furchtbar verdreckt waren. In diesem Moment schellte mein Telefon.
»Bist du am Putzen?«, fragte Saskia, als wenn sie einen Röntgenblick hätte.
»Das stimmt tatsächlich«, antwortete ich verblüfft.
»Ich auch. Ich muss unbedingt Fenster putzen«, stöhnte Saskia durch die Leitung.
»Ich auch«, entgegnete ich.
Einen Moment war Stille am Telefon. Dann stieß Saskia aus:
»Lass uns doch zusammen Fenster putzen. Wir machen uns Cappuccino und fetzige Musik an. Dann geht's bestimmt besser.«
»Tolle Idee. Wo fangen wir an?«, fragte ich begeistert.
»Ich komme rüber.«
Sie hatte schon aufgelegt und klingelte kurz später an meiner Tür.
Es machte wirklich Spaß, wenn ich auch meine türkische Musik nicht laufen lassen durfte, weil ihr die nicht gefiel. Aber ruck, zuck waren wir fertig und gingen zu ihrer Wohnung hinüber.
»Wir machen erst einmal Siesta. Ich hab' was aus der Tiefkühltruhe für uns aufgetaut.«
»Wenn man erst einmal Pause macht, kann man sich hinterher meistens nicht so gut wieder aufraffen«, gab ich zu bedenken.
»Ach, 'ne kleine Erholung tut uns ganz gut.«
Träge und faul wie ich war, musste sie mich nicht weiter überreden.
Draußen schien noch eine angenehme Abendsonne.
»Nimm die Auflagen vom Sofa und leg sie auf meinen Balkon!«, rief Saskia mir aus der Küche zu.
Mir wurde das langsam etwas unheimlich. Konnte sie Gedanken lesen? Ohne weiter zu überlegen, befolgte ich ihre Anweisung und machte es mir auf einer der Auflagen gemütlich.

Wenig später kam das Essen: Pommes und Hähnchenschnitzel, schön fettig.
Mit vollen Bäuchen legten wir uns auf den Boden des Balkons und schliefen nach einer Weile wirklich wie Babys in der wärmenden Sonne. Ein leichter Luftzug betupfte hin und wieder sanft unsere entspannten Gesichter. Ich kann schon sagen, dass ich in diesen Momenten ein wenig vom großen Glück ahnte. Es war einfach herrlich, vom Boden aus unbehelligt in den Himmel zu sehen und die vorbeifliegenden Wolken zu verfolgen. Wo sie wohl hinwollten? Was sie alles zu Gesicht bekamen?
Ich fühlte mich so wohl wie lange schon nicht mehr. So unbesorgt einfach nur daliegen, wie als kleines Kind in längst vergessenen Tagen, die Sonne auf der Haut spüren und die Wolken als weiche Bettchen am Himmel segeln sehen.
In der Tat war das Aufraffen nach dem Wachwerden schwierig und kostete uns viel Kraft. Aber wir gingen hart mit uns um, nach dem wir uns so viel Bequemlichkeit gegönnt hatten, und putzten tatsächlich noch Saskias Fenster mit viel Elan und Tempo. Zwischendurch tanzten wir im Wohnzimmer und beschlossen, diese Nacht mal wieder in die Disco zu gehen. Diesmal fühlte ich mich erfahrener und war sehr gespannt, wie das »Tanzflirtspiel« in Deutschland ablaufen würde. Etwas schade, dass kaum Türken da sein würden und auch keine ausländische Musik gespielt werden würde. Aber so war es nun mal.
Nach der letzten Putzaktion ging ich wieder hinüber in meine Wohnung zum Duschen und ruhte mich auf dem Sofa noch etwas aus. Ich hatte mir mein altes Lexikon aus Kinderzeiten geschnappt, Volkslexikon, im Fackelverlag G. Bowitz KG 1975 in Stuttgart erschienen und ein kleines Bild von Istanbul gefunden.

*»**Türkei**, türk. Türkiye Cümhuriyeti, Republik in Vorderasien u. SO-Europa; umfasst Kleinasien, durchschnittl. 1000 m hoch, die Inseln*

Imbros u. Tenedos, den größten Teil d. Hochlandes v. Armenien (Ararat 5198 m), in Europa Thrazien bis zur Maritza, (…) 38 Millionen Einwohner; 98 % Türken, außerdem Kurden, Armenier und Tscherkessen; (…) Universität in d. Hptst. Ankara und der größten Stadt Istanbul; bed. Städte Izmir und Adana; (…) Unter Osman I., 1288–1326, wurde in Kleinasien das Türkische oder Osmanische Reich v. den früher in Turan wohnenden Türken gegründet; Mohammed II. eroberte 1453 Konstantinopel u. die Reste des byzant. Reiches; nach Eroberung Syriens und Ägyptens nahm Selim I. 1517 die Kalifenwürde an; Suleiman II., 1520–1566, eroberte d. größten Teil Ungarns, gewann Persien, Mesopotamien, Tripolitanien, Algerien; seit 1683 Verfall d. türk. Macht, im 18. Jh. Gegnerschaft zu Russland wegen Meerengen und Balkanslawen; (…) 1853 Krimkrieg; (…) Balkankriege 1912/13; im 1. Weltkrieg auf Seiten der Mittelmächte,(…)

Ich hatte zwar, auch beruflich bedingt, großes Interesse an historischen Begebenheiten, war aber im Moment zu müde, mich damit eingehender zu beschäftigen. Außerdem wollte ich im Moment an der Oberfläche schwimmen und nicht in die Tiefe gehen.
So wie heute Nacht.
Saskia fuhr und ich war schon längst nicht mehr so aufgeregt wie beim ersten Discobesuch.
Hauteng saß meine neue weiße Stretchhose, mein rotes Shirt war bauchfrei, die Zehen rot lackiert. Saskia hatte ihre Haare neu getönt und wirkte frisch und attraktiv.
»Ich hab von Peter schon 'ne SMS bekommen. Er ist erst gegen ein Uhr da, aber er kommt auf jeden Fall.«
»Schön, dann hast du ja was zu tun, wenn ich Männer aufreiße«, sagte ich zum Spaß und drehte die Musik im Auto noch etwas mehr auf.
»Du siehst viel entspannter und schöner aus, seitdem du getrennt bist!«, schrie Saskia mir entgegen und gab richtig Gas.
Das war das Leben, dachte ich vergnügt.

An diesem Abend gab es in der Disco jedes Getränk für 2 Euro, egal, was man haben wollte. Daher war es auch entsprechend voll und die Leute waren schon um halb eins sehr angeheitert und rempelten und taumelten rücksichtslos durch die Gänge und über die Tanzfläche. Als Peter Saskia pünktlich um ein Uhr zum Tanzen holte, machte ich mich auf zur dritten Tanzfläche, wo in dieser Nacht Soul und Reggae gespielt wurde. Ich blieb erst eine Weile stehen und beobachtete mein deutsches Revier. Schnell stellte ich fest, dass bestimmt 80 Prozent der anwesenden Besucher gar keine Deutschen waren. Der ganze Raum war angefüllt mit einer Bewegung, zig schwarzhaarige Köpfe tanzten an meiner Nase vorbei. Ich war wie elektrisiert und tanzte absichtlich auf einen allein tanzenden Ausländer zu, der ganz in Schwarz gekleidet war. Aufrecht in erotischen Bewegungen zeigte ich, was ich zu bieten hatte. Und es dauerte nicht mal fünf Minuten, als der »Schwarze« sein Interesse bekundete und sich näher an mich heranwagte. Unsere Körper berührten sich, führten die Tanzbewegungen gemeinsam aus, die Finger unserer Hände griffen ineinander und ließen sich gegenseitig führen. Nach einer Weile merkte ich, dass seine Berührungen härter und bestimmender wurden. Und schließlich führte er mich von der Tanzfläche weg zur Theke, wo wir uns auf Barhockern niederließen. Im Licht konnte ich hier endlich sein Gesicht erkennen, das mir ganz gut gefiel. Er war kräftig gebaut und hatte schöne braune Augen. In gebrochenem Deutsch fragte er mich, was ich trinken wolle. Als ich »Wasser« antwortete, stutzte er, bestellte sich aber auch eins, da er fahren müsse. Wenn er Auto fährt, trinkt er grundsätzlich keinen Alkohol, meinte er in gebrochenem Deutsch. Das klang ja vernünftig.
»Bist du deutsch?«, fragte er mich und rückte mit seinem Hocker näher an mich heran.
»Ja«, antwortete ich.
»Nein«, meinte er ungläubig.
»Ich bin mir sicher, urdeutsch sogar.«
»Na gut«, sagte er ganz sympathisch.

»Und wo kommst du her?«, fragte ich und musste meine Frage zweimal wiederholen, um den Krach zu übertönen.
»Kosovo«, schrie er mit dunkler Stimme zurück.
Ein Kosovo-Albaner also.
Im Januar 1997 brachen die ganzen Geldinstitute in Albanien zusammen, kriminell organisiert, staatlich jedoch zugelassene »Sparpyramiden« mit dem Versprechen, riesige Zinsgewinne zu machen. Die letzten Vermögensreserven in der Bevölkerung waren ausgeschöpft, so dass es zu einem schweren Aufruhr kam und dies zum vollkommenen Zusammenbruch der öffentlichen Ordnung führte. Die Regierung verlor die Kontrolle über den Süden des Landes. Der Staatspräsident *Salih Berisha* (Demokratische Partei Albaniens) regierte seit den Wahlen im Mai 1996, deren Ergebnis von der Opposition wegen Wahlbetrugs und Chancenungleichheit nicht anerkannt wurde, autoritär. Im März 1997 verließen Albaner zu Tausenden fluchtartig das Land, meist auf dem Seeweg nach Italien. Tja, und bei uns in Deutschland waren auch sehr viele angekommen. Einen davon hatte ich nun vor mir sitzen.
Als Nächstes fragte er, ob ich allein hier wäre.
»Nein«, schrie ich ihm ins Gesicht, »bin mit meiner Freundin hier.«
Er grinste erleichtert.
»Ach so, kein Freund.«
»Nein!«, antwortete ich.
Nach einer Weile erzählte er von seiner Exfreundin, einer Deutschen, die er sogar gerne geheiratet hätte. Aber aus einem Grund, den ich wegen der Lautstärke und seiner Aussprache nicht so recht verstehen konnte, funktionierte die Beziehung nicht mehr. Er wollte seitdem auch mit Deutschen nichts mehr zu tun haben, dachte, ich wäre eine Ausländerin. Ich war verblüfft. Bis auf meine dunklen Haare sah ich überhaupt nicht ausländisch aus.
»Wie heißt du?«, fragte er als Nächstes.
»Sara«, antwortete ich. Skeptisch legte er seinen Kopf etwas schief. Das wäre nun wirklich kein deutscher Name, meinte er.

»Und du?«
»Karim.«

Schon nach wenigen Minuten erzählte ich ihm, dass ich gerade von meinem Mann getrennt sei und nun einzig und allein meinen Spaß mit Männern haben wollte. Keine Beziehung! Um Gottes willen bloß keine Beziehung. Nur Sex, weiter nichts.

Da klingelte es bei ihm. Das wolle er auch nur und wir wären uns ja einig.

Ein wenig bereute ich schon meine Direktheit und gab ihm zu verstehen, nun nach meiner Freundin sehen zu müssen. Ich stand auf einmal auf, eilte zur anderen Tanzfläche und ließ den Albaner einfach an der Theke sitzen. Saskia tanzte noch immer mit Peter. Mann, hatte die eine Ausdauer. Bald hatte sie mich erspäht und strahlte mich an. Tanzen war schon etwas Tolles.

Ich beobachtete die Tanzpaare ohne sentimentale Erinnerungen an meine Vergangenheit, ganz neutral, als Karim lächelnd vor mir stand. Er führte mich fast liebevoll an einen Tisch in einer Ecke und setzte unser Gespräch dort fort, wo wir aufgehört hatten.

»Gibst du mir Handynummer?«, fragte er nach einer Weile.

»Ich hab nichts zu schreiben dabei. Nur im Auto«, antwortete ich etwas bedauernd. Das war wirklich schlecht vorbereitet.

»Gehen wir zum Auto«, sagte er, »dann bekommen wir frische Luft.«

Ich schüttelte skeptisch den Kopf.

»Hast du Angst, ich tue dir was? So viele Leute sind draußen. Das würde ich nie machen.« Er regte sich geradezu temperamentvoll auf, wirkte geradezu gekränkt, aber ich blieb hart.

Zuletzt konnte ich ihn überzeugen, allein zum Auto zu gehen und zu ihm zurückzukommen. Mit einem tiefen Seufzer stimmte er zu und blieb unbewegt am Tisch sitzen.

Mit Herzklopfen eilte ich an der langen Theke vorbei, die Treppen zum Ausgang hinunter und lief zum Auto. Erst dort stellte ich fest, dass ich ja gar keinen Autoschlüssel hatte, da das ja nicht mein Auto war. Mann, war ich verwirrt. Dabei wollte ich doch cool bleiben. Also zurück in die Disco und Saskia gesucht. Ihre Tanzausdauer kam mir zugute, denn ich fand sie an gewohnter Stelle und konnte so laut schreien, dass sie schnell verstand, was ich von ihr wollte. Ein scheuer Blick um die Ecke verriet mir, dass Karim noch immer auf mich wartete. Diesmal lief ich noch schneller aus der Disco hinaus ins Freie und zum Auto, kramte im Handschuhfach und fand einen kleinen Block und einen Kuli. Meine Handynummer konnte ich nun schon auswendig und kritzelte sie nervös auf das obere Blatt.

Zweimal musste ich die Autotür zuschlagen, bevor sie wirklich zu war. Ich wollte diese innere Aufregung loswerden, wusste aber nicht wie und auch nicht, ob das wirklich notwendig war. Zu einem Abenteuer gehörte schließlich die Aufregung dazu, sonst war es ja keins. Hastig lief ich die Treppen wieder hinauf zum Eingang, stolperte einmal und merkte, wie mein Gesicht warm wurde und sich sicherlich rot gefärbt hatte. An der langen Theke verlangsamte ich meine Schritte und schritt graziös auf den Tisch in der dunklen Ecke zu, an dem Karim geduldig auf mich wartete. Sein Blick hellte sich sichtbar auf, als er mich sah.

»Hast du Schreiber gefunden?«

Ich nickte, setzte mich auf einen Hocker und schob ihm den Zettel auf dem Tisch hinüber.

»Danke. Wann treffen wir uns?« In diesem Augenblick fiel mir seine Adlernase auf, die mir Arglist und Cleverness verriet. Dass wir unser Rendezvous hinauszögern würden, gefiel mir ganz gut.

»Morgen?«, fragte ich zurück und versuchte so gelassen wie möglich zu wirken, aber mein Herz klopfte laut.

»Gut, ich ruf dich an. Muss jetzt fahren, meine Kumpels wollen nach Hause. Aber bestimmt wir sehen uns, ja?« Karim lächelte mich lieb und gleichzeitig gierig an, zog mich zu sich heran, betastete und streichelte mich von oben bis unten und wurde immer leidenschaftlicher, als er merkte, dass ich alles zuließ. Plötzlich erschlafften seine Bewegungen, er drückte mich noch einmal fest wie als Dankeschön, dass ich

mein Wort gehalten und wiedergekommen war, und folgte dem Wink seines Freundes hinter uns mit einem tiefen Seufzer.
»Bis dann«, raunte er mir ins Ohr und verschwand in der nebligen Menge.

10

5.40 Uhr – endlich im Bett mit tauben Füßen und Ohren, einfach nur liegen und schnell schlafen. Mein ganzer Körper dröhnt.
5.50 Uhr – kann nicht einschlafen, höre immer noch den Bass.
5.55 Uhr – mein Handy klingelt. Das kann niemand von mir verlangen, jetzt ranzugehen.
6.00 Uhr – lasse die Augen geschlossen und sehe bunte Bilder an mir vorbeirasen.
6.10 Uhr – mein Handy klingelt. Das kann doch nicht wahr sein.
6.20 Uhr – nachschauen, ob Saskia noch was von mir will. Nein, nicht ihre Nummer.
6.40 Uhr – mein Handy klingelt. Wer ist der hartnäckige Anrufer?
6.55 Uhr – mein Handy klingelt. Diesmal ist es meine Mailbox. Da gehe ich ran.
7.10 Uhr – mein Gott, tatsächlich Karim. Will mich um 10 Uhr sehen. Ist der bekloppt, mitten in Nacht?!
8.00 Uhr – meine Gedanken fahren Achterbahn, brauche unbedingt Johanniskraut.
8.15 Uhr – hab ich ihm echt meine Nummer gegeben?! War ich verrückt?!
8.20 Uhr – tatsächlich endlich eingeschlafen.

Seine Stimme hatte auf der Mailbox tief und etwas unheimlich geklungen. Als mein Handy auch in der Mittagszeit und zweimal am Nachmittag aufgeregt rappelte, nahm ich keinen der Anrufe entgegen. Ich kannte jetzt seine Nummer, die jedes Mal angezeigt wurde, und hatte Angst, mit ihm zu sprechen. Ich wusste gar nicht, was ich sagen sollte.

Ich wusste auch nicht mehr, ob ich ein neues Abenteuer in Deutschland und eventuell sogar in meiner eigenen Wohnung – mit Nachbarn und Kindern – wagen wollte. Mir erschien das Risiko auf einmal doch zu groß, in eine gewaltige Falle zu tappen.
Meine Liebesabenteuer in der Türkei hingen wie Schleier in meinem Hirn; ich war gar nicht mehr sicher, ob ich das alles wirklich erlebt hatte.
In diesen Gedankengängen rief Saskia bei mir an. Das tat gut, einen Gesprächspartner genau dann zu haben, wenn man ihn brauchte. Besser ausgedrückt: *Mir* tat es gut, jemanden zum Reden zu haben, wenn *ich* ihn benötigte. Das hatte ich schon gelernt, meine eigenen Gefühle und Bedürfnisse auszudrücken und nicht in einer allgemeinen Redeweise festzusitzen. Ich klagte ihr mein Gefühl der Bedrängnis, während mein Handy noch einmal schrillte. Erschrocken hüpfte ich auf meinem Küchenstuhl etwas in die Höhe. Ohne nachzusehen war ich mir der Nummer sicher, die auf meinem Display angezeigt sein würde.
»Atme mal tief durch und denke in aller Ruhe darüber nach, was du willst«, riet Saskia mir mit ruhiger Stimme.
»Sag, was du im Augenblick möchtest.«
Einen Moment gönnte ich mir Schweigen und kam tatsächlich wieder etwas zur Ruhe. Mein Puls verlangsamte sich, meine wilden Gedanken formten sich zu klaren Bildern.
»Ich suche das Abenteuer, ich will neue Erlebnisse, neue Menschen kennen lernen, neue Ansichten, einfach meinen Horizont in jede mögliche Richtung erweitern.«
Im gleichen Moment wusste ich, dass ich gleichzeitig Ablenkung suchte, um meine Lebenskrise zu verdrängen. Den Verstand ausschalten war eine Verdrängungs- und Ablenkungstaktik.
»An was denkst du jetzt konkret?«
»An Karim«, antwortete ich spontan und war ein wenig schockiert darüber. Seine südländische Erscheinung hatte mich in den Bann gezogen, er war körperlich attraktiv für mich; so stellte ich mir einen Mann vor:

kräftig, markante Gesichtszüge, schwarze Haare, braune Augen. Das war's.
»Dann triff dich doch mit ihm. Du musst so viel Selbstbewusstsein haben, dass du dich jederzeit aus jeder Situation herausziehen kannst. Du bestimmst, was du tun möchtest, und sonst keiner.«
Ja genau, dachte ich. Ich wollte ja, was ich gesagt hatte. Und ich wollte mich trauen, ich wollte ein neuer Mensch sein, einen neuen Anfang machen.
Saskia redete noch eine Weile auf mich ein.
Die nächsten Tage vergingen mit klingelndem Handy. Meine Güte, war der hartnäckig und ausdauernd. Er musste doch gemerkt haben, dass ich nicht wollte. Aber unermüdlich sprach er auf meine Mailbox, mal sehr klar und deutlich, mal mit dunkler kaum verständlicher Stimme. Zum Wochenende, als die Kinder von ihrem Vater zu einem längeren Ausflug abgeholt worden waren (hab bitte Verständnis, lieber Leser, wenn du vielleicht sogar auch Mutter bist, dass ich in dieser Lebenskrise sehr wenig über meine Kinder erzähle, die sicherlich wirklich etwas in meinen Gedanken zu kurz gekommen sind), fasste ich mir schließlich ein Herz und schickte Karim eine SMS:

treffen uns am Markt
heute Abend 21 Uhr,
Sara

Prompt klingelte mein Handy, – ich konnte diesen Klingelton bald nicht mehr hören. Zitternd nahm ich den Anruf entgegen. »Ja?«
Er freute sich wie ein kleines Kind, dass ich mich endlich, nach so vielen Tagen, gemeldet hatte.
»Wo warst du denn? Hatten uns doch abgesprochen«, sagte er nach der ersten Begrüßung.
»Ich bin mir nicht mehr sicher, ob ich das wirklich will, was ich gesagt habe«, entgegnete ich offen.

»Ach, lass uns noch mal reden. Wie komme ich zu Markt?«
Er wohnte einige Kilometer entfernt in einer anderen kleinen Stadt und kannte sich nicht gut aus in der Gegend, da er erst vor drei Monaten aus dem Ruhrgebiet hierher gezogen war. Ich erklärte ihm den Weg und versprach, pünktlich am Markt zu sein.
Die Stunden verflogen nur so, als wollte die Zeit mich absichtlich drängen, um sich an meiner Nervosität zu weiden.
Eine Weile stand ich vor dem Spiegel, betrachtete mich von oben bis unten, zog mich bis auf Slip und BH aus und drehte mich etwas nach links und rechts. So wie sich Teenager in der Pubertät missmutig und skeptisch, halb fremd und halb vertraut beäugen und erstaunt sind, wie sich der eigene Körper verändert, so stand ich an diesem frühen Abend da. Ich fühlte mich auch wie eine Jugendliche, die die ersten Erfahrungen und Kontakte mit der männlichen und fremden Welt macht. Doch ich hatte einen großen Vorteil: Ich hatte schon Erfahrungen, ich hatte ja sogar zwei Kinder, ich hatte eine gute Ausbildung und einen Beruf. Keiner konnte mir was anhaben; ich war ganz für mich selbst verantwortlich. Ein schönes Gefühl!
Ich lief ins Wohnzimmer und drehte meine türkische Musik laut auf, tanzte ein wenig dazu und entschied mich dann ganz schnell für meine Abendkleidung. Ich zog genau das an, was ich in der Disco angehabt hatte, als ich Karim kennen gelernt hatte.
Mein Selbstwertgefühl steigerte sich, ich fühlte mich hübsch und vergaß alle Ängste, die ich die letzten Stunden und Tage gefühlt hatte. Ich trank noch ein Glas Wasser, bevor ich mein Auto aus der Garage holte. Hunger hatte ich nicht, obwohl ich den ganzen Tag nichts Vernünftiges gegessen hatte.
Kurz vor 21 Uhr dröhnte in meinem Auto der Bass und ich konnte gerade noch sehen, wie eine Nachbarin hastig die Gardine am Fenster wieder zuzog. Das Gerede der Leute interessierte mich überhaupt nicht mehr. Ich wollte mein Glück und sonst nichts.
Sehr gemächlich fuhr ich los in Richtung Marktplatz, der umringt ist

von Restaurants, Cafés und Boutiquen. Ich parkte gegenüber einer Kneipe, die ich früher öfter mal mit meinem Ex besucht hatte, in der Absicht, dort mit Karim gleich ein Glas Bier zu trinken. Ob er wirklich kam? Na ja, dann hätte er ja wohl nicht so oft angerufen.
Mit klopfendem Herzen stieg ich aus dem Wagen und wollte gerade in Richtung Kneipe schlendern, als ich seinen Mercedes heranrollen sah. Mein Herz schlug erbarmungslos laut als wollte es zerspringen. Kurz vor mir blieb er stehen und öffnete die Beifahrertür.
Mutig schaute ich in den Innenraum des Wagens hinein, bereit für alles Unvorhersehbare. Karim strahlte und bat mich einzusteigen.
Blitzartig hörte ich meine Oma in mir schreien: »Steig niemals in einen fremden Wagen ein! Geh niemals mit einem Fremden mit!!«
›Mach dir keine Sorgen, Oma, ich bin doch schon groß.‹
Nur wenige Sekunden starrte ich in seine rehbraunen Augen. Und während ich in sein Auto einstieg, war alle Angst und Unsicherheit wie mit einem Mal verschwunden. Ich spürte in mir etwas, was mir zuraunte: »Du kannst vertrauen. Du bist in Sicherheit.«
Im Rückblick muss ich sagen: Ganz schön verrückt, einfach zu einem wildfremden Mann ins Auto zu steigen, der nur Sex will. Sich mutwillig einer Gefahr aussetzen und ins Verderben stürzen, das taten nur verrückte oder schizophrene Menschen. War ich so einer? Irgendwie schon.
Er hätte Gott weiß wohin mit mir fahren können, aber er ließ seinen Wagen ganz langsam zu seinem Parkplatz zurückrollen, auf dem er schon eine halbe Stunde auf mich gewartet hatte, wie er lächelnd berichtete.
Der Motor war aus, nur das schwache Licht der Innenbeleuchtung lenkte von der unheimlichen Ruhe ab. Jetzt musste ich reden, und zwar klar und deutlich und so direkt wie möglich.
»Du hast immer noch Angst?«, fragte er einfühlsam und mein Vorsatz war dahin. Ich nickte nur und senkte beschämt den Kopf. Nein, so war ich früher. Jetzt war ich eine neue Sara. Bitte schön, halte dich daran,

dachte ich etwas wütend und richtete mich wieder auf, streckte meinen Hals, um die Nase etwas in die Luft zu heben und sah ihn tapfer an.
»Ich weiß nicht recht.« *Klar und deutlich, Sara. Ist das klar und deutlich?!*
»Komm, wir waren uns doch einig. Wir wollen beide das Gleiche. Und du bestimmst alles. Du bestimmst, wohin wir gehen, du bestimmst, was wir machen, vielleicht auch nur reden oder so, und du bestimmst, wann es vorbei ist. Ich schwöre.« Er hob pathetisch drei Finger und legte sie an sein Herz.
Das war's doch, was ich wollte. Ich wollte bestimmen und entscheiden und er bot es mir an, ohne dass ich ihn darauf aufmerksam machen musste. Karim gefiel mir immer besser.
Als ich immer noch nichts sagte – *ganz direkt, Sara, immer direkt* – legte er vorsichtig seine Hand auf mein Bein und flüsterte: »Und du brauchst wirklich keine Angst zu haben. Ich bin keiner von den Bösen.« Wie er sich so zu mir beugte, fiel mir seine Hakennase auf, von der ich meinte, dass sie nur kluge beziehungsweise clevere Menschen haben. Führte er vielleicht doch was im Schilde? Was konnte mir alles passieren, wenn er erst einmal wusste, wo ich wohnte? Jedenfalls war er direkt und deutlich, im Gegensatz zu mir.
»Los, wir wollen das doch beide«, sprach er mit erotischer Stimme, der ich mich kaum entziehen konnte, und zog seine Hand wieder zurück auf sein Bein. Fast glaubte ich ihm, dass er nur das tun würde, was ich auch wollte. Der Rest Unsicherheit war mein Abenteuer, und ich wollte es, verflixt noch mal, eingehen.
»Okay«, sagte ich schließlich und fühlte mich ungeheuer erleichtert.
»Wir fahren zu mir.« Karim drückte vor Freude meine Schulter und küsste vorsichtig meine linke Wange.
Ich stieg wieder aus, verhaspelte mich irgendwie mit meiner Handtasche (weil ich ja fast nie eine dabei habe) und bemühte mich dann, erotisch zu meinem Wagen zu schreiten, was mir aber in meiner Aufregung überhaupt nicht gelang. Ich kontrollierte noch kurz den Parkplatz,

ob ich bekannte Gesichter erkennen würde, die ich ansprechen und damit das Kommende hinauszögern konnte. Aber da war niemand und ich stieg ein. Wie ein Detektiv setzte er sich hinter mich und ich fand das Ganze ungemein aufregend und anregend.

Kurz vor der Straße, wo ich nun wohnte, traten gerade Bekannte aus meiner Clique aus der Haustür. Ich hielt an, kurbelte das Fenster herunter und sprach die beiden an.

»Wo wollt ihr denn noch hin?« Amüsiert registrierte ich, wie Karim in seinem Wagen neugierig hinter mir stand.

»Noch 'ne Runde joggen. Kommst du mit?«, fragte Daniel und betrachtete mich eindringlich. Wie sieht man aus, wenn der Mann einen verlassen hat? Seine langjährige Freundin bückte sich, um die Schuhe zu schnüren, und schien wenig an mir interessiert zu sein.

»Nee, kann nicht«, antwortete ich aufgeregt.

»Ich würd' mal weiterfahren, du hältst den Verkehr auf«, meinte Gudrun.

›Ja, in doppelter Hinsicht‹, dachte ich bissig, gab Gas und winkte ihnen noch zum Abschied aus dem Fenster zu.

Ich zwang mich, ruhig zu atmen, als ich meinen Golf in die Garage fuhr und zur Haustür schlich. Ein dunkler Schatten näherte sich unserer Hauseinfahrt und wurde zu meinem Schatten. Da die Außenleuchte mal wieder nicht funktionierte – na ja, gut, lag wahrscheinlich auch an meinen Nerven – fand mein Schlüssel erst nach einigen Versuchen das Schlüsselloch. In der Wohnung angekommen, zog Karim sich sofort die Schuhe aus, bevor er mein Wohnzimmer betrat, und setzte sich dort auf mein Sofa.

»Was möchtest du trinken?«, fragte ich und freute mich, als Gastgeberin erst einmal verschwinden zu können.

»Cola«, sagte er. Ich schüttete mir in der Küche ein großes Glas Wein ein, was ich am Nachmittag schon vorbereitet hatte und trank es in einem Zug leer. *Du willst dir ja wohl keinen Mut antrinken, Sara?*

Dann goss ich Cola ein und für mich ein weiteres Glas Wein.

Ich zündete sämtliche Kerzen an und merkte, wie der Wein seine entspannende Wirkung zeigte. Zuerst setzte ich mich in den Sessel und stieß mit ihm an. Als er getrunken hatte, zeigte er neben sich und ich folgte wie ein getreuer Hund.

»Du bist so süß«, schleimte er und sah mich liebevoll an. Ich blieb starr neben ihm sitzen und traute mich nicht, ihn anzusehen.

Bravo Hits 30 lief mit Loona *Latino Lover*. Da zog er mich zu sich und zeigte mir in einer halben Stunde, wie leidenschaftlich Albaner sein können. Kondomgebrauch war keine Frage, das Duschen danach war sehr schön, doch als er danach ruck, zuck in der Tür verschwunden war und auf der Treppe per Hand das Telefonzeichen gemacht hatte, ich die Wohnungstür geschlossen hatte, fühlte ich mich für einen Moment traurig und allein. So benutzt kam ich mir vor, wie ein Gegenstand, den man nach dem Gebrauch einfach zur Seite legt, weil man Besseres vorhat. Doch ich wollte es so. Genau so!

Überall auf dem Sofa duftete es nach seinem Rasierwasser, das ich verträumt einsog und darüber einschlief.

Am nächsten Tag fühlte ich mich wie in Trance, strahlte über das ganze Gesicht und war stolz, dass ich mein Vorhaben tatsächlich in die Tat umgesetzt hatte. Wenn ich Auto fuhr, lachte ich die Fahrer an und sagte laut vor mich hin: »Ich habe wenigstens einen gut aussehenden Liebhaber.« Wie viele hässliche Leute es gab! Das war ja nicht zu fassen! Doch irgendwie lebten auch sie weiter.

Ich weiß, lieber Leser, das klingt überheblich und sarkastisch, aber so fühlte ich mich.

Doch das Aufregendste war für mich der Gedanke, dass niemand, der mich kannte, darauf käme, was sich in meinem neuen Leben ereignete. Im Radio lief *Mensch* von Herbert Grönemeyer, gerade im Handel erschienen und der Renner auf der Hitliste. Grönemeyer träumte auch von Handeln ohne Grund, ohne Verstand, aber alles schien auf dem richtigen Weg zu sein, auf dem Weg in eine »Sonnenzeit.«

Der Text war genau auf mich zugeschnitten. *Sonnenzeit* passte leider nicht wirklich, denn die beginnenden Spätsommertage in Deutschland waren relativ kühl und trüb. Ich fühlte aber, dass da in naher Zukunft noch etwas auf mich wartete, was irgendwie mit *Sonnenzeit* zu tun haben würde. Obwohl ich wusste, dass mir jemand die CD brennen könnte, fuhr ich in einen Laden und kaufte mir die Single von Grönemeyer, die den Abend bei mir im Wohnzimmer so lange lief, bis sich mein Nachbar von oben beschwerte.

Abends fand ich drei SMS-Nachrichten von Saskia auf meinem Handy und beschloss, ab sofort nicht mehr ohne Handy aus dem Haus zu gehen. Immerhin könnte ja auch Karim anrufen. Es waren keine wichtigen Mitteilungen von ihr, einfach nur Alltägliches, was sie mir berichten wollte.

Nachdem ich ein Brot mit Wurst gegessen und eine Tasse Kakao getrunken hatte, kramte ich nochmals den alten Videofilm von Griechenland aus dem Schrank und sprang in meine Vergangenheit; ich als Kind, als noch alles in Ordnung war, als Mama und Papa noch bei mir waren. Da!, die Szene mit dem Türken, der mich für die Videoaufnahme in den Arm nahm. Wie gut hatten mir immer die südländischen jungen Männer gefallen, wie attraktiv hatte ich sie als kleines Mädchen schon gefunden. Und nun hatte ich wahrhaftig einen albanischen Liebhaber. Fast war es, als würde mir Karim damit, dass er mich attraktiv fand und in seinen Armen gehalten hatte, ein Stück meiner glücklichen Kindheit zurückgeben. Ich hätte vor Freude weinen können.

Das Telefonklingeln weckte mich aus meinen wärmenden Gedanken auf. Meine Nachbarin Inge war am Apparat, die Mutter der Freundin meiner Tochter.

»Na, wie war dein Urlaub?«, fragte sie freundlich, aber ein gewisser Unterton war nicht zu überhören.

»Sehr schön«, antwortete ich abwartend. »Wie geht's euch?«

»Auch gut. Hast du deine Kinder denn gar nicht vermisst?«

Ihre Stimme wurde etwas dunkler, als ob sie mir drohen wollte.

»Natürlich, aber der Urlaub hat mir gut getan. Und bei ihrem Vater waren sie gut aufgehoben«, entgegnete ich entschlossen.

»Ja, aber ich könnte das nicht. Meine Mutter hat sich ja auch scheiden lassen, als ich noch klein war, und hat immer andere Männer zu Hause gehabt und sich gar nicht um uns gekümmert«, sprudelte Inge auf einmal los.

Aha, dachte ich, deswegen war sie rund um die Uhr für ihre Kinder da, ging nicht arbeiten und verfolgte sie auf Schritt und Tritt. Sie ging weder allein aus noch mit ihrem Mann. Sie hatte gar kein eigenes Leben mehr.

Dieses Thema würgte ich schnell ab, da ich wusste, dass wir niemals zu einer Einigung kommen würden. Wozu auch? Inge kam dann auch zu ihrem Anlass, weswegen sie mich anrief. Ihre Tochter wollte gerne meine Tochter zum Übernachten einladen. Ich sagte freudig zu. Inge wollte also noch Kontakt zu uns, obwohl ich die Ungehörigkeit besessen hatte, ohne Kinder meinen Urlaub zu verbringen. Wenn sie wüsste, was das für ein Urlaub gewesen war!

Ich spürte eine leise Angst, bei den Besuchen meines Liebhabers beobachtet worden zu sein. Dieses Gefühl verging aber sofort wieder.

In den nächsten Tagen fuhr ich mit meinen Kindern viel Fahrrad, ging mit ihnen schwimmen, traf mich mit meiner Tagesmutter Gitte, die sich sehr einfühlsam um uns drei kümmerte. Wir aßen Eis in der Eisdiele und spielten uns von Spielplatz zu Spielplatz. Ich hatte immer weniger ein Problem damit, dass ich allein auf Bänken oder in Cafés mit ihnen saß oder wenn ich vollständige Familien beobachtete. Meine freien Abende waren mir mehr wert und taten mir gut. Ich powerte mich zwar mit lauter Musik und reger Geschäftigkeit noch immer sehr hoch, aber fühlte in meinem Inneren ein befreiendes Gefühl aufsteigen. Ich hatte es in Sachen Sexpartner mit meinem Exmann aufgenommen und ganz klar gewonnen. Die Ungleichheit war wieder ausgeglichen. –

Aber wieso hatte er bloß nicht mit mir gesprochen? Wieso bloß?

Drei Tage waren vergangen, als Karim anrief. Wann treffen wir uns?!

Innerhalb von Sekunden machten wir einen Termin aus. Damit war das Gespräch beendet. Mein Herz klopfte richtig wild, als es spät am Abend an meiner Tür schellte. Der übliche Ablauf, Schuhe ausziehen, etwas zu trinken holen, fragen, wie es geht, ein oder zwei Schluck trinken – und Sex, duschen, das Telefonzeichen und Abfahrt.
Bevor er einen Abend fragte, ob wir zusammen tanzen gehen, wiederholte sich dieser Ablauf noch einige Male. Er war wirklich ein guter Liebhaber, so wie ich es mir vorgestellt hatte. Ich war schon etwas verblüfft, dass er mit mir ausgehen wollte, denn schließlich sollte unsere Beziehung ja rein sexueller Natur und auch geheim bleiben. Doch ich freute mich darüber und willigte zum nächsten Wochenende ein.
Saskia und eine Freundin von ihr begleiteten uns in dieser Nacht in unsere Stammdisco und ich merkte schon bei der Autofahrt, dass Saskia Karim recht gut gefiel.
In der Disco trennten wir uns alle recht schnell, fanden uns zeitweise an der »Schlager-Tanzfläche« wieder, wo Saskia mit Peter tanzte, tranken etwas zusammen, um uns dann wieder in alle Richtungen zu verteilen. Karim sichtete mit ausgestrecktem Hals das Revier.
Als ich mich in der Techno-Disco richtig ausgetobt hatte und zu Saskia zurückkehrte, sah ich, wie Karim eng umschlungen mit Saskias Freundin tanzte, die alles andere als hübsch war. Er blinzelte mir zu, machte einen Kussmund, um mich zu provozieren und gut »vorzubereiten«. Mir gefiel das Spiel durchaus.
Es dauerte nicht lange, als ich von einem älteren Herrn zum Tanzen aufgefordert wurde, mit dem ich wirklich schöne Figuren drehte.
Ich sah Saskia am Rand der Tanzfläche stehen, mit einem Glas Cola in der Hand, und nach einigen Drehungen Karim, der sich dicht neben sie stellte und mit ihr redete. Ganz seicht, fast unbemerkt fühlte ich die schreckliche Eifersucht in mir, die ich sofort hinunterschluckte. Das wollte ich nicht. Mir musste es egal sein, was Karim sonst so trieb. Ich wollte nichts anderes von ihm, nicht mal reden. Und ich wollte auch nicht noch einmal enttäuscht werden.

Doch ich drehte mich immer wieder zu den beiden um, soweit es mir möglich war. Schließlich saß Karim auf einem Thekenstuhl und blickte ziemlich teilnahmslos auf die Tanzfläche, auf der Saskia schon wieder ausgelassen tanzte. Beobachtete er sie? Ich strich ihm zweimal sanft über seine schwarzen Haare, aber er schien das nicht zu bemerken. Wir waren eben nicht zusammen, wir waren kein Paar. Mit gemischten Gefühlen hielt ich wieder Abstand von ihm.

Etwa gegen vier Uhr morgens traten wir, auf Drängen von Karim, die Rückfahrt an. Er brachte zuerst Saskias Freundin, dann Saskia selbst nach Hause und blieb vor meiner Haustür müde auf seinem Fahrerplatz sitzen.

»Was machen wir jetzt?«

»Willst du noch mit hochkommen?«, fragte ich und hatte darauf gewartet, mit ihm endlich mal eine ganze Nacht verbringen zu können. Von der Nacht war zwar nicht mehr viel übrig, aber er kam mit hinauf.

Am späten Vormittag tranken wir schweigend Kaffee. Er müsse noch zu einem Fußballspiel, meinte er monoton und war wenig später verschwunden.

Ich geb zu, dass ich etwas enttäuscht war. Dabei wollte ich mir doch keine Gedanken mehr machen, sondern nur mitnehmen, was ich kriegen konnte und was mir Spaß machte.

Abends saß ich mit Saskia und einer Flasche Wein in meinem Wohnzimmer.

»Ich hab überlegt, ob ich's dir sagen soll«, sagte Saskia und zog an ihrer Zigarette. Sie wirkte an diesem Abend etwas müde und zerbrechlich, da sie wieder Ärger mit ihrem Ex gehabt hatte. Er wollte ihr das Jugendamt auf den Hals schicken, da sie ihrer Aufsichtspflicht nicht nachkommen würde.

»Was denn?«, entgegnete ich, gleich wieder ängstlich, was da Schlimmes auf mich zukommen würde. Ich wollte keine Angst mehr haben, ich hatte mir nichts vorzuwerfen, weil ich genau das tat, was ich wollte.

»Karim hat mich angebaggert, mir gesagt, dass er mich toll findet, und mich gefragt, ob wir uns nicht mal treffen könnten. Ich konnte nicht alles richtig verstehen, weil es so laut war und weil er wirklich schlecht Deutsch spricht.«

Ich hatte es geahnt, fühlte mich für einen Moment echt schlecht. Dann aber erwiderte ich: »Das ist seine Sache. Ich kenne sein Leben nicht und er nicht meins. Er kann machen, was er will, und ich behalte meine Freiheit ebenso.«

»Ich hab ihm gesagt, dass er sich bei mir nicht die geringste Hoffnung zu machen braucht. Ich will nichts von Ausländern. Ich mag ihren Akzent nicht, ihre Musik nicht, ihre fremde Kultur nicht. Da hab ich keine Lust drauf.«

Und basta, dachte ich. Sie wusste genau, was sie wollte und vor allem auch, was sie nicht wollte.

»Ich weiß genau, dass Karim an keiner schönen Frau vorbeiguckt«, setzte ich hinzu und merkte, wie ich lockerer wurde. »Er sieht schließlich auch nicht schlecht aus.«

Mit Saskias Antihaltung gegenüber Ausländern wurde mir bewusst, wie sehr ich an ihnen interessiert war. Gerade das Fremde fand ich verlockend und spannend.

»Stört dich das denn nicht, dass er schlecht Deutsch spricht?«, fragte Saskia verwundert, denn sie dachte sicherlich an meine Ausbildung und daran, dass ich Deutschlehrerin war.

»Nee«, antwortete ich kleinlaut.

»Aber du willst dich doch unterhalten können, über was auch immer.« Sie nahm einen großen Schluck aus dem Weinglas.

»Im Moment nicht. Ich will nur Sex und meine Ruhe. Sonst gar nichts.« Ich glaube, ich hörte mich etwas verbittert an.

»Vielleicht investierst du in Karim doch mehr, als du willst.«

»Was meinst du damit?«

»Ich denke, dass du dich doch ein klein wenig in ihn verliebt hast und mit der Zeit doch Gespräche kommen, die euch mehr aneinander binden.«

»So weit denke ich noch gar nicht. Wenn ich es nicht mehr haben will, stoppe ich das Ganze, und fertig.«

Die Gespräche kamen tatsächlich. Einen Abend schlug ich vor, anstatt zu duschen in die Badewanne zu gehen, was Karim sehr gern annahm. Er entspannte sich sichtlich, während ich doch etwas angespannt in der Wanne lag und die Augen geschlossen hielt.

Er begann zu erzählen, wie er nach Deutschland gekommen war, vor über zwölf Jahren, und die ersten Kontakte geknüpft hatte. Ziemlich schnell hatte er Wohnung und Arbeit gefunden, als Verputzer auf dem Bau. Mit einer deutschen Freundin lernte er einige Deutsche kennen und auch rasch die Sprache. Mir fiel jetzt auf, dass er wesentlich besser und deutlicher sprach als viele Male am Telefon. Gerade im fremden Land Fuß gefasst und ein kleines Auto angeschafft, raste eines Morgens ein betrunkener Autofahrer in ihn hinein, wobei er schwer verletzt wurde und glaubte, seine Beine nie wieder gebrauchen zu können. Er zeigte mir die Narben der Schrauben, die in seinen Knien gesteckt hatten. Am schlimmsten wäre es für ihn gewesen, dass er seine Mutter nur per Telefon sprechen und sie nicht im Arm halten konnte. Das schmerzt tief im Herzen.

Da hatte er mehrere Wochen bewegungslos im Krankenbett verbracht, – sein Start im neuen Land, von dem er sich eine bessere Zukunft erhoffte.

Einen Tag war die Ärztin zur Visite gekommen und hatte ihn nach seinem Befinden gefragt. ›Na ja‹, hätte er freundlich geantwortet, ›habe noch große Schmerzen.‹ Daraufhin hätte die Ärztin die Stirn in Falten gelegt und erwidert: ›Sind Sie selbst schuld, was kommen Sie auch nach Deutschland!‹

Sehr freundlich und ruhig, obwohl er innerlich gekocht hätte, hatte er der Ärztin klargemacht, dass er diesen schlimmen Unfall nicht verursacht hätte, sondern der andere, nämlich der Deutsche. Doch sie kam von ihrem Zorn nicht herunter, so dass Karim sie bat, nie wieder bei ihm die Visite zu machen. Er fordere einen anderen Arzt.

Wutschnaubend und fluchend hätte die Ärztin schließlich das Krankenzimmer verlassen und schon nach kurzer Zeit kam ein Arzt, der sich den Vorfall von Karim berichten und von den beiden älteren Herren auf dem Zimmer bestätigen ließ. Karim meinte, die Ruhe seinerseits hätte viel Verständnis bei dem jungen Arzt hervorgebracht, der dafür sorgte, dass sich die Ärztin bei Karim entschuldigte. Das hätte zwar einige Tage gedauert, aber sie hätte es gemacht. Die Wut auf den Unfallverursacher wurde aber in der nächsten Zeit, da sich keine Heilungsverbesserungen einstellten, so groß, dass er den Kerl am liebsten umgebracht hätte.

Oh Gott, dachte ich, was würde er mir jetzt anvertrauen? Hatte ich hier vielleicht einen Mörder in der Wanne sitzen, der mir die Beweggründe für sein Handeln beibringen wollte?

Der andere hatte natürlich große Angst, als Karim bei ihm auftauchte. Karim hatte ihm angeboten, in Begleitschutz zu kommen, wenn er Angst hätte. Er wolle ihn nur mal sehen. Eine Krankenschwester schob Karim im Rollstuhl in das Zimmer des anderen. Dieser war noch viel ernsthafter verletzt als Karim. In seinem Nachttisch standen kleine Schnapsfläschchen. Der Anblick des Alkohols und der schlappen, zerstörten Kreatur da im Bett ließ Karims Zorn umwandeln in echtes Mitleid. Dieser Mensch war schon gestraft genug, dessen Tat in Allahs Buch fest eingebrannt war. Dafür hatte Allah Karim ein neues Leben geschenkt, was er dankbar wie ein gütiges Geschenk annehmen wollte, in dem kein Zorn, keine Gewalt, keine Hinterlist mehr existieren sollte. Ich musste mir was überlegen, denn ich investierte gerade wirklich zu viel in diesen Mann.

11

Der Möhreneintopf schmeckte scheußlich, den ich gekocht hatte. Während des Kochens war ich mit meinen Gedanken woanders und durch das Geschrei meiner Kinder abgelenkt gewesen.
Die beiden erzählten jetzt auch schon mal etwas von der neuen Frau. Sie habe das oder das gesagt, dieses oder jenes gemacht. Ich verkniff mir die Gedanken mit den Bildern an mein altes Zuhause. Ich wollte mir die Ledercouch, die Schränke und Zimmer, den schönen Garten, die Terrasse nicht mehr vorstellen, sondern alles sollte nach und nach vor meinen Augen verwischen.
Ich weiß noch, dass ich als Kind das eigene Zuhause nach einem längeren Urlaub unheimlich fremd wiederfand, besonders die Türklinken kamen mir immer so komisch vor. Im Erwachsenenalter war mir das nicht mehr passiert. Und das hatte daran gelegen, dass ich mir als Kind im Urlaub die Räumlichkeiten zu Hause nicht vorgestellt hatte, vielleicht wohl daran gedacht, aber nicht im Kopf in Bilder verwandelt. Als Erwachsene schon. Die Waschkammer müsste mal wieder richtig renoviert werden, das gemütliche Wohnzimmer war so schön im Vergleich zum beengten Zelt oder Wohnwagen.
Ich wollte auch so wenig wie möglich von drüben hören. Mein Schwiegervater ließ sich hin und wieder schon mal bei mir blicken, blieb aber nur ein paar Minuten, knuddelte die Kleinen und verschwand wieder.
Bis auf Saskia und Karim und meine Kinder natürlich hatte ich mich in meinem neuen Leben ziemlich eingeigelt, hatte keine Lust auf alte Kontakte.
In einer ziemlich schlaflosen Nacht war in mir eine Idee gereift, wie ich von Karim wieder etwas Abstand gewinnen könnte. Wir hatten uns in

letzter Zeit doch angenähert, dadurch, dass er mir sehr gefühlsbeladen aus seinem Leben erzählte, von seinen negativen Kontakten mit Deutschen, davon, wie man sich fühlt, grundlos schlecht behandelt zu werden, wie die Ladendetektive einen durchsuchen, wenn man gerade das Geschäft betritt. Ja, wenn er wirklich etwas gestohlen hätte, wäre das gerechtfertigt. Aber doch nicht, wenn er gar nichts getan hätte. Selbst andere Ausländer, wie Türken und Italiener, machten einem das Leben schwer, indem sie drohten, erpressten oder einfach nur draufschlugen.
›Du gehst zurück, wenn sie dir Schläge androhen‹, sagte er einmal. ›Du gehst ein zweites Mal rückwärts, wenn sie dir wieder näher kommen. Und auch ein drittes Mal. Aber wenn du hinten an die Wand stößt, gibt es kein Zurück mehr. Lässt du dich dann niederprügeln?‹
Solche Erlebnisse mussten eine menschliche Seele ganz schön verletzen.
Als seine Freundin, unter anderem wegen seiner Knieverletzung, mit ihm Schluss gemacht habe, die er doch so gerne geheiratet hätte, verlor er den Glauben an die Deutschen und auch den Kontakt zu ihnen und umgab sich nur mit Albanern, Türken oder Griechen. Damit wurde auch seine Sprache wieder schlechter. Und mich habe er nur angesprochen, weil er dachte, ich sei eine Ausländerin. Irgendwie schmeichelte mir das, obwohl ich solchen Diskriminierungen natürlich nicht ausgesetzt sein wollte.
Mir fiel auf, dass ich oft am Tage an ihn und seine Geschichte dachte. Das wollte ich am kommenden Wochenende ändern.
Die Ferien und auch der Sommer neigten sich dem Ende zu; da musste ich noch mal für frischen Wind sorgen. Etwas abergläubisch veranlagt nagte schon der Gedanke an mir, dass mit dem Herbst auch irgendein Ende eingeläutet wird, so wie es in der Lyrik symbolisch ausgedrückt wird. Der Frühling war ein Neubeginn, den hatte sich mein Exmann im Mai gegönnt. Und ich schritt nun, ohne anhalten zu können, auf das Ende des Jahres zu. Doch ich machte mir Mut und sah in den demnächst herabfallenden Blättern und den kommenden Stürmen und

Regengüssen eine Reinigung und eine Chance, alles wieder schön und neu wachsen zu lassen, nach einer wohltuenden Ruhephase des Winters.
Die Idee war gereift und sollte nun in die Tat umgesetzt werden. Ich musste eine Ablenkung finden und die sah ich nur in einem anderen Mann, den ich neben Karim als Liebhaber haben wollte. Ich war schließlich noch Single und frei in all meinen Entscheidungen.
Meine Güte, Sara, niemand wird dir glauben, wie du jetzt lebst. Glaubst du es selber?
Saskia und ihre Freundin wollten diesmal in eine neu eröffnete Disco, die neben Bistros und gemütlichen Sitzecken auch eine große Bühne mit Livemusik anzubieten hatte. Saskia fuhr, wie immer super gestylt und attraktiv. Ich hatte mich diesmal dick geschminkt, mit Kajal, Gloss und Wimperntusche, trug enge Hosen, ein knappes Shirt, Schuhe mit ziemlich hohen Absätzen und meine Nase recht weit oben. Mir stand die Welt offen.
Bevor wir zur Liveband gingen, aßen wir eine Kleinigkeit im Bistro, denn wir wollten lange durchhalten. Christa, Saskias Freundin, war schon an die fünfzig, auch von ihrem Mann verlassen worden und suchte an jedem Wochenende das Abenteuer mit neuen Männern. Für sie in dem fortgeschrittenen Alter war der »Markt« sicherlich nicht mehr so groß wie für uns, doch ihr Temperament und ihr fröhliches Auftreten ließ sie immer wieder Erfolge landen, die aber nie von langer Dauer waren.
An den Tischen rings um uns herum saßen viele junge Leute, meistens Paare, die immer wieder Streicheleinheiten austauschten, sich zulächelten, sich küssten. Ich schaute auf meinen Teller und unterhielt mich mit Saskia und Christa über Meditationsmusik, über Mandalas und die Wirkung unterschiedlicher Düfte. Eukalyptus ist konzentrationsfördernd, Fenchel entspannend und wirkt auf Herz und Atmung beruhigend, Rosmarin ist erfrischend und Ingwer durchblutungsfördernd und mobilisierend. Lavendel fördert den Schlaf und Lemongras aktiviert

Atmung und Stoffwechsel. Mandarinenduft belebt und wirkt antidepressiv, die Orange harmonisierend und beruhigend, Rosenholz entspannt Atmung und Herz.
Christa wusste die meisten Wirkungen und ich wollte diese Düfte in der ungemütlichen Herbstzeit ausprobieren und freute mich schon ein klein wenig auf die Zeit der Kerzen und Decken.
»Im Schlafzimmer sollte man Öle mit schlaffördernder Wirkung haben wie Lavendel, Melisse, Myrte, Zeder, Geranium, Orange, Neroli oder Rose«, hauchte Christa.
»Woher weißt du das alles so genau?«, fragte ich bewundernd. Wissen faszinierte mich immer, egal auf welchem Gebiet.
»Ich hab eine Zeit lang in einer Sauna und in einem Wellness-Hotel gearbeitet. Und wo du arbeitest und deine Konzentrationsfähigkeit stärken willst, musst du Bergamotte, Eisenkraut, Lemongras, Ysop oder Zitrone verwenden.«
Auch Saskia war angetan und hörte schweigend zu.
Wir bestellten noch etwas zu trinken und stöberten in der abendlichen Männerwelt. Saskia und Christa hatten bald Männer gesichtet, die an anderen Tischen saßen und irgend etwas an sich hatten, was ihnen gefiel. Entweder waren es die breiten Schultern, die lockigen Haare oder die schönen Augen. Ich konnte an niemandem etwas finden, der um uns herum saß und glaubte, niemals wieder einen Partner zu finden, der mir gefiel und – dem ich vertrauen konnte. Wie erging es bloß Menschen, die mehrmals von ihren Partnern schwer enttäuscht worden waren? Die konnten doch nie wieder Vertrauen fassen.
»Wollen wir?«, fragte Saskia plötzlich. Sie war neugierig auf die neue Umgebung, eben gierig auf etwas Neues. Wie ich, aber im Moment war ich noch etwas lustlos, zog die Stirn in Falten und fühlte mich sehr verspannt. Wie schön, wenn Karim jetzt bei mir wäre, dachte ich und war gleichzeitig entsetzt, wie sehr ich mich schon an ihn gedanklich gewöhnt zu haben schien.
»Na, sei mal nicht so missmutig, wird eine schöne Nacht werden.«

Saskia lächelte mich keck an. »Du musst dir das nur fest vorstellen. Das weißt du doch.« Sie zog mich hoch und zur Kasse.

Die Räumlichkeiten der neuen Discothek waren wirklich sehr geschmackvoll, teilweise etwas westernartig eingerichtet und dann wieder orientalisch und auch im »Ikea-Stil«. Für jeden war etwas dabei. Uns zog es an eine lange Theke in der Nähe der Tanzfläche und Bühne, wo die Liveband gleich auftreten sollte.

»Gönnen wir uns einen Cocktail«, meinte Christa ausgelassen. Ich atmete einmal tief durch und schluckte meine depressive Stimmung hinunter.

»Na ja, einen werd' ich trinken dürfen«, überlegte Saskia.

»Bis wir wieder fahren, bist du dreimal wieder alkoholfrei«, meinte Christa lachend.

Während wir auf unseren Cocktail warteten, studierte ich die Getränkekarte. Ich wollte mir gerne merken, wie welcher Cocktail hieß. Aber das war schwierig. Ich legte die Karte wieder beiseite und trank mit Christa und Saskia genussvoll meinen Drink.

Als wenn ich mich von außen beobachten könnte, gefiel es mir auf einmal, wie ich da mit zwei Freundinnen am späten Abend an der Theke stand, frei und unabhängig, Musik, viele Leute, eine angenehme Atmosphäre, in der ich offen für alles war. Ich wollte über mich selbst hinauswachsen, mich über alle Hemmungen hinwegsetzen.

Bald tanzten wir fröhlich auf der Tanzfläche, bis die Band auftrat, die eine tolle Show, gute Musik und einen phänomenalen Schlagzeuger präsentierte. Es herrschte ausgelassene Stimmung. Ich konnte mir gar nicht mehr vorstellen, dass es noch irgendwelche Sorgen oder Probleme gab, zumindest nicht solche, die nicht zu beseitigen waren.

Es ging auf Mitternacht zu, als Christa schon mit einem älteren, sympathisch wirkenden Herrn an der Theke plauschte und bald darauf verschwunden war.

»Musst du dir nichts draus machen. Das ist oft so«, meinte Saskia, die meinen suchenden Blick sofort richtig gedeutet hatte.

Links neben uns liebäugelten auch zwei Männer mit Saskias Figur, rückten unsere Thekenstühle zurecht, damit wir uns bequem hinsetzen konnten und versuchten mehrmals ein Gespräch anzufangen. Aber wir hatten beide keine Lust auf sie. Weder attraktiv noch interessant, tanzten wir lieber weiter. Ich gab es bald auf zu verfolgen, wer mich vom Platz aus beobachtete und wer allein da war. Die Musik der Band und die Pausenmusik waren schön; das reichte mir vorerst. Saskia hatte sich vor wenigen Tagen am Knöchel verletzt und konnte nicht so ausdauernd tanzen wie ich. Als ich etwas später als sie an unseren Thekenplatz zurückkehrte, flirtete sie mit einem jung aussehenden Typen, den ich nicht recht zuordnen konnte. Deutscher, Türke, Grieche oder Italiener? Bald bekamen wir mit, dass er in der Disco arbeitete, sich um die Cocktails und gewisse Organisationen kümmern musste und recht bekannt und beliebt zu sein schien. Saskia kehrte ihm nach einer kleinen Spielpartie »Wie mach ich Männer verrückt und lass sie dann abblitzen« den Rücken und unterhielt sich mit jemand anderem, der mir von der Seite einen sehr biederen und ruhigen Eindruck machte. Nee, so was war mir zu langweilig.

Saskias Flirtherr schien solche Abfuhr öfter bekommen zu haben und zeigte sich in keinster Weise enttäuscht.

»Deine Freundin hat ganz schön was drauf. Und hübsch dazu«, meinte er zu mir.

»Danke, dass du mir über meine Freundin Komplimente machst«, entgegnete ich und tat gekränkt, lächelte aber dabei.

»Du bist auch nicht ohne, was?« Er trat näher, um mich genauer zu inspizieren. Er hatte unreine Haut und eine merkwürdige Haarfarbe zwischen blond und dunkelblond, irgendwie gescheckt sah das aus. Wir stellten uns vor, dann war Ibrahim plötzlich zwischen Tischen, Cocktails und Menschen verschwunden. Ibrahim. Also doch ein Ausländer, dachte ich interessiert.

Ich ging wieder auf die Tanzfläche, die nun gegen halb zwei doch schon etwas leerer geworden war. Als der Schlagzeuger auf der Bühne ein atemberaubendes, langes Solo spielte, hockte ich mich auf eine niedrige Stufe an der Tanzfläche und merkte erst gar nicht, wie sich jemand neben mich gesetzt hatte.

»Du tanzt gut. Hast du gleich noch mal Lust?« Die Stimme war etwas kehlig-rauh, aber angenehm. Von den Cocktails ein wenig, aber wirklich nur ein wenig angeheitert blickte ich Ibrahim direkt ins Gesicht.

»Und wie tanzt du?«

»Lass dich überraschen«, gab er lässig zurück. Er war noch jung, aber bestimmt sehr erfahren mit Frauen.

Als der Schlagzeuger nach über zwanzig Minuten Dauertrommeln einen kaum endenden Applaus des Publikums erntete, zog Ibrahim mich auf die Tanzfläche. Die Pausenmusik war diesmal lateinamerikanisch und genau mein Geschmack. A la »Dirty Dancing« tanzte er mit mir. Es war einfach Spitze. Er erwähnte kurz, dass er einige Jahre Straßentänzer und Formationstänzer gewesen war.

Nass geschwitzt gingen wir nach einiger Zeit zurück an die Theke, wo er mir einen Cocktail ausgab.

»Du hast mich von deiner Tanzkunst überzeugt. Bravo!« Ich klatschte zweimal kurz in die Hände und war ganz schön aus der Puste.

»Du bist auch nicht schlecht.« Er trank einen großen Schluck Cola.

»Aber eigentlich willst du doch was von meiner Freundin, oder?«, fragte ich direkt heraus.

»Nee, die ist mir viel zu zickig. Du gefällst mir viel besser. Ich nehme an, du bist Single?«

»Ja, ein Single, der nur Sex und keine Beziehung will.«

Ihm fiel fast das Glas aus der Hand.

»Was hast du gesagt? Meinst du das ernst?«

»Ich meine immer, was ich sage.« Ich fühlte, wie ich mich aufrichtete und mein Selbstbewusstsein unglaublich anwuchs. Es tat gut, so genau zu wissen, was ich wollte und standhaft daran festzuhalten.

»Ich wäre nicht der Erste, den du mitnimmst?«, fragte er etwas zögernd und trank aus meinem Cocktailglas einen Schluck, ohne mich zu fra-

gen. Aber ich ließ ihn gewähren und amüsierte mich, wie er an der Angel zappelte.
»Nein.«
»Nimmst du mich mit?«
Ich blickte ihm eine Weile in die grünen Augen, musterte seine gescheckten Haare und seine etwas unreine Haut. Er hatte eine freche Ausstrahlung und konnte sich zur Musik sehr gut bewegen.
»Woher kommst du denn?«, wollte ich vor meiner Entscheidung noch wissen.
»Mein Vater ist Türke, meine Mutter kommt aus Deutschland. Sind aber schon lange getrennt.«
Ein Halbtürke, na ja, immerhin halb interessant für mich. Und er kam aus einem mir unbekannten Metier.
Nachdem ich mein Glas ausgetrunken hatte, fragte er noch einmal: »Meinst du das wirklich ernst oder willst du mich nur verschaukeln?«
»So was ist dir noch nicht oft vorgekommen, oder?« Ich lächelte ihn verschmitzt an.
»Um genau zu sein: noch nie.« Er musterte mich von oben bis unten, um mein Geheimnis zu lüften und zu erkennen, was ich im Schilde führte. Doch er war aufgeregt und spürte eine ungeheure Chance auf sich zukommen.
Saskia trat zu uns und fragte, ob wir gleich fahren wollten. Ihr Schmuseboy begrüßte mich höflich per Handschlag.
Ich nickte. »Können wir Ibrahim mitnehmen?« Seine Augen leuchteten, als ich meiner Freundin diese Frage stellte.
Saskia würdigte den Halbtürken nicht eines Blickes.
»Ja, dann sind wir zu viert.«
Ach du Schande, sie wollte den tatsächlich auch mit nach Hause nehmen? Wie langweilig. Aber anscheinend brauchte sie solch einen ruhigen Typen für ihre momentane Lebensphase. Ruhe, Geborgenheit, liebevolle Hände, die ihr Wärme und Vertrauen gaben. Ich brauchte Action, schrille Typen, die zu allem bereit waren.

So saßen wir schließlich, als sich die andern drei mit Zigaretten versorgt hatten, alle in Saskias Auto und fuhren der aufgehenden Sonne entgegen. *Sonnenzeit* ...
In meinem Wohnzimmer zündete ich mehrere Kerzen an und versorgte uns mit Wein. Das hatte ich nicht angenommen, dass er Wein trinken würde, aber er schien meinen *Dornfelder* tatsächlich zu genießen. Der Sex war super und ausdauernd. Später, beziehungsweise früh am Morgen, saßen wir zusammen eingekuschelt in meiner Sofaecke und ich hörte schweigend zu. Ibrahim erzählte mir seine ganze Lebensgeschichte und heulte sich beinahe bei mir aus, was seine bisherigen Beziehungen anging. Er war fast zehn Jahre jünger als ich und hatte immer viel ältere Frauen gehabt und irgendwie das Pech, an gewalttätige und alkoholkranke Freundinnen zu geraten, die ihm das Leben zur Hölle gemacht hätten. Seine Jetzige hatte noch dazu drei Kinder, war gerade erst mit vielen Schwierigkeiten geschieden worden und wollte ihn unbedingt heiraten. Da sie ihn aber schon mehrmals geschlagen und betrunken Autounfälle verursacht hatte, war er bisher auf ihre Anträge noch nicht eingegangen.
»Wenn dir die Frau nicht gut tut, musst du dich von ihr trennen. Es ist schließlich dein Leben und dein Glück«, riet ich ihm.
»Den Gedanken hatte ich auch schon. Aber sie wird sich was antun, wenn ich sie verlasse.« Er war den Tränen nahe, fasste sich aber schnell wieder.
»Du bist nicht für ihr Tun verantwortlich. Das will sie dir nur einreden.« Ibrahim blickte mich an, als hätte er endlich die Lösung all seiner Probleme gefunden. Er drückte mich dankbar an sich. Für einen Moment tat das gut. Dann schob ich ihn von mir weg.
»Du willst keine Beziehung, ich weiß«, kommentierte er mein Verhalten etwas enttäuscht. Machte er sich etwa Hoffnung, nur weil ich ihm aufmerksam zuhörte?
Wir redeten auch über meine Trennung, über meine Kinder und meine jetzige Situation. Noch am Nachmittag dieses Tages fragte er, wann er

denn mal meine Kinder kennen lernen könnte. Er wäre sehr kinderlieb und würde gerne etwas mit ihnen unternehmen. Ich sagte ihm gleich, dass ich das total verfrüht fände.
Er erzählte noch, dass er sich im Moment nur eine Kellerwohnung ohne Heizung leisten könnte und seinen Führerschein für ein Jahr verloren hätte.
Wir schliefen noch einige Stunden bis in den späten Mittag hinein. Wir tranken gemütlich Kaffee und aßen Smacks, da ich kein Brot mehr im Haus hatte. Ihm schien das alles sehr zu gefallen. Auch ich fand diese Zweisamkeit sehr angenehm. Später brachte ich ihn in das Bistro der Disco zurück, wo wir die letzte Nacht verbracht hatten und er noch einige Stunden arbeiten musste. Die Kellnerinnen dort begrüßten ihn freudig. Wir tranken noch einen Cappuccino zusammen, bevor wir uns verabschiedeten. Ich war mir sicher, dass das wirklich ein *One-Night-Stand* gewesen war, wir uns also nicht wiedersehen würden, wie ich das mit Karim machte, obwohl ich ihn ganz sympathisch fand. Aber diese ganzen Probleme, die er hatte, wollte ich mir nicht auflasten. Ich hatte selber genug.
»Musst du noch was tun?«, fragte die blonde, dickliche, junge Kellnerin hinter der Theke.
»Ja, aber ich würde lieber mit dieser Frau hier zusammen sein«, gab er offen zu, küsste mich, als ich mich erhob und wünschte mir alles Gute.
»Mach was aus deinem Leben. Du bist noch jung genug«, sagte ich, als ich aus der Tür ging.

12

Zuerst war ich etwas geschockt und wusste nicht, ob ich Saskia davon erzählen sollte oder lieber nicht. Mir war unwohl bei dem Gedanken, wieder – wie in meinem früheren Leben – etwas zu verheimlichen. Es widersprach meinem neuen Bedürfnis nach Ehrlichkeit und Offenheit so sehr, dass ich geradezu Kopfschmerzen vom Nachdenken bekam. Kopfschmerzen, bei mir wirkliche Migräneanfälle, hatte ich seit meiner Trennung nicht mehr gehabt. Ich fühlte mich befreiter von diesen Nebeln im Kopf und Beklemmungen im Herzen. Dieses freie Gefühl wollte ich mir durch Ehrlichkeit bewahren; vor allem Ehrlichkeit mit mir selber. Ich wollte mir nichts mehr vormachen, keine Fantasiewelten mehr konstruieren, sondern wirklich erleben. Bisher war mir das ja auch gut gelungen.

In Anbetracht dessen, dass bald das neue Schuljahr wieder beginnen würde, machte ich mir zeitweise Gedanken, was wohl meine Kollegen zu meinem Lebensstil sagen würden.

›Das gehört sich nicht‹. ›Das tut man nicht‹. ›Das ist primitiv‹.

Gehörte zu einem bestimmten Bildungsniveau auch ein bestimmter Lebensstil? Oder eine bestimmte Lebenseinstellung?

Ich fühlte mich sehr unsicher in diesen Überlegungen. Musste ich mich rechtfertigen? Konnte ich meine Überzeugungen ohne Kampf gegen die Gesellschaft ausleben? War ich so stark?

Und was investierte ich da in Karim? Was war es, was ich vermeiden wollte?

Ich wollte nie wieder auf jemanden warten, nie wieder jemanden vermissen. Da steckten schwache Gefühle hinter, die zu Enttäuschung, Verletzung und Leid führten.

Als ich mich am Abend mit Saskia darüber unterhielt, sagte sie fest entschlossen: »Und ich suche lieber lange nach Geborgenheit und einem vertrauten Verhältnis als nach Sexabenteuern. Die kannst du immer haben, aber die anderen Sensoren in dir verkümmern dann.«
»Ach, und wieso hast du dich beim letzten Mal wieder auf ein Abenteuer eingelassen?«, fragte ich etwas provozierend und merkte, wie meine Überzeugung ins Wanken geriet.
»Er hat mir viel Geborgenheit und Ruhe gegeben. Wir haben uns sehr gut unterhalten, er hat mich verwöhnt. Und das brauchte ich einfach. Wir werden uns aber nicht wiedersehen.«
»Wieso nicht?«
»Er ist nicht der Richtige, das spür ich einfach.«
Wir saßen bei mir in der Küche und hatten gerade Hühnersuppe gegessen.
»Gespür«, dachte ich laut. »Meinst du eigentlich, dass es eine Intuition gibt, die einen Menschen leitet, das Richtige zu tun?«
»Davon bin ich überzeugt. Du hast sie bestimmt, sonst wärst du nicht zu Karim ins Auto gestiegen.« Ihr Blick durchbohrte mich, aber ich empfand dies nicht als unangenehm, sondern als herausfordernd.
»Das glaube ich auch. Weißt du, ich muss eine Entscheidung treffen, die ich im Herzen schon längst getroffen habe«, begann ich herzklopfend zu erzählen.
Saskia sah mich neugierig an.
»Karim hat mich gefragt, ob ich ihm Geld leihen kann.«
Meine Freundin senkte sofort ihren Blick, nahm einen Schluck Wein und schüttelte energisch mit dem Kopf.
»Das würde ich nicht machen.«
»Karim will nächste Woche seine Eltern im Kosovo besuchen und Medikamente für seine kranke Mutter mitnehmen. Sein Chef kann ihm im Moment keinen Vorschuss geben. Da hat er mich gefragt, aber gleichzeitig betont, dass er mir keineswegs böse ist, wenn ich ihm das

Geld nicht leihe.« Ich schien Saskia überzeugen zu wollen. Wofür? Um meinem Gefühl eine Bestätigung zu geben?
»Wie viel Geld braucht er denn?«
»1000 Euro.«
»Puh, das ist sehr viel. Ich meine, natürlich musst du das selber wissen. Ich würde es nicht tun. Der türkische Freund einer Bekannten hat deren Konto abgeräumt und ist mit dem ganzen Monatsgehalt abgehauen.«
»Das war der türkische Freund.« Ich dachte trotzdem daran, dass Karim mich nur ausnützen wollte.
»Ja klar, man kann nicht alle über einen Kamm scheren. Aber ich würde kein Risiko eingehen, wenn ich nicht müsste.«
Als ich Karim am nächsten Abend direkt darauf ansprach, meinte er ganz empört: »Meinst du, 1000 Euro reichen zum Abhauen?«
»Du kannst ja von mehreren Stellen Geld borgen und kommst dann auf eine ausreichende Summe«, entgegnete ich. Jetzt raus mit allen Vorbehalten, dachte ich, damit ich mir ganz sicher sein kann.
»Daran glaubst du doch wohl selbst nicht, dass mehrere Leute mir, einem Kosovo-Albaner, Geld leihen würden!«
Ich war etwas beschämt und in meinem Verhör-Fieber stark gebremst.
»Nie wieder kann ich glücklich werden, vor allem nicht vor Allahs Augen, wenn ich dir das Geld nicht zurückgeb. Ich schwöre bei Allah, in vier Wochen bekommst du es zurück.«
Einige Tage später zeigte er mir, wo er wohnte, den Namen am Türschild seiner Wohnung. Er ließ mich jeden Raum seiner kleinen Wohnung ganz oben im Fünf-Familien-Haus ansehen, obwohl es feucht, unordentlich und sehr einfach war.
»Entschuldigung, es ist eine Katastroph'. Aber das ist Männerhaushalt, was?« Er lachte.
Als wir wieder runter auf die Straße gingen, nahm er mich in seinen Arm und sagte: »Wenn du das Geld nicht bekommst, dann tut es mir sehr Leid, denn dann ich bin gestorben.«

Er hielt mir eine Visitenkarte hin und schaute mich mit traurigen Augen an. Ich wollte wissen, ob ich meiner Intuition vertrauen konnte oder nicht und gab ihm kurzerhand die 1000 Euro.
Jedes ungute Gefühl strich ich aus meinem Bewusstsein.
Zu Hause dachte ich noch lange an Allah, der sicherlich der gleiche Gott wie der der Christen war. Egal welche Religion, ich glaubte daran, dass es eine große Energie, einen großen Geist gibt, der das Leben aller bestimmt und der in jeder kleinsten Lebensenergie fließt.
Allah ist Arabisch und heißt einfach »der Gott«. Es gibt nur den einen, nach Auffassung der Moslems. Ihr Gott und der Gott der Christen ist ein und derselbe. Sie kennen Abraham, Moses und Jesus. Jesus heißt bei ihnen *Isa* und hat den Menschen das Evangelium gebracht. Doch für die Moslems ist der Prophet *Mohammed* der Wichtigste. Er hat den Koran gebracht. Übrigens hat Gott durch den Erzengel *Gabriel* zu Mohammed gesprochen, den wir Christen ja auch kennen. Koran ist ebenfalls Arabisch und heißt »Lesung«. Er enthält auch Vorschriften über Glauben, Gebet und Fasten. Es gibt im Koran 114 Kapitel, die so genannten *Suren*. Der erste Eröffnungsvers heißt »*Fatiha*« und ist von seiner Bedeutung her vergleichbar mit unserem *Vaterunser*:

> *Im Namen Gottes, des Barmherzigen, des Erbarmers,*
> *Lob sei Gott, dem Herrn der Welten,*
> *dem Barmherzigen, dem Erbarmer,*
> *dem Herrn des Gerichtstages.*
> *Dir dienen wir, und Dich bitten wir um Hilfe:*
> *Führe uns den geraden Weg,*
> *den Weg derer, denen du Gnade erwiesen hast,*
> *und nicht derer, die dem Zorn verfallen sind,*
> *noch derer, die in die Irre gehen.*

Muslime feiern zwar nicht *Isas* Geburt, also Weihnachten, doch der Koran erzählt von seiner schönen Mutter Maria, zu der eines Tages ein

Engel kam und ihr verkündet, dass sie einen Sohn bekommen wird. Sein Name wird *Isa* lauten und er steht Gott sehr nahe.

Isa wird ein ganz besonderer Junge, der einmal aus Lehm kleine Vögel formt, in die Hände klatscht und sie lebendig auf und davon fliegen.

Die Vorstellung der Muslime war, dass Jesus nicht gestorben war, sondern dass man den Verräter für ihn getötet hätte.

Das Fundament des islamischen Glaubens sind die »fünf Pflichten«.

Mehrmals am Tag wird das Glaubenszeugnis gesprochen:

> *Ich bezeuge, dass es keine Gottheit gibt außer Gott.*
> *Ich bezeuge, dass Mohammed der Gesandte Gottes ist.*

Durch die fünf Gebete, zu denen der Muezzin von seinem Minarett einer Moschee zum Gebet ruft, löscht Allah die Sünden aus.

Für die ärmeren Menschen gibt es eine Pflichtabgabe; zusätzlich dazu gibt es freiwillige Abgaben, die man *Zakat* nennt.

Von *Ramadan* hatte ich natürlich auch schon gehört und am Rande mitbekommen, wie manche moslemischen Schüler von mir vom Fasten geschwächt waren oder gar nicht zur Schule kamen.

Es schien alles so weit entfernt und doch so nah zu sein.

Ich stand auf meinem kleinen Balkon und genoss die warme Spätsommerluft. Die untergehende Sonne tauchte die Wiesen und den Himmel in ein warmes Orange. In wenigen Wochen würden die Zugvögel schon nach Afrika fliegen. Wie gerne würde ich ihnen in den Süden folgen.

Mein Handy piepte mich an. Ich hatte eine SMS bekommen. Die angezeigte Nummer war mir nicht geläufig.

> *arbeite im moment total viel,*
> *vermisse dich und deine leidenschaft,*
> *hab mit meiner Freundin Schluss gemacht.*
> *I.*

Ich fühlte mich gut. Ibrahim dachte also noch an mich und hatte sogar meinen Rat befolgt und seine Beziehung – für mich (?) – beendet.
Sofort schrieb ich Saskia von dieser Nachricht, die prompt zurücksimste:

macht sich wohl Hoffnungen, der Kleine

Es dauerte nicht sehr lange, als eine zweite Mitteilung von Ibrahim erschien:

*beziehung ist wohl nicht drin, weil ich
zu jung für dich bin, oder?*

Diesmal wollte ich ihm antworten und Saskias Spiel spielen.

*Du täuschst dich, das Alter hat damit
überhaupt nichts zu tun.
Gruß S.*

Nur wenige Sekunden ließ seine Antwort auf sich warten.

*hab ich nicht gedacht,
wieso willst du dann keine Beziehung?*

Ich musste über diese Frage doch eine Weile nachdenken. Vor allem wollte ich das Spielchen noch etwas aufrechterhalten.
Die Vorstellung war so herrlich, dass ich genau das mit Männern tun konnte, was diese oft mit Frauen machten.

*Ich will Abenteuer und guten Sex erleben,
das reicht mir.
Ich hoffe, dir geht es nach der Trennung besser!*

Seine Antwort kam prompt:

das weiß ich noch nicht, hab sehnsucht nach dir!

Ich genoss dieses Kribbeln, wenn ich auch zwischendurch immer wieder glaubte, alles gar nicht wirklich zu erleben.

es war echt toll mit dir!

Sekunden später:

wann wiederholen wir das?

Mal sehen.

Erst gegen Mitternacht kam keine SMS mehr. Ich konnte vor innerer Aufregung einfach keinen Schlaf finden, las noch in Büchern über Kommunikation, blätterte Kataloge durch und schaltete zwischendurch den Fernseher an.
Mein Inneres war in keinster Weise zur Ruhe gekommen. Ich hatte die Krise noch längst nicht hinter mir. Bloß nicht anhalten, immer weiter powern, laufen, erleben, Neues kennen lernen, aktiv sein bis zur totalen Erschöpfung.
Saskia war im Moment das genaue Gegenteil von mir. Sie konnte sich jetzt keinen »One-Night-Stand« vorstellen, geschweige denn so ein Verhältnis wie ich es mit Karim hatte, sie brauchte Ruhe, Ruhe und nochmals Ruhe. Wenn sie nicht ihre Pop-Schlager hörte, so war es Meditationsmusik von *Arnd Stein*. Natürlich, so gab sie zu, hatte sie auch kurz nach ihrer Trennung so eine wilde Phase wie ich momentan durchlebt. Aber das war eben nur eine Phase. Wie lange sie dauerte, war wahrscheinlich bei jedem verschieden. Und jeder ging mit solch einer Krisensituation ja auch anders um.

»Jeder möchte gerne eine Beziehung, in der es Vertrauen, Zärtlichkeit und Geborgenheit gibt. Aber jeder muss auch für sich erkennen, zu welchem Zeitpunkt sie richtig ist und natürlich, welcher Partner sich wirklich dazu eignet. Manchmal ist Zeit der beste Berater.«
»Ich glaube gar nicht, dass man wirklich einen Partner braucht«, meinte ich hart. »Ich bin zufrieden, wie mein Leben im Moment läuft. Alles hat sich so entwickelt, wie ich es haben wollte.«
»Wenn das momentan gut für dich ist, ist es okay. Aber glaube mir, das wird kein Dauerzustand bleiben.«
An diesem Abend hatten wir uns Pizza bestellt. Unsere Kinder spielten lieb in einem der Kinderzimmer. Meine beiden hatten wie immer gegessen wie die Spatzen.
Der Spätburgunder passte hervorragend zu meiner Calzone, tat aber im Kopf schon früh seine Wirkung.
»Es ist mir egal, wie lange diese Phase andauert. Ich will auch überhaupt nicht weiter in die Zukunft blicken, sondern mich einfach treiben lassen. Zwischendurch mal kräftig rudern und dann sehen, wo ich hingeschaukelt werde.«
»Das ist ein schöner Vergleich und für dich im Moment bestimmt das Beste.«
»Wieso sagst du immer ›im Moment‹ und ›momentan‹?«, fragte ich etwas gereizt, obwohl ich mir die Frage selbst beantworten konnte.
»Ich möchte nicht mehr auf jemanden Rücksicht nehmen müssen.«
»Wenn sich der Richtige findet, tust du dies gerne, ohne dass du es merkst.«
»Ich bin kein Hausmütterchen und will nicht als Dienerin meiner Familie verkümmern!«
Die Kinder kreischten gerade etwas lauter und der Kleine begann schließlich zu weinen. Kindergeheul zerrte unheimlich an meinen Nerven und manchmal freute ich mich regelrecht auf die Stunde, in der sie von ihrem Vater abgeholt wurden. War ich eine gute Mutter? Wenn man die eigenen Kinder als lästig empfindet, musste irgendwas nicht in

Ordnung sein. Vielleicht gehörte ich doch in eine Therapie. Vielleicht hatte sich mein Exmann klugerweise von mir getrennt, weil ich für das normale Leben untauglich war?

»Mich nervt der Kurze auch oft genug. Ich habe immer das Gefühl, nicht genug Zeit für mich zu haben«, meinte Saskia mit weicher Stimme.

»Ja, genau«, stimmte ich verblüfft zu. Ihr schien es genauso zu gehen.

»Ich bin überzeugt, dass das Problem in der Kindheit begraben liegt. Als Kind habe ich mir irgendwann mal gesagt: Mich liebt keiner. Und wenn man dieses Nicht-geliebt-sein-Gefühl in sich trägt, kann man auch keine Liebe und Geborgenheit weitergeben, sondern ist immer auf der Suche nach Bestätigung. Dein Exmann übrigens auch. Er hat eine neue Frau, die ihn wieder neu bestätigt und unterstützt, was du früher mal getan hast.«

»Und wie kann man sich dieses Gefühl von Liebe und Geborgenheit besorgen, wenn man es in der Kindheit nicht richtig bekommen hat?«

»Durch einen einfühlsamen, liebenden Mann, der zu deinem Innersten Kontakt herstellen kann und deine Seele aufnimmt. Dein Exmann konnte das anscheinend nicht. Er hatte keine Kraft mehr, bei dir danach zu suchen und dir Kraft und Energie zu geben. Ihr wart wahrscheinlich beide ziemlich ausgebrannt.«

Wortlos und nachdenklich räumte ich das Geschirr in die Spülmaschine, putzte Herd, Spüle und Arbeitsfläche und setzte mich mit Saskia ins Wohnzimmer, nachdem wir den spielenden Kindern eine Weile zugesehen hatten. Gott sei Dank kein Genörgel.

Als wir unsere Weingläser das dritte Mal geleert hatten, schlug Saskia vor, eine Weile auf dem Balkon frische Luft zu schnappen.

Ich hatte noch immer keine Gartenstühle; mein Konto war ziemlich geschröpft, da ich mir in letzter Zeit mehr Kleidung, Parfüm und Kosmetik gekauft hatte, als ich eigentlich ausgeben durfte. Hoffentlich bekam ich das Geld von Karim zurück.

Wir lehnten uns über das Balkongeländer. Saskia rauchte genüsslich ihre Zigarette und starrte in die Nacht hinaus.

»Ich könnte noch einen Urlaub vertragen. War doch echt klasse in der Türkei, oder?« Sie lachte laut auf. »Schön heiß und entspannend.«
»Ja, das war es.«
»Wenn ich daran denke, dass es bald Herbst wird, könnte ich schwermütig werden«, sinnierte meine Freundin und sprach mir damit aus der Seele.
»Sonnenzeit«, Freiheit, Unbeschwertheit, mein Weg ist richtig eingeschlagen …
Ich kam davon einfach nicht los. Grönemeyers Single hatte ich dutzende Male gehört und wie einen Ohrwurm gespeichert. Doch ich spürte, dass dieser Text eine Bedeutung für mich haben sollte. Als ich Saskia von dieser intuitiven Gefühlsregung erzählte, war sie gar nicht überrascht.
»Na klar, so was gibt es. Und wenn du nur fest genug glaubst, passiert auch was. Davon bin ich überzeugt.«
»Aber was wird es sein?«, fragte ich neugierig in die Nacht. Doch es kam noch keine Antwort.
»Jetzt am Strand liegen und dem Meeresrauschen zuhören.«
Saskia war schon mehr betrunken als ich und torkelte am Geländer entlang. Sie deutete mit der ganzen Hand nach rechts.
»Da ist Süden. Da ist die Sonne und die Wärme.«
Verträumt und sehnsüchtig blickten wir beide in diese Richtung, die jede Aussicht nachtschwarz verdeckte. Wer uns an diesem Abend auf dem Balkon beobachtet hätte, hätte bestimmt an zwei durchgeknallte Typen gedacht.
Die Kinder nun ins Bett zu bringen, da sie schon längst ihre normale Zubettgehzeit überschritten hatten, war ziemlich anstrengend. Geschrei, Gezerre, beim Ausziehen weglaufen, freche Antworten, das Bad nass spritzen, das Waschbecken mit Zahncreme zuschmieren, den Schlafanzug verstecken, –sie waren sehr einfallsreich. Und nachdem ich sie endlich im Bett verstaut hatte und selbst auf die Couch gesunken war, war ich binnen weniger Minuten eingeschlafen.

Ich träumte das erste Mal wieder:
Auf einem weichen Daunenbett segelte ich von meinem Balkon hoch in die Lüfte gen Süden und spürte wie die Luft immer wärmer und wohliger wurde. Der große gelbe Sonnenball strahlte mich an und zog mich magisch zu sich. Das Strahlen der Sonne wurde immer heller und blendete meine Augen. Es wurde bald so heiß, dass ich kaum noch atmen konnte. Ich spürte die Hitze des Feuers auf meinem Gesicht und konnte weder Arme noch Beine bewegen. Es war, als würde ich mit jedem Meter, den ich mich der Sonne näherte, mehr und mehr aus meinem Körper herausgezogen. Als das Feuer der Sonne meine Seele berührte, wachte ich schweißgebadet auf.

Obwohl ich im Traum keine Angst verspürt hatte, war mein Körper wohl anderer Meinung gewesen.
Die Nacht war keineswegs vorbei, aber ich konnte nicht mehr einschlafen, las in meinen Büchern, sah fern und stand noch eine Weile auf meinem Balkon.
Nächstes Jahr würde ich Stühle und Blumenkästen kaufen und diesen freien Platz schön dekorieren und zu einer Oase machen. Wie es mir im nächsten Jahr um dieselbe Zeit wohl gehen würde?
Manchmal hätte ich große Lust in die Zukunft zu sehen. Aber die Zeit gehört nicht dem Menschen, sie gehört Gott.
Nachdem zwei schlaflose Stunden vergangen waren, schaltete ich meinen Computer an und suchte in *wissen.de* im Internet nach meiner Sonne.

›*In 8 bis 12 Milliarden Jahren, wenn der größte Teil des Wasserstoffvorrats der Sonne zu Helium verschmolzen ist, wird sie sich zu einem Roten Riesen aufblähen. Ihr Durchmesser wird dabei so stark anwachsen, dass die inneren Planeten, nämlich Merkur, Venus und die Erde, von ihr verschlungen werden. Am Ende wird dann die Sonne in sich zusammenfallen. Das Sonnenlicht wird verlöschen, und im Sonnen-*

system wird es dunkel und kalt werden. Unser menschliches Leben, wie wir es kennen, wird dann nicht mehr möglich sein.
Die Masse der Sonne macht ungefähr 98% der Gesamtmasse des ganzen Sonnensystems aus. Mathematisch anders ausgedrückt heißt das, dass alle Planeten nur 1/50 der Sonnenmasse auf eine entsprechend riesige Waage bringen würden.
Vor etwa 5 Milliarden Jahren entstand unser Sonnensystem aus einem großen Gasnebel, zum größten Teil aus Wasserstoff, zu geringerem Teil aus anderen Elementen wie z.B. Sauerstoff. Den kleinsten Teil bilden die festen und schweren Elemente wie Kohlenstoff und Eisen. Im Laufe der Jahrmillionen verdichtete sich dieser Nebel allmählich zu einer riesigen Kugel und begann sich zu drehen. Dadurch flachte die Kugel immer mehr ab, bis das Ganze die Form einer Scheibe bekam, in der Mitte dicker, nach außen hin dünner. Im Zentrum dieser Scheibe war das Gas am stärksten verdichtet; so stark sogar, dass die Wasserstoffmoleküle dort begannen, zu Helium zu verschmelzen. Dieser Vorgang ist vergleichbar mit einer Kernfusion, die wir heute von der Wasserstoffbombe kennen. Und so war die Sonne entstanden. Auch die schwereren Elemente im Umkreis der Sonne zogen sich nun zu kugelförmigen Körpern zusammen und bildeten die Planeten Merkur, Venus, Erde, Mars, Jupiter, Saturn, Uranus, Neptun und Pluto sowie deren zahlreiche Monde. Da sich die ursprüngliche Gasscheibe gedreht hatte, befand sich auch das gerade entstandene Sonnensystem in einer Drehbewegung: Die Planeten kreisen um die Sonne in einer fast perfekten Ebene, die man Ekliptik nennt.
Die starke Anziehungskraft der Sonne auf ihre Planeten und die Zentrifugalkraft, die durch die Kreisbahn der Planeten selbst entsteht, halten sich so sehr die Waage, dass das ganze System in sich über viele Milliarden Jahre stabil bleiben kann, wenn es nicht durch äußere Einflüsse gestört wird.‹

Aber irgendwann würde die Sonne doch verlöschen und damit alles Leben im Sonnensystem. Wie klein und unbedeutend doch meine winzige Energie war, die mich zum Leben antrieb.
Eigentlich war jede menschliche Energie für sich allein. Man kam alleine auf die Welt, musste alleine Schmerzen und Leid ertragen, alleine die verschiedenen Gefühle erspüren, alleine Todesangst ausstehen und ganz alleine sterben.
Doch wenn ich so recht darüber nachdachte, gehörte alle existierende Energie doch zusammen, war durch Rotation nur auseinander getrieben worden. Die menschliche Intuition war, so meinte ich, ein Mittel, Energien in verschiedenen Körpern wieder miteinander zu verbinden und dadurch einen ungeheuren Frieden zu finden. Gott hatte uns sicherlich nicht nur den Verstand gegeben, sondern auch Gefühl, Mitgefühl und eben Intuition. Doch wozu?
Im Moment hatte ich zwar das Gefühl, in meinem Leben viel gelernt und auch viel erreicht zu haben, doch war meine Intuition viele Jahre verschüttet gewesen. Ich brauchte jetzt Mut, sie wieder zu befreien.

13

Eigentlich wusste ich schon, bevor ich Hermann Hesse gelesen hatte, dass man an einem anderen Menschen das hasst, was in einem selbst steckt. Und weil man es nicht herausbekommt, regt es einen beim anderen richtig auf.

So viele weise Worte, so viel Psychologie stopfte ich in diesen Tagen in mich hinein, um zu erforschen, wer ich bin und wo ich in meinem Leben stehe. Nicht, wo ich hingehen wollte oder sollte, welcher Weg an dieser Lebensgabelung eingeschlagen werden könnte, wollte ich herausfinden, wie so oft in meiner Vergangenheit. Ich wollte mir diesmal genau bewusst sein, wo ich mich gerade befand, meine Umwelt mit mir darin genauestens unter die Lupe nehmen und zwar unter dem Aspekt: Was tut mir gut?

Und dazu musste ich alle Eifersucht, allen Neid und alle Rachegefühle abstreifen, durfte mich mit niemandem mehr vergleichen oder mich an ihm messen. Ich allein würde herausfinden, was für mich am besten war. Ich durfte nichts hassen auf dieser Welt, sonst hasste ich mich selbst. Und das ist destruktiv.

Zuerst musste ich mich selbst kennen und lieben lernen. Erst dann konnte ich mich öffnen für neue Menschen.

Ich war mir manchmal nicht ganz sicher, ob ich ein Leben allein dem der Zweisamkeit nicht vorziehen sollte. Ich konnte gut allein sein, genoss das auch. Wozu brauchte man einen Partner, wenn nicht für Sexangelegenheiten?

Vielleicht war das Reden mit neuen Menschen noch ganz interessant; an neuen Welten und Ansichten teilhaben konnte sehr bereichernd sein, aber das reichte ja dann auch schon.

Tja, das Reden hatten mein Exmann und ich ganz klar versäumt. Und wer nicht in Krisen- oder Problem-Situationen miteinander redet, hat meistens Angst vor der Ehrlichkeit, Angst vor Veränderung oder – Angst vor der Wahrheit. Dabei gehören, nach F. Schulz v. Thun, Selbstausdruck und Anteilnahme zu den vitalen Lebensbedürfnissen des Menschen.

Meine Unzufriedenheit und Verlustangst hatten mich irgendwann in meiner Ehe in die totale Nörgelei abgetrieben, in der ich den Respekt für den Partner fast völlig verloren hatte. Nach v. Thun betritt man mit jedem Appell des anderen Königreich, in dem er selbst frei und engagiert denkt und handelt. Wenn man wie ein Diktator einen freien Menschen regieren will, wird dieser rebellieren.

Und wenn jemand Probleme mit sich selbst hat, nützen auch Ratschläge, Empfehlungen und Ermahnungen nichts.

Auch – oder besser: Gerade meinen Kindern musste ich eine innere Zufriedenheit vorleben und ihnen nicht Ratschläge erteilen, die eigentlich leer und nicht mit dem wirklichen Leben gefüllt waren.

Ich schlug alle Bücher zu, die auf meinem kleinen Wohnzimmertisch lagen. Dieses Philosophieren und Hinterfragen brachte mich im Moment nicht weiter. Ich wollte an meiner Lebenseinstellung wie bisher weiter festhalten, mir keine unnötigen Gedanken machen und bloß nicht zu weit in die Zukunft sehen. Von einem Wochenende zum nächsten reichte völlig aus.

Ich gestand Karim an einem dieser Abende meine heimliche Eifersucht, als er Saskia angesprochen hatte.

»Es gibt tausend Frauen, die gut aussehen«, sagte er lächelnd und fühlte sich durch mein Bekenntnis sehr geschmeichelt. »Es gibt auch tausend Männer, die gut aussehen und dir vielleicht gefallen, oder nicht?«

»Du kannst nur entgegennehmen, was Allah dir hinhält.«

Die Abschiedsszene mit Küssen auf die Wangen war rührselig; als Karim fort war, vergoss ich tatsächlich ein paar Tränen und wurde wütend darüber. Das durfte nicht sein. Ich spürte, dass ich durch meine innere Abhängigkeit von ihm schwächer und wieder verletzlicher geworden war. Zweieinhalb Wochen würde er jetzt aus meinem Leben verschwinden (und mein Geld, hoffentlich in wertvolle Medikamente für seine Familie umgewandelt, in den Kosovo bringen), was mir wahnsinnig lang vorkam. Diese Lücke würde ich zu füllen wissen. Die Bars, Discotheken und Partys waren voll von Angeboten.

Ein Bekannter hatte mir neulich am Telefon erzählt, dass das »Single-Angebot« für Frauen erheblich größer sei, da es viel mehr Männer als Frauen auf dem »Markt« gäbe. Regelmäßig surfte er im Internet unter *single*.de und hatte schon unzählige Dates hinter sich. Die Frauen hätten es sowieso leichter, da sie meistens angesprochen würden und sich weniger bemühen und konkurrieren müssten als die Männer, meinte er.

Am Nachmittag des nächsten Tages war ich bei meiner Bekannten Gudrun zum Kaffee eingeladen, mit mir noch zwei Freundinnen von ihr. Die Kinder hatte ich in der örtlichen Bücherei zu einem Vorlese-Spielnachmittag abgegeben.

Gudruns Wohnung war modern und gemütlich eingerichtet, die Wände alle in warmem Gelb und Orange gestrichen, karierte Vorhänge vor den Fenstern und schöne Palmen machten die Räume sehr behaglich. Bücherschränke waren angefüllt mit Reiseführern, da sie und ihr Freund Daniel gern die Welt erkundeten. Per Rucksack waren sie schon nach Griechenland, Italien, Tunesien und in die Türkei gereist. Mich beeindruckte ihre Abenteuerlust und ihre Risikobereitschaft. So manches Mal hatten sie unter unangenehmen Bedingungen ihre Tage gefristet, waren aber immer mit sehr intensiven Erlebnissen nach Hause zurückgekommen.

Die neuesten von ihr getöpferten Gefäße und Krüge standen auf dem Tisch, um von allen bewundert zu werden. Sie hatte wirklich ein kreatives Händchen, was sie leider in ihrem Beruf als Verkäuferin nicht verwenden konnte.

»Was wollt ihr trinken?«, fragte sie uns als Erstes. Die beiden anderen Frauen kannte ich nur vom Sehen. Ich fühlte mich sowieso etwas überflüssig in dieser Runde, war von Gudrun auch wohl nur eingeladen worden, weil ich nur wenige Häuser neben ihr wohnte. Anlass der kleinen Kaffeerunde war ein neuer Keramik-Töpferkatalog, an dem sie mitgewirkt hatte und nun auch uns die Waren zum Verkauf präsentieren wollte. Sylvana blätterte schon interessiert darin herum und zeigte ihrer Freundin Melanie aufgeregt eine Vase, die haargenau ihren Geschmack traf.

O je, dachte ich, so einen Enthusiasmus kannst du hier nicht an den Tag legen.

Fein in Blüschen gesteckt, mit Ketten behängt und Ringen übersät erregten die beiden nicht unbedingt meine Sympathie. Ihr Gehabe wirkte arrogant und unecht, so dass ich mich ganz auf Gudrun konzentrierte, die im Gegensatz zu ihren Freundinnen sehr natürlich und echt geblieben war. Zwar manchmal etwas sehr zurückhaltend und unsicher, aber menschlich.

»Gudrun, die Sachen sind einfach göttlich«, stieß Melanie aus und strich an Gudruns Arm hinunter.

»Ja, gefällt's dir?« Gudrun war über diese Berührung keineswegs erfreut.

»Total super. Du musst das zu deinem Beruf machen!« Sylvana pflichtete ihr bei.

Wir hatten alle Kaffee verlangt, obwohl es mich nach einem kalten Getränk gelüstete.

Mit feinen Bewegungen gossen sich die beiden Milch in ihre Tassen und nahmen je ein Stück Zucker, rührten gemächlich ihren Kaffee um und tranken genüsslich davon, um gleich darauf wieder loszuschleimen.

»Die Ware ist sehr geschmackvoll und super gearbeitet. Man sieht deine Kunst ja hier auf dem Tisch.«

»Gefällt mir auch sehr gut«, klinkte ich mich ein und erntete dafür von Sylvana einen geringschätzenden Blick.

Gudrun erzählte ein wenig, welche Krüge und Vasen sie zuerst getöp-

fert hatte, welche Formen sich als schwierig erwiesen und wie sie mit den Kolleginnen zusammengearbeitet hatte.
»Ihr könnt ja ganz in Ruhe die Seiten durchblättern. Leider hab ich nur einen Katalog. Aber wenn euch was gefällt, schreibt ihr den Artikel auf und ich bestelle das für euch.«
Die beiden nickten. Melanie packte als Erstes den Katalog mit ihren fleischigen Händen und versank völlig in die Töpferwelt.
»Ich werd sicherlich was bestellen. Unser neues Haus ist nämlich so gut wie fertig und Patrick überlässt mir die Dekoration. Ich freu mich schon unbändig auf die Adventszeit. O, du ja bestimmt nicht so, was?« Sylvana wendete sich mir zu und setzte ihre Mitleidsmaske auf. »Frisch getrennt kommen an Weihnachten bestimmt alle schönen Erinnerungen wieder hoch.«
»Mach dir keine Sorgen, ich bin schon gut drüber weg«, entgegnete ich gereizt.
»Und Gudrun erzählte, du hast zwei kleine Kinder. Da ist die ganze Trennung ja noch viel schlimmer. Na, ich bin froh, dass ich noch unabhängig bin und mich um so was nicht kümmern muss. Na ja, mein Mann benimmt sich oft auch wie ein Kind. Aber das ist doch was anderes, nicht wahr. Muss schwer sein mit den zwei Kindern so allein ohne Mann.«
Ich wusste in diesem Augenblick nicht, ob sie mich bewusst provozieren wollte oder durch fehlende emotionale Intelligenz einfach nicht bemerkte, was sie da alles losließ. Ich kochte vor Wut und hätte diese arrogante Dame am liebsten an die Wand geklatscht.
»Mein Mann und ich haben uns in Freundschaft getrennt, somit kommen die Kinder ganz gut klar. Ich verdiene gut und bin froh, dass ich auf eigenen Beinen stehe.« Ich war stolz, trotz meiner fast unbändigen Wut so ruhig geantwortet zu haben.
»So? Ach ja, du bist ja Lehrerin; gut bezahlter Halbtagsjob.« Sie kicherte und glaubte einen tollen Witz gemacht zu haben, den ich aber schon zur Genüge gehört hatte.

»Ich glaube, Patrick und ich wollen keine Kinder. Die kosten heutzutage viel Geld, gehen einem doch meistens auf die Nerven und schränken einen total ein. Du kannst nicht mehr spontan irgendwo hingehen und so lange bleiben, wie du willst. Ich sehe das ja bei meiner Schwester, wie verzweifelt sie immer nach einem Babysitter sucht und ihren Tag genau durchorganisieren muss. Nee, nichts für mich.«
Melanie hatte inzwischen aufgeschaut. Das Thema schien sie zu interessieren, traute sich aber wohl nicht, ihren wulstigen Mund aufzumachen.
»Da hast du Recht. Aber deine Argumente sind sehr egoistisch. Findest du nicht?« In mir brodelte es. Neutral gesehen hatte sie ja Recht. Und manchmal dachte ich ganz leise und heimlich, dass ich vielleicht meine Freiheit und Unabhängigkeit auch noch einige Zeit gebraucht hätte, bis ich wirklich in meiner Persönlichkeit zu einem verantwortungsvollen Erwachsenen herangereift war, der verzichten, beschützen und hingebungsvoll lieben konnte. Ich hatte meine Sache als Mutter bisher nicht schlecht gemacht, aber meine Einstellung war hin und wieder eher erzwungen gewesen als rein aus dem Herzen entstanden. Ich entschuldigte das mit dem frühen Tod meiner Mutter. Doch in dem Augenblick, wo mir der Hintergrund bewusst geworden war, hätte ich mein Verhalten schon ändern müssen.
Wenn man niemandem befehlen kann, jemanden zu lieben, kann man das dann mit sich selbst auch nicht? –
Wahrscheinlich war ich mit mir selbst noch nicht im Reinen. Daran würde ich nun arbeiten.
Viele Deutsche sehen Kinder als eine Belastung, eher als eine Last denn eine Bereicherung. Oder, lieber Leser?
»Ich denke an mich, da hast du Recht«, gab Sylvana selbstbewusst zurück. »Ich will mein Leben für mich genießen und nicht immer Rücksicht nehmen müssen.«
»Aber du nimmst doch auch Rücksicht auf deinen Mann, oder?«, fragte ich und zitterte beim Heben meiner Kaffeetasse ein wenig.

»Das ist was anderes. Obwohl der auch schon weiß, dass ich meinen Kopf durchsetze.«
»Du bekommst immer, was du willst? Ist das nicht auf Dauer langweilig?«, fragte Gudrun, um mir Beistand zu leisten.
»Durchaus nicht.«
»Das Schlimmste wäre für mich am Kinderhaben, dass ich dann nicht mehr ausschlafen könnte. Ich brauche meinen Schlaf«, mischte sich jetzt Melanie ein, die den Katalog zur Seite gelegt hatte.
»Könnt ihr euch gar nicht vorstellen, dass Kinder auch positive Seiten haben?«, fragte ich verblüfft.
»Sind ganz niedlich, die kleinen Händchen und wie sie sprechen. Aber das war's«, antwortete Sylvana.
»Sie schick anziehen macht auch noch Spaß«, fügte Melanie hinzu.
»Ihr sprecht von Kindern wie von Gegenständen. Wenn eure Eltern auch so gedacht hätten, säßet ihr jetzt nicht hier«, sagte ich leise.
»Das ist die Sache unserer Eltern und nichts weiter. Ich will mich mit diesem ganzen Theater nicht belasten. Gott sei Dank kann man das heute selbst entscheiden und beeinflussen.« Damit war für Sylvana das Thema beendet. Sie schüttelte kaum merkbar den Kopf, als wenn sie sagen wollte: Wie kann man nur Kinder in die Welt setzen? Dann nahm sie den Katalog vom Sofa und blätterte mit einem Stift in der Hand Seite für Seite durch.
»Na ja, jeder so, wie er's meint«, sagte ich abschließend. Ich wusste, dass Gudrun ähnlich dachte wie ihre Freundinnen. Sie war nur drei Jahre jünger als ich und zog in keinster Weise Kinder in Erwägung. Ebenso wollte sie ihren langjährigen Freund Daniel auch nicht heiraten. Beide verstanden den Sinn überhaupt nicht und waren in solch »wilder Ehe« glücklich und zufrieden. Gudrun würde meine Trennung wohl als eine Art Triumph und als Bestätigung für ihre Einstellung annehmen.
Seit meiner Trennung war für mich alles wieder offen. Nach dem Trennungsjahr würde die Scheidung folgen und –, dessen war ich mir

in diesem Moment sicher geworden, meine Namensänderung. Ich wollte wieder meinen Mädchennamen annehmen, um die vollständige Ablösung und Befreiung meines alten Lebens zu erlangen.
Merkwürdigerweise rief an diesem Abend mein Exmann an mit der Frage, ob wir die Scheidung, trotz Notarvertrag, nicht schon vorzeitig über die Bühne bringen wollten.
Ohne nachzudenken fragte ich prompt zurück, ob er denn heiraten wolle. »Nö«, kam da als Antwort.
»Ja oder nein?«, fragte ich hartnäckig zurück.
»Nein«, kam am anderen Ende der Leitung etwas verzögert.
Aber mir war es egal, ob ich noch verheiratet war oder nicht. Mir war es auch egal, was er mit seinem Leben weiter anfangen würde. Ich lebte bereits in einem anderen Leben und in einer veränderten Welt.
Melanie und Sylvana gingen mir mit ihrem Gehabe so auf die Nerven, dass ich, nachdem der Katalog von mir hastig durchgesehen worden war, mich verabschiedete und das Weite suchte. Es war eh bald Zeit, die Kleinen aus der Bücherei abzuholen.
Traurig, dachte ich auf dem Weg dahin, dass so viele große Menschen die kleinen Menschen so wenig respektieren und lieb haben. Was für eine kalte Welt.
Als meine beiden mich erblickten, stürmten sie mir jubelnd entgegen, so dass mir gerührt die Tränen in die Augen stiegen. Kinder konnten das Herz berühren, und das war das schönste Geschenk der Welt.
Ich packte sie ins Auto und fuhr mit ihnen noch in die Eisdiele, wo Jonas sich mit Schokoladeneis von oben bis unten beschmierte. Aber diesmal wurde ich nicht hysterisch, ich konnte ja doch nichts ändern, wischte das geschmolzene Eis mit einer Serviette so gut es ging von Gesicht, T-Shirt, Hose, Beinen und Schuhen und beachtete den kleinen Schmierfink einfach nicht mehr.
Zu Hause liefen sie sehr schnell in ihre Zimmer und spielten mit Tieren und Autos. Eigentlich hatte ich mir vorgenommen, mit ihnen zusammen zu spielen, aber mein Kopf war einfach nicht frei dafür. Ich räum-

te die Küche auf, spülte ein paar Töpfe und Holzbrettchen und dachte an Karim, der vielleicht schon in seiner Heimat angekommen war. Er wollte in Deutschland bleiben, das stand für ihn fest. Und jeden Monat schickte er einen Teil seines verdienten Geldes nach Hause an seine Familie. Hier im Ausland konnte er besser für sie sorgen, was als Sohn seine Pflicht war, selbst wenn er hier viele schlechte Erfahrungen machte. Seine Mutter vor allen Dingen hätte ja für ihn gesorgt, als er noch klein war. Und nun sei es eben umgekehrt. Er sei dankbar für alles, was seine Eltern für ihn getan hatten. Niemals würde jemand das in seinem Land vergessen.

So einfach Karims Berufsausbildung und Leben aussah, so weise waren doch teilweise seine Einstellungen und Ansichten. Sicherlich war vieles aus seiner Kultur erwachsen, aber er erstaunte mich dennoch.

Ich dachte noch einmal an Melanie und Sylvana, die anscheinend genau das Leben führten, das sie haben wollten. Sie hatten einen Mann und ein neu gebautes eigenes Haus dazu, keine Kinder, die ihr Heim und ihre Partnerschaft störten. Sie konnten ungehindert ihre Hobbys pflegen und zu Partys und Feierlichkeiten gehen, wann immer und so lange sie wollten. Prima.

Von Ibrahim hatte ich nichts mehr gehört. War mir auch recht so.

Ich war doch etwas müde geworden und zog es am folgenden Freitag vor, auf eine Geburtstagsfeier und nicht in die Stammdisco zu gehen. Kontakt zu alten Bekannten gab es, nach den vielen – und teuren (!) – Telefonaten, nicht mehr. Keiner fragte, wie es mir ging, oder lud mich zu einer Aktivität ein. Ich musste schon von mir aus Aktion zeigen. Wahrscheinlich wussten sie alle nicht, wie sie sich in der neuen Situation mir gegenüber verhalten sollten, und wollten lieber mit Hilfe der Zeit Gras über die Sache wachsen lassen.

Mit meinem Exmann wollte bisher keiner Kontakt, weil sie seine »Tat« doch als unmoralisch empfanden. Er konnte diese Verachtung und Verurteilung seiner alten Freunde nicht verstehen. Vielmehr müssten

die ihn doch erst einmal fragen, wieso er sich für so einen Schritt entschieden hatte. Er kapierte nicht, dass sein Verhalten schlicht und einfach unfair gewesen war, ganz egal aus welchen Beweggründen. Ich glaube, das ist das schlimmste Ärgernis, wenn man sich über jemanden ärgert, der gar nicht versteht, dass sein Verhalten zum Ärgern ist.
Jedenfalls hatte ich noch kein Bedürfnis, in die alte Welt mit alten Gesichtern zurückzukehren, sondern ließ mich mit Saskia zusammen auf Christas Geburtstagsfeier einladen. Dort kannte ich niemanden außer den beiden. Ich sah das als Herausforderung und neue Chance an und hatte keine Angst vor dem Fremden, wie früher schon mal.
Ich war um 20 Uhr schon fix und fertig angezogen und geschminkt, aber Saskia ließ sich noch nicht blicken.
So surfte ich noch ein bisschen im Internet und stieß zufällig auf Bedeutungen von Namen. ›Sara‹ klickte ich an und erhielt die hebräische Antwort ›Fürstin‹. Im Alten Testament heißt Sara die Frau Abrahams, die nach langer Zeit der Unfruchtbarkeit Mutter von Isaak wurde, der Gott geopfert werden sollte. Ob meine Eltern mir meinen Namen bewusst gegeben hatten oder nicht, wusste ich leider nicht zu sagen. Darüber hatten wir zu Lebzeiten nie gesprochen.
Vor vielen Jahren hatte mir eine Wahrsagerin prophezeit, dass ich zwei Kinder und nach längerer Zeit noch ein drittes bekommen sollte, das ganz anders sein würde als die beiden ersten.
Niemals. Ich noch ein weiteres Kind bekommen? Von einem fremden Mann? Niemals.
Erst gegen 21 Uhr sah ich von meinem Balkon aus Saskia Wagen vorbeiflitzen. Ich ging ihr entgegen. Sie war puterrot, als sie mir die Wagentür aufmachte.
»Entschuldige, mein Ex kam mal wieder ein paar Stunden später. Der meint auch, er kann mit mir machen, was er will.«
Na ja, dachte ich, meiner war jedenfalls zuverlässig.
Eine Viertelstunde ohrenbetäubend laute Schlagermusik war an diesem Abend eine harte Bewährungsprobe für meine Nerven. Aber Gott

sei Dank waren wir nach ungefähr fünfzehn Minuten bei Christa angekommen. Als wir ausstiegen, dröhnte uns aber schon aus dem Garten lauthals Schlagerpop entgegen. Ich atmete tief ein und aus und zwang mich, jetzt nicht doch noch die Nerven zu verlieren.
Saskia hatte für ihre Freundin eine schöne Laterne mit einer dicken Kerze drin gekauft. Mir packte sie fünf dicke Ersatzstumpen auf den Arm. Christa wohnte zur Miete in einem schön verklinkerten Reihenhaus. Es dauerte eine Weile, bis sie unser mehrmaliges Klingeln gehört hatte. Dicke Umarmung, Küsschen auf die Wange, ein »Oh« und »Ah« und »Kommt doch rein«, und schon saßen wir im Wohnzimmer zwischen vielen fremden Gesichtern. Auch Saskia kannte so gut wie keinen, da sie mit Christa hauptsächlich allein in Discos ging oder sich zu Hause zu beziehungstechnischen Gesprächen mit ihr traf.
Gegen die dröhnende Musik musste Christa ein wenig anschreien, als sie Saskia und mich vorstellte.
»Unsere beiden Single-Mädchen: Saskia und Sara. Also ran, meine Lieben!«
Ich traute meinen Ohren nicht. Sie bot uns an wie frische Waren! Wie unverschämt. Wie verletzend.
Saskia empfand diese Vorstellung wohl nicht so wie ich. Sie genoss ihr Single-Dasein, fühlte sich eher begehrt als mitleidig beäugt.
Einige Gäste lächelten verschmitzt, andere etwas unruhig, wobei Letzteres mehr bei den weiblichen Teilnehmern mit Freund zu beobachten war.
»Ein Kumpel hatte seinen Opel Omega im Parkhaus abgestellt. Jetzt rief er an und meinte, er wolle mal zu seinem Auto runtertauchen, um zu sehen, wie es seinen Zigaretten geht«, erzählte ein junger Typ, vielleicht Ende zwanzig. Er war selbstgefällig und arrogant, das merkte ich gleich, aber besaß trotzdem Charme. Die Gesprächsrunde ließ sich über die Flutkatastrophe im Osten Deutschlands aus. Die Presse nannte sie die »Jahrhundert-Flut-Katastrophe«. Die Bilder in den Nachrichten von verzweifelten Menschen erregten bei vielen Mitleid. Schlimm,

wenn in der eigenen Wohnung nichts mehr zu gebrauchen war und auch noch keine Versicherung zahlte. Aber nur wenige der Gäste äußerten den Wunsch, den Opfern eine Geldspende zukommen zu lassen. Jeder dachte nur an sich und seinen eigenen Wohlstand. Das nächste Thema war die bevorstehende Bundestagswahl. Würde Schröder in einer weiteren Regierungsperiode eine neue Chance auf Verbesserung der wirtschaftlichen Lage und insbesondere auf Verringerung der hohen Arbeitslosigkeit bekommen? Oder würde sein bayrischer Widersacher Stoiber das Rennen machen? Aber der sprach von Geldsummen, wovon keiner wusste, woher er sie nehmen wollte. Da Saskia sich überhaupt nicht für Politik interessierte, sondern mehr für Schlager, ging sie mit einem Glas Cola in den Garten. Ich hörte dem Männergespräch über Parteiprogramme (wobei ich gar nicht recht wusste, ob die Parteien überhaupt ein richtiges Parteiprogramm hatten) interessiert zu und merkte gar nicht, dass ich als einzige Frau am Tisch übrig geblieben war. Ein nett aussehender junger Mann rückte etwas zu mir heran und fragte: »Bist du eine neue Freundin von Christa? Hab dich noch nie bei ihr gesehen?«

»Ich bin eine Freundin von Saskia und kenne Christa eigentlich nicht so gut.«

»Darf ich dir noch Cola einschenken? Oder möchtest du lieber mal von der Bowle kosten? Kann ich dir empfehlen.« Seine dunkelblauen Augen schauten mich durchdringend an, dass ich am liebsten weggeschaut hätte. Doch ich hielt stand. Ich war die selbstbewusste Frau, die wusste, was sie wollte.

»Du bist also frisch getrennt?« Sein Gesicht verzog sich merkwürdig. Ich wusste diesen Blick nicht zu deuten.

»Ja, und ich bin froh darüber. Ist richtig befreiend.«

»Na, das nehme ich dir jetzt aber nicht so richtig ab. So eine Trennung ist ganz schön schwer und verletzend. Ich weiß, wovon ich rede.«

»Du bist auch getrennt?«, fragte ich vorsichtig. Dieser Mann war schlecht zu durchschauen.

Er strich seine blonden Haare nach hinten und entgegnete: »Gott sei Dank schon ein paar Jahre geschieden. Wenn du mehrere Jahre verheiratet warst, dauert es eine Weile, bis du alles verarbeitet hast.«
»Ich war zehn Jahre verheiratet«, sagte ich prompt.
»Na, dann wirst du bestimmt mehr als ein Jahr brauchen, um darüber hinwegzukommen, besonders wenn du die Verlassene bist. Und davon gehe ich mal aus.«
Ich richtete mich erregt auf. »Woher willst du das wissen?«
»Ganz ruhig bleiben. War nur ein Gefühl, dass es bei dir so ist. Und ich hab Recht, nach deiner Reaktion zu urteilen.« Er lächelte etwas gemein und leerte sein Bowleglas in einem Zug.
»Ich geh mal ein bisschen an die frische Luft«, sagte ich und versuchte mir meine Unruhe nicht anmerken zu lassen.
»Ja, das beruhigt«, rief er lachend hinter mir her.
So ein Blödmann, dachte ich und suchte im Garten nach Saskia. Sie war natürlich umringt von Männern, die ihr Getränke und Essen brachten, mit ihr tanzten und flirteten. Mittlerweile gab es auf der Party schon einige angeheiterte Gäste, die Stimmung steigerte sich halbstündlich. Da Saskia fuhr, genehmigte ich mir schließlich doch was von der Bowle, die wirklich gut schmeckte. Als ich Saskia beim Tanzen beobachtete und versuchte, mich an ihre Musik zu gewöhnen, trat ein neuer Mann zu mir, dessen Glas ein wenig schwankte.
»Hast du Lust, zu tanzen?«, fragte er und stellte sein Glas auf einem Tisch ab, ohne dass ich ihm schon geantwortet hatte.
»Ich höre lieber türkische Musik«, gab ich provozierend zurück.
»Was? Türkische? Wie kommst du darauf? Bist du etwa Ausländerin?«
»Könnte ich eine sein?«
»Wenn ich dich von weitem sehe, ja, aber wenn man dich genauer anschaut, eigentlich nicht. Du hast wunderschöne blaue Augen.«
Er fasste meine Hand und zog mich näher zu sich heran.
Ich ließ meine Hand wie einen glitschigen Aal aus seinen Händen gleiten und trank meine Bowle weiter.

»Du bist aber widerspenstig. Bist du nicht gut drauf?«
»Doch, total gut!«, schrie ich ihn an.
»Is' ja okay«, sagte er, drehte sich um und ging weg.
Ich wusste, was ich wollte. Ich wollte keine Anmache. Ich hatte im Moment die Nase voll von der Jagd und dem Gejagtwerden.
Aber Saskia amüsierte sich prächtig. Da war an Heimfahrt sicher noch nicht zu denken. Die politische Runde im Wohnzimmer hatte sich leider aufgelöst. An gute Gespräche war auch nicht mehr zu denken.
Christa flirtete mit einem adrett aussehenden älteren Herrn, tanzte ausgelassen mit ihm und schmuste wenig später in einer Sofaecke. Ich wollte nicht mehr. Die letzten Wochen hatten mir vollends gereicht. Seinen Körper zur Verfügung stellen und mit ein paar kecken Sprüchen garnieren kam mir jetzt so widerlich vor. Ich wollte einfach nicht mehr. Ich würde allein bleiben und meine Hobbys und Kinder pflegen. Das war's.

14

›Tanzspaß für Singles ab 30‹. Das hörte sich gut an. Kurz entschlossen meldete ich mich per E-Mail bei der Tanzschule an. Tanzen fand ich schon immer gut, ich würde dort neue Leute treffen und eine gute Alternative zur Disco haben.
Vorher hatte ich bei Gitte, meiner Tagesmutter, angeklingelt. Für sie war es kein Problem, in dieser Zeit, die ich dann einmal in der Woche Tanzstunde hatte, meine Kinder zu hüten. Sie war eine treue Seele, gutmütig und ich möchte sagen: altruistisch. Sie tat so viel für andere Leute ohne irgendeinen Eigennutz. Solche lieben Menschen wie sie gab es selten. Dazu durfte ich ab Herbst auch noch einmal die Woche zur Gymnastik gehen. Was hatte ich es gut! Und meine Kinder fühlten sich bei ihr sehr wohl, so dass ich kein schlechtes Gewissen haben musste, meine Kinder abzugeben.
Saskia war am gestrigen Abend doch schneller nach Hause zu bewegen gewesen, als ich mir vorgestellt hatte. Sie fühlte sich etwas ausgepowert, meinte sie, und wollte sich ausruhen.
Aber mittags rief sie bei mir an, erzählte von verschiedenen SMS von irgendwelchen männlichen Bekannten, hauptsächlich aus Discobesuchen.
»Wird dir das nicht zu viel?«, fragte ich etwas müde.
»Es ist nicht schlecht, mehrere parallel zu haben. Dann versteife ich mich nicht auf einen.«
Sofort dachte ich an Karim und wünschte, dass er bald wieder zurückkäme.
»Hör mal, hast du Lust, heute Abend zur Disco zu fahren?«
»Ach, schon wieder. Hattest du nicht gestern gesagt, du wolltest dich mal etwas ausruhen?«

»Ja, aber heute geht es mir eben anders. Ich habe sehr gut geschlafen und fühle mich voller Tatendrang. Komm doch mit. Peter und Christa werden wohl nicht da sein und allein bin ich früher oft genug gegangen.«

»Muss das sein? Können wir nicht mal ins Kino gehen?«, fragte ich gähnend. Alle meine Knochen taten mir weh, da ich wieder auf der Couch geschlafen hatte (ohne schnarchenden Mann).

»Im Kino eingesperrt sitzen und sich nicht bewegen können? Was läuft überhaupt für ein Film?«, fragte Saskia, während sie mit Töpfen zu jonglieren schien.

»Keine Ahnung. Ich krieg nichts mehr mit von der kulturellen und politischen Welt da draußen.«

»Na also, gib dir 'nen Ruck. Ich fahre auch.«

»Okay«. Ich gab auf. Einer so guten, verständnisvollen Freundin musste ich einfach diesen Gefallen tun.

»Bis heute Abend hab ich bestimmt mehr Lust als jetzt.« Ich klickte während des Telefonats in *wissen.de* den Themenbereich Geschichte an, ohne dass ich wusste, worüber ich mich denn informieren wollte.

»Christa hat sich mal wieder verliebt«, fuhr Saskia fort.

»Was machst du eigentlich, während du mit mir sprichst?«, fragte ich neugierig.

»Ich koche gerade. Willst du nachher rüberkommen? Wir können auf dem Balkon essen.«

Sonnenzeit...

»Ja, gerne. Die Luft ist ja herrlich draußen. Ich hab jetzt schon Angst, wenn ich an Herbst und Winter denke.«

Irgendwie spürte ich in diesem Moment, dass Karim nur eine Sommeraffäre war, die im Herbst absterben würde wie die Blätter an den Bäumen.

»Die Jahreszeiten haben auch ihre Reize«, ermahnte mich Saskia, bloß nicht schwermütig zu werden.

Ich erledigte noch den Rest meiner Wäsche, wischte den Flur und die

Küche und lüftete das Wohnzimmer. Sämtliche CDs und Videokassetten lagen verstreut herum, die ich ordentlich in die dafür vorgesehenen Regale stellte. Mit meiner Ordnung sah es, besonders in meinem Arbeitszimmer, nicht so gut aus. Ich hatte immer eher den Hang zum Chaos, aber im Moment sah es an manchen Stellen meiner Wohnung echt schlimm aus.

Zum sorgfältigen Sortieren der Materialien, Bücher und Mappen hatte ich keine Lust. Wenn die Schule wieder losging, war es immer noch früh genug. Ich hatte auch keine Lust, mich zu etwas zu zwingen oder mich unter Druck zu setzen. Das hatte ich lange Jahre getan.

Ich stand noch eine Weile auf meinem kleinen Balkon und genoss die Aussicht. Dann zog ich mich um, ging hinunter auf die Straße und folgte meiner Intuition, die mich wie eine sanfte, aber dennoch feste Hand eine Straße weiter führte, als ich eigentlich zu Saskia gemusst hätte, und schließlich in meine alte Straße einbiegen ließ. Schon bald konnte ich mein altes Haus sehen und fragte mich, während ich in kleinen Schritten drauflosging, ob ich wirklich schon in der Lage war, das alles wiederzusehen. Meine Intuition hatte vorgesorgt, denn in dem Moment, wo ich von dem Haus nur wenige Schritte entfernt war, ging die Haustür auf und die Neue trat hinaus. Sie schüttelte ein Staubtuch und klopfte die Fußmatte vor der Haustür kräftig aus, so wie ich es hundertmal getan hatte.

Unbemerkt trat ich näher, getrieben von einer unbändigen Neugier, diese Frau zu betrachten. Mein Herz klopfte wie wild und schien sich in Fassungslosigkeit und gleichzeitiger Freude überschlagen zu wollen. Die Frau war rothaarig, dicklich, war unvorteilhaft gekleidet, und als sie sich umdrehte, blickte ich in ein nicht besonders nettes Gesicht mit Sommersprossen und Brille. Die Frau war alles andere als attraktiv! Mir fiel ein Stein vom Herzen; wie viel leichter war mir plötzlich alles geworden. Und wie peinlich war mir der Geschmack meines Mannes. Steckte er so sehr in einer Krise, dass er keine Augen im Kopf gehabt hatte, als ihn diese Frau aufgabelte? Hatte er sich blenden lassen von netten Komplimenten und geschickten Lobreden? Oder war er auf einmal ein anderer Mensch geworden, dem es nur noch auf den inneren Wert eines Menschen ankam?

Puh, ich drehte mich um, wusste nicht Recht, ob sie mich erspäht oder einfach nur ins Leere geblickt hatte. Schnellen Schrittes ging ich die Straße wieder zurück Richtung Saskia und ließ mich schon an der Tür in ihre Arme fallen.

Ich erzählte ihr überschwänglich von meiner Nachfolgerin und konnte mir ein spöttisches Grinsen nicht verkneifen. Sicherlich gab es so unterschiedliche Menschen wie Muscheln im Meer, nicht jeder konnte hübsch sein und trotzdem einen tollen, liebenswerten Menschen abgeben, aber meinem Mann war die gute Figur und das Äußere einer Frau immer wichtig gewesen, wie oft hatte er gerade diesen Typ von Frau verspottet, den er sich jetzt in sein Bett und sein Haus geholt hatte. Und eine Frau, die sich einen verheirateten Mann schnappt und dann auch noch ohne Skrupel sofort in das Nest der Ex schlüpft, weiß genau, was sie will, und wird sich ihre Umwelt immer zu ihrem eigenen Vorteil zurechtmachen. Saskia bestätigte meine Ansicht und riet mir, möglichst nicht mehr an das Leben der beiden zu denken. Das sei zwar schwierig wegen der Kinder, aber die beste Möglichkeit, wirklich ein zufriedenes eigenes Leben führen zu können. Die Schwierigkeiten bei ihnen würden sich schnell mit dem Alltag einstellen. Das Leben spielte allen mal einen Streich, egal, was sie angestellt hätten oder auch nicht, das Leben war niemals gradlinig oder ohne Steine auf dem Weg. Saskia hatte Schnitzel gebraten, einen gemischten Salat gemacht und Pommes in der Friteuse gebacken. Auf ihrem Balkon aßen wir in aller Ruhe und legten uns danach, wie schon einmal, auf die Auflagen und faulenzten ohne schlechtes Gewissen. Ich beobachtete die Wolken, die am Himmel an uns vorbeizogen, und Saskia erzählte von ihren Männerbekanntschaften und dem Wunsch, sich viel Zeit bei der Auswahl eines Partners zu lassen.

»Ich hab überhaupt keine Lust auf einen Partner. Ich will echt nur für

mich allein sein und die Gewissheit haben, meine körperlichen Bedürfnisse ausleben zu können«, sagte ich irgendwann dazwischen.
»Jeder möchte eine gute Beziehung haben, die auf Vertrauen aufbaut. Dein Vertrauen ist im Moment ganz schön angeknackst, ich verstehe das. Aber die Zeit heilt die Wunden. Und vor allem ein einfühlsamer Mann, der deine Welt versteht, der deine Interessen teilt und dich wirklich annimmt wie du bist«, entgegnete Saskia.
»Aber schon komisch, dass ich so auf Ausländer fixiert bin, oder?«
»Du gehst den extremen Weg, dass du nicht nur einen fremden Mann suchst, sondern auch noch einen fremden Mann aus einem fremden Land und einer fremden Kultur.«
Ich schob nachdenklich die Unterlippe vor und erwiderte: »Ich glaube, da hast du auch Recht. Ich bin so neugierig auf was total Neues, auf eine mir ganz fremde Welt, dass ich fast jedes Risiko auf mich nehmen würde, diese Welt kennen lernen zu dürfen.«
»Aber reden willst du mit diesen Männern nicht? Oder kannst es teilweise ja auch nicht.«
»Doch schon, über ihre Kultur, ihre Religion, aber persönliche Sachen will ich nicht hören.«
»Karim hat dir aber viele persönliche Sachen erzählt, oder?«, bohrte sie weiter.
»Ja, das ist seine Sache. Doch ich hab nichts preiszugeben.«
»Das ist eine Schutzmauer, die du aufbaust. Aber die tut der Seele nicht gut. Du sperrst sie ja ein.«
»Aber ich rede doch mit dir offen über alles«, entgegnete ich.
»Tut mir Leid, aber ich finde, Liebe und Sex gehören einfach zusammen. Das ist der Idealzustand, das ist das Glück«, erwiderte Saskia. Da konnte ich ihr nicht widersprechen, doch setzte ich noch einmal dagegen. »Wenn du mehr gibst als deinen Körper, kann deine Seele schnell verletzt werden.«
Saskia wurde nachdenklich. Enttäuschung und zerstörtes Vertrauen hatte auch sie erlebt.

Das Leben ist viel tiefgründiger, als äußere Sachen sagen können.
»Jetzt wo du frei bist, suchst du das Abenteuer, das Neue und das Fremde, stimmt's?«
»Aber trotzdem: Alle anderen Tätigkeiten oder erdachte Welten sind nur Vorstufen vom wahren Glück mit einem Partner, dessen bin ich sicher.«
Nach diesem anstrengenden und aufwühlenden Gespräch schliefen wir beide ein und erwachten erst gegen Mitternacht vor lauter Kälte.
Bevor wir uns fertig machten für unseren Discobesuch sprangen wir jeder kurz unter die warme Dusche, um uns wieder aufzuwärmen. Ich hatte jetzt richtig Lust zum Tanzen, aber nur zum Tanzen, von Männern oder vermeintlichen Partnern wollte ich heute nichts wissen. Ich wollte meine Ruhe haben und nur mich selbst spüren, nur tanzen. Das Gleichgewicht zwischen meinem Exmann und mir schien mir wiederhergestellt zu sein; er hatte Sex mit einem anderen Partner gehabt, ich hatte Sex mit anderen gehabt. Nun waren wir quitt.
Lieber Leser, wenn du das kindisch findest, kann ich dir nur beipflichten. Aber Gefühle erscheinen manchmal logischer als jeder vernünftige Gedanke.
Saskias laute Schlagermusik im Auto überhörte ich fast mit Hilfe meiner guten Laune. Sie sang dagegen ausgelassen mit und schwang ihren Oberkörper im Takt der Musik.
Auf der großen Hauptstraße wurde der Verkehr etwas dichter, sodass Saskia langsamer fahren musste. Sie stellte die Musik etwas leiser und musterte die Gestalten, die rechts und links auf den Bürgersteigen spazieren gingen.
Ich folgte Saskias Blicken. »Hier muss irgendwo was los sein, dass so viele Leute unterwegs sind«, sagte ich.
»Kann schon sein.«
Jetzt kamen einige Straßenlaternen und ich sah mir die Leute genauer an. Gerade rechts vor uns liefen zwei Ausländer, wahrscheinlich Türken.

»Dass mir immer wieder Ausländer auffallen! Ich hab das Gefühl, die verfolgen mich«, sagte ich, mehr zu mir selbst als zu Saskia.
Wir mussten an einer roten Ampel halten, als die beiden Ausländer neben unserem Auto hergingen und zu uns ins Auto lächelten.
Auch sie bogen rechts ab. Vielleicht wollten sie in die gleiche Disco wie wir.
»Der eine sieht nett aus. Findest du nicht?«, fragte Saskia schwärmerisch und trat plötzlich in die Bremse.
»Du willst jetzt doch nicht bei ihnen anhalten?« Als Saskia nur lächelte, fragte ich in einer Art Steigerung:
»Du willst die beiden doch wohl jetzt nicht mitnehmen?« Ich war ein wenig entsetzt. Saskia war ganz schön verrückt. Im Moment dachte ich, das alles gar nicht wirklich zu leben.
Die beiden traten sofort zu uns ans Auto und ich kurbelte automatisch mein Fenster herunter.
»Wollt ihr mit ins ›*Hot*‹?, fragte Saskia.
»Ach, kommt ihr doch lieber mit«, antwortete der Große mit charmanter Stimme.
Saskias Augen blitzten. »Nee, wir wollen auf jeden Fall dahin.«
»Ich weiß nicht, ob wir reinkommen. Vor einiger Zeit gab's dort 'ne Schlägerei. Und wir haben Hausverbot bekommen.«
Ich dachte immer noch, im falschen Film zu sein.
Der Kleine beteuerte mit mickriger Stimme, dass sie aber in keinster Weise mit der Schlägerei zu tun oder angefangen hätten. Sie wären aus einem dummen Zufall da hineingeschliddert. Ja, ja, klar, hätten sie gar nicht zu erwähnen brauchen.
Den Großen entlarvte ich sofort als Casanova.
»Also, entscheidet euch«, sagte Saskia und legte den ersten Gang ein.
»Wir kommen zu Fuß hinterher. Wartet da auf uns, okay?«, sagte der Große und lächelte breit.
Saskia nickte und fuhr mit quietschenden Reifen los. Als wir vor der Disco parkten, fragte ich: »Wieso wollten die jetzt zu Fuß gehen?«

»Hm, vielleicht wollten sie sich ihre endgültige Entscheidung noch vorbehalten«, meinte Saskia und stieg aus.
Nach kurzer Wartezeit kamen die beiden tatsächlich anmarschiert, sich anregend unterhaltend. Wie in der Türkei hatten die beiden wohl schon abgemacht, wer welche Frau bekommen sollte. Der Große näherte sich Saskia und der Kleine, der sogar einige Zentimeter kleiner war als ich, versuchte mit mir ein Gespräch zu beginnen.
»Wir sind Aramäer«, stellte er sich vor.
»Aha, christliche Türken«, entgegnete ich, sah ihn nicht an und lief ein Stück voraus. Er holte schnell wieder auf und meinte: »Ja, genau.«
Als ich mich kurz vorm Eingang umsah, beobachtete ich gerade noch, wie Saskia und der große Aramäer Zettel austauschten, wahrscheinlich Handynummern, was mich sehr erstaunte.
Als wir den Eintritt bezahlt hatten, führten uns unsere beiden Begleiter in eine gemütliche Sitzecke, etwas weiter von der Tanzfläche entfernt, wo die meisten Ausländer zu finden waren. Sie brachten uns Getränke, was wir total in Ordnung fanden, erfuhren noch, woher wir kamen und dass wir öfter in dieser Discothek anzutreffen waren. Danach trennten sich unsere Wege, wenngleich der Kleine immer wieder den Kontakt zu mir suchte. Den großen Aramäer sah ich in dieser Nacht noch mit drei verschiedenen, sehr hübschen Blondinen an der Theke oder an der Tanzfläche stehen. Mein Verdacht hatte sich bestätigt. Saskia tanzte wie immer in der Schlager-Riege, ich in der Soulecke, wo ich mich immer wieder von diesem mickrigen Kerl wegdrehen musste. Er war hartnäckig wie anscheinend alle Ausländer. Das hatte ich ja schon erfahren.
Mittlerweile tanzte ich etwas benebelt, da ich zwei große Bier getrunken hatte. Die Tanzfläche füllte sich, die Hitze staute sich, die Luft hing schwer im lichtdurchwebten Raum.
Die Musik war super. Ich nahm nur noch tanzende Körper bis zur Hälfte ihres Oberkörpers wahr. Da der aufdringliche Aramäer links von mir tanzte und wieder kaum merkbar näher kam, wandte ich mich

allmählich nach rechts, wo ich einen dunklen schlanken Körper wahrnahm, der anscheinend ähnliche Bewegungen machte wie meiner. Wir näherten uns an, und ein kurzer Blick weiter nach oben zeigte mir nur kurz ein offenes Grinsen. ›Ach‹, dachte ich, ›keine Anmache, bitte.‹ Ein zweiter Blick bestätigte mir, dass er schwarz-haarig war, aber nach Türke sah er nicht aus. Ich wollte auch eigentlich nicht näher hinsehen, sondern einfach nur tanzen. Nur keinen Blickkontakt. Wenn ich keine Lust mehr haben würde, würde ich einfach verschwinden. Wir tanzten sehr lange miteinander, irgendwann nahm er meine Hände und führte sie, ähnlich wie Karim es gemacht hatte, nach oben in einer undeutschen Tanzbewegung. Ich ließ ihn gewähren, auch als er noch näher kam. Ja, wenn ich mich recht besinne, war ich diejenige, die das Spielchen weitertrieb. Doch meinen Blick ließ ich brav nach unten gerichtet, um keinen Kontakt zu seinen Augen zu bekommen, doch schien sein Lächeln und seine Begierde sich in all meine Poren zu fressen. Innerlich wand ich mich dagegen, denn ich wollte heute Nacht meine Ruhe haben. Vielleicht brauchte ich jetzt auch erst einmal Zeit, um alles mit Abstand zu überdenken, wie mein Leben weitergehen sollte. Ziemlich abrupt gab ich ihm mit meiner Hand das Zeichen, dass ich was trinken gehen wollte und drängelte mich eilig durch die tanzende Masse. Als ich die Tanzfläche tatsächlich verlassen hatte und den Gang zur nächsten Tanzfläche entlanghuschte, um zu Saskia zu gelangen, merkte ich bald, dass er mir folgte und so eng wie möglich an mir dranblieb.

Ich beschleunigte meine Schritte, aber er hielt tapfer mit.

Leider war es mittlerweile in der Disco recht leer geworden und ich merkte, dass ich ihn nicht abschütteln konnte. Mitten im Lauf fragte ich ihn genervt: »Sprichst du wenigstens Deutsch?«

»Selbstverständlich spreche ich Deutsch«, antwortete er mit französischem Akzent. Verwundert blickte ich kurz auf und sah wieder nichts als ein helles Grinsen. Bestand dieser Mensch denn nur aus einem Lächeln?

An der Theke der Schlagertanzfläche angekommen, griff ich gleich nach meinem Bier, das dort noch stand. Er stellte sich sofort dicht neben mich und war im schwachen Licht und Flimmern der Discolichter immer noch nicht richtig zu erkennen. Einzig seine schlanke Figur und die tiefschwarzen Haare konnte ich erahnen. Erst wollte ich mich abwenden und ihn einfach stehen lassen, aber ich wollte den so fröhlich wirkenden Menschen nicht enttäuschen und fragte: »Wo kommst du denn her?«

»Aus Marokko. Kommst du mit?«

Was war das denn für ein lustiger Knilch? Immerhin sprach er sehr gut Deutsch, und dann auch noch mit so einem erotischen französischen Akzent. Er strahlte eine Fröhlichkeit aus, die sich gleich auf mich übertrug.

Marokko. Das war ja mal was anderes.

»Na klar komme ich mit«, antwortete ich, viel entspannter als vorher, obwohl mir klar war, dass diese Frage nicht ernsthaft gemeint sein konnte.

»Okay, kommst du erst mit an die frische Luft?« Er streckte schon siegessicher seine Hand aus, die ich ihm einfach nicht verwehren konnte. Sie fühlte sich sehr weich an und bot mir trotzdem einen festen Halt. Schnellen Schrittes glitten wir die Treppen hinunter zum Ausgang und lehnten uns auf dem Parkplatz an irgendein Auto, das dort noch stand. Im Licht der Laternen konnte ich nun endlich sein Gesicht erkennen, das wie sein Körper sehr schmal war. Er strahlte viel Fröhlichkeit aus und wirkte auf mich sofort sehr sympathisch. Etwas dicke Wangenknochen, braune Augen und eine Adlernase verrieten mir große Intelligenz in diesem Mann, der mir zudem noch sehr jung aussah.

Begierig blickte er auf meinen Körper hinab und sprach ganz offen.

»Deine Figur ist einfach fantastisch. Tausende Frauen werden neidisch auf dich sein. Was hast du für ein Geheimnis?« Er umfasste zärtlich meine Taille und strich mit seinen Fingern die Konturen meiner Körperlinie entlang.

»Ich habe kein Geheimnis«, antwortete ich geschmeichelt.
»Das glaube ich dir nicht. Da muss es etwas geben.«
»Wirklich nicht. Natürlich halte ich mich fit. Aber ich mache keine Diät oder so was. Meine Figur hab ich einfach von Natur aus.«
»Du solltest ein Buch mit Tipps für Frauen schreiben«, meinte er bewundernd.
»Was soll ich da hineinschreiben, wenn ich keine Tipps habe?«
»Wie heißt du eigentlich?« fragte er beinahe zärtlich.
»Sara. Und du?«
»Simo.« Er blickte schwärmerisch in den Himmel, sah mich durchdringend an und fragte: »Und was bist du für ein Sternzeichen?«
»Jungfrau.«
»Ich auch«, jubelte er laut, als hätte er einen großen Gewinn im Lotto gemacht.
Mir wurde es nun etwas kühl und ich bat, wieder hineinzugehen. Wir tanzten unseren geschmeidigen Tanz weiter, küssten uns schließlich, bis ich ihm ins Ohr flüsterte: »Ich glaube, wir würden guten Sex zusammen haben.« Ich war mir nicht sicher, ob ich, Sara, so was wirklich geflüstert hatte. Ich war mir auch nicht sicher, wie er darauf reagiert hatte. Kurz vor unserer Abfahrt besorgte er noch einmal Getränke und wir setzten uns dicht nebeneinander an eine etwas abseits gelegene Theke. Es würde nicht mehr lange dauern, bis die Disco geschlossen werden würde.
»Was machst du beruflich?«, wollte er von mir wissen.
»Ich bin Lehrerin.«
»Wirklich?!«, stieß er aus. Ich hatte keine Ahnung, wieso ihn das so euphorisch machte.
»Und du? Was machst du in Deutschland?«
»Ich studiere Elektrotechnik.«
Nun war mein Interesse vollends geweckt. Ein Student. Einer, der gebildet war, mehrere Sprachen perfekt sprach und anscheinend noch ganz andere Talente besaß.

Saskia winkte mir mit einem Mal heftig zu. Hach, im Moment konnte ich sie nicht gebrauchen. Aber sie ließ nicht nach, sodass ich schließlich zu ihr ging.

»Wollen wir gleich fahren?«, fragte sie und warf einen kurzen Blick auf den Mann an der Theke.

»Ja, okay.«

»Das ist mal ein ganz anderer Typ, was?«, meinte Saskia grübelnd.

»Wieso?«, fragte ich erstaunt. Was meinte sie damit?

»Er macht einen netten Eindruck und – …« Saskia stockte das erste Mal, seitdem ich sie kannte, »… irgendwie passt er zu dir.«

Diese Bemerkung verschluckte ich prompt, ging geradewegs auf ihn zu und fragte: »Kommst du mit zu mir? Meine Freundin will gleich fahren.«

Er strahlte übers ganze Gesicht und antwortete: »Na klar.«

Man begann schon, die Leute langsam, aber sicher aus der Disco zu vertreiben. Wir tranken hastig unser Bier leer und warteten auf Saskia, die noch einen letzten Tanz mit einem allerletzten Kerl tanzte.

Holterdiepolter verjagte man uns und wir stiegen ziemlich benebelt in Saskias Auto ein. Schon auf der Rückbank fiel Simo fast über mich her, was mich einen Moment verblüffte. Ein Intellektueller konnte doch nicht als Erstes an Sex denken? Oder etwa doch?

Saskia sagte vorne so gut wie nichts, fuhr ziemlich rasant und draufgängerisch, als wenn sie ihren Frust loswerden wollte.

Als wir vor meiner Wohnung ausstiegen, wurde es schon wieder ein wenig hell. Schnell stiegen wir die Treppen hinauf und wie gewohnt bot ich im Wohnzimmer zunächst etwas zu trinken an.

Ich holte eine Flasche Wein mit zwei Gläsern, die er mir gleich aus der Hand nahm.

»Vielleicht kennst du die große Gastfreundschaft der Südländer. Ein Gast wird behandelt wie ein König.«

›Na‹, dachte ich, ›was würde jetzt kommen?‹

Etwas ungeschickt entkorkte er die Flasche Wein, stellte die Gläser beinahe im Zeitlupentempo dicht nebeneinander und füllte sie langsam mit der roten Flüssigkeit. Während er die Rotweinflasche abstellte, bat er mich höflich, neben ihm Platz zu nehmen.

In meinem Wohnzimmerfenster zeigten sich mit der aufgehenden Sonne erste sanfte Farben. Auch Simo ließ sich einen Moment davon ablenken, dann setzte auch er sich, sah mich lächelnd an und sagte:»Bei uns zu Hause wird ein Gast wirklich wie ein König bedient und umsorgt. Ich möchte, dass du dich hier wie ein Gast fühlst.«

Er hob sein Glas: »Auf dein Wohl.«

15

Wieder einmal hatte mich die Sehnsucht nach dem Lande Hadschi Halef Omar gepackt, meines treuesten Gefährten durch die Lande des Padisha.
Ich befand mich in Damaskus und machte dort gerade meinen ersten Ausritt ...
Nach kurzer Zeit erblickten wir in der Ferne einen Trupp Reiter, der sich uns schnell näherte. Ich nahm mein Fernrohr und blickte hindurch.
»Sir, das sind wirklich unsere Freunde. Ich erkenne genau: Halef, Omar Ben Sadek und Amad el Ghandur. Sir David, zeigt Euch erst einmal allein. Ich verberge mich mit Rih hinter diesen Büschen.« (...)
»... Da, Halef sprengt vor allen anderen auf uns zu.«
»Sir David hier bei uns, Allah, Allah. Wie geht es Ihnen, Sir David? Habt Ihr was von meinem guten Sidi gehört? Ist er gesund? Hat er sich schon ein Weib genommen?«
»Halef.« Ich trat hervor. Halef erstarrte, breitete dann die Arme aus, als wollte er mich umarmen, konnte sich aber nicht von der Stelle rühren. Er sank dort wo er stand auf die Knie und Tränen rannen ihm über die Wangen herab. Er bewegte die Lippen, als wollte er sprechen. Er brachte aber keinen Ton hervor.
Auch ich war tief ergriffen von diesem Wiedersehen. Ich trat auf ihn zu und zog ihn zu mir empor. Und da erst löste sich seine Erstarrung. Er schlang die Arme um mich und stammelte: »Sidi, ich habe dich wieder. Sidi, mein Glück, mein Sonnenlicht. Ich habe meinen Sidi wieder.«
Er strich mir mit den Händen über das Gesicht, küßte immer wieder den Saum meines Burnus. Ihm schien es völlig gleichgültig zu sein, ob

die kostbaren Pferde gerettet waren. Er hatte mich wieder. Das war ihm genug ...

(Hörspielbearbeitung »Kara Ben Halef« nach Karl May von Dagmar v. Kurmin – Eine Studio EUROPA Produktion)

Meine Augen füllten sich mit Tränen. *Hellmut Lange* konnte so ausdrucksvoll erzählen, so mitreißend und packend den Hörer fühlen lassen, dass er mittendrin im Geschehen war, auch wenn er diese Szene – wie ich – schon zum hundertsten Mal hörte. Und ich war glücklich, dass ich sie hatte.

So gut wie nie ein Karl-May-Buch gelesen, so kannte ich doch durch meine Hörspielkassetten sämtliche Geschichten und Abenteuer dieses Schriftstellers, der verbissen, unermüdlich und mutig für Stolz, Ehre und Gerechtigkeit kämpfen ließ. Wie liebte ich als Kind *Winnetou*, den Häuptling der Apachen, und seinen Blutsbruder *Old Shatterhand*, war auf Iltschi und Hatatitla mitgeritten und hatte die Silberbüchse und den Bärentöter so oft selbst gezückt, um die bösen Männer in Schach zu halten. Immer stolz, erhaben, diszipliniert, nur darauf besinnt, das Böse zu besiegen. Wie ergriffen hatten mein Cousin und ich im Sessel beieinander gekauert und den Tränenfluss nicht mehr stoppen können, als *Winnetou* am Hangkok-Berg erschossen wurde.

Erst etwas später hatten mich auch die Geschichten aus dem Orient fasziniert mit Hadschi Halef Omar, Omar Ben Sadek, Osko, dem Montenegriner und Kurden, Kalifen, edlen Araberhengsten wie Rih und der Wüste. Insgeheim wünschte ich mir als Kind, auch einmal in die Lande zu fahren und Geschichten mit nach Hause zu nehmen.

»Der war nie da«, hatte mein Vater, der Realist, mir eines Tages offenbart. »Alles erfunden oder aus Büchern rausgesucht. Dabei stimmt manches sogar nicht. Die Apachen waren nämlich in Wirklichkeit die Feiglinge unter den Indianerstämmen und die Komantschen und Sioux waren die Tapferen.«

Total entrüstet hatte ich mich damals als Kind vor meinem Vater aufgebaut und seine Aussage dementiert. Er hatte nur verhalten von oben auf mich herabgelächelt, aber sich nicht weiter bereit gezeigt, mit mir darüber zu diskutieren. Ich war so in meiner Idealwelt verhangen, dass das eh keinen Zweck gehabt hätte. Der Reiz der Liaison von Gutherzigkeit und Abenteuer, verbunden mit weit entfernten Gegenden, war nicht zu überbieten.

... Da hatten wir wirklich ungeheuer Wichtiges erfahren. Die Fäden begannen sich zu entwirren. Als Osko und Omar hinausgegangen waren, um die Pferde für die Nacht zu versorgen, Halef aber noch bei mir sitzen geblieben war, holte unser Gastgeber einen in ein großes Tuch eingewickelten Gegenstand hervor und begann ihn lächelnd auszuwickeln.
»Da deine beiden mohammedanischen Freunde im Augenblick nicht anwesend sind, dieser Dritte aber wohl dein bester Freund zu sein scheint, möchte ich dir jetzt das Beste von allem was ich habe auftischen.«
»Oh, ein Schinken. Ich weiß schon gar nicht mehr, wann ich das letzte Mal so etwas gegessen habe. Danke.«
»Dieser Mann will uns doch nicht zumuten, das Hinterteil eines Schweines und sein in Rauch gebratenes Blut und Fleisch zu essen.«
»Dir nicht, lieber Halef, nur mir. Und ich werd' es mit dem größten Vergnügen tun. Hm, wie dieser Schinken duftet.«
»Weißt du nicht, dass ich dir dabei nicht einmal zuschauen darf?«
Der arme Kerl dauerte mich fast, denn als gläubigem Anhänger des Koran war es ihm ja verboten, Schweinefleisch zu essen. Doch merkte ich, wie ihm der Appetit auf den Braten bis in die Zungenspitze hineinstieg. Er sah mich jetzt schon die zweite Scheibe verzehren. Er schluckte und schluckte und rutschte auf seinem Stuhl hin und her.
»Schmeckt er wirklich so ausgezeichnet?«

»Oh Halef, es gibt nichts Schmackhafteres.«
»Al-lah, warum hat ihn uns der Prophet dann verboten?«
»Schließlich soll er doch den ganzen Koran vom Erzengel Gabriel diktiert bekommen haben.«
»Könnte es nicht sein, dass sich der Engel mal geirrt hat?«
»Geirrt? Das wohl nicht, lieber Halef.«
»Oder vielleicht hat der Prophet den Engel mal nicht ganz richtig verstanden.«
»Ja, das wird es sein.«
»Nicht wahr, wenn man genau nachdenkt, so scheint es doch wohl, dass Allah die Schweine nicht erschaffen hätte, wenn wir sie nicht auch essen sollten.«
»Ja, da bin ich ganz deiner Meinung.«
»Und, was mein Sidi isst, das kann mich schließlich nicht um den siebenten Himmel bringen. – Ich hoffe auf deine Verschwiegenheit und dass du Omar und Osko nicht andeutest, dass deine Ansichten bei mir ebenso viel wiegen wie die Gesetze der heiligen Kalifen.«
»Aber natürlich nicht. Und nun iss.«(...)

(Hörspielbearbeitung *»Durch das Land der Skipetaren«* nach Karl May von Dagmar v. Kurmin – Eine Studio EUROPA Produktion)

Die Erzählungen von James F. Cooper, wie zum Beispiel *Lederstrumpf* fand mein Vater sehr viel realistischer.
Aber es war in der Geschichte wirklich so, dass das Volk der Apachen von den Komantschen sehr dezimiert worden war. Nur hatte ich das als Kind nicht gewusst und hätte das auch wohl nie nachgeschlagen.
Ich wusste nicht einmal, wo Kurdistan oder das Land der Skipetaren sich befand und tat alles, um der Enträtselung auch ja nicht auf die Spur zu kommen. Für mich sollten diese Länder Phantasieländer bleiben, die am besten auf keiner Karte auftauchten.
Eine Ahnung oder Vorstellung von Orient hatte ich schon, aus Fernseh-

filmen wie zum Beispiel *Der Dieb von Bagdad* oder *Odysseus, der Seefahrer.*

Als mein Vater meine Faszination für die orientalischen Karl-May-Erzählungen bemerkte, schien er sich doch eher zu freuen, weil er selbst Orientfan war, so dass er mir zum Geburtstag – oder zu Weihnachten, so genau weiß ich es nicht mehr – die dreibändige Ausgabe von *Tausendundeiner Nacht* schenkte. Die Seiten waren so dünn wie die der Bibel und machten es mir schwer, viele davon zu lesen. Es schien mir ein unendliches und gleichzeitig schnell ermüdendes Unterfangen zu sein, sodass ich mein Lesevorhaben schnell aufgab und mich lieber wieder den Hörspielkassetten widmete. Das war so schön einfach.

Orientalismus bezeichnet die Hinwendung zu Folklore und Kultur besonders des Nahen Ostens. Sie wird schon in der Goethezeit angebahnt, ist aber eher eine Modeerscheinung des 19. Jahrhunderts, die im Gefolge der Eroberung Ägyptens durch Napoleon im Jahre 1798 einsetzt. Orientalismus kann man als eine Sonderform des Exotismus verstehen. Sie schließt dabei die Kulturen des Fernen Ostens und auch der primitiven Völker wie die der Südsee ein.

Die Bewegung geht von Frankreich aus, insbesondere durch E. Delacroix' Algerienbilder. Maler aus allen Ländern greifen diesen Trend auf wie E. Fromentin, T. Chasseriau, R. Ernst, A. Renoir, G. Rosati u.a.)

Am 25. Februar 1842 wird *Karl May* in Hohenstein-Ernsthal in Sachsen geboren, ergreift den Beruf des Volksschullehrers und verbüßt einige Freiheitsstrafen wegen Betruges. Er schreibt Indianer- und Reisebücher, die den Abenteuerdrang und das Verlangen nach einfachen sittlichen Werten von damals stillen. Insgesamt schreibt er 83 Bände und stirbt am 30. März 1912 in Radebeul bei Dresden.

›Nur ein Illusionist?‹ Jemand, der über etwas schrieb, was er in Wirklichkeit gar nicht erlebt hatte, war für meinen Vater ein Spinner, ein Angeber, insbesondere Karl May, der selbst die Person des großen

Helden Old Shatterhand oder im Orient die des Kara Ben Halef übernahm. Für mich war er jemand mit großer Phantasie und Leidenschaft und einem unermüdlichen Verlangen nach den alten Werten wie Treue, Nächstenliebe, Hilfsbereitschaft und Demut.

Nach vielen Jahren hatte ich jetzt wieder angefangen, meine alten Hörspielkassetten zu hören. Eingemummelt in meine Decke lag ich in meiner Couchecke und versank in den Schluchten des Balkan, die mich wieder in meine Kindheit versetzten.

Es war schon beinahe Mitternacht, als ich mir eine weitere Kassette aus meiner Sammlung in meinem Zimmerchen holen wollte. Ein lautes »Plock« ließ mich hochfahren. Dann noch eins, und noch eins. Am Fenster. Geistesgegenwärtig öffnete ich meine schmale Balkontür und betrat etwas zitternd den Balkon. Da! Eine dunkle Gestalt machte sich unten auf der Straße hastig davon. Ein dicker Stein, der das Fenster wohl verfehlt hatte, lag noch auf dem Betonboden meines Balkons. Wie erstarrt hob ich ihn auf und presste ihn in meiner Hand zusammen. Was hatte das zu bedeuten? Wer warf denn hier Steine an mein Fenster? Wer hatte Grund, mit mir so was zu machen?

Mit einem Mal wurde mir wieder bewusst, dass ich allein war. Ich durfte mich nur auf mich selbst verlassen und musste mir selbst helfen, wenn ich Hilfe benötigte. Ich wollte nicht allein sein! Ich fühlte mich so verlassen in diesem Augenblick, dass ich auf den Boden sank und mich verzweifelt am Balkongeländer festklammerte. War das alles wirklich mein Schicksal? Wo war meine Sonne?

Doch ich riss mich zusammen, fasste neuen Mut. So ein blöder Steinwurf durfte mich nicht verunsichern. Sicher nur ein dummer Teenie, der einfach nur Spaß an Blödsinn hatte. Ich schlief in dieser Nacht wider Erwarten tief und fest und ohne jede Angst.

Am nächsten Morgen stellte ich fest, dass eine Fensterscheibe so übel gesprungen war, dass ich einen Glaser bestellen musste. Das machte mich sehr wütend. Und ich wurde noch wütender, als der Glaser erst am nächsten Tag erschien, da er vorher so viel zu tun gehabt hatte.

Als wenn ich einen ausländischen Magnet in mir gehabt hätte, war der Monteur, der bei mir erschien, ein Ausländer. Vielleicht Türke oder Jugoslawe. Nachdem wir uns begrüßt hatten, kniff er ein Auge zu und grinste.
»Kennst du zufällig Karim?«, fragte er in gebrochenem Deutsch.
»Ja«, antwortete ich verblüfft. »Wieso?«
»Ich bin sein Freund.« Er grinste breit übers ganze Gesicht.
Das war also Karims Art von Diskretion. Toll. Wahrscheinlich hatte er diesem Glaser alles von unserer Affäre erzählt. Und ich stand jetzt hier wie splitternackt vor dem fremden Kerl.
Ich ließ Karims Freund allein mein Fenster ausmessen und hantierte Unnötiges in der Küche.
Mein albanischer Glaser versprach in den nächsten Tagen mit der neuen Fensterscheibe anzurücken und war plötzlich verschwunden.
Mit einem Mal spürte ich, wie Vorurteile meine Gedanken antrieben. ›Niemals bekommst du das Geld von Karim zurück. Das ist ein Ausländer.‹ ›Auf Ausländer kann mich sich nicht verlassen. Sie sind durchtrieben und finden jeden Umweg zu ihrem Vorteil.‹ ›Ausländer sind faul und linkisch und versuchen so einfach wie möglich durchs Leben zu kommen.‹
Ich vergrub mein Gesicht unter meiner Decke und blieb eine Weile wie erstarrt. Meine Selbstsicherheit hatte mich ein wenig verlassen. Nach etwa einer halben Stunde konnte ich meinem Drang doch nicht widerstehen, meinem Skipetaren eine kurze Nachricht zukommen zu lassen.

> *wie geht's dir?*
> *Sara*

Und wie gewohnt dauerte es nicht lange, bis mein Handy klingelte.
»Hallo?« sagte ich wie üblich.
»Halloooo«, entgegnete mein Gesprächspartner. Er zog das o am Ende

immer so lang und drückte damit eine Freude aus, von der ich niemals wusste, ob sie echt war oder nur gespielte Vorfreude ausdrückte.
Doch ein wenig erfreut, wenn ich es auch nicht gerne zugebe, fragte ich: »Bist du schon wieder zu Hause?«
»Wieso wieder zu Hause?«, kam die Frage zurück.
»Wolltest du nicht länger bleiben?«
»Länger bleiben? Aber ich bin doch die ganze Zeit zu Hause.«
Oh Gott, jetzt dämmerte es mir. Er war wirklich die ganze Zeit zu Hause gewesen, da das am anderen Ende der Leitung gar nicht Karim war. Es war Simo. Mein Herz klopfte wild und mir war die Sache furchtbar peinlich, obwohl mir in meiner derzeitigen Lebensphase eigentlich gar nichts peinlich zu sein brauchte.
»Oh, entschuldige bitte, ich habe dich mit jemandem verwechselt«, sagte ich schnell. Ich hatte im Traum nicht daran gedacht, dass er sich nach unserem *One-Night-Stand* noch einmal melden würde. Sofort schoss mir unsere Nacht durch den Kopf, in der wir uns sehr gut unterhalten hatten.
Ich hörte an seiner Stimme, dass er etwas enttäuscht war, weil ich ihn nicht sofort erkannt hatte.
»Ach so«, entgegnete er leise. »Ich möchte dich gern morgen sehen. Geht das?«
Ich war zuerst sprachlos.
»Vielleicht können wir uns in einem Café treffen?«
Café? Für eine Sexbeziehung? Kam doch für mich gar nicht in Frage.
»Ja, gerne«, antwortete ich.
Näher kennen lernen ausgeschlossen; ich wollte meine Freiheit behalten.
»Ich muss das erst mit meiner Tagesmutter absprechen, wann sie die Kinder beaufsichtigen kann«, sagte ich als Nächstes.
Keine großartigen Gespräche, nicht zu viel investieren.
»Gut, gibst du mir dann Bescheid?«
»Ja klar«, sagte ich freudig.

Nichts interessierte mich mehr als meine Freiheit und mein eigener Wille.
»Okay, dann bis morgen«, hörte ich ihn zärtlich sagen.
Bloß keine Zärtlichkeiten.
Ich hatte gerade dieses Gespräch beendet, als mein Handy ein zweites Mal schellte.
»Hallooooo!«, hörte ich schon wieder. Und diesmal war ich mir sicher, Karim an der Strippe zu haben.
»Na, bist du zurück?«
»Ja, gestern Nacht. Alles okay.«
Er hatte erst noch in dieser Nacht vorbeikommen wollen, aber er sei doch zu müde nach der langen Rückfahrt und müsse sich erst ausschlafen. Natürlich hatte ich Verständnis dafür, insgeheim aber gleich den Gedanken, dass er mein Geld nicht hatte und vielleicht jetzt gar nicht mehr an unserer Affäre interessiert war. Vielleicht hatte er sogar im Urlaub eine Frau gefunden.
Ich sah meine Geldscheine davonschweben wie beim Downloaden einer Datei.
Aber ich merkte an unserem Gespräch eine Veränderung. Er schien sich noch eine Weile mit mir unterhalten zu wollen, während wir vor seinem Urlaub nur kurz über das Befinden und die Uhrzeit für unser nächstes Date geredet hatten.
»Ich hätte lieber deine Golf-Diesel gefahren. Sprit isse bisschen zu teuer.«
Sollte das schon eine Anspielung auf seine Schulden bei mir sein? Ich wusste, ich würde mein Geld nicht wieder sehen. Aber – immer positiv denken, hatte ich gelernt. Also noch nicht aufgeben. Immer an das Gute im Menschen glauben, hatte ich gelernt. Aber so richtig konnte ich nicht dran glauben.
»Wie geht's deiner Familie?«, fragte ich weiter, dachte aber schon an mein Treffen mit Simo im Café.
»Och, meine Mutter is nich gut. Medikamente müssen helfen.«

»Oh, das tut mir Leid.«
»Komme morgen, okay?«
Einen Moment zögerte ich. »Okay«, hörte ich mich wie aus einer weiten Entfernung sagen. »Halb zehn.«
»Okay, gute Nacht.«
Ich zitterte ein wenig, als ich mein Handy zur Seite legte. Beide Anrufe hatten mich etwas aus der Bahn geworfen, hatten in mir Aufregung ausgelöst.
Ich wollte Simo treffen. Neugierig auf seine Person, auf seine Sprache, seine Ansichten vom Leben wollte ich das Treffen auf jeden Fall möglich machen.
Ich rief Gitte an. Sie hatte so großes Verständnis für meine neue Lebenssituation, dass sie mich auch in diesem Vorhaben unterstützte. Offen und ehrlich hatte ich ihr von meiner Begegnung erzählt. Ich hatte nicht einmal daran gedacht, mir eine Ausrede einfallen zu lassen, weshalb ich morgen Nachmittag weg müsste. Mit der Wahrheit fühlt man sich doch am wohlsten.
Als ich Simo am Nachmittag nach unserer Affäre wieder nach Hause brachte, sprachen wir kaum miteinander. Ich richtete mein Augenmerk auch fast nur auf die Straßen mit ihrem Verkehr und sah ihn nur beim Abschied kurz an. Er drückte mir einen Kuss auf die Wange und flüsterte, er habe mir seine Nummer auf meinen Block geschrieben. Meine hatte ich ihm schon in meiner Wohnung gegeben, aber eher unschlüssig, was damit werden sollte.
Ich wartete nicht einmal ab, bis er in seiner Studentenbude verschwunden war, sondern trat sofort aufs Gas, um möglichst schnell wieder wegzukommen. Ich weiß nicht, wovor ich versuchte zu fliehen. Eigentlich wollte ich anhalten und wusste nicht wie.
Meine obligatorischen Ohne-Ziel-Fahrten durch die Bauernschaften brachten auch keine Ordnung in meine Gedanken.
Aber jetzt spürte ich das dringliche Bedürfnis, mit diesem ruhigen und interessanten Menschen zu sprechen. Einfach nur zu reden – über Gott

und die Welt. Ich wollte gar nichts über ihn persönlich erfahren. Einfach nur hören, wie er die Welt und das Leben sah, was er für Erklärungen für den ganzen Unsinn der Schöpfung hatte, aus Sicht eines anderen Teils der Welt, trieb mich zu einem Treffen an.
Am liebsten hätte ich an diesem Nachmittag viel mehr Wissen in meinem Gehirn gespeichert haben wollen, weil ich es mit einem sehr intelligenten Menschen zu tun haben würde.
Mein unsicheres Gefühl hatte sich auch bei meiner Ankunft am Studentenwohnheim nicht aufgelöst.
Absichtlich war ich einige Minuten zu spät losgefahren, um nicht den Eindruck einer gierigen Pünktlichkeit aufkommen zu lassen. Da meldete sich schon meine Mailbox mit seiner Stimme: »Wo bleibst du denn? Ich warte auf dich.«
Tatsächlich saß er schon draußen auf einer Mauer und lächelte mir entgegen. Er begrüßte mich wie es die Franzosen tun mit Wangenküssen rechts und links und stieg sofort in meinen Golf ein.
Während er sich sichtlich fröhlich anschnallte, fragte er, wohin wir denn fahren würden.
»Ich dachte, du hättest eine Idee.« Ich schaute ihn erwartungsvoll an. Er sah richtig schön orientalisch aus, seine braunen Augen blitzten auf.
»Entscheide du.«
Leider kannte ich mich in Sachen Cafés und Restaurants gar nicht gut aus und wählte an diesem Nachmittag ein Café auf dem Lande, in dem wir es nur mit älteren Menschen zu tun hatten. Als wir uns an einen Tisch setzten, spürte ich die kalten Blicke der anderen Gäste in meinem Nacken. ›Äh, Ausländer. Was wollen die denn hier bei uns?‹ Simo ließ sich nicht beirren und bestellte Café au lait und bat höflich um einen Aschenbecher. Der Kellner schien über seine gute Aussprache ein wenig verblüfft zu sein und brachte uns bald, was wir bestellt hatten. Ich bekam eine schöne große Tasse Schokolade mit Sahne.
»Ich freue mich sehr, dass wir uns wieder treffen«, begann er das Gespräch.

»Ich mich auch«, entgegnete ich und bemühte mich, sicher und ruhig zu wirken. Dazu gehörte für mich unbedingt eine gerade Sitzhaltung, die ich alle fünf Minuten korrigierte.
Obwohl ich dies unbedingt vermeiden wollte, erzählte ich bald alles aus meinem Leben, über meine Trennung, meine Kinder, meinen Beruf. Ich wusste, dass er eine sprachliche Macht besaß, andere zum Reden zu bringen, konnte mich aber nicht dagegen wehren. Und es dauerte auch nicht lange, bis wir zu philosophischen Themen vordrangen. Das hatte ich mir schon immer gewünscht: mit einem Naturwissenschaftler – er hatte in seiner Heimat schon Physik studiert – über philosophische Fragen zu diskutieren.
Es war, als wenn das Gespräch über die Schöpfung der Anbeginn allen Anfangs für uns wäre.
»Wieso, glaubst du, hat Gott es zugelassen, dass Adam und Eva von der verbotenen Frucht essen?«, fragte er mich. Ich hatte keine Zeit darüber nachzudenken, woher er die ganzen Bilder und Geschichten aus der Bibel kannte, denn er war ja Korananhänger. Aber er trieb meine Ausführungen logisch voran, so dass ich immer weiter dachte und gar nicht damit aufhören konnte.
»Gott hat es absichtlich nicht verhindert, weil er den Menschen auf diesen Weg lenken wollte, den er bis heute gegangen ist. Wir befinden uns auf dem Weg zu einer Wahrheit, die wir noch lange nicht kennen.«
»Genau das denke ich auch ...«
Wir philosophierten den ganzen Nachmittag, vergaßen die stur blickenden Gäste, die Getränke, den Raum und die Zeit. Einzig die Worte schwebten von ihm zu mir und mischten sich in sonderbaren Gebilden.
Gitte war nicht böse, als ich anderthalb Stunden nach unserer vereinbarten Zeit erst bei ihr ankam, um meine Kinder abzuholen. Die beiden malten friedlich am Küchentisch und nahmen mich zuerst gar nicht wahr. Denn meine Gedanken waren noch nicht bei ihnen. Wir wollten uns wieder sehen. Wir würden uns wieder sehen.

Etwa 21.20 Uhr, also zehn Minuten zu früh, klingelte es an meiner Haustür.
Doch es schellte nicht wie gewöhnlich einmal zaghaft, sondern gleich mehrfach. Ich sprang erregt auf und lief die Treppe zur Haustür hinunter.
Eine dunkle Silhouette bewegte sich eigenartig vor der Tür. Ich nahm allen Mut zusammen und riss die Tür auf. Mein erster Blick fiel auf den Boden, wo es merkwürdig blinkte, dann auf die dunkle Gestalt, die sich vor mir aufbaute. Die Gestalt hob plötzlich abwechselnd ihre Füße hoch und deutete in ausländischer Sprache immer wieder auf die Sohlen der Schuhe. Das Licht an der Haustür funktionierte immer noch nicht, und ich traute mir im Moment noch keine weitere Bewegung zu. Doch ich erkannte Karims Stimme und den Umriss seines Körpers als er sich ganz aufrichtete. Er sprang zu mir ins Treppenhaus und hielt sich kurzzeitig an mir fest. Überflüssige Bewegungen, übrigens auch Küsse auf den Mund, waren für ihn ein Tabu.
»Guckst du, alles voll, alles voll hier.«
»Was denn?«, fragte ich ängstlich.
Er trabte wieder einen großen, vorsichtigen Schritt nach draußen, bückte sich und hob etwas vom Boden auf. Dann hüpfte er zurück in den Hausflur. Seine große, kräftige Hand öffnete sich und im Schein des Flurlichts konnte ich ziemlich große, blinkende Nägel erkennen, die anscheinend vor der Haustür verstreut lagen und sich in Karims Schuhsohlen gefressen hatten.
Verblüfft bat ich ihn erst einmal hochzukommen.
Wie immer zog er höflich seine Schuhe aus, nahm sie aber in der Hand mit ins Wohnzimmer.
»Wer hat die verloren?«, fragte er mit tiefer Stimme, die mir gelegentlich etwas Angst machte.
Es waren riesengroße Nägel.
»Hast du dich verletzt?«, fragte ich besorgt.
Er ließ ruckartig die Schuhe, die nur leichte Sandalen waren, fallen,

zog seine Strümpfe aus und zeigte mir die etwas rot gefärbten Abdrücke der Nägel, die ihn attackiert hatten.
»Tut nicht weh, keine Angst«, meinte er lächelnd, als er mein mitleidiges Gesicht sah. Er zog die Strümpfe hastig wieder an, als wenn das etwas Unschickliches war, was er da getan hatte. Zu komisch. Dann begann er die Nägel, die in den Sohlen saßen, herauszureißen.
Wer hatte solche großen Nägel ausgerechnet vor unserer Haustür verloren? Stein am Fenster, Nägel vor der Haustür. Dieser gedankliche Zusammenhang entfachte eine Wut in mir, die mich zu sofortiger Aktivität antrieb. Ich hastete zuerst hoch zu meinem netten Nachbarn, den ich kaum zu Gesicht bekam, und klingelte bei ihm an. Die Zeit, fand ich, war noch in Ordnung. Er öffnete und begrüßte mich freundlich, wenn auch schon etwas müde.
»Sag mal, hast du zufällig große Nägel vor der Haustür verloren?«
Verblüfft starrte er mich an. »Nee, ganz bestimmt nicht.«
»Okay, dann vielleicht die unten. Tschau und angenehme Nacht.«
»Ja, tschau.«
Ich ließ ihn verwirrt wieder in seine Wohnung gehen, während ich schon längst die Treppe zu meinen Nachbarn unter mir hinunterrannte. Die gleiche verblüffte Antwort wie oben. Doch der Mann der unteren Wohnung ließ es sich nicht nehmen, heldenhaft einmal selbst nachzuschauen, was denn da vor unserer Haustür los war.
»Tatsächlich, alles voller Nägel. Und was für Dinger! Wer schmeißt denn so was hier hin?«
Ich zuckte mit den Achseln, wünschte gute Nacht und stieg in langsamem Tempo die Stufen zu meiner Wohnung wieder empor.
Karim hatte es sich mittlerweile auf der Couch bequem gemacht.
»Meine Nachbarn haben die Nägel nicht verloren. Wer weiß, wer das war.«
Ich zwang mich, meine Nachdenkerei abzuschalten, was mir auch ziemlich schnell gelang. Ich holte Bier aus dem Kühlschrank, was Karim diesmal nicht verweigerte.

»Aber nur ein Glas«, lächelte er. Sein Gesicht und seine Arme waren gut gebräunt, in seinem schwarzen T-Shirt sah er sehr attraktiv aus.

»Hast dich gut erholt im Urlaub?«, fragte ich und goss das Bier in die Gläser, die ich mir neu zugelegt hatte.

»Jaaa, aber Wetter nicht immer gut.«

Ich hatte großen Durst und trank mein Glas fast in einem Zug aus.

»Hoh«, machte er anerkennend. Dann zückte er aus seiner Hosentasche plötzlich einige Scheine und legte sie auf meinen Tisch.

»Ist nur halbes Geld. Chef bezahlt nächste Woche. Dann du bekommst alles zurück, okay? Und noch mal vielen, vielen Dank für deine Hilfe.«

Seine braunen Augen blickten mich an wie ein treues, schwaches Reh. Ich war gerührt. Damit hatte ich nun nicht gerechnet. Wenn es auch nur die Hälfte war, – ich hatte mir die Summe Null vorgestellt.

»Okay«, sagte ich erleichtert und wusste, dass ich meiner Intuition fortan wieder trauen durfte.

16

In den nächsten Tagen beobachtete ich meine Nachbarschaft genau, obwohl ich das Geschehene eigentlich vergessen wollte. Nichts schadet mehr als negative Gedanken. Aber ich war allein. Ich musste auf der Hut sein. Diese bedrohlichen Gedanken beschäftigten mich eine Weile und mehrmals fragte ich mich, wer hier wohl etwas im Schilde führte. Dass mein Exmann oder seine Freundin mir das Leben schwer machen wollten, konnte ich nicht glauben. Von schlechtem Gewissen geplagt setzte er alles daran, Frieden zu halten. Wer wollte mir dann etwas Böses? War jemand mit meiner Lebensführung vielleicht nicht einverstanden? Oder lag es eher an der speziellen Auswahl meiner Hausfreunde? War der Kontakt zu Ausländern nur Ausdruck für meinen Eigensinn und die Lust, Leute vor den Kopf zu stoßen. Aber fortwährend tauchte immer wieder Simo vor meinen Augen auf, ließ mich meine Gedanken nicht vernünftig zu Ende denken. Ich sah seine Augen und seinen Mund vor mir; immer nur seine Augen und seinen Mund; rehbraune Augen und einen zärtlichen Mund.

Am kommenden Wochenende wollten wir uns wiedersehen. Das letzte Wochenende in den Ferien. Ich dachte, dass meine ausgeflippte Zeit nun wohl dem Ende entgegengehen müsste.

Immer wieder nahm ich mir vor, Zeit mit meinen Kindern zu verbringen, aber mein Kopf war so voll und mein Körper so angespannt, dass ich einfach nur erleichtert war, wenn sie friedlich im Garten oder in ihren Kinderzimmern spielten. Ich nahm sie mehr oder weniger nur schemenhaft wahr, mit Schattenbewegungen und Tönen, viel mehr nicht. Ich betete abends, dass diese Schemenhaftigkeit bald vorbeigehen möge. Sicherlich würde diese verrückte Phase mit dem Tag der

Scheidung in die Ferne rücken und ich endlich wieder in der Lage sein, ein ordentliches Leben zu führen.
Was ist ein ordentliches Leben, lieber Leser? Führst du eins?
Ich musste an diesem Tag meinem inneren Verlangen nachkommen und die Gräber meiner Eltern in meiner Heimatstadt besuchen. Gitte war so hilfsbereit, sich in der Zeit um die beiden Kleinen zu kümmern. Es tat mir Leid, das, lieber Leser, kannst du mir glauben. Aber ich musste da durch, musste das tun, wozu mich mein Gefühl antrieb, um neue Energien für meine Kinder zu tanken.
Verträumt fuhr ich eine Autostunde hin zu meiner Heimat und geradewegs zum Friedhof. Ich hatte keine Lust, irgendwelche Verwandtschaftsbesuche zu machen. Ich wollte ganz allein sein, allein mit meinen Verstorbenen.
Es war ein herrlicher Spätsommertag und ich schwitzte in meinen schwarzen Klamotten. Ich parkte direkt am Friedhofstor und öffnete den Kofferraum meines Wagens, um die zwei weißen Rosen herauszuholen. Als ich das Friedhofsgelände betrat, erinnerte ich mich sofort an meine Kindheit, an die Nachtwanderungen, an die gruseligen Geschichten, die ich mit meinen Freundinnen ausgetauscht hatte. Doch die Ruhe hier tat mir unendlich gut und es umhüllte mich bald ein innerer Frieden, während ich langsam und gemächlich zuerst das Grab meiner längst verstorbenen Mutter aufsuchte. Ich sprach kein Wort, mein Gehirn war kalt, ich legte nur wie mechanisch eine der beiden Rosen auf das gepflegte Beet und ging dann einige Reihen weiter, an einem Brunnen vorbei, zum Grab meines Vaters. Hier regte sich etwas in meinem Inneren. Sein Tod war noch nicht so lange her.
Was würdest du mir heute raten? Könntest du mich unterstützen? Was soll ich bloß machen?
Ich unterdrückte die Tränen, legte auch hier die weiße Rose aufs Grab und drehte mich weg.
Bestimmt fünf Minuten ging ich nun schnelleren Schrittes auf die andere Seite des Friedhofs, wo die ganz alten Gruften angelegt waren.

Dort fand ich, aus alten Kindertagen noch erinnert, einen alten, dicken Stein, auf den ich mich setzte. Gleich ging es mir besser und ich empfand die Ruhe wieder als sehr angenehm, wie Balsam für meine Seele. Doch es dauerte nicht lange und die Stille um mich herum wurde wie eisern und schnürte mir die Luft ab. Als wenn die Sonne sich hinter dicken Wolken versteckt hätte, wurde es etwas dunkler um mich, ich fröstelte ein wenig und kauerte mich auf den Stein, als wenn ich mich selbst wärmen wollte.

Wieso war alles bloß so gekommen? Wieso musste mir das alles passieren? Wieso waren meine Eltern nicht bei mir? Wieso bloß alles? Wieso? Am liebsten hätte ich dieses Wort in die hohen Bäume geschrieen, am liebsten alle Blätter von den Ästen abgerissen, am liebsten hätte ich den Stein unter mir zu Pulver geschlagen, aber ich konnte meiner Wut keine Luft machen, fühlte nur diesen unbändigen Schmerz und diese gemeine Ohnmacht. Nichts konnte ich ausrichten gegen die Ungerechtigkeit, gegen das Leiden auf der Welt. Gar nichts.

Ich erhob mich mit bleiernen Knien und schleppte mich zurück zu meinem Auto, ohne an den Gräbern meiner Eltern noch einmal vorbeigegangen zu sein. Furchtbar müde stieg ich ein, ließ den Motor an und drehte meine Discomusik so laut, wie ich es nur ertragen konnte. Harter Techno tat jetzt unheimlich gut. Mit quietschenden Reifen verließ ich den Friedhofsparkplatz und jagte schon bald auf der Autobahn mit 180 km/h in die Asphaltfreiheit.

Herrlich so ungebunden und ziellos zu sein. Einfach drauflos, ohne zu wissen wohin. Wie wunderbar.

Aber Blödsinn. Ich wusste genau, wo ich hinfuhr, nämlich nach Hause, in meine leere Wohnung, nach Hause zu meinen Kindern, die meine Zuwendung brauchten. Dabei hatte ich selbst dringend welche nötig. Ich war einfach noch nicht bereit dafür, alles von mir zu geben. Ich wollte noch selbst etwas bekommen.

Als ich gerade in meine Straße einbog, wäre ich um Haaresbreite mit einem entgegenkommenden Auto zusammengestoßen, da rechts und links am Straßenrand so viele Anwohner parkten und die Straße dadurch noch verengten. Ich konnte in meinem Schock noch gerade erkennen, dass es ein sehr junger Mann gewesen war. Die Musik dröhnte aus seinem Autofenster wie bei einem Wahnsinnigen. War der noch zu retten? Es hätte nicht viel gefehlt und wir wären frontal ineinander gerast. Wohl lebensmüde?!

Als ich einige Meter weiter mein Auto zum Stehen brachte, fiel mir erst auf, dass mein Radio beinah die gleiche Lautstärke an die Außenwelt brachte wie das des Verrückten. Ich fuhr schnell weiter und hielt vor Saskias Haustür an. Vielleicht war sie zu Hause. Sie suchte ja im Moment die Ruhe und Abgeschiedenheit.

Ruckartig machte ich meine Techno-Musik mundtot und stieg etwas verschwitzt aus dem Wagen aus. Ich sah Saskia schon von draußen in der Küche hantieren. Meinem Klingeln wurde spontan geantwortet und ich stieg die wenigen Stufen zu ihrer Wohnung hinauf.

Per SMS hatte ich ihr schon von den merkwürdigen Vorkommnissen berichtet. Steine, Nägel, alles Dinge, die vorkommen konnten, meinte sie ruhig.

»Wie geht's dir?«, begrüßte ich sie überschwänglich, obwohl mir gar nicht danach zumute war. Wollte ich nicht immer das tun, was mein Gefühl mir sagte?

Sie begrüßte mich ruhig und leise und schlenderte gleich wieder in die Küche, wo sie gerade Kartoffeln und Gemüse kochte.

»Heute gibt's mal was Gesundes. Möchtest du einen Cappuccino?«, schmunzelte sie.

»Ja, gerne«, antwortete ich dankbar. Das brauchte ich jetzt wirklich.

Ich setzte mich an ihren Küchentisch.

»Ich komme gerade von den Gräbern meiner Eltern.« Stur blickte ich in Saskias Rücken hinein, ohne zu wissen, was sie dachte. Es war ein Test, wie sie darauf reagieren würde.

»Du warst auf dem Friedhof?« Saskia drehte sich etwas barsch um und hielt einen Kochlöffel wie eine Bedrohung hoch in die Luft.

»Da möchte ich nicht hingehen. Ich hab Angst auf dem Friedhof.« Sie sah mir nicht in die Augen und rührte kurz darauf ihr Gemüse um.
»Ich mag die Stille dort sehr gern. Keiner stört mich, alles ist ruhig und friedlich«, entgegnete ich.
»Lass uns das Thema wechseln. Ich bekomme eine Gänsehaut.«
Das Wasser im Wasserkocher brodelte. Wir tranken den Cappuccino beide ohne Zucker. Saskia setzte sich zu mir an den Tisch und rauchte genüsslich eine Zigarette.
»Was macht dein Simo?«
»Keine Ahnung. Er sitzt wahrscheinlich in seiner Studentenbude und lernt oder hört Musik. Ich denke, am kommenden Wochenende werden wir uns wiedersehen.« Meine Haut glühte bei dem Gedanken.
»Was fasziniert dich an diesem Mann? Oder ich frage mal anders: Wofür willst du deine Freiheit aufgeben? Was gibt er dir?« Saskia zog tief an ihrer Zigarette und nahm einen Schluck vom italienischen Kaffee. Ich hätte in diesem Augenblick auch gerne irgendwas gehabt, an dem ich ziehen konnte, nur etwas in der Hand, was die Unsicherheit überspielt.
»Seine Gedanken und wie er sie in Sprache hüllt«, gab ich poetisch zur Antwort.
»Oh, das klingt gut.« Saskia schien wirklich angetan zu sein von meiner Antwort.
»Ganz abgesehen davon, dass er äußerlich mein Typ ist, zeigt er große Intelligenz. Und ich habe das Gefühl, dass wir seelenverwandt sind.«
Darauf erwiderte meine Freundin nichts. Vielleicht wollte sie darüber erst eine Weile nachdenken.
»Was ist mit Karim und …?«
»Moment, nicht so schnell. Ich führe noch keine Beziehung, die mir alles andere unmöglich macht«, fuhr ich dazwischen. »Schön langsam. Alles ist möglich, alles kann sich entwickeln.«
»Aber nur, wenn du es willst«, ergänzte Saskia.
Ich zückte mein Handy und rief Gitte, meine Tagesmutter, an. Mir war brennend eingefallen, dass ich für ihren morgigen Geburtstag noch gar

kein Geschenk gekauft hatte. So was war mir in den Zeiten meiner Ehe nicht passiert. So kurzfristig und knapp hatte ich nie kalkuliert.
»Hey, Gitte, ich bin's, Sara. Alles in Ordnung bei euch?«
»Alles klar. Und bei dir?«
Es tat mir unendlich gut, dass sich jemand wirklich für mein Wohlergehen interessierte.
»Auch alles in Ordnung. Ist es okay, wenn ich in einer halben Stunde die Kinder abhole?«
»Ja, die spielen hier schön.«
»Danke und bis später.«
»So eine Tagesmutter möchte ich auch haben«, meinte Saskia neidisch. Gitte ist echt ein Goldstück.«
»Ja, du hast Recht, sie ist wie ein Engel, den ich vielleicht dringend gebraucht habe.«
Als ich meinen Cappuccino ausgetrunken hatte, verließ ich ziemlich hastig Saskias Wohnung, um für Gitte noch einen schönen Kerzenständer mit drei Duftkerzen zu besorgen. Saskia schien mir auch eher Ruhe zu gebrauchen. Sie wirkte müde und ausgemergelt.
Es war anstrengend, die Kinder von Gitte nach Hause zu bringen, da ich sie aus ihrem friedlichen Spiel herausreißen musste und wie so oft hektisch und schlecht gelaunt war. Gittes Mann Karsten half aber tatkräftig mit, die Kinder in ihren Autositzen anzuschnallen wie für den Abtransport ins Gefängnis.
Nach einigem Geschrei und einiger Aufregung lagen mein Sohn und meine Tochter dann doch still in ihren Bettchen und schliefen bald friedlich ein.
Die letzten Abende der großen Ferien nutzte ich zum Vorbereiten von Mappen und Unterrichtseinheiten und Lesen von fachbezogenen Büchern und Aufsätzen. Das lenkte auch wunderbar von allem ab. Doch ich ertappte mich hin und wieder dabei, an meine »Männer« zu denken, an meine Disconächte, um mir immer wieder vorzustellen, dass ich dieses neue Leben wirklich führte.

Bevor ich schlafen ging, wie gewöhnlich auf der Couch im Wohnzimmer, schaute ich noch einmal ängstlich auf dem Balkon nach, ob nicht wieder irgendwelche Steine angeflogen gekommen waren oder gar irgendwas zu Bruch gegangen war. Erst hier fiel mir auf, dass ich bei meiner Ankunft viel zu unvorsichtig die Haustür geöffnet hatte, ohne mich zu vergewissern, dass nicht irgendeine Gefahr im Anmarsch war.

Die Luft war herrlich. Ich lehnte mich auf das Balkongeländer und genoss die Atmosphäre der Nacht. Ich liebte diese dunklen Schleier, diese sanfte Schwere, das phantasierende Auge, das andere Dinge wahrnahm als die harten, grellen Reize am Tage.

Es war wunderbar ruhig und sogar noch angenehm warm, ich schloss die Augen und fühlte mich einige Sekunden total frei.

Dann begann mein Kopf wieder zu arbeiten. Ich ging hinein ins Wohnzimmer, ließ die Fensterläden bewusst oben und starrte in die Ferne. Wie aus einem langen Traum erwacht las ich schließlich noch eine Weile in Wolfgang Hohlbeins *Flut* und schlief mit dem dicken Buch auf dem Bauch ein. Der Anfang des Buches war mir ein bisschen zu aktionsreich, aber der Autor ließ den Leser spüren, dass da ein großes Geheimnis im Hintergrund wartete. Von Neugier motiviert hält der Mensch einiges aus, wartet regungslos ab oder leidet, bis er erkennt, was ihm begegnet und was das für sein eigenes Dasein bedeutet.

Rachel, die Hauptperson des Hohlbein-Romans, wird brutal aus ihrem gewohnten Leben gerissen und hat anscheinend keine Ahnung, dass sie in der Geschichte der unerklärlichen Geheimnisse und der großen Bedrohung eine ganz besondere Bedeutung hat, obwohl sie, wie *Stephen King* es nennen würde, das Shining besitzt. Sie kann manchmal Ereignisse voraussehen.

Als besonders wichtiger Teil des Lebens möchte sich wohl jeder Mensch fühlen, obgleich so winzig, doch so ungeheuer bedeutend für das ganze Universum. Nur an den eigenen Verfall, an die Auflösung in der Unendlichkeit will jeder nicht gerne denken.

Gitte hatte schon einige Gäste, als ich mit Dorothee und Jonas am späten Nachmittag erschien und ihr von Herzen alles Gute und Liebe zum Geburtstag wünschte. Es waren noch mehrere andere Kinder zum Spielen da. Meine beiden waren Gott sei Dank unkompliziert und überhaupt nicht menschenscheu, sodass ich sie bis zu meiner Verabschiedung kaum noch bemerkte. Die Kinder holten sich hin und wieder nur ein paar Käsespieße oder Cracker und spielten schön im Raum nebenan Verstecken und Tiger und Dinosaurier.

Nachbarn und Freunde saßen schon in einer großen Runde im Wohnzimmer, die mich alle schon ein paar Mal mit meinem Exmann erlebt hatten. Etwas unsicher reichten sie mir die Hand, eine Frau etwas beschämt, andere versuchten mich sofort in ein Gespräch zu verwickeln. Ich spürte diese große Unsicherheit, ja beinahe Beklemmung, mit mir als frisch getrennter Frau mit zwei kleinen Kindern umzugehen.

Karsten sorgte für reichlich Bier. Alle anwesenden Männer, er eingeschlossen, konnten auch schon einen stattlichen Bierbauch präsentieren. Mann hat ja sonst nichts vom Leben. Ich bestellte ein Radler und klinkte mich in das Urlaubsgespräch von Detlef und Monika ein. Sie war eine richtige Partykanone, immer unterwegs, von einer Party zur nächsten, und bloß nicht zur Ruhe kommen, dick geschminkt und anscheinend immer super drauf. Er wirkte etwas ruhiger, wusste aber genau, wie man sich sein Leben so angenehm wie möglich machte. Dieses Jahr hatten sie Griechenland gebucht, zu einem Spottpreis, versteht sich. Vor sechs Wochen hatten sie erst einen Kurztrip nach London gemacht, aber die richtige Sause, wie Monika es bezeichnete, wäre da nicht abgegangen.

Ich könne mich über meinen Türkei-Urlaub nicht beklagen, was das anging, meinte ich bedeutungsvoll und grinste breit, um allen Anwesenden zu vermitteln, dass es mir supergut ging und ich das Leben in vollen Zügen genoss.

Eigentlich wäre es toll gewesen, wenn mein Handy jetzt mal geklingelt hätte, denn das bewies, dass man gefragt und begehrenswert war und als wichtige Person galt. Saskia hätte mich jetzt sofort darauf aufmerksam gemacht, dass ich von mir und nicht in der allgemeinen Form sprechen sollte. Also: dass ich gefragt und begehrenswert war und als wichtige Person galt.

Ich wusste gar nicht mehr, wie ich es vor meiner Trennung ohne Handy ausgehalten hatte. Damals war es nur ein »Schranki« oder »Klavieri« gewesen, weil ich es nur dort abgelegt hatte anstatt mitzunehmen oder gar damit zu telefonieren oder Nachrichten zu verschicken.

Monika sprudelte in einem fort von erlebten Urlauben und Partys, von Hotels und Fetenspielen. Wenn die wüssten, was ich in der einen Woche Türkei erlebt hatte. Davon träumte Monika bestimmt, denn sie hing ja an der Kette ihres Mannes. Ich war frei, frei und unabhängig.

Außer Käsespießen mit Weintrauben, Mandarinen und Oliven gab es Mett- und Pizzabrötchen, Baguette und Schinkenröllchen, schön garniert mit viel Petersilie und Tomatenstückchen.

Karsten trug ein Tablett nach dem anderen herein auf den Tisch und die leer gegessenen wieder hinaus. Gitte sorgte für Getränkenachschub. Geburtstag feiern artete doch immer wieder in Arbeit aus. Was würde ich an meinem Geburtstag machen, der auch bald vor der Tür stand? Und vor allem: Wer würden meine Gäste sein?

Ich langte ordentlich zu, trank noch ein Radler, ließ aber die nette Runde plaudern, ohne mich an irgendeinem Gespräch zu beteiligen. Meine Gedanken schweiften ab. Meinen Kindern erklärte ich die noch abzuwartenden Tage bis zu einem freudigen Ereignis immer damit, wie oft sie noch schlafen mussten. Zweimal noch schlafen, dann gab es ein Wiedersehen, dem ich aufgeregt entgegenfieberte. Ob er wohl an mich dachte? Was tat er im Augenblick? Nein, es war mir doch nicht wichtig. Ich wollte ganz und gar mein eigenes Leben führen, auf niemanden warten oder mir um irgendwas Sorgen machen.

Ich gefiel mir in meinem engen roten Stretch-Shirt und meiner Rosenhose. Die anderen Frauen am Tisch waren farblos und nicht sehr attraktiv gekleidet, fand ich. Monika war zwar dick geschminkt, aber sie hatte eine merkwürdige Figur. Ihre blond gefärbten Haare hatte sie wild hochgetürmt und an den Seiten keck Klämmerchen befestigt. Waltraud war schon im Rentenalter, unscheinbar erdbraun gekleidet, doch schlank und noch gut erhalten im Gesicht. Ich weiß, das hört sich gemein an, aber das Leben ist hart, oder nicht? Vor allem, wenn man in Konkurrenz bleiben will.

Die Männer, auch hier die meisten im fortgeschrittenen Alter, trugen alle Hemden, kariert oder auch ganz in Weiß, was ich sehr attraktiv und männlich fand. Mein türkischer Busfahrer war mir auch durch sein Hemd aufgefallen. Dieser plötzliche Gedanke an ihn ließ meinen Körper von oben bis unten durchzittern; kaum zu glauben, dass mir das wirklich passiert war, dass ich das wahrhaftig erlebt hatte.

Gitte lenkte das Thema nun auf Kinder, ihr Lieblingsthema. Sie erzählte witzige Anekdoten von Jonas, von Kindererziehung, Kindersitzen und Kinderbüchern, von neu geplanten Spielplätzen und Kinderärzten und Kinderkrankheiten. Monikas Sohn war schon jugendlich, das ging sie alles nichts mehr an. Die anderen beiden Mütter hakten sofort erfreut ein, endlich mitreden zu können und ihren Lebensalltag zu erzählen. Waltraud schien sich schon beim Zuhören mit dem Gedanken an das Großmutterwerden zu beschäftigen.

Ich aber hätte lieber über *Martin Walsers* neuen Roman *Tod eines Kritikers* gesprochen, wie Ranicki es betroffen machte, wenn es um Antisemitismusstreit ging, oder von mir aus auch über die Pisa-Studie, die das desolate Niveau an deutschen Schulen entlarvt hat, oder gerne über das 25-jährige Jubiläum von *Star Wars*.

Zum ersten Mal vor der großen Bundestagswahl streiten Kanzler Schröder und Kanzlerkandidat Stoiber vor den Fernsehkameras.

Karsten war sehr offen für politische und kulturelle Themen, aber in seiner Einstellung doch ziemlich fest und konservativ. Oppositionelle Gesprächspartner waren aber immer sehr interessant und herausfordernd, wenn mit ihnen vernünftig zu diskutieren war.

Erst vor kurzem hatte Karsten mir das Hörbuch *Die Säulen der Erde* von Ken Follett gebrannt, eines meiner Lieblingsbücher von einem grandiosen Autor, von dem er auch begeistert war.
Detlef fand sein Lieblingsthema bei Autos und beim Kochen, bei dem ich kaum mitreden konnte. Und Karsten musste seine Gespräche andauernd abbrechen, um wieder Nachschub für das leibliche Wohl zu organisieren.
Ich aß noch ein paar Käsespieße mit Mandarinen und pfiff meine Kinder zusammen. Es dauerte wie gewöhnlich bestimmt eine halbe Stunde, bis wir uns endlich verabschiedeten und tatsächlich unten im Auto bereit saßen zur Abfahrt. Ob die Gesellschaft wohl nach meiner Abwesenheit über mich sprach? Ach, die arme junge, so übel betrogene Frau. Wer weiß, weshalb sie ihr Mann verlassen hat. Ja, die hat's bestimmt nicht leicht mit zwei kleinen Kindern allein. Die Ärmste, sitzt da nun allein in einer fremden Wohnung und muss allein klarkommen ...
Ich hasste das! Ich verfluchte dieses blöde Geschwätz, das ich ja nur in meinen eigenen Ohren hörte, dieses Mitleid, das ich mir ja nur selbst einredete.
Die Kinder waren an diesem Abend ziemlich müde und schliefen schon bald ein. Etwas mies gelaunt überlegte ich, auf der Couch sitzend, Karim anzusimsen, hatte mein Handy schon bereit zum Schreiben, als ich es wie in Zeitlupe wieder auf den Tisch zurücklegte. Ich konnte nicht. Heute wollte ich ihn nicht sehen. Er war ja eh nur meine Sommeraffäre; jetzt würde was anderes kommen. Doch mindestens einmal musste ich ihn noch treffen, um das restliche Geld zurückzubekommen.
Ich holte mir eine Decke, mummelte mich gemütlich darin ein und las weiter meinen Hohlbein-Roman. Demnächst, wenn die Schule wieder angefangen hatte, würde ich kaum noch Zeit zum Lesen haben.

Was machst du gerade?

Der Piepton meines Nokia-Handys ließ mich sofort hochfahren und Glückshormone quollen in mir auf. Endlich mal wieder eine Nachricht, ein Lebenszeichen.

Lese grade von Hohlbein Die Flut

Bei Saskia kam die Antwort meistens prompt.

Ich hab ein neues Buch über Traumatisierung, echt klasse

Ich legte mein Lesezeichen ins Buch und tat es beiseite.

Bin schon gespannt auf deine neuen Informationen

Ja, lässt sich auch recht leicht lesen

Ich weiß nicht, wie viele SMS wir an diesem Abend noch verschickten; anrufen wäre sicherlich billiger gewesen. Aber das Schreiben war spannender und gab einem mehr Überlegungszeit.
Als mir immer wieder die Augen vor Müdigkeit zufielen, schrieb ich die letzte Nachricht und schaltete das Handy aus, was ich sonst nur selten tat.

Bin müde, schlaf schön und träume gut

Ja, träumen möchte ich mal wieder, damit ich weiß, was mein Unterbewusstsein verarbeitet oder gerade beschäftigt.
Lasse meine Träume dann von dir deuten.
Schlaf gut.

Ich hätte früher nicht gedacht, dass es noch andere Menschen gab, die ebensolche mystischen und psychologischen Themen beschäftigten wie mich, die gerne über solche Dinge nachdachten und versuchten, Erklärungen für menschliches Verhalten zu finden.

Meine Trennung hatte mir so einen Menschen in Gestalt von Saskia beschert. Ich spürte regelrechte Dankbarkeit und dass mein neues Leben noch gar nicht wirklich begonnen hatte, sondern ich mich erst in einer Zwischenwelt und einer Übergangsphase befand. Wohin es gehen sollte, wusste ich nicht. Auf welche Art und Weise ich mein neues Leben spüren würde, konnte ich mir auch noch nicht vorstellen. Doch die Spannung vor der Ungewissheit, die Neugier, das zu erfahren, was mich betrifft und weiterbringt, hielt mich aufrecht und motivierte mich, weiter optimistisch in die Zukunft zu sehen.

17

Mein Handy klingelte schrill in meinem kleinen Rucksack auf dem Beifahrersitz. Wie gut, dass ich diesmal die Musik nicht so laut angedreht hatte und das Klingeln hören konnte. Hastig griff ich nach den Schnüren meines Rucksacks. Aufregend, wenn man angerufen wird. Aber nach dem dritten Klingeln hatte ich die Schleife, nur mit meiner rechten Hand hantierend, erst gelöst, beim vierten Klingeln wild grapschend das metallene Teil im Inneren der Tasche gepackt, und als ich das Handy schließlich endlich beim fünften Klingeln am Ohr hatte, immer schön brav nach Polizei ausschauend, verstummte der schrille Alarm abrupt, noch bevor ich den Hörer sozusagen abnahm. Etwas enttäuscht warf ich meinen kleinen Gefährten wieder zurück auf den Beifahrersitz und setzte zum Überholen an. Ich befand mich gerade auf der Autobahn, in weißer knapper Stretchjeans, rot ausgeschnittenem Shirt, hochhackigen Sandalen und eingenebelt von meinem »Trennungsparfüm« *Ghost*. Viele Ehejahre hatte ich immer Joop von meinem Ex geschenkt bekommen. Nun musste ich mir mein Parfum selbst kaufen und hielt den Wechsel für unbedingt erforderlich.

Ich war furchtbar aufgeregt und versuchte mir Sätze zurechtzulegen, die ich nachher bei meinem Rendezvous verwenden konnte.

Nach meinem Überholvorgang bremste ich auf der rechten Spur immer mehr ab, sodass der kleine VW-Polo, den ich gerade überholt hatte, bald links an mir vorbeifuhr. Ich brauchte noch Zeit, wollte nicht so schnell ankommen, die Zeit hinauszögern zum Denken oder um die Vorfreude zu verlängern.

Da schellte mein Handy noch einmal. Diesmal war meine rechte Hand natürlich flotter. Meine Mailbox meldete sich zu Wort:

… Sie haben eine neue Nachricht.

Wo bleibst du denn? Ich warte auf dich.

Mein Herz schlug mir bis zum Hals. Seine Stimme war äußerst angenehm und zärtlich, aber … Ich schaute amüsiert auf meine silberne Armbanduhr. Erst fünf Minuten überfällig, nach abgemachter Zeit. Ein Ausländer, der auf Pünktlichkeit schwört? Interessanter Sachverhalt. Ich trat nun wieder aufs Gaspedal und war gespannt wie ein Flitzebogen auf die neue Begegnung mit Simo.
Er studierte an der gleichen Uni wie ich viele Jahre zuvor, daher kannte ich mich in der Gegend aus. Außerdem hatte ich ihn ja nach unserer ersten Nacht nach Hause gefahren, aber am Telefon hatte er mir noch einmal ganz genau den Standort seiner Studentenwohnung erklärt, damit ich ihn auch ja wieder finde.
Und da saß er schon auf einem Treppenvorsprung vor seiner Wohnung in der Sonne. Als er mich erkannte, erstrahlte sein ganzes Gesicht, und als ich ausstieg, bemerkte ich ein Leuchten in seinen braunen Augen. Er umarmte und küsste mich wieder wie die Franzosen bei der Begrüßung auf die linke und die rechte Wange, fasste mich sanft an den Schultern und stellte mich vor sich auf wie eine zierliche Puppe.
»Du siehst sehr gut aus. Ich freue mich, dass wir uns wiedersehen.«
Ich grinste verlegen und nickte bloß; diese coole draufgängerische Art vom Hochsommer war mir ein wenig abhanden gekommen.
In diesem Moment öffnete sich die Haustür zu den Studentenwohnungen und heraus kam eine üppige Blondine in knatschenger Jeans und weit ausgeschnittenem Top, knallrot gefärbten Lippen und auf hohen Stöckelschuhen herausstolziert; dagegen sah ich aus wie eine nette Nonne. Sie musterte mich von oben bis unten, grüßte Simo freundlich und verschwand um eine Häuserecke.
»Meine Nachbarin«, kommentierte Simo lächelnd.
»Nicht schlecht«, entgegnete ich.

Er zog mich näher an sich heran und drückte uns zusammen an eine Hauswand.
»Ich habe sehr viel an dich gedacht.«
Kein Rasierwasserduft wie bei Karim. Ich zog es vor, erst einmal nicht zu antworten und ihn durch mein nettes Schweigen im Ungewissen zu lassen. Er lächelte. »Hast du Lust, einen Kaffee mit mir zu trinken?« Sein französischer Akzent war einfach sehr attraktiv. Ich musste ja sagen. »Wo denn?«, fragte ich leise und ließ seine Hände an meinem Rücken hinuntergleiten.
»Wir gehen in die Stadt und suchen ein nettes Café aus. Okay?«
Für einen Moment blickte er hastig zur Tür der Studentenwohnungen und entschuldigte sich für einen Augenblick. Ich dachte nicht darüber nach, weshalb er mich hier allein stehen ließ und was er vorhatte, dachte nicht daran, dass ich hier mitten in der Stadt vor einem Studentenwohnheim stand, auch nicht, dass ich gerade erst mein altes Leben abgestreift hatte und Mutter von zwei Kindern war, nein, ich genoss einfach nur die wärmende Sonne auf meiner Haut. Es kamen in der Zwischenzeit noch zwei weitere junge Damen, sicherlich Studentinnen, aus dem Wohnheim; die eine, total verschlafen mit durchwühltem Haar und nur mit einem Bademantel bekleidet, hastete eben schnell zum Zigarettenautomaten, um sich eine Schachtel Marlboro zu ziehen und dann wieder im Haus zu verschwinden, die andere sah auch noch müde aus, hatte sich aber schick gemacht mit engem Rock und geblümter Bluse und Handtäschchen, erhaschte einen kurzen, spröden Blick und stolzierte dann die Straße hinunter. Mensch, so ein Studentenleben hatte ich gar nicht gehabt, da ich in dieser Zeit schon liiert war. Wie dumm bin ich damals nur gewesen! Ich dachte nicht weiter nach; Vergangenes konnte ich sowieso nicht mehr ändern. Nun musste ich das Beste aus allem machen.
Ein leichter Windstoß kitzelte kurz meine Nase, ließ aber der Wärme sofort wieder Platz. Einen zweiten Windhauch spürte ich vor meinem Gesicht.

»Können wir meine Freunde mit in die Stadt nehmen?«, fragte Simo plötzlich. Wie ein Geist war er wieder aufgetaucht. Sein marokkanischer Freund und dessen Freundin, eine Russland-Deutsche, begrüßten mich freundlich, und bald stiegen wir alle in meinen Golf ein. Es ging bergab ins Stadtzentrum. Seine Freunde liefen Hand in Hand, Simo und ich mehr oder weniger nebeneinander – es war für mich nicht so einfach, mit seinen lang gezogenen Schritten mitzuhalten – aber wir berührten uns nicht. Im Stammcafé angekommen trafen wir auf weitere Studienkollegen, die in netter, ausgelassener Runde ihren Kaffee tranken. Simo sprach einige Sätze arabisch mit ihnen, was viel fremder klang als Türkisch oder Albanisch, und zog mich dann ans andere Ende des Cafés, um mit mir allein zu sein.

Diesmal sprachen wir nur wenig über Philosophie oder Religion, ich erzählte wiederum etwas aus meinem vergangenen Leben, von meiner Trennung, dass ich betrogen worden war, von meinen zwei Kindern, die ich mitgenommen hatte. Er hörte aufmerksam zu und strahlte eine vertrauensvolle Wärme aus. Auf seine Frage, ob ich die Trennung denn auch gewollt habe, entgegnete ich fest: »O ja, da war nichts mehr zwischen uns. Mein Ex war nur als Vater meiner Kinder, zum Geld verdienen und für Handwerksangelegenheiten in meinem Leben präsent. Ich hatte nur nicht den Mut, die Familie zu zerstören, obwohl ich eigentlich schon lange die Nase voll hatte von unserem Leben. Als Selbstständiger hast du immer Existenzangst, und da steht die Arbeit an erster Stelle, kaum Zeit für Familienleben und Freizeit, aber jetzt weiß ich ja, was er neben seiner Firma getrieben hat.«

Simo sah mich etwas mitleidig an. Dann änderte er aber schnell seinen Gesichtsausdruck, als er merkte, dass mir das missfiel.

»Das ist sicherlich nicht leicht. Aber du bist eine starke Frau, das fühle ich. Und du hast alle Vorzüge, die man sich wünschen kann. Du hast alles schon erreicht, was man im Leben erreichen möchte. Und jetzt fängt alles neu an. Das ist doch wunderschön.«

Er lächelte mich sanft an und legte seine schmale, dunkle Hand auf die

201

meine, nur leicht und kurz, aber ich spürte eine große Zärtlichkeit und Gelassenheit meinen Körper durchströmen. Diese Weichheit, die ich sonst bei Männern verspottet hatte, tat mir jetzt so gut, dass ich mit einem Mal wusste, dass ich mein Leben lang falsch gedacht und falsch gesucht hatte. Die Menschen, die mir gut tun, sind nicht die coolen, starken, mit flotten Sprüchen und großer Aktivität, sondern diejenigen, die Ruhe ausstrahlen, empfindsam und offen für Gefühle und alles Wissen der Welt sind.

Wir tranken genüsslich unseren Kaffee. Ich verspürte keine Unruhe, dass mal einige Minuten nicht gesprochen wurde, ich war kaum aufgeregt, weil ich aus einem natürlichen Gefühl heraus wusste, was ich sagen wollte und was nicht.

Dann erzählte er einige Zeit aus seinem vergangenen Leben, von seinen Eltern, seiner Schulzeit, seinem Studium und dem Entschluss in Deutschland zu studieren, von seiner Exfreundin, die er verlassen hatte, weil sie nicht das Leben lieben würde, das er für sich geplant hatte. Er wusste genau, was er wollte, und alles, was dem nicht entsprach, streifte er ab wie eine verbrauchte Haut oder schob es aus seinem Lebensweg so weit weg, dass es nie wieder ans Licht und an seinem Wegrand aufkreuzen konnte. Es schien jetzt gar nicht mehr so schwer zu sein, wirklich das zu tun, was ich wollte. Was ich nicht wollte, kam eben weg. Ganz einfach. Selbst wenn es sich dabei um menschliche Wesen handelte. Ich hätte ihm noch stundenlang zuhören können. Ich hing geradezu an seinen Lippen. »Es tut mir Leid, aber ich muss heute noch arbeiten. Darf ich danach zu dir kommen?« Ich war fasziniert von seiner Direktheit und stimmte sofort zu.

»Ich komme mit dem Zug. Könntest du mich dann vom Bahnhof abholen?«

»Na klar, mach ich.« Ich sah ihm eine Weile fest in die Augen.

»Macht es dir etwas aus, wenn meine Kinder da sind?« Ich wollte es mit dieser Frage drauf ankommen lassen. Im Moment nahm ich alles hin, wie es eben so kam, ohne betrübt oder enttäuscht oder was weiß

ich zu sein. (Hoffentlich blieb das so, denn ich wollte mich über nichts mehr aufregen.) Wenn er es nicht wollte oder abgeschreckt wurde, dann wusste ich früh genug Bescheid. Dann kam eben der Nächste.
»Auf keinen Fall«, kam prompt die Antwort.
Draußen hatte es angefangen wie aus Eimern zu schütten. Karl May hätte sich so ausgedrückt: *Es war als hätte der Himmel seine Schleusen geöffnet* ... Lange konnten wir jedoch nicht mehr das Ende des Regens abwarten, denn Simo musste zur Arbeit. So fassten wir uns ein Herz und liefen durch den strömenden Regen die Straße hinauf zum Parkplatz. Es war so erfrischend und belebend, dass wir schließlich auf halbem Wege stehen blieben und uns küssten. Danach strahlte er mich an. »Los komm, sonst weichen wir hier auf.«
Als ich ihn vorm Wohnheim aus dem Auto steigen ließ, schickte er mir einen Handkuss mit den Worten: »Ich bin bald wieder bei dir.«
Ich war trotz der romantischen Stunden froh, einige Zeit wieder für mich zu haben und Simo mit Abstand zu begutachten. Früher hätte ich immer die genaue Zeit für ein Treffen wissen wollen. Jetzt war es mir egal, es würde schon irgendwie irgendwann klappen. Sich bloß nicht auf etwas versteifen, etwas Geplantes durchziehen wollen, sondern einfach alles nehmen, wie es kommt.
Als ich mein Auto in der Garage geparkt hatte, ging ich vorsichtig zur Haustür und vergewisserte mich, als der Bewegungsmelder das Licht alarmiert hatte, nun endlich zu brennen, dass nichts auf dem Boden lag, was mir oder anderen gefährlich werden konnte. Ich sah mir jede Steinplatte genau an, musterte die hellen Fugen, die ich als Kind nie betreten wollte, so wie meine Tochter heute auch. Kleine Steinchen, die im Lichterschein ein wenig blinkten, zogen meinen Blick kurz auf sich. Aber es waren keine Nägel oder sonstigen gefährlichen Gegenstände zu entdecken. Selbst die Türklinke inspizierte ich genau. Man konnte ja nie wissen, was die Leute sich alles einfallen ließen. Während ich die Tür aufschloss, bemerkte ich, dass der Hausflur seltsam dunkel wirkte. Das Schloss klemmte mal wieder ein wenig, was

meine Aufregung weiter antrieb. Schließlich konnte ich die Haustür öffnen und klickte auf den Lichtschalter gleich links an der Wand. Wie gewohnt wollte ich die Treppen hinaufhüpfen, aber der Flur war dunkel geblieben.
Misttechnik, dachte ich ärgerlich. Sobald man sich darauf verlässt, lässt sie einen im Stich. Na ja, dann ging's eben ohne helle Sicht hinauf, aber so dunkel wie heute war der Flur noch nie gewesen. In meiner erneuten Erregung nahm ich plötzlich auch einen merkwürdigen, leicht unangenehmen Geruch wahr. Es roch irgendwie vergammelt, verwest, wie Nässe, die nicht vernünftig ausgetrocknet war. Ich schulterte meinen kleinen Rucksack und stieg beherzt die ersten beiden Stufen zu meiner Wohnung empor. Im Dunkeln schienen sie viel höher zu sein als im Hellen. Ich musste mich anstrengen, die nächste nicht zu verpassen und nahm mit etwas Schwung die dritte Stufe. Mein Fuß traf aber nicht den harten Steinboden, sondern etwas Weiches, wo er keinen Halt fand und auf die untere Stufe abrutschte. Ich erschrak so gewaltig, dass ich bis ganz unten zurückstolperte und zitternd an der Wand stehen blieb. Mein Herz klopfte wild. Was war das um Himmels willen?! ... *vergammelt, verwest, wie Nässe, die nicht vernünftig ausgetrocknet war.* Dieser Geruch strömte nun in meine Nase, sodass ich bald keine Luft mehr bekam. Ich hustete mehrmals kräftig und versuchte dann im Dunkeln zu erkennen, was da auf der Treppe lag. Ich hatte mich schon ein wenig an die Dunkelheit gewöhnt und vermutete, dass das noch Dunklere da nur wenige Meter vor mir mehrere Stufen bedecken musste. Obwohl total blödsinnig, drückte ich noch einmal auf den Lichtschalter an der Wand, wie ein kläglicher Hilfeschrei, der zu schwach ist, von irgendjemandem gehört zu werden. Als der zu erwartende Effekt wiederum ausblieb, drückte ich verzweifelt gleich mehrfach hintereinander auf den Schalter, so wie ich manchmal Geschirr so oft versuchte an eine noch freie Stelle im Geschirrspüler zu stecken, bis es endlich hinein passte, und mit einem Mal ging im Flur tatsächlich das Licht an. Verwundert und geblendet vom grellen Licht-

schein blickte ich mich um, und dann stieß mein Blick auf den dunklen Gegenstand, der mir das Betreten der Stufen verweigert hatte. Wie zu Eis erfroren klebte ich an der Flurwand fest und rührte mich eine ganze Zeit lang nicht. Mein Blick war krampfhaft und unbeweglich auf die schwarze Kleidung geheftet, die schlaff die Stufen herabhing. Ich wollte die Haustür öffnen und schreiend hinauslaufen, aber ich konnte mich nicht von der Stelle rühren. Dann fiel mir entsetzt ein, dass meine Kinder oben in ihren Bettchen schliefen – sie schliefen seelenruhig, oder? Ich musste hinauf zu ihnen, koste es was es wolle. Alles Entsetzen und Leiden dieser Welt sollte ich erleben! Wieso denn bloß? Jetzt war mir alles gleich. Ich riss mich von der Wand los und sprang in wildem Entschluss mit Anlauf über den menschlichen Körper, der auf dem Bauch liegend die halbe Treppe bedeckte, eingehüllt in gänzlich schwarze, wallende Kleider, wie sie im Moment wirklich nicht in Mode waren. Selbst die Haare waren pechschwarz. An der Wohnungstür meiner unteren Nachbarn drehte ich mich noch einmal um und sah in diesem Augenblick einen dick-flüssigen Wurm aus dem dichten, verklebten Haar sickern, der bald die Stufe erreichte und von ihr in zähen Tropfen hinunterrann, als wenn er die Ewigkeit zählen wollte. Blut! Frisches Blut! Die Person war also noch nicht lange tot. Oh mein Gott! Angewidert und voller Entsetzen drehte ich mich weg und hielt mich am Treppengeländer fest, um mich die nächsten Stufen hinaufzuziehen, doch die Neugier hielt mich fest. Ich ahnte nicht im Geringsten, was hier passiert war, und vor allem wieso hier auf meiner Treppe. Das Ganze konnte ich hier nicht einfach so liegen lassen. Schon mal gar nicht in meinem neuen Leben, in dem ich alles wissen und ergründen wollte.
So wie ich bei meiner Ankunft den Boden vor der Haustür untersucht hatte, versuchte ich nun hier auf dem Steinboden Spuren zu erkennen und stellte etwas erleichtert fest, dass keinerlei Anzeichen darauf hinwiesen, dass jemand, wahrscheinlich der Mörder, die Treppe oberhalb der Leiche betreten hatte. Es tat mir gut, durch Analyse von Tatsachen

Gefühle wie Angst und Panik auszuschalten. Niemand war hochgekommen, nichts war beschädigt. In diesem Moment ging das Flurlicht wieder aus. Etwas wie weiße, säurehaltige Tupfen tauchten vor meinen Augen auf, als wollten sie meine Sinne verätzen. Ich sprang voller Panik die nächsten Stufen zu meiner Wohnungstür hinauf und presste meine Faust fest auf den dortigen Lichtschalter. Das Licht ging prompt wieder an. Ich lauschte kurz an meiner Wohnungstür. Alles war ruhig. Zu ruhig? Nein, normal ruhig. Meine Hände hielten sich krampfhaft am Geländer fest, als ich vorsichtig die Treppe wieder hinabstieg, um mir die Leiche näher anzusehen. Wie ein Geist schwebte ich wie ein wehendes Tuch, das vom leichten Windzug immer wieder ein wenig zurückgeweht wurde, langsam auf die Leiche zu und kniete bald neben ihr. Der Blutwurm hatte noch nicht gestoppt. Die Arme waren dicht an den Körper gepresst und vom Stoff verhüllt, der Kopf lag seitlich, doch das Gesicht verbarg sich unter den strähnigen schwarzen Haaren. Ich wusste was ich tun musste. Meine Hand zitterte. Das versteckte Gesicht war sogar zu meiner Seite gedreht, ich brauchte nur die Haare wegzustreifen, dann … dann … dann würde ich das Gesicht sehen können. Meine linke eiskalte Hand hatte ich unter mein Shirt gesteckt, meine rechte Hand zitterte so heftig, dass ich sie nicht zu führen wusste. Schön ruhig, es ist aufregend, aber das haben andere auch schon erlebt. Leichen sind doch nichts Besonderes. Ich zog meine Hand wieder ein Stück zurück und beobachtete das Blut, das aus dem Kopf quoll. War jemand eigentlich schon ganz tot, wenn er noch blutete? Ich hatte von Ausbluten gehört. Schlimmer Tod. Aber erst wenn es aufhört zu bluten, ist der Mensch wirklich tot, oder? Ich prüfte genau, ob sich irgendwas regte. Schon glaubte ich eine winzige Regung erspürt zu haben. Aber wenn, waren das höchstens noch die Nerven, die Bewegungen verursachten, wie bei Hühnern, die ohne Kopf noch umherliefen. Also keine Gefahr. Mit einem Huhn zusammenzustoßen, war nicht gefährlich. Ich beruhigte mich so weit, dass meine Hand gar nicht mehr so zitterte, schaute auch nicht mehr auf den Körper, sondern konzentrierte mich einzig und allein auf die Haare und das darunter liegende Gesicht. Ich wollte unbedingt sehen, wer der Tote war. Schließlich lag er auf meiner Treppe und verschmierte meine Stufen mit seinem Blut. Meine Hand wurde nun so ruhig, dass sie sich verkrampfte, doch ich konnte sie führen, sie hörte wieder auf die Befehle meines Gehirns. Wie die Millimeterarbeit eines Juweliers, der mit einer Pinzette einen Diamanten in seine Fassung legen will, schoben sich meine Finger zwischen die klebrigen Haare und zogen die Strähnen auseinander. Ich konnte die Augenbrauen erkennen, – Licht, geh jetzt bitte bloß nicht aus! – , die blasse Gesichtsfarbe, die blauen Augen, den feinen Mund, etwas abstehende Ohren, und … und … Als wenn die Haare plötzlich heiß wie brennende Kohlen geworden wären, ließ ich sie aus meinen Fingern fahren und stieß einen schrillen Schrei aus, der im Hausflur widerhallte. Ich schrie und schrie und lief dabei stolpernd die Stufen hinauf. Die Leiche da auf der Treppe, das junge Mädchen mit den dunklen Haaren und den blauen Augen, dieses Mädchen da – das war ich!!!

Schweiß stand mir auf der Stirn und tropfte an meinen Schläfen die Wangen hinunter wie das dickflüssige Blut aus dem Kopf des Mädchens. Mein Gott, wie fürchterlich. Ich rieb meine müden, brennenden Augen und wischte den Schweiß aus den Stirnfalten. Das Licht meiner kleinen Lampe über dem Fernseher flackerte mit dem Zittern meines Körpers um die Wette, anscheinend Wackelkontakt oder kurzzeitiger Stromausfall.
Ich kramte im Bücherregal *Das große Buch der Traumdeutung* von Dr. Friedrich W. Doucet heraus und blätterte im Lexikon nach dem Traumsymbol *Leiche*.
Begräbnisse und *Tote* symbolisieren im Traum meistens seelische Veränderungen. Das Symbol der Leiche ist im Traum ein alarmierendes Signal für eine seelische Vergiftung. Mit der »*Leiche*« ist gemeint, dass man etwas Abgestorbenes oder auch einen Komplex mit sich herumschleppt.

Oje oje, was war bloß mit mir los? Ich blätterte im Alphabet weiter.
Für das Traumbewusstsein ist der *Tod* nicht ein Signal für das Lebensende, sondern steht für einen Wandlungsvorgang. An die Stelle dessen, was im Traum stirbt oder sterben soll, tritt erfahrungsgemäß etwas Neues.
Das hörte sich schon besser an. Etwas Altes geht dem Ende zu, ist noch nicht ganz tot, denn es blutet ja noch. Aber das Neue wird kommen.
Auch das Hinauf- oder Hinuntergehen einer *Treppe* hat im Traum natürlich eine Bedeutung.
Da ich die Treppe hinauf gegangen bin, scheint das Neue mein Leben positiv zu beeinflussen. Ich bin aber wohl noch nicht ganz fertig mit dem kleinen, schwachen Mädchen, denn ich sehe noch einmal nach und bin ganz geschockt, dass es meine Züge trägt.
Aufstiegsbilder im Traum deuten auf einen Bewusstwerdungsprozess hin.
Welcher Bewusstseinsprozess bahnte sich denn an? Sicherlich ausgelöst durch die Schockwirkung meiner Trennung würde ich eine Entwicklung durchmachen. Fragte sich nur welche.
Das Gefühl der Angst und Panik hatte schon längst nachgelassen. Ich hatte mir ein Glas Saft aus der Küche geholt und mich wieder entspannt in meinen Sessel fallen lassen. Mein Nacken war etwas verspannt, und während ich ihn ein wenig massierte, schaute ich nach meinen Kindern. Dorothee und Jonas schliefen friedlich in ihren Bettchen. Hoffentlich träumten sie süße Träume. Wie kleine Engelchen sahen beide aus. Gitte hatte sie zu mir nach Hause gebracht, als ich wieder da war. Eine Freundin von Gitte hatte meine beiden Kleinen zum Kindergeburtstag ihrer Tochter eingeladen und sie hatten einen schönen Tag verlebt. Müde und abgefüttert waren sie schnell in ihren Bettchen verschwunden und waren bald eingeschlafen. Gitte hatte noch ein wenig mit mir geplaudert, von allen Späßen und Launen meiner Kinder berichtet, ohnedass ich es selbst erleben musste oder durfte, und kaum war sie zu Tür hinaus, musste ich auch schon im Sessel eingeschlafen sein.

Das war ungefähr zwei Stunden her. Ich öffnete das Wohnzimmerfenster und atmete die angenehme Nachtluft ein. Es war sogar noch angenehm warm. In diesem Moment klingelte mein Handy. Diesmal erkannte ich seine Stimme sofort.
»Ich bin schon am Bahnhof. Kannst du mich abholen?«
Ich jubelte innerlich auf und stürzte schon zu Jacke und Schlüssel. Der Bahnhof war nur drei Minuten entfernt. Diese Zeit konnte ich meine Kleinen wohl kurz allein lassen. Doch als ich die Wohnungstür zuschlug, befiel mich doch ein mulmiges Gefühl. Wie oft schon war gerade in diesen Minuten, die man als Vater oder Mutter für unbedenklich hielt, das Schlimmste passiert, was man sich nur vorstellen konnte. Aber ich hastete die Stufen hinab, übersprang die »geträumten Stufen« hastig und saß schon im Wagen, der zum Bahnhof huschte. Simo stand dort wartend, mit einer Zigarette in der Hand und lächelte mir entgegen. Zügig stieg er ein, begrüßte mich herzlich und ließ sich von mir nach Hause kutschieren.
Als ich wieder die Haustür aufschloss, bemerkte ich im Nachbarhaus, wie im Seitenfenster gerade das Licht gelöscht wurde. Jetzt war es Zeit zum Schlafengehen.
Wir stiegen ohne Zwischenfälle die Treppen zu meiner Wohnung hinauf, wo meine Kinder auch noch seelenruhig in ihren Zimmern schliefen. Alles war gut gegangen.
Simo setzte sich gleich ins Wohnzimmer und schaltete den Fernseher ein.
»Keine Angst, ich mach ihn gleich wieder aus. Ich möchte mich nur kurz informieren. Okay?« Als hätte er meine Gedanken gelesen. Ich war wieder mal beeindruckt.
»Kein Problem«, rief ich aus der Küche und holte Gläser und kaltes Bier aus dem Kühlschrank. Ich hatte richtig Durst, den ich nicht mit Wein löschen konnte. Wein war zum Genießen da und sicherlich zu späterer Zeit angebracht.
Simo strahlte, als ich mit dem Bier zurück ins Wohnzimmer kam.

»Das ist eine tolle Idee.« Er umarmte mich und drückte mir einen kräftigen Kuss auf die Wange. Ich stellte noch ein paar Cracker und Salzstangen auf den Tisch, bestimmt auch um ihm zu zeigen, dass die Deutschen gastfreundlich sein können genauso wie die Araber. Zudem hatte ich auch Hunger.
»Magst du auch ein Schinkensandwich mit Ei?«, fragte ich geradeheraus. Sein Gesicht wurde ein wenig ernst.
»Gerne, aber Schinken lieber nicht.«
»Entschuldige, daran hab ich nicht gedacht.« Wie hatte ich Hadschi Halef Omar vergessen können. Natürlich, Moslems essen kein Schweinefleisch. Es war spannend, jetzt so jemanden im Haus zu haben.
»Aber ich koche gerne etwas für *dich*.«
Und kurz später stand er in meiner Küche und briet Eier, Tomaten, Paprika, Zwiebeln und Knoblauch in einer Pfanne, die er mir stolz im Wohnzimmer servierte. Er selbst gönnte sich eine kleine Portion.
Nach dem Essen saßen wir dann vor dem Internet, und Simo zeigte mir Bilder aus Marokko. Wunderschöne Gärten, faszinierende Mosaiken, Wüsten und Kakteen, weiße Häuser in Tanger, rote in Marrakesch, die riesige Moschee in Casablanca, die man auf dem Wasser erbaut hatte, und immer wieder kunstvoll verzierte Brunnen und Mosaiken an Wänden und Decken, die in romantische palmenumrankte Gärten führten.
»Wie im Märchen«, dachte ich laut.
Seine braunen Rehaugen strahlten mich an. »Ja, das Märchen aus Tausendundeiner Nacht. Ich würde dir gerne tausend Märchen erzählen, die nie aufhören ...«
»... damit ich dich nicht töte?«
Er lächelte mich zunächst bewundernd an.
Ich fühlte mich geschmeichelt, dachte aber einen Augenblick später sofort daran, dass hier nur ein Verführer saß, der genau wusste, wie das Tierchen ins Netz geht.
Dann lachte er laut auf und seine Natürlichkeit und Offenheit verscheuchten jeden Eigenwillen oder Unkorrektheit, jeden Gedanken an

Ausnutzung oder Falschheit. Alles, was ich nicht wollte, ließ ich nicht mit mir geschehen. So einfach war das. Alles andere genoss ich so tief und innig, wie es mir nur möglich war.

18

Mein Korkenzieher war zum Heulen, krumm und schief hatte er sich in den Weinkorken gebohrt und ihn teilweise zum Bröseln gebracht. Es gibt für Weintrinker wohl nichts Ungenießerischeres als Korkenbrösel im Weinglas, aus dem man genussvoll nippen möchte. Ärgerlich kramte ich ein kleines Sieb aus der Schublade und goss den *Dornfelder* hinein, um ihn gefiltert ins Weinglas zu befördern. Simo sollte schließlich keine Korkenstückchen auf der Zunge spüren, sie ausspucken müssen und mich für einen Kulturbanausen halten.
Als ich mit den beiden Weingläsern in mein Zimmer ging, setzte ich nach dem kleinen Ärger wieder eine frohe Miene auf und musste mein Gehirn erst wieder klarstellen: An meinem Computer saß tatsächlich ein marokkanischer Physiker! Und einer, der mich anscheinend leiden mochte! Auch als ich bei ihm angekommen war und ihm sein Glas strahlend überreichte, glaubte ich noch immer, nicht wirklich in der Realität zu sein. Alles kam mir vor wie ein verrückter Traum, der sich ziemlich echt anfühlte, wie Träume das schon mal zu sein pflegen.
»Oh, das ist aber feierlich«, empfing er mich und stieß mit mir an. Der Wein war tadellos, ohne ein winziges Krümchen.
Draußen war es noch beinah unnatürlich warm und eine herrliche Luft strömte uns durch die Balkontür entgegen.
»Lass uns rausgehen und den blauen Himmel genießen«, schlug er vor und ging mit mir hinaus auf den Balkon. Leider hatte ich noch immer keine Balkonmöbel. So standen wir am Balkongeländer und schauten in die Ferne. Ob er wohl Heimweh hatte?
Einige Minuten sagten wir beiden kein Wort und ich wusste, wir genossen beide diese friedliche Ruhe. Dann legte er seinen Arm um

mich, drückte mich an sich, dass ich fast das Gleichgewicht verlor und raunte mir ins Ohr: »Ich mag dich sehr gerne.«
Eine Gänsehaut krabbelte mir die Arme hinauf und wieder hinunter. Wir küssten uns leidenschaftlich. Dann sahen wir uns noch eine Weile die romantischen Marokko-Bilder im Internet an. Als wieder ein leichter Luftzug von draußen um unsere Nase wehte, schauten wir im gleichen Augenblick zur Balkontür und schienen dasselbe zu denken.
»Sollen wir?«, fragte er lächelnd und ernst zugleich. Ich zog etwas skeptisch meine Augenbrauen hoch. »Soll ich Decken holen?«, fragte ich zurück. Er nickte.
Während er den Computer ausschaltete, sich Aschenbecher und Pulli besorgte, trug ich Decken und Bettzeug zusammen und schaffte alles auf meinen kleinen Balkon.
Es war ganz schön hart, doch er versuchte mir unser Balkonbett so weich wie möglich zu machen. Eng umschlungen schauten wir geradewegs in den klaren Sternenhimmel. Es war wohl der romantischste Augenblick in meinem Leben. Und unser Höhepunkt wurde gekrönt vom Erscheinen des Mondes, der scheinbar zärtlich in voller Größe extra für uns hinter dem Hausdach hervorgekommen war. Als wir uns mit unseren Weingläsern aufsetzten, dachte ich, dass so eine Situation nur für Filme reserviert war. Ich hätte nie davon geträumt, so etwas wahrhaftig zu erleben. Aber dann zweifelte ich auch schon wieder daran, dass alles wirklich von mir persönlich erlebt wurde. (Dass ich hier in der Passivform formuliere, zeigt ja wohl, wie sehr ich mich »gelebt« fühlte. Ich hatte es noch nicht richtig geschafft, mein neues Leben aktiv in die Hand zu nehmen.)
»Kannst du mich mal kneifen?«, flüsterte ich Simo leise ins Ohr. Er sah mich etwas verwirrt an.
»Weshalb?«
»Damit ich weiß, ob ich das hier wirklich erlebe oder ob alles nur ein schöner Traum ist«, antwortete ich zärtlich, so wie ich mich noch nie hatte sprechen hören.

Ich sah im Mondlicht, wie er lächelte. Er griff sanft meinen Arm und streichelte die Innenseite zärtlich.
»Keine Sorge, wir erleben das wirklich.« Seine Stimme streichelte meine Seele. So also fühlte es sich an, wenn man glücklich war, Glück, das man ganz bewusst erlebte.
Das Morgengrauen schien etwas kühlere Luft mit sich zu bringen und wir kuschelten uns wärmend aneinander und schlangen die Decken fest um unsere Körper.
Nachdem wir etwas geschlafen hatten und die Morgensonne meine Nase kitzelte, schälte ich mich glücklich aus unserem Balkonbett heraus, reckte und streckte mich ausgiebig und spürte bald in der Küche, als ich Kaffee kochte, dass mein Rücken doch ganz schön gelitten hatte. Aber ich lächelte über diese Schmerzen, fühlte mich wunderbar leicht. Mit den beiden Kaffeetassen in der Hand horchte ich vorsichtig in die Kinderzimmer hinein. Dort war noch alles ruhig. Ob Simo wohl vorher nach Hause fuhr? Gab es um diese Uhrzeit überhaupt einen Zug? Ich begann etwas nervös zu werden.
Er schlief noch tief und fest. Ich kroch fröstelnd wieder unter die warme Decke und trank in aller Ruhe meinen Kaffee. Nun ja, nicht total ruhig, weil ich jeden Augenblick damit rechnete, die Kinder zu hören. Und dann?
Der Kaffeeduft ließ Simos Augen sich langsam öffnen. Er drückte mich fest an sich und trank wie in Zeitlupe aus seiner Tasse. Noch einmal legten wir uns gemütlich aneinander und genossen dieses Paradies mit dem weiten, klaren Dachhimmel, den unschuldigen Vögeln und ihrem wunderbaren Gezwitscher, dem zärtlich streichelnden Wind und dem Raunen der Blätter.
»Meine Kinder werden gleich wach. Ich stehe jetzt auf«, sagte ich plötzlich, leise aber irgendwie hart, nachdem ich eine Weile nachgedacht hatte, wie ich auf dieses Thema überleiten sollte. Saskia dachte immer erst nach, bevor sie etwas sagte. Und mein verstorbener Vater pflegte immer zu sagen:

Vor Inbetriebnahme des Mundwerks Gehirn einschalten.
Er hatte vollkommen Recht. Ich hatte mir zwar überlegt, welche Worte ich benutzen wollte, aber nicht, in welcher Stimmlage oder Betonung ich diese Worte herausbringen wollte. Sofort nachdem ich die Sätze ausgesprochen hatte, tat es mir eigentlich Leid, denn Simos Gesicht, das sonst so strahlte und geradezu das Glück des Lebens ausdrücken konnte, wurde ein wenig ernst.
»Ich stehe mit dir auf.« Sein Blick wurde wieder etwas heller. Er streichelte zärtlich mein Gesicht, trank seinen Kaffee und sagte: »Ich freue mich darauf, deine Kinder kennen zu lernen« und stand kurz nach mir auf.
Ich verschwand im Bad und schüttete mir händeweise das kalte Wasser ins Gesicht. Mir war irgendwie zu warm geworden. Ein leises Poltern ließ mich meine Bewässerung unterbrechen. Ich hielt meinen Atem an, um die Schritte im Flur zu erkennen. Es war Dorothee. Ich hörte ein leises »Guten Morgen« und dann Geklapper und Gemurmel. Neugierig auf diese Begegnung trocknete ich schnell Gesicht und Hände ab, warf meinen Morgenmantel über und trat in den Flur. Mein Töchterchen, natürlich noch im niedlichen Pyjama, fummelte geschäftig an ihren Rollschuhschnallen herum, während Simo auf den Knien am Boden lag und eifrig versuchte, der Kleinen dabei zu helfen. Etwas amüsiert strich ich ihr über den Kopf und wünschte ihr einen guten Morgen, obwohl ich das Rollschuhfahren in der Wohnung nicht gerne hatte. Sie war viel zu beschäftigt und wahrscheinlich ziemlich aufgeregt, um mich zu begrüßen.
Ich schlenderte langsam in die Küche und begann das Frühstück vorzubereiten, Smacks, Toast, Marmelade, Nutella und Honig, und hörte aufmerksam zu, was im Flur gesprochen wurde.
Simo hatte schnell Dorothees Vertrauen gewonnen, das konnte ich sogar bis in die Küche hinein spüren. Dann sprach meine Tochter etwas lauter.
»Wo hast du eigentlich geschlafen?«

Ich schluckte.
»Im Himmel«, kam die prompte Antwort von Simo, die sehr zärtlich klang.
Doro überlegte eine Weile. Dann erwiderte sie eilig: »Ach so, im Himmel. Dann hast du also auf dem Balkon geschlafen. Cool.« Und sie fuhr mit ihren Rollschuhen los zu mir in die Küche.
Ich beobachtete sie stolz. Clever, wie sie sich die Antwort erklärt hatte.
Na ja, die Betten in den Kinderzimmern waren belegt, die Mutter schlief in ihrem Einzelbett, da blieb keine andere Schlafmöglichkeit mehr übrig, außer vielleicht noch das Wohnzimmerbett, was ich ausziehen konnte.
»Jetzt zieh bitte die Rollschuhe aus. Das ist zu laut für unsere Nachbarn unten, und komm frühstücken«, sagte ich streng und schüttete das kochende Eierwasser ab.
Simo verschwand im Bad, während im anderen Kinderzimmer wache Geräusche vernehmbar wurden.
Ich hatte noch einmal neuen Kaffee gekocht und mich mit Doro an den Tisch gesetzt. Sie aß Smacks mit viel Milch, ich einen Toast mit Erdbeermarmelade. Jonas' Blondschopf erschien in der Tür, und mit Anlauf sprang er erst auf meinen Schoß, dann auf seinen Platz auf der Eckbank. Wie gewöhnlich aß er langsam und war der Letzte beim Frühstücken. Doro war schon wieder im Flur und in ihrem Zimmer verschwunden, ich räumte den Frühstückstisch wieder ab und das Geschirr in die Spülmaschine.
»Bald werd ich doch vier, oder?«, fragte Jonas mit vollem Mund.
»Wenn du Geburtstag hast, ja, aber mach erst mal deinen Mund leer, bevor du redest«, belehrte ich ihn.
»Aber dann ...« Im Flur hörte er plötzlich eine fremde Stimme, die sich mit seiner Schwester unterhielt, und er reckte seinen Hals so weit er konnte. Als er merkte, dass ihm das nichts brachte, kletterte er von der Eckbank hinunter und verkehrt herum auf den Stuhl, der der Küchentür am nächsten stand. Jetzt erstarrte er, nur seine Augen bohrten

sich messerscharf in den Flur und versuchten sich auf das vorzubereiten, was da nun auf ihn zukam.

Simo strahlte den Kleinen an, stellte sich vor und strich ihm mehrfach über den blonden Schopf.

»Guck mal deine Haare!«, lachte Simo und hielt seinen Kopf ganz nah an den von Jonas, packte dann jeweils ein Büschel von seinen schwarzen und den blonden Haaren und rief noch einmal: »Guck mal, deine Haare und meine!« Ich musste auch lachen über diesen krassen Gegensatz. Jonas aber hielt sich weiterhin starr auf seinem Stuhl und ließ das Schauspiel über sich ergehen.

›Was war das für einer?‹, mochte er wohl denken. ›Der sah ja so anders aus als alle andern.‹

Als Simo sich an den Tisch gesetzt hatte, beobachtete Jonas ihn noch einige Minuten, um dann im Kinderzimmer zu verschwinden. Ich ließ die Kinder noch in ihren Schlafanzügen spielen, während wir in aller Ruhe Kaffee tranken und Eier mit Mayonnaise aßen.

»Ich dachte, ich wäre die Einzige, die Mayo auf Eiern isst«, schmunzelte ich.

»Nee, das mach ich auch«, entgegnete Simo und hielt meine Hand.

»Ich werde gleich nach Hause fahren«, sagte er ernst.

Ich nickte nur und dachte an mein neues Buch, was ich begonnen hatte und gerne in Ruhe weiterlesen wollte. *Sag nicht ja, wenn du nein sagen willst.* Ein wichtiges Buch für meine weitere Entwicklung, fand ich. Vielleicht kennst du es, lieber Leser. Es lohnt sich, wenn du es noch nicht kennst. Ich halte ja nichts von Werbung, zumal ich dafür nicht bezahlt werde, aber für ein ausgefülltes Leben nehme ich das auf mich. Je mehr Menschen zufriedener sind, desto besser für alle Menschen.

Eine prima Sache, so ein Liebhaber, den man lieb haben und immer wieder nach Hause schicken konnte, um zu der wohltuenden Ruhe zurückzukehren.

Ich bot Simo an, ihn bis nach Hause zu fahren, sodass er nicht mit dem

Zug fahren musste, packte die Kinder ins Auto, mit denen ich nachher noch zu einem großen Spielplatz fahren wollte.
Leider sagte er auf der Autofahrt nichts mehr zu unserer romantischen Balkonnacht. Er war eben ein Mann, der genießen konnte, und damit gut. Sicherlich hätte jedes winzige Wort unsere riesige Seifenblase zum Ploppen gebracht.
Vor seiner Studentenwohnung umarmten wir uns lange zum Abschied. Die Kinder im Auto hatte ich ganz vergessen. Sie saßen wohl recht artig in ihren Autositzen und beobachteten die fremde Szene, die sich direkt vor ihren Augen abspielte.
»Ich mag dich sehr gerne. Bis bald.«
»Bis bald«, entgegnete ich, ohne eine feste Zeit fürs Wiedersehen zu verabreden, wie ich es früher getan hätte.
Bestimmt zwei Stunden hielt ich mich mit den Kindern auf dem Spielplatz auf, sah ihrem ausgelassenen Spiel auf dem Kletterbaum, auf Schaukel und Rutsche von einer Bank aus zu und versank ins Nichts. Ich weiß nicht, ob ich was dachte, geschweige denn was ich dachte. Ich starrte einfach vor mich hin und ließ die Zeit an mir vorbeischweben, als ob sie gar nicht vorhanden wäre. Ich hatte das Gefühl, dass ich durch meine Liebelei gar nicht mehr richtig in die Realität hineinkam, dabei wünschte ich mir nichts Sehnlicheres, als endlich ein wirklicher Realist zu werden.
Nach dem Abendessen hatte ich keine Lust mehr zum Lesen, sondern kontrollierte noch einmal meine Unterrichtsmaterialien und die Schultasche von Doro, denn die Schule ging wieder los. Das Lotterleben hatte nun ein Ende, jetzt galt es wieder einen geregelten Tagesablauf zu bestehen. Aber ich freute mich darauf. Und ich wollte spüren, wie meine Wahrnehmung in der Schule im Arbeitsalltag war, wenn ich mit Abstand über meine neue Affäre nachdachte.
Ich las den Kindern noch eine Geschichte vor; von Grimms Märchen hatte ich erst mal Abstand genommen, da sie mir viel zu grausam vorkamen. Natürlich war die Gedankenwelt der Kinder eine andere

und sie beurteilten die furchtbaren Geschehnisse, die Rotkäppchen, Hänsel und Gretel oder Schneewittchen erlebten, ganz anders als wir Erwachsenen. Aber ich zog *Benjamin Blümchen* vor.
Doro putzte an diesem Abend ausgiebig ihre schönen Zähnchen und hielt ihren Bruder an, dies auch so sorgfältig zu tun. Ich sah den beiden, im Türrahmen stehend, eine Weile zu. Da unterbrach Dorothee ihr Zähneputzen, sah mich mit großen Augen an und sagte:
»Du, Simo kommt aus Afrika.«
»Ja, aus Nordafrika«, entgegnete ich und wartete ab, was sie noch gespeichert hatte.
»Simo hat mir sogar die Telefonnummer aus Afrika gegeben.«
»Welche Telefonnummer?«
»Ja von seinem Zuhause da.«
»Aha«, machte ich. Doro sauste in ihr Zimmer und brachte mir ein kleines Zettelchen, das sie an ihrer Pinnwand kleben hatte, auf dem schon die Handynummer ihres Papas, ihrer Tagesmutter und die meine stand. Simo hatte in sehr markanten Zahlen seine lange Nummer aufgeschrieben.
Stolz präsentierte sie mir ihre Trophäe.
»Toll«, sagte ich.
»Aber in Afrika gibt es doch Löwen«, meinte sie, nachdem sie ihr Zettelchen wieder an die Pinnwand gehängt hatte.
»Ja«, mischte sich Jonas plötzlich ein, der unserem Gespräch genau zugehört hatte, »die fressen Menschen.«
»Und Krokodile gibt es da. Haben die Menschen in Afrika keine Angst, dass sie gefressen werden? Bei dieser Frage von Doro wurden die Augen beider Kinder ganz groß.
»Wo die Menschen wohnen, kommen die Tiere nicht hin. Löwen haben Angst vor Menschen«, beruhigte ich sie.
Und sie putzten weiter brav ihre Zähne, wuschen ihre Händchen und spielten noch eine Weile mit Tieren eine »Afrika-Szene«.
Erstaunlicherweise schliefen die Kinder auch schnell ein. Meine Ruhe

hatte sich auf sie übertragen. Ich war nicht hektisch und ungeduldig und so blieb die erwartete Bockigkeit aus. Sie legten sich lieb in ihre Bettchen, so dass mein Abend schon recht früh sehr ruhig startete. Ich holte mir ein Glas Wein, das was aus der angebrochenen Flasche vom Wochenende noch übrig geblieben war, und streckte mich auf der Couch aus. Ich blätterte in einem Katalog (jetzt sag ich aus Werbungsverhinderungsgründen aber nicht, in welchem!) und begann gerade die Ruhe bewusst zu genießen, als der Signalton für SMS schrill aus der Küche schrie, wo ich mein Handy das Wochenende über abgelegt hatte. Sofort stand ich von meiner bequemen Lage auf und merkte, wie abhängig ich mich mittlerweile von diesem kleinen Klingelteufel gemacht hatte.

> *Wie war dein Wochenende? Ich hatte Besuch von einem alten Freund.*
> *War ganz nett.*

Saskia ließ eigentlich keinen Tag ohne SMS vergehen.

> *Was heißt ganz nett?*

fragte ich zurück.
Die Antwort kam bei ihr immer schnell.

> *Wir haben uns sehr gut unterhalten. Er macht im Moment eine Therapie, ist frisch geschieden und seine Ex will ihn übers Ohr hauen, wo sie nur kann.*

Ja, ja, dachte ich, das sagen die Männer immer, wenn die Frau sich mal wehrt. Ein wenig Ärger kam bei mir hoch. Im Zusammensein mit Simo hatte ich alles so schön verdrängt, hatte meinen Hass nicht mehr gespürt, meine Verletzung nicht mehr wiedergefunden. Jetzt standen die negativen Gefühle wieder in voller Größe vor mir und blafften mich an, um mich zur Weißglut zu bringen, um zu sehen, wie ich mich ärgerte, um meinen totalen Zusammenbruch zu erleben.

> *Ich hatte eine wunderschöne, romantische Balkonnacht mit Simo.*
> *Es war einfach herrlich.*

Ich schlich mit meinem Handy zur Balkontür und lächelte, als ich mir die nächtliche Szene noch einmal vorstellte. Ich trat vorsichtig hinaus, als beträte ich ein Heiligtum und konnte nicht wirklich begreifen, dass ich diese Paradiesnacht erlebt hatte.

> *Hört sich gut an. S ist anders als die anderen Ausländer, die du bisher kennen gelernt hast, auch anders als die, die ich kenne.*

> *Er hat am Morgen sogar die Kinder kennen gelernt.*
> *War ganz o.k.*

Ich lehnte mich übers Balkongeländer und sah plötzlich eine dunkle Gestalt die Straße herunterkommen. Ich beobachtete wie sie sich mehrmals bückte und etwas von der Straße aufhob. Instinktiv machte ich mich etwas kleiner, hatte ja leider noch immer keinen Stuhl, auf den ich mich unbehelligt setzen konnte. Durch die Lücken der Balkonverkleidung konnte ich sehen, wie die Gestalt zügig näher kam, in ihren Hosentaschen wühlte und wieder zur Erde niederging, um etwas aufzuheben. Steine, dachte ich schließlich. Als sie ungefähr auf der Höhe meines Hauses war, schrillte mein Handy so laut, dass die Gestalt erschrocken stehen blieb und zu mir hinaufblickte. Mein Herz schlug ganz laut. Ich konnte sie, trotz Straßenlaternenlicht, aber noch immer nicht erkennen. Aber ich vermutete,

dass es ein männliches Wesen war. In geduckter Stellung machte ich, dass ich wieder ins Haus hineinkam und nahm den Hörer meines Handys symbolisch ab.
»Hallooo«, kam mir nach meinem Hallo entgegen.
»Wie geht's?«, fragte mich Karim heiter und ausgelassen wie immer.
»Gut«, antwortete ich unsicher. Karims Anruf und die dunkle Gestalt vor meinem Haus machten mich ziemlich nervös.
»Hast du heute Abend Zeit?«, fragte er mit erotischer Stimme. Dabei roch ich plötzlich sein Aftershave, als stünde er direkt vor mir. Ich zögerte einen Augenblick, dann dachte ich an das restliche Geld und sagte: »Ja, hab ich.«
»Darf ich vorbeikommen?«, fragte er etwas leiser. Klar, was er im Sinn hatte. Aber mein Sinn war es diesmal nicht. Ich wollte nur mein Geld zurück und dann alles beenden.
Mein Handy meldete die nächste Kurzmitteilung.
Wir verabredeten uns diesmal für 22.30 Uhr, eine halbe Stunde würde genügen, um mich von Karim zu verabschieden, und ich beendete das Gespräch abrupt, um die SMS zu lesen und womöglich die Gestalt noch irgendwo aufzuspüren. Aber sicher war sie längst in der Dunkelheit verschwunden. Tatsächlich konnte ich vom Balkon aus niemanden mehr erspähen. Saskia wollte wissen, wie die Kinder auf Simo reagiert hatten. Eine Weile schrieb ich nicht zurück, sondern überlegte mir, was ich Karim sagen wollte, wie ich es ihm beibringen sollte, dass unsere Affäre nun ein jähes Ende nehmen musste. Was, wenn er das Geld nicht dabei hatte? Was, wenn er dann nicht wieder kam, wenn ich mich dieses eine Mal verweigerte? Dann wäre das Geld futsch. Ganz schön in der Falle, dachte ich verzweifelt.
Ich ging wieder ins Wohnzimmer zurück und schrieb Saskia in Kurzform meine missliche Lage.
Prompt schrieb sie zurück, dass ich lieber auf das Geld verzichten solle als etwas zu tun, was mir zuwider und nicht mit meinem Willen und meinem Gefühl in Einklang zu bringen ist.

Ich bedankte mich für die weise Antwort und positionierte mein Handy in der Mitte des Wohnzimmertisches, ein bisschen als kleinen Retter in der Not, falls Karim auf komische Gedanken kommen sollte. Meine Güte, wie riskant, waghalsig und blauäugig war ich in den letzten Monaten gewesen! Ein Glück, dass alles immer gut gegangen war.

Plötzlich vernahm ich undefinierbare Geräusche, dachte erst, sie kämen aus dem Hausflur. Aufgeregt öffnete ich meine Wohnungstür und stellte fest, dass das Poltern von draußen herrühren musste. Karim konnte es noch nicht sein, außerdem benahm er sich äußerst leise und unauffällig. Ich schloss die Tür wieder, goss mir noch ein Glas Wein ein und versuchte mich durch Fernsehen abzulenken. Als ich noch einmal in den Hausflur hineinhorchte, vernahm ich keine Geräusche mehr, alles war totenstill. Doch meine Unruhe ließ nicht nach, ich spürte, dass irgendwas geschehen war oder noch geschehen würde.

Etwa 22 Uhr klingelte mein Telefon.

»Hey«, hörte ich Saskia durch die Leitung raunen.

»Hey«, entgegnete ich erleichtert.

»Was ist los? Du klingst so anders«, stellte meine Freundin fest und ich hörte, wie sie den Qualm der Zigarette ausblies.

»Ich bin etwas aufgeregt. Karim kommt gleich.«

»Sollen wir das Gespräch beenden?«

»Nein, nein, das ist gut so. Du kannst mich jetzt gut ablenken.«

»Schön ruhig bleiben. Karim ist doch ein ganz netter Kerl, oder nicht?«

»Ja, aber ich weiß nicht wie er reagiert, wenn er mal nicht das bekommt, was er sich vorgestellt oder sonst immer angeboten bekommen hat. Wenn man einem Wolf ein Leckerchen anbietet und es ihm dann wieder wegnimmt, kann er ganz schön böse werden.«

»Meinst du mit dem bösen Wolf etwa Ausländer?«, wollte Saskia wissen.

Ich fühlte mich irgendwie beschämt, peinlich berührt, wollte nicht zugeben, was ich wirklich dachte.

»Na ja, man kennt ja ihr Temperament, wenn es um Liebesbeziehungen geht, um Eifersucht, um Besitztum, den sie mit aller Gewalt und Aggressivität verteidigen.«

»Ja, die Vorurteile bestimmen das eigene Leben außerordentlich«, gab Saskia nur ruhig zurück.

»Wir können ja auf Nummer Sicher gehen, indem ich um 23 Uhr mal vorbeikomme. Was hältst du davon?«

Dieser Vorschlag beruhigte mich sofort. Das war eine gute Idee.

22.15 Uhr klingelte es an meiner Haustür.

»Er kommt wieder zu früh«, schmunzelte ich am Telefon und sprach noch mit Saskia, als Karim sich seine Schuhe auszog und aufs Sofa setzte. Er rückte immer näher an mich heran und steigerte damit meine Unruhe wieder enorm.

»Doro mag ihn, glaub ich, ganz gern. Der Kleine checkt erst mal ab, welcher Konkurrent da in unsere Wohnung gekommen ist«, erzählte ich Saskia von der Kinder-Simo-Begegnung.

Karim grapschte lüstern zu, ich entwand mich zaghaft diesen Berührungen, die ich nicht mehr zulassen wollte. Obwohl sich sein Gesichtsausdruck nicht veränderte, spürte er eine Veränderung an mir. Das merkte ich deutlich, sogar während ich telefonierte. Das war ja der große Unterschied zwischen Männern und Frauen: Frauen können zwei oder mehrere Dinge gleichzeitig tun, womit sich ein Mann total überfordert.

»Okay, dann bis später«, schloss ich unser Telefonat. Ich hatte mich in diesem Ablenkungsmanöver gut vorbereitet und gestärkt für das, was jetzt folgen sollte. Ich hatte gerade aufgelegt, als Karim schon über mich herfiel.

Er lachte, als ich ihn bestimmt zurückschob, setzte sich wieder aufrecht in die rechte Couchecke, legte eine kecke Miene auf und zog aus seiner Hemdtasche einen Packen Scheine heraus.

»Noch einmal vielen Dank.« Er legte das Geld behutsam auf den Tisch und ließ seine Hände brav auf den Knien liegen.

Ich nickte nur zustimmend mit dem Kopf, erleichtert und erstaunt zugleich. Mal sehen, wie's nun weitergehen würde.
»Wenn ich mal eine Frau habe, willst du immer noch mit mir sein?«, fragte er plötzlich. Ich war verwirrt, er warf meine Redepläne total durcheinander.
»Wieso? Hast du in deiner Heimat deine Frau gefunden?«
»Sie will nicht nach Deutschland kommen und Mama und Papa da lassen. Ich ihr gesagt, sie braucht nur Mann für eigene Leben. Aber sie noch Angst hat. Vielleicht später.«
Für einen Moment fühlte ich mich wieder wie eine betrogene Ehefrau, etwas verletzt, dass er im Urlaub eine andere Frau haben oder sich zumindest für sein Leben aussuchen konnte. Unverschämtheit!
»Und du überlegst jetzt schon, ob du sie betrügen kannst?«, fragte ich verblüfft. Was für eine Welt!
»Ich will nur wissen, wie ist bei dir. Kann ich dann immer noch kommen zu dir?« Er grinste frech und ich war gespannt, was er zu meinem Anliegen gleich erwidern würde.
Ich zuckte die Schultern und verzog mein Gesicht.
»Erzähl mal, was ist los?" Sein Blick wurde etwas dunkler.
»Ich bin aus Urlaub wieder da. Und du bist anders.«
»Du ja anscheinend auch.«
»Hast du einen Freund?«
Wieder ein peinliches Gefühl, obwohl ich dazu überhaupt keinen Grund hatte.
»Ja, darüber muss ich mit dir sprechen. Ich kann das nicht mehr.«
Er sackte ein wenig zusammen. Ein kurzer, unauffälliger Blick auf meine Uhr zeigte 22.35 Uhr, puh, es galt noch etliche Minuten zu überstehen. Mein Körper erstarrte in ängstlicher Erwartung. Meine Gedanken schnellten rasend zurück, zurück in die Disconacht, in der ich ihn auf der Tanzfläche kennen gelernt hatte, zurück auf den Parkplatz, wo ich das erste Mal in sein Auto eingestiegen war, zurück zur ersten Begegnung bei mir zu Hause und dann panisch

vorwärts in die Gegenwart im Wohnzimmer, um bloß gewappnet zu sein.
»Ein Ausländer?«, fragte er leise, etwas geknickt, völlig verändert nach seiner euphorischen Nachfrage von eben.
»Ja, du kennst ja meine Vorliebe für dunkle, südländische Typen.«
»Türkei?«
Einen Moment überlegte ich, ob ihn das jetzt noch etwas anging. Doch dann beschloss ich, mich ihm gegenüber vertrauensvoll zu verhalten. Jeder Widerstand meinerseits konnte seine Aggressionsbereitschaft gefährlich erhöhen.
»Nein, er kommt aus Marokko.«
»Schwarz?«, fragte Karim neugierig.
»Nein, in Nordafrika sind keine Schwarzen«, antwortete ich, als hielte ich einen kulturhistorischen Vortrag. Karim machte einen amüsierten Gesichtsausdruck, als wenn er die lang gespeicherte Realität in seinem Kopf mit viel Humor würzen wollte. ›Es musste ja irgendwann so kommen‹, schien er zu denken. ›Ich wusste, dass dieses Mädchen früher oder später einen anderen Mann haben würde. Sie konnte nicht allein bleiben.‹
Ich sah ihn mitleidig an, immer noch unsicher, wie sich seine wahre Reaktion entpuppen würde. 22.40 Uhr. Die Minuten verstrichen elendig langsam.
»Ich hab' gesagt, du machst Ende, wann du willst. Is schade, aber na ja.« Er hob in ausladender Bewegung seine Arme, verzog sein Gesicht, streckte die Hände nach außen und ließ die Arme wieder auf die Knie sinken. »Es ist der Wille Allahs.«
Fast ein wenig beleidigt nahm ich seine gelassene Reaktion hin. Dann bewunderte ich ihn, wie er das Schicksal annahm, ohne sich aufzuregen oder in Trauer zu versinken.
Dann veränderte sich seine Miene. 22.44 Uhr.
»Aber wir können doch heute noch mal.« Er nickte mir keck zu und ließ seine Hand zu meinem Schoß wandern. 22.45 Uhr.

Ich schüttelte zaghaft den Kopf und erspähte das Geld, das immer noch auf dem Tisch lag. Im ersten Augenblick war ich versucht, es von dort wegzunehmen und in die Küche zu legen. Aber ich blieb starr sitzen.
»Komm, ein letztes Mal noch«, bettelte er und streichelte meinen Oberschenkel.
»Das kann ich nicht mehr«, flüsterte ich um 22.47 Uhr.
»Ach«, machte seine dunklere Stimme, »gib dir einen Ruck. Er sieht uns ja nicht.«
»Das ist es nicht. Ich kann es einfach nicht mehr. Tut mir Leid.«
Ich holte tief Luft. 22.49 Uhr.
Jeden Moment erwartete ich einen Ausbruch seinerseits, in dem er endlich zur Gewalt überging. Er war groß und kräftig und konnte seinen Willen jederzeit durchsetzen.
Ich berührte seine Hand. »Es war schön mit dir.«
Seine Augen füllten sich mit Traurigkeit. »Ja, mit dir war auch schön. Danke.« 22.51 Uhr.
Er stand auf, richtete seine volle Größe vor mir auf, erfasste meine Hände und zog mich zu sich empor. Meine Hände, die so eiskalt und hart waren, dass sie mir fast so hätten wegbrechen können, verwandelten sich in Sekundenschnelle in weiche Tücher, die sanft vom mächtigen Wind bewegt wurden. Karim stellte mich in der Mitte meines Wohnzimmers auf, betrachtete mich von unten bis oben und sagte dann: »Ich wünsche dir alles Gute für dein Leben, viel Glück. Allah sei mit dir.«

19

Ich brauchte Luft. Ich musste raus aus dem Haus in die Freiheit. Kurz nachdem Karim meine Wohnung verlassen hatte, sendete ich Saskia eine Nachricht, dass sie nicht mehr zu kommen brauchte und alles gut verlaufen sei. Dabei stieg ich die Treppe hinunter zur Haustür und trat auf den dunklen Hof. An der Ecke unserer Hecke bewegte sich etwas. Erst dachte ich, das sei der Wind, der die Sträucher bewegte, doch dann erkannte ich, dass die Bewegung ganz eindeutig ein lebendiges Wesen verursachte. Das tiefe Durchatmen, das ich so nötig hatte, verkniff ich mir, hielt den Atem an und ging direkt auf die Gestalt zu. Jetzt wollte ich es wissen, wer da in der Gegend herumschlich. Noch drei Schritte trennten mich von der Person, die etwa meine Größe hatte, als das Licht der Laterne die Umrisse erhellte.

»Saskia. Du bist schon hier?«, fragte ich erleichtert. Wir fielen uns um den Hals, als hätten wir uns jahrelang nicht gesehen.

»Ich wollte noch in Ruhe eine rauchen. Ist er schon weg?«

Ich nickte. »Er ist ein feiner Mensch, hat mir sogar Glück und Allahs Segen gewünscht.«

»Hm, das ist edel.«

»Ich bin echt ein schlechter Menschenkenner, was?«

»Das würde ich nicht so sagen. In Extremsituationen weiß man Menschen oftmals nicht einzuschätzen, weil solche Szenen eben selten vorkommen.«

»Na ja, trotzdem hätte ich wissen müssen, dass er sein Wort hält und mir niemals Gewalt antun würde.«

»Vielleicht«, entgegnete sie.

»Kommst du noch mit hoch auf ein Glas Wein?« Ich breitete die Arme

weit aus und fühlte mich sehr befreit. Alles war wie auf null gestellt für den Neuanfang. Da sagte Saskia auf einmal: »Ich glaube, mit Simo ist mehr drin, als du so denkst.«
»Wieso meinst du das?«
»Das spüre ich. Und du bestimmt auch, willst es nur noch nicht wahrhaben. Aber was ist denn das da?« Sie deutete mit der Hand zum Hof und ging in großen Schritten zu meiner Haustür.
»Was denn?« Ich folgte ihr und sog die frische Nachtluft begierig ein. Saskia bückte sich und warf ihre Kippe in die Nachbareinfahrt, was ich einfach übersah, denn das, was da auf der Einfahrt zu sehen war, machte einen interessanten Eindruck.
»Was ist das?«, fragte ich beim Näherkommen.
»Steine. Ganz viele Steine.« Saskia erhob sich wieder.
»Aber was soll das? Wozu das Ganze? Sollen wir drüberfallen?«
»Hm, hat vielleicht was mit den Nägeln zu tun, die hier mal verstreut waren.«
Saskia entfernte sich einige Schritte von den Steinansammlungen.
»Du«, sagte sie plötzlich aufgeregt, »das heißt was.«
»Wie, das heißt was?« Entweder war ich in dieser Nacht total begriffsstutzig oder der Wein tat schon seine Wirkung.
»Hast du eine Taschenlampe?«
»Nee, hab ich nicht von zu Hause mitgenommen.« Kurz flackerten die Kellerräumlichkeiten aus meinem alten Zuhause auf. Nein, weg damit, wollte ich mir nicht mehr vorstellen.
»Ich hol schnell meine, bin zu neugierig, was da steht.«
Schon war sie um die Ecke verschwunden und hatte mich mit den ganzen Steinen alleine gelassen. Ich bekam ein wenig Angst, so als wenn Mutter oder Vater ihr Kind in der Fremde alleine stehen lassen, so wie die Stiefmutter *Hänsel und Gretel* im Wald zurückließ und beschlossen hatte, nie mehr wiederzukommen.
Ich versuchte in der Dunkelheit etwas zu erkennen. Tatsächlich. Mit Phantasie hatten sie die Form von Buchstaben. Aber die Steine waren

so unterschiedlich groß und gefärbt, dass es fast unmöglich war, die Wörter zu lesen. Ein L hatte ich erkannt, dann ein R, nach und nach gewöhnte ich mich mehr ans Dunkle und an die Art der Steinlegung, dass ich schließlich noch ein U und ein N identifiziert hatte, als Saskia mit ihrer Taschenlampe um die Ecke kam. Wie ein wild entschlossener Detektiv, der Sache auf den Grund zu kommen, leuchtete sie die Buchstaben von links nach rechts ab.
»Ich hab schon ein paar erkannt. Du hast Recht, da hat jemand was geschrieben. Bestimmt derselbe, der die Nägel ausgestreut hat.«
»Mal sehen, was er jetzt sagen will. F. Sag mir, wenn du anderer Meinung bist.«
»Ja, du hast Recht, der erste Buchstabe sieht wirklich nach einem F aus.«
»U, ja?«
»Ja«, machte ich militärisch kurz und war gespannt wie ein Flitzebogen.
»Noch ein U?«, fragte Saskia und leuchtete den dritten Buchstaben noch einmal langsam ab.
»Nein«, sagte ich hastig, »der nächste ist ein C. Ach, ich weiß schon. Nur so ein Idiot kann auch Steine ans Fenster schmeißen. Das Wort heißt FUCK.«
Als Saskia den vierten Buchstaben abgeleuchtet hatte, stimmte sie mir zu. »Du hast recht. Aber viel interessanter ist das nächste Wort. Schau mal, es geht ja noch weiter.«
»Der Steinschreiber hat zwar keine Lücke gelassen, aber es muss ein neues Wort sein, ja.«
»A.«
»O oder C oder U. Was meinst du, Sara?«
»Das ist ein U, wenn auch schlecht erkennbar. Ich bin in der Schule von manchen Schülern ganz andere Schriften gewöhnt.«
»Okay, weiter.«
Die Taschenlampe flackerte.
»Hoffentlich geben die Batterien jetzt nicht den Geist auf«, meinte

Saskia und schüttelte die Lampe kräftig. Der Strahl kam wieder gleichmäßig stark.
»S, oder?«
»Ja«, sagte ich zustimmend und ahnte nun schon, was der Steinleger mit FUCK betitelte.
»L.«
»Hör auf, ich weiß es schon. Wir haben es hier mit einem idiotischen Hasser in meiner Nachbarschaft zu tun, der mich und meine Besucher anscheinend beobachtet, aus welchem Grund auch immer.«
Saskia begriff nicht recht.
»Wie? Was für ein Hasser?«
Sie leuchtete eifrig weiter und schien nach Ä und N auch zu wissen, um welches Wort es sich handelte.
»Oh ja, hier scheint jemand etwas gegen deinen nächtlichen Besuch zu haben.«
»Gar nicht mal um meinen nächtlichen Besuch, sondern um die Art oder besser gesagt die schlimme Menschenrasse, die da in mein Haus kommt.«
»FUCK AUSLÄNDER. Was für eine Sauerei! Hast du eine Ahnung, wer das sein könnte?«
»Nicht die geringste. Keinen blassen Schimmer. Jedenfalls räume ich jetzt die ganzen Steine weg, damit meine Nachbarn das morgen früh nicht sehen.«
Mein Bauch hatte sich mit einer maßlosen Wut gefüllt, die ich wunderbar mit Steinewerfen entladen konnte.
»Hey, bist du verrückt. Du kannst doch jetzt nicht die Steine durch die Gegend pfeffern«, gebot Saskia mir Einhalt.
Bockig nahm ich noch einen Stein auf und schleuderte ihn mit voller Wucht in die Hecke. Er hätte bestimmt durchsausen und das dahinter stehende Auto treffen können, aber ich hatte Glück, dass er in den stärkeren Ästen hängen und im Boden stecken blieb. Wie gemein waren die Menschen! So voller Hass und Ungerechtigkeit!

»Du weißt doch: *In der Ruhe liegt die Kraft.* Wir werden ab jetzt genau aufpassen und diesen Fuck-Typen schnappen.«
»Saskia, so was sagt man aber nicht.«
»Wieso? Der spricht doch auch so.«
»Ihn schnappen? Und dann? Was willst du mit ihm machen?«
»Ihn mit seinen eigenen Waffen schlagen. Das werden wir schon sehen.«

Saskia half mir die Steine zusammenzuräumen und sie an den Nachbarhäusern, deren Hauswände von Steinen umrahmt waren, zu verteilen. Meine Wut legte sich ein wenig und ich versuchte den Vorfall ganz schnell zu vergessen.

Zu einem gemeinsamen Glas Wein kam es in dieser Nacht nicht mehr, da Saskia ihren Sohn nicht länger allein in ihrer Wohnung lassen wollte. Der erste Schultag war an mir vorbeigesaust; das Schulleben hatte sich wieder in mein Leben eingeschleust, als ob es niemals pausiert hätte. Auf der Heimfahrt signalisierte mein Handy, das ich nun immer außerhalb meiner Handtasche hinter dem Schalthebel aufbewahrte, eine neue Kurzmitteilung. Ich nahm etwas Gas weg und las die Nachricht neugierig. Mein Ex! Was wollte der denn? Wie ein Geistesblitz fragte ich mich, ob er der Steinwerfer, Nägelstreuer und Steineleger sein konnte, verwarf diesen Gedanken aber sofort. Er war nicht rassistisch und nur daran interessiert, mich in Ruhe zu lassen, um das Verhältnis der Kinder wegen nicht zu verschlechtern. Er würde auch niemals nachts um mein Haus herumstreunen, schließlich hatte er doch eine »tolle« Frau im Bett. Ich schmunzelte, als ich an ihr Aussehen dachte. Nun ja, Schönheit kommt von innen.

Möchte mit den Kindern heute Eis essen fahren. Hole sie gegen 17 Uhr ab, o.k?

Oh, Kinderkontakt außer der Reihe. Erstaunlich. Ich antwortete sofort mit einem kurzen O.k. und gab wieder Gas.

Mit einigen Minuten Verspätung klingelte es an der Tür. Doro und Jonas warteten schon freudig auf ihren Papa und rannten ihm nach dem Klingeln auf der Treppe entgegen.
»Sind in 'ner Stunde wieder zurück. Tschau«, rief er mir nur kurz zu, und weg waren sie. Ich machte mich gleich an die Küche, wo noch die Teller vom Frühstück standen. Dann packte ich Bücher und Mappen für den morgigen Schultag ein und las noch ein paar Seiten im Geschichtsbuch nach. Zu Kolumbus hatte ich eine Hörspielkassette, fiel mir ein. Ich kramte in meiner Kassettensammlung und hatte sie, oh Wunder, schnell gefunden. Dann trug ich noch Klassenlisten in meiner Computerdatei ein und ließ mich schließlich entspannt mit meinem Buch *Sag nicht ja, wenn du nein sagen willst* im Sessel nieder. Aus diesem Buch kann man lernen, wie man sich wohl fühlt, auch wenn man unbeliebt ist. Herbert Fensterheim und Jean Baer erklären recht anschaulich, aber auch oft durch disziplinäre Übungsstrategien, die irgendwie nichts mit Spontaneität und Selbstdurchsetzung zu tun hatten, wie man seine eigene Persönlichkeit behält und durchsetzen kann.

Es stimmt, man kann es nicht jedem recht machen. Die Menschen sind einfach viel zu verschieden. Aber das Schlimmste ist, wenn man es sich selbst nicht recht machen kann, weil man nicht weiß, was man will. Mal wollte ich gerne allein sein, mal ein sicheres Netz sozialer Kontakte pflegen. Kann man sich ja eigentlich auch so auswählen, dass man mal zu Hause bleibt, und es den anderen nicht neidet, dass sie ausgehen und Spaß haben, dann wiederum teilhaben an Partys oder sonstigen Treffen. Nur wenn man stets das andere, was man gerade nicht hat oder bekommen kann, herbeisehnt, scheint das Leben problematisch zu werden.

Ich war so ins Lesen vertieft, dass ich erschrocken aufsprang, als es nach Ablauf der Eisessensstunde klingelte. Die Kinder rannten laut die Treppe zu mir hinauf, der Kleine natürlich mit Schokoladeneis beschmiert. Ihr Vater trottete etwas schwerfällig hinter ihnen her, womit ich nicht gerechnet hatte. Ich dachte, er verschwindet genauso schnell wie beim Abholen der Kinder.

»Hey, hast du einen Moment Zeit? Dann können wir auch die nächsten Termine absprechen.«

Ich nickte und verschwand in die Küche. Die Kinder hatten schon ihre Schuhe ausgezogen und spielten in Dorothees Zimmer.

Mein getrennter Ehemann setzte sich breit in die Küche, zückte seine Zigarettenschachtel und bat um einen Aschenbecher. Er wollte also länger bleiben. Ich nahm meinen Kalender von der Wand ab und holte einen Kuli aus meinem Chaos-Küchenfach, wo später mal eine Mikrowelle Einzug finden sollte.

Wir stimmten die Termine ab, für jeden passend, ab wann die Kinder zu ihm kommen sollten. Es klappe alles prima, meinte er.

»Aber Doro hat heute in der Eisdiele was Komisches erzählt. Ich glaube, sie nimmt das alles doch mehr mit, als man so denkt.«

»Was denn?«, fragte ich besorgt.

»Na ja, ihr hättet einen Afrikaner auf dem Balkon. Und sie hätte sogar schon seine Telefonnummer aus der Wüste.«

Am liebsten hätte ich laut losgeprustet, beherrschte mich aber perfekt.

»Ich hab dann gefragt, was er denn auf dem Balkon mache. Da hat sie gesagt, er schläft dort. Ich hab gefragt, wieso, da meinte sie, weil alles andere voll war.«

Mein Herz hüpfte vor Amüsement. *Kindermund tut Wahrheit kund.* Aber diese Wahrheit schien meinem Mann so absurd zu sein, dermaßen der Welt der Phantasie zu entspringen (die sowieso nicht seine Welt war), dass er eher an der Vernunft seiner Tochter zweifelte als dieser Story einen Hauch Glauben zu schenken. Jetzt, so konnte er gedacht haben, drehen sie drüben total durch. Er fragte mich auch nicht, ob da etwas Wahres dran war, ob ich mir wirklich einen Afrikaner auf dem Balkon hielt, sozusagen als neues Hobby. Er gab sich zufrieden mit einer unwissenden Geste meinerseits, ging noch mal zu den Kindern und kam in die Küche zurück.

»Was ist eigentlich mit den Herbstferien?«, fragte er noch.
»Ich weiß noch nicht. Fahrt ihr weg?«
»Nö«, meinte er wieder. Dieses Wort nervte mich ungemein, weil es keine echte, ehrliche Antwort war.
»Ja oder nein?«, fragte ich genervt und fühlte, wie mein Hass auf seine neue Frau wieder stärker wurde.
»Nein.«
Kurz darauf war er verschwunden. Ich schickte gleich an Saskia diesen herrlichen Titel: *Ein Afrikaner auf dem Balkon*. So wollte ich meinen neuen Roman nennen, ins Leben gerufen von meiner kleinen Tochter. Ich drückte sie spontan an mich, was sie bockig abwehrte, da sie gerade so schön spielte.
Saskia gefiel der Titel auch gut, höre sich sehr interessant an, meinte sie nachdenklich. Sie hätte auch mal eine Zeit kurz nach ihrer Trennung geschrieben, um alles zu verarbeiten, hätte diese Methode aber bald verworfen. Na, ob ich diesen Titel mit Lebensinhalt füllen könnte, stand auch noch in den Sternen. Aber allein dieser Titel motivierte mich in meiner Absicht so sehr, dass ich glaubte, mir alle Sterne vom Himmel holen zu können.

Am Mittag des nächsten Tages endlich erhielt ich einen Anruf von Simo. Er vermisse mich und müsse mich dringend wieder sehen. Am darauf folgenden Tag hatte ich nur fünf Stunden und etwas Zeit, bei ihm vorbeizuschauen, bevor ich meine Kinder von Gitte und aus der Kindertagesstätte abholen musste. Er sei auch mit einer Minute einverstanden, die ich für ihn Zeit hätte. Hauptsache, er würde mich zu Gesicht bekommen. Ich fühlte mich natürlich geschmeichelt und sehnte am nächsten Schultag den Feierabend herbei, was die Schüler durch meine Unaufmerksamkeit zu spüren bekamen. Daher waren sie auch unruhiger und schwerer in den Griff zu bekommen. In der sechsten Klasse ließ ich noch den Rest der Kolumbus-Kassette laufen, was mir etwas Luft verschaffte, Freiraum zum Schweben und Nachdenken.

Er stand schon draußen, als ich mit dem Auto bei ihm vorfuhr. In seinem Zimmer hatte er für uns Tee gekocht und frische Brötchen aufgetischt. Es gab Melone, Konfitüre, Quark und Eier. Ich war überrascht.
»Damit habe ich nun nicht gerechnet.«
»Setz dich und greif zu«, sagte er und wies mir einen Platz auf einem dicken, schweren Kissen zu. Im Hintergrund lief marokkanische Musik. Ich fühlte mich wohl.
Als ich mein Brötchen geschmiert hatte, erzählte ich ihm vertrauensvoll von der Afrikaner-Balkon-Geschichte. Auch er musste bei der Geschichte lächeln, vor allem, weil mein Ex das Ganze für absolut absurd hielt.
»So, so, ein Afrikaner auf dem Balkon. Wie unglaubwürdig manchmal die Wahrheit ist«, meinte er.
»Soll er uns doch für verrückt halten«, entgegnete ich und aß fröhlich mein Brötchen und trank meinen Tee. »Diese Vorstellung, verrückt zu sein, gefällt mir ganz gut.«
»Vor allem gefällt es dir, dass dein Exmann sich Gedanken über dein Leben macht«, ergänzte Simo ganz richtig.
Ich grinste. »Du hast Recht. Und ärgern soll er sich, wenn er nicht weiß, was ich so treibe. Und ärgern soll er sich, wenn er herausgefunden hat, was ich so treibe.«
So sorglos hatte ich mich schon lange nicht mehr gefühlt. Das Papier- oder das Töpfechaos auf Boden und Spüle kümmerte mich nicht, auch der Strolch aus meiner Nachbarschaft machte mir im Moment keine Sorgen. Ich weiß nicht wieso, aber ich vertraute Simo auch dieses Geschehnis an und war erstaunt, wie gelassen er diese Sache nahm, da er doch betroffener sein musste als ich.
»Es gibt eben viele Menschen, die nur ein begrenztes Sichtfeld haben und auf gar keinen Fall Fremdes in ihr Leben lassen. Sie kommen mit dem gesellschaftlichen Leben irgendwie nicht so zurecht wie sie es wünschen und lassen ihren Frust dann eben an Minderheiten aus«, kommentierte er den Stein-Spruch.

Ich bestätigte dies kauend.
»Aber du bist anders. Du bist offen und tolerant, wissbegierig und neugierig.«
»Ja, genau«, antwortete ich stolz. So wollte ich zumindest sein.
»Lass uns über etwas anderes reden als über Ausländerprobleme.«
Simo erzählte, wie sein Onkel ihn ermuntert hatte in Deutschland zu studieren, wie er zunächst in Frankreich sein Glück versucht hatte, dann aber spontan in Deutschland einen Studienplatz bekommen konnte. Das war eben Schicksal.
Seine Adlernase faszinierte mich wieder. Sie drückte brillante Intelligenz aus. Und diesen rehbraunen Augen vermochte ich nicht zu widerstehen.
»Wir mussten uns eben treffen. Das war vorherbestimmt.«
»Meinst du?«, fragte ich und konnte gerade noch seinen spontanen Überfall abwehren, ohne an die Wand geschleudert zu werden. Er küsste mich leidenschaftlich und begierig, ich aber war in Zeitnot. Mit großer Kraft schaffte ich es, meinen Mund zu befreien und Simo mitzuteilen, dass ich nun leider fahren musste. Dass diesen schnellen Abschied meine Kinder zu verantworten hatten, störte mich nur wenig, ihn wohl überhaupt nicht. Plötzlich veränderte sich sein ausgelassenes Spiel zu erwachsenem Ernst.
»Ich möchte gerne wissen, ob du es ernst mit mir meinst?«
»Was meinst du damit?«
»Ich möchte keine von deinen Affären sein. Ich verstehe deine Situation und dein Spiel. Aber ich möchte dieses Spiel nicht mitspielen.«
Ich wusste, was er meinte, und fühlte mich auf dem falschen Fuß erwischt. Genau darüber wollte ich mir keine Gedanken machen, ich wollte es einfach laufen lassen und sehen, wie sich die Sache entwickeln würde.
»Lass uns darüber beim nächsten Mal sprechen, okay?«, versuchte ich ihn hinzuhalten.

»Nicht gerne. Ich möchte meine Gefühle da investieren, wo es sich auch lohnt. Verstehst du?«
Ich nickte und fühlte mich etwas in die Enge getrieben.
»Aber denk erst einmal darüber nach. Übereilte Entscheidungen sind niemals gut getroffene Entscheidungen.«
Wie weise gesprochen, dachte ich.
»Ich muss die nächsten Nächte arbeiten. Da sehen wir uns wahrscheinlich nicht. Aber am Wochenende, in Ordnung?« Er streichelte meinen Kopf und mein Gesicht, das, was ich immer in meiner Ehe vermisst hatte.
»Ich freu mich drauf«, entgegnete ich.
Auf den folgenden Tag war ich schon sehr gespannt. Ich zog meine engen Stretchsachen an, schwarze Hose, rotes Shirt, legte meinen neuen Silberschmuck um, schminkte mein Gesicht, legte Rouge auf, zog meine Lippen etwas nach und betrachtete mich zufrieden im Spiegel. Ich drehte mich elegant, dann erotisierend, veränderte mein Gesicht zu einem resoluten, selbstbewussten Ausdruck, der mir eine große Kraft gab, an diesem Abend ganz allein auszugehen.
Wie immer überpünktlich stand Gitte vor meiner Tür, um die kleinen Mäuse zu hüten.
»Na, alles klar?«, fragte sie gut gelaunt. Wir nahmen uns kurz in den Arm. Während ich meine Handtasche suchte, entgegnete ich: »Ja, bin mal gespannt, was ich noch so kann.«
»Hauptsache, du kommst unter Leute und hast deinen Spaß«, sagte Gitte lieb. Ihre hellblonden Haare schimmerten im Flurlicht wie die eines Engels.
»Das ist nett von dir. Das brauche ich auch. Am liebsten wäre ich nur auf Achse, aber das macht mein Körper wohl nicht mit.« Ich lächelte ein wenig gequält, denn ich spürte wirklich, dass ich mit den aktiven und ereignisreichen Wochen doch etwas müde geworden war.
Endlich hatte ich meine Handtasche, die ich mir auch neu gekauft hatte, gefunden und fütterte sie noch mit meinem Portmonee, meinem Lip-

penstift und Tempotaschentüchern. Ich wollte sehr weiblich wirken, denn früher traf man mich nur äußerst selten mit Handtasche an. Lange, bequeme Pullis waren der Hauptvertreter in meinem Kleiderschrank. Dieses geschmacklose Einhüllen und Verstecken war nun vorbei. Jetzt wollte ich mich voll und ganz zeigen, innerlich wie äußerlich.
»Ihr macht euch dann gleich Abendbrot, ja?«, vergewisserte ich mich, denn oft aßen die Kinder bei Gitte. Ich wollte sie und ihre Gutmütigkeit nicht unnötig ausnutzen, um mein schlechtes Gewissen noch weiter zu verstärken. »Und Karsten kann ruhig mitessen; nicht, dass er sich zu Hause etwas alleine macht«, warnte ich aus Spaß.
»Ja, ja, mach dir keine Sorgen. Das läuft schon alles hier.«
Inzwischen hatten Doro und Jonas ihren Babysitter bemerkt und kamen jubelnd ins Wohnzimmer geschossen. Sie besprangen die kleine Frau und zerrten und lachten. Aus Gittes hellem Gesicht sprühten Freude und Glück. Das machte es mir leichter zu gehen.
Ich schwang mich in meinen Wagen, fuhr vorsichtig aus der Garage und fühlte, während ich mich anschnallte, die Freiheit heranrücken. Ein leichtes Unwohlsein befiel mich noch, als ich die Hauszufahrt herausfuhr, wo nachts die Steine mit mir gesprochen hatten, warf einen kontrollierenden Blick auf die Fenster meines Hauses, gab dann Gas und verscheuchte jeden negativen Gedanken. Egal, wie alles kam. Ich konnte und wollte nichts dagegen tun.
Der Rest Feierabendverkehr steigerte ein wenig meine Unruhe, ich war ganz schön aufgeregt, wusste nicht zu sagen, wann und ob ich überhaupt in meinem Leben als Single ausgegangen war, wo man auch auf Männer treffen konnte, mit denen man auf engeren Kontakt gehen musste. Ich ganz allein, freiwillig, gut aussehend. Wieso fuhr der vor mir so lahm? Meine Güte, was für Schnecken heute Abend auf der Bahn! Herrschaftszeiten! Konnten die denn alle kein Auto fahren?
Als ich vor der letzten roten Ampel stand, kramte ich nervös meine Anmeldung aus der Handtasche, die schon viele Tage dort gewartet hatte. Der leuchtende Schriftzug des Namens war schon am Anfang der

Straße deutlich zu erkennen. Mit Parkplätzen sah es dagegen nicht so gut aus. Ich musste einige Minuten suchen, bis ich durch Zufall eine Lücke gefunden hatte. Sie lag zwar vom Eingang etliche Meter entfernt, aber dadurch gewann ich noch etwas Zeit. Auch am Eingang angekommen ließ ich noch Minute um Minute verstreichen, bevor ich endlich meinen ganzen Mut zusammennahm und hineinging. Drinnen empfing mich das Foyer wie ein Kino. Terrassenartig angelegte Sitzecken in abgedunkeltem Raum, hinten eine Bar, plakattapezierte Wände mit Hinweisen zu Veranstaltungen und Auszeichnungen. Ganz hinten rechts saßen schon drei Leute, die etwa in meinem Alter und älter sein mochten. Die beiden Frauen saugten beide gierig an ihrer Berliner Weiße, die eine mit Himbeer-, die andere mit Waldmeistergeschmack, der Mann nahm einen großen Schluck aus einem Wasserglas. Ich ging geradewegs auf die drei zu und begrüßte sie: »Guten Abend, auch Single-Grundkurs?«

Die beiden Frauen nickten wortlos, der Mann, mit Brille und Krawatte, sagte mit piepsiger Stimme: »Ja«, und trank wieder aus seinem Glas Wasser. Na, prima Stimmung, dachte ich. Ich setzte mich einfach mit auf die Sitzbank und betrachtete den Mann, der mir nun gegenübersaß. Da hatte ich mir ja was Tolles eingebrockt: Grundkurs für Singles ab 30, da gab's nur noch die »Restmänner«, entweder blöd oder hässlich. Ich wusste noch nicht genau, welchen Typ Mann ich da nun im Halbdunkel vor mir sitzen hatte.

Die zwei Frauen schätzte ich so auf Mitte 40, aufgetakelt und gerade noch ein wenig attraktiv, um einen Mann abzubekommen. Aber, fiel mir dann ein, sie konnten ja auch zu Hause einen haben und nur allein zum Tanzen gehen, weil dieser Schlappi mit Bierbauch zu träge dazu war oder lieber Fußball guckte und Skat spielte.

»Erste Mal Tanzkurs«, fragte ich in die Runde, etwas unsicher, überhaupt eine Antwort zu bekommen.

Die blonde Frau mit der Brille war mir auf den ersten Blick etwas sympathischer gewesen als die beiden anderen Menschen und sie ließ

ein kleines Lächeln auf ihrem Gesicht erscheinen: »Nein, vor vielen Jahren haben mein Mann und ich schon mal einen gemacht. Aber wenn man nicht im Training bleibt, verlernt man die ganzen Figuren schnell wieder.«
Die Rotblonde neben ihr nickte.
Herr Bankkaufmann oder vielleicht Steuerberater gegenüber nickte auffällig. Vorsicht Kopf, dachte ich nur.
»Ja, ja, so geht es einem. Ich möchte auch was für meine Kondition tun. Wo kann man besser Sport und Spaß verbinden als beim Tanzen, meine Damen, hm?« Er lachte etwas keck auf, was für uns Damen ziemlich lächerlich klang. Die beiden Berliner-Weiße-Frauen hatten den Vorteil sich ihrem Getränk widmen zu können, ohne unhöflich zu wirken. Ich dagegen musste dem schiefen Gesichtsausdruck standhalten und versuchte höflich zurückzulächeln, während er seine Brille mit spitzen Fingern mehrmals hintereinander auf der großen Nase zurechtschob.
Wie gerufen kam die Hilfe von hinten. Ein hoch gewachsener Mann im langen Mantel, gefolgt von noch zwei Frauen, die bestimmt die 50-Jahres-Marke schon erreicht hatten, traten an unseren Tisch und lenkten die Aufmerksamkeit aller auf sich. Wir rückten alle ein wenig zusammen, um ihnen auf der Eckbank Platz zu bieten.
Nun ja, dachte ich, den zweiten Herrn betrachtend, ich war schließlich zum Tanzen hier und nicht, um mir einen Mann auszusuchen.
Ein schlanker Herr mit Schreibmappe forderte uns nun auf, ihn in den Tanzsaal zu begleiten. Diese Säle mit rundherum verspiegelten Wänden boten ja immer wieder eine beinahe majestätische Atmosphäre oder zumindest verführten sie in eine Welt der Stars, dekoriert mit Palmen und Blumen, Blinklichtern und geschmackvollen Gemälden. Ich war beeindruckt. So toll hatte der Tanzsaal in meiner alten Tanzschule damals nicht ausgesehen.
An der rechten Wandseite standen vier runde Tische, um die wir uns alle scharten. Am anderen Ende des Saales befand sich die Bar, auf die einige Herren zuströmten.

Thomas begrüßte uns alle herzlich und machte einen sehr lockeren, aber auch zugleich strengen Eindruck. Das gefiel mir. Er ging die Namen auf seiner Liste durch und bat uns dann auf die Tanzfläche. Wir stellten uns im Kreis auf und konnten in dieser geordneten Form, wenn auch in schwachem Lichtschein, unsere Mitstreiter genauer unter die Lupe nehmen.

Ich begann mich besser zu fühlen, als ich merkte, dass ich unter den ganzen Frauen ganz gut abschnitt. Im DJ-Häuschen stand eine kleine Blondine, die leise Musik im Hintergrund laufen ließ. Sie sprang bald herbei und entpuppte sich als Co-Tanzlehrerin, bestimmt nicht älter als 22 Jahre. Die beiden Tanzlehrer scherzten und schäkerten die anderthalb Stunden herum, um uns alle bei Laune zu halten, denn heutzutage wollen die Leute, die lernen, dies möglichst spielerisch und mit viel Spaß tun, ohne sich wirklich anstrengen zu müssen.

Erst übten wir ganz harmlose Schrittchen. Ich merkte bald, dass dieser Anfänger-Kurs wahrscheinlich zu einfach für mich war. Ich hatte mit meinem Ex immer viel und gerne getanzt und zudem ein gutes Taktgefühl. Im Uhrzeigersinn wechselten die Tanzpartner, und mit jedem neuen Mann, egal wie unattraktiv er auch war, begann ich Small-Talk und erfuhr so einiges über seinen Beruf und Lebensstand. Die älteren Herren fand ich alle sehr sympathisch. Sie schienen unterhaltsam zu sein. Einer von ihnen machte in der Woche vier verschiedene Tanzkurse bzw. –veranstaltungen mit. Tanzen war sein Ein und Alles. Und das merkte ich auch. Die zwei jüngeren Tänzer an meiner Seite waren nur Ausleihe, sie tanzten schon in viel höheren Kursen und halfen hier unten nur aus, weil es immer einen Frauenüberschuss gab. Ziemlich arrogant, aber nichts dahinter. Der eine hatte überhaupt kein Takt- oder Rhythmusgefühl. Er benutzte das Tanzen wohl als Macho-Ventil, wo er den Frauen endlich mal zeigen konnte, wo's langging. Der andere versteifte sich nur aufs Gutaussehen und trat mir mehrfach auf die Füße und meinte dann obendrein, ich müsse noch viel üben. So was hab ich ja gerne. Selbst nichts vernünftig können aber andere kritisieren.

In der Pause bekamen wir von der Bar die Getränke geliefert, die wir eine Viertelstunde vorher beim Tanzlehrer bestellt hatten. Die Frauenrunde, in der ich mich befand, zeigte sich jetzt als ganz amüsant. Die Blonde aus dem Foyer gab munter den Ton an, berichtete von schönen Kneipen, in denen die Kellner wirklich gastfreundlich sind, von wund gelaufenen Füßen in neuen Schuhen, von Veranstaltungen in der Tanzschule, die bald anstanden.

»Schade, den nächsten Termin habe ich meine Kinder. Da kann ich nicht weg«, antwortete ich, als sie mich fragte, ob ich auch zu diesem Tanztreff gehen würde.

»Geschieden?«, fragte sie gleich. Ich nickte ein wenig amüsiert.

»Kinder besuchen Vater jedes zweite Wochenende?«, fragte sie weiter und blickte mich freundlich über ihren Brillenrand hinweg an.

»Ja, so ungefähr«, entgegnete ich.

»Das hat was für sich«, tönte sie laut. »Dann lass mal an den freien Wochenenden so richtig die Post abgehen!« Sie reichte mir lachend die Hand. »Annette.«

»Sara«, sagte ich und spürte wie mein Herz ein kleines bisschen jauchzte. Ich hatte das Gefühl, gerade mitten ins pralle Leben zu gleiten.

»Scheidungsgeschichten kenn ich am laufenden Band.«

Wir unterhielten uns noch eine Weile über das Alter unserer Kinder und wie diese unter einer Trennung leiden können, nicht aber über die genaueren Hintergründe unserer Trennungen. Links neben mir saß eine unscheinbare, kleine, dunkelhaarige Frau, die einen sehr unsicheren Eindruck machte und mir irgendwie bekannt vorkam. Sie tat mir ein wenig Leid. Deswegen sprach ich sie an, als sich in das Gespräch auch zwei weitere Frauen eingeklinkt hatten.

Tatsächlich stellte sich heraus, dass sie nur wenige Straßen von mir entfernt wohnte. Ihr Mann hatte sie vor kurzem wegen einer jüngeren Frau verlassen. Ich sah ihr an, dass sie fürchterlich verletzt war und darunter zu leiden hatte. Ihre Stimme klang leise und gebrochen, sie

hatte die ehemalige Wohnung verlassen müssen, weil sie sie nicht alleine finanzieren konnte, da sie auch noch ihre Arbeit verloren hatte. Ihre Tochter war noch in der Ausbildung und brauchte ihre volle Unterstützung. Sie wisse noch nicht einmal, ob sie diesen Tanzkurs überhaupt noch finanzieren konnte.
Voller Mitleid hätte ich Anne am liebsten Geld in die Hand gedrückt. Aber ich hatte gerade jetzt in meiner Trennungsphase das erste Mal wirklich erfahren, dass jeder für sich selbst verantwortlich war und sein Leben selbst in die Hand nehmen musste. Man durfte sich auf niemanden verlassen, nicht einmal auf den eigenen Ehemann. Wie unglaublich froh und erleichtert war ich besonders an diesem Abend, dass ich finanziell unabhängig war und mir und meinen Kindern einen angenehmen Lebensstandard bieten konnte. Dass ich in dieser Hinsicht auch noch mal Probleme bekommen würde, hätte ich nie geglaubt.
Nach der Pause war es nicht leicht, die Männer von der Bar loszureißen und wieder zum Tanzen zu bewegen. Na ja, Männer.
Der gelernte Tanzschritt wurde nun mit Partnerwechsel geübt; wie durch Zufall trat auf mich der hoch gewachsene Mann aus dem Foyer zu. Er hatte eine angenehme Stimme, war mir auf Anhieb sympathisch und gab bald zu, dass er früher schon mal bis zum Goldkurs getanzt hatte. Und das merkte ich. Wir flogen nur so über die Tanzfläche und ernteten die Aufmerksamkeit der anderen Kursteilnehmer sowie die der Tanzlehrer.
»Bist du Single?«, fragte er plötzlich geradeheraus.
»Na ja«, machte ich etwas unsicher. Ich wusste nicht, was mit Simo werden würde.
»Schon klar, du bist kurz davor keiner mehr zu sein«, folgerte er etwas resigniert.
»Hast du trotzdem Lust, nachher mit mir was trinken zu gehen?«
»Heute geht's leider nicht«, antwortete ich ehrlich. »Mein Babysitter wartet zu Hause.«
Ganz interessiert fragte er nach dem Alter meiner Kinder, ob ich schon

geschieden sei und wie ich mit allem so klarkäme, ohne genauere Einzelheiten wissen zu wollen. Ich fasste schnell Vertrauen zu ihm, als er auch von sich erzählte.

»Meine Kinder leben bei meiner Frau, Scheidung, hoffe ich, ist bald durch.«

Meine Güte, gab es bei uns in Deutschland denn nur noch Getrennte und Geschiedene? In welch zerrütteten Verhältnissen wuchs denn unsere neue Generation heran? Das war ja furchtbar.

Helmut war schon 41, Finanzbeamter (hätte ich nicht drauf getippt) und hatte zwei Kinder im jugendlichen Alter. Ich erzähle gleich sehr offen über mein Desaster mit Austausch von neuer Frau und Verlust des Heimathauses und so weiter. Er war fassungslos, tat jedenfalls so, und bezeichnete meinen Ex als pubertär.

Helmut war nett, direkt, gesprächig und verständnisvoll. Wir wollten auf jeden Fall mal zusammen was trinken gehen.

Ich war zufrieden und stolz, als ich an diesem Abend zu meinem Auto zurückkehrte. Ich hatte zwar keinen einzigen neuen Tanzschritt gelernt, dafür aber gute Konversation betrieben, viele Komplimente eingeheimst und neue Leute kennen gelernt.

20

Die Sonne Afrikas schien nach Deutschland gekommen zu sein. Der Himmel strahlte wolkenlos blau, meine Klimaanlage im Auto arbeitete auf Hochtouren. Als Kind, so erinnerte ich mich, war das deutsche Wetter oft und vor allem im Sommer schlecht gewesen. Besonders an Wochenenden und Feiertagen hatte es meistens geregnet. Das hatte sich nun anscheinend wirklich geändert und schien sich mit meinem neuen Lebensgefühl zu verknüpfen.
Gut gelaunt parkte ich vor meinem Haus und ließ Simo aussteigen. Ich hantierte noch etwas in meiner Ablage, hatte die Autotür schon ein wenig geöffnet und blickte noch kurz in den Rückspiegel. Gerade eben noch konnte ich meinen Schwiegervater die Straße heraufkommen sehen. Dieser Anblick an sich versetzte mir keinen Adrenalinstoß, aber dass er nun unweigerlich auf Simo treffen würde, machte mich nervös. Hastig stieg ich aus und ging ihm entgegen.
Simo wartete schon an meiner Haustür.
»Hallo!«, rief ich meinem Schwiegervater entgegen, als wollte ich ihn damit aufhalten. Noch einige Meter vor mir begrüßte auch er mich mit einem »Hallo« und fragte dann, sichtlich erregt: »Na, ist das dein neuer Lover?«
Er musste uns schon im Auto erspäht haben.
Ich blieb trotz dieser herabwürdigenden Bezeichnung ganz ruhig.
»Mein Freund, ja.«
Bei mir angekommen schüttelte er meine Hand, kniff sein Gesicht zusammen und sagte weiter: »Ausländer. Asylant, nicht wahr?«
In diesem Moment stand Simo schon bei uns und reichte meinem Schwiegervater höflich die Hand. Geschockt ließ er sich seine Hand

schütteln und fragte etwas abwertend: »Wo kommen Sie her? Aus Afrika?«
Na, dachte ich, da musste in der Familie doch etwas rumgegangen sein. Hatte mein Ex doch mehr geglaubt, als er zugeben wollte?
»Aus Nordafrika, um genau zu sein. Aus Marokko«, entgegnete Simo, der nächsten Frage zuvorkommend.
»Aha, und Student hier?« Der alte Mann sah meinen Freund verächtlich von oben bis unten an.
»Ja, ich studiere hier. Aus meinem Land kommen keine Asylanten.«
Blitzschnell verabschiedete sich mein Schwiegervater. Simo sah ihm traurig bis amüsiert hinterher. Ich konnte seinen Gesichtsausdruck nicht recht deuten. Dann sagte er plötzlich: »Das ist nicht einfach für ihn.«
Ich sah ihn überrascht an. Aus dieser Sicht hatte ich diese unangenehme Situation überhaupt nicht betrachtet. Ich hatte nur an mich und meine Gefühle gedacht.
»Er kannte viele Jahre das Bild seines Sohnes mit dir. Es ist schwer, sich auf beiden Seiten mit großen Veränderungen abzufinden. Und vor allem tut es deinen Schwiegereltern bestimmt weh, dass du nicht um die Liebe ihres Sohnes kämpfst.«
Wie bitte? Was erzählte er da? Ich schloss mechanisch die Haustür auf und ging wie mit Bleifüßen die Treppe hinauf. Wie viel Einfühlungsvermögen hatte dieser Mensch bloß? Es mutete mich an wie ein christlicher Glaubenssatz: *Liebe auch deine Feinde.*
Meine Gedanken spulten plötzlich Bilder ab, wie sie nun drüben bestimmt abliefen. Mein Schwiegervater war ein »redseliger« Mensch, der schnell Neuigkeiten verbreiten konnte und mit Sicherheit erst oben im Haus seiner Frau von meinem »Asylanten« berichtete, dann nach unten jagte, um seinen Sohn davon in Kenntnis zu setzen, und das alles in großen, weit ausladenden Gesten. Wie gerne hätte ich da Mäuschen gespielt und ihren Gesprächen gelauscht.
Schon am nächsten Tag berichtete mir meine »Mäusepolizei« in Gestalt von Gitte von einem zufälligen Treffen mit meinem Schwieger-

vater, der völlig aufgelöst von meinem *Lover* erzählt hatte. Das könne ja nie gut gehen. Man wisse ja, was für Machos das wären, wie wenig eine Frau wert sei und dass Ausländer ja sowieso nur Dreck am Stecken hätten. Außerdem sähe meiner ja aus wie gerade mal zwanzig. Das könne ja nichts für mich sein!
Hatte ich von solchen Äußerungen über die Freundin seines Sohnes je was gehört? Bestimmt nicht. Frechheit. Und obwohl ich bei Gittes Erzählung, die extra dafür bei mir vorbeigekommen war, sehr ruhig und gelassen blieb, fing doch ein winziger Funken in mir zu glühen an. Sie hatte auch, nun »endlich«, wie sie sich ausdrückte, die Neue gesehen und pflichtete mir spottend bei, dass meine Nachfolgerin die Schönheit nicht gerade gepachtet hatte.
»Was findet der bloß an dieser Frau? Und was für eine Person muss das sein, dass sie einfach in ein fremdes Haus zieht, wo noch vor Stunden die Ehefrau mit ihren kleinen Kindern gewohnt hat. Widerwärtig.«
Ich blieb ruhig, musste mich nicht einmal dazu zwingen.
»Jedem das Seine«, sagte ich gelassen und goss Gitte und mir etwas Mineralwasser nach.
»Ja, wo die Liebe hinfällt, und wenn auch in einen Misthaufen.«
Ich starrte Gitte verblüfft an. Wieso war sie so wütend? Sie hatte doch gar keinen Grund dazu.
Ich leitete das Gespräch über zu Simo, erzählte ihr von seinen weisen Reden, von seinem Einfühlungsvermögen und seinem tollen Umgang mit meinen Kindern. Ich wollte Gitte, ihren Mann Karsten und Simo mal zum Essen einladen – (ich fuhr ja jetzt wieder vernünftig Auto und musste keine Angst haben, hohe Strafmandate bezahlen zu müssen) –, musste mir vorher aber Gedanken darüber machen, ob ich wirklich eine richtige Beziehung wollte.
Nach seiner Spätschicht wollte Simo wieder zu mir kommen, um zu reden. Ihm war es ernster, als ich gedacht hatte. Und er verlangte von mir eine Entscheidung. Durch seine direkten Fragen verunsicherte er mich ein wenig, um mich zu einer wahren Sicherheit zu führen. Und

vor allem sollte die Wahrheit ans Licht kommen, nicht irgendein Scheingefühl, das nur so echt wirkte, weil ich verletzt war oder weil ich Ungerechtigkeiten ausgleichen wollte.
Sollte ich meine gerade neu gewonnene Freiheit schon wieder aufgeben?
Als Gitte nach einer Stunde wieder nach Hause gefahren war, begann ich etwas nervös meine Wohnung zu putzen. Ich lenkte mich damit ab, das weiß ich, setzte mich in meinen Sessel und versuchte auf meine wirklichen Gefühle zu hören. Was empfand ich für Simo? Hatte ich überhaupt jemals in meinem Leben wirklich gewusst, was ich fühlte? Wusste ich eigentlich, was Liebe für ein Gefühl macht?
Erst einmal was essen, dachte ich schließlich und machte mich daran, einen Nudelauflauf mit Rindergehacktes zuzubereiten. Simo hatte sicherlich Hunger, wenn er kam. Spürte ich da schon eine gewisse Verpflichtung? Essen kochen, Wäsche waschen, warten, bis der Mann nach Hause kommt? Das wollte ich doch nicht mehr.
Ich setzte Wasser zum Kochen für die Nudeln auf, briet das Rindergehackte in heißem Fett, schnibbelte Zwiebeln und Knoblauch dazu, fügte Tomaten, Auberginenstückchen hinzu und rührte mit Eiern, Créme fraîche, Parmesan und Kräutern eine Soße an, die zum Schluss über den Auflauf verteilt wurde, mit Käseraspel bestreut stellte ich die Schüssel in den Backofen.
Manchmal machte mir Kochen richtig Spaß. Und ich freute mich auch darauf, für jemand anderen zu kochen. Es war einfach die Einstellung, die dafür sorgte, ob man es als »Dienst am Manne« oder als nette Verwöhn-Geste verstand. Alles, was mir Spaß machte, war in Ordnung. So einfach war das.
So in meinen Gedanken versponnen, schellte es schon an meiner Tür. Simo strahlte mir auf der Treppe entgegen, wo so manche Male Karim hinaufgekommen war. Und er strahlte nach einem ausgiebigen Kuss noch mehr, als ich ihn an den gedeckten Tisch bat, wo er sich den Nudelauflauf schmecken ließ.

Zum Essen tranken wir Rotwein, denn wir hatten vor, die Nacht zu Hause zu verbringen.
»Auf dich, die Frau meines Lebens!«, prostete Simo pathetisch.
Ich nahm diesen Ausspruch nicht ernst und trank einen großen Schluck. Nachdem auch er getrunken hatte, blickte er mich ernst an.
»Das war kein Spaß. Ich meine das ehrlich.«
Als ich nicht sofort antwortete, nickte er leicht und erzählte von den Plänen für sein Leben.
Wir unterhielten uns die ganze Nacht über das, was wir hinter uns hatten und das, was wir wollten. Mit jedem Gedankengang merkten wir mehr und mehr, wie ähnlich wir dachten, wie ähnlich unsere Ansichten waren und wie sehr wir uns gegenseitig unterstützen konnten.
Wir sprachen über alle Sorgen, die wir in Bezug auf eine mögliche Beziehung hatten. Simo wollte wissen, ob meine Kinder mit ihm zurechtkommen würden und ob ich mit seiner momentanen Studentensituation, sprich: kaum Geld und noch keine Anstellung, klarkäme. Ich interviewte seine Ansichten hinsichtlich Machotour, Eifersucht, Stellung der Frau und so weiter und stellte mal wieder fest, wie offen und tolerant er war. Gleichzeitig war ich stolz auf mich, solch ehrliches Gespräch zu führen und direkt zu fragen, was ich dachte. Simo betonte, schon immer gewusst zu haben, dass nur eine intelligente, emanzipierte, europäische Frau zu ihm passe.
Dass unsere Beziehung eine langsame Annäherung brauchen würde, war uns beiden klar. Und egal, ob er nur schauspielerte oder alles wirklich ernst meinte, ich wollte Schritt für Schritt wagen. Ich wollte das tun, was mir Spaß macht und im Moment gut tat, ohne Simo dabei zu verletzen. Fertig.
Wir sprachen über Religion, Philosophie, Politik und Geschichte, was mich im Inneren sehr belebte. Ich musste diesen kleinen glühenden Funken nicht für Wut und Rache einsetzen, sondern für meine eigene Erfüllung.
Es war eine herrliche Nacht.

In den nächsten Tagen, die Simo bei mir wohnte, bewies er wirklich Toleranz und dass er mir mein eigenes Leben und meine Freiheit ließ. Ich traf mich wie früher mit Freunden und ging ohne ihn aus, was ihn schon sichtlich unruhig werden ließ. Wie ein aufgescheuchtes Huhn lief er in der Wohnung herum, als ich zu einer Geburtstagsfeier von Nachbarn ging, wünschte mir aber einen wunderschönen Abend.
»Das gibt es in meinem Land nicht, dass die Frau alleine ausgeht und der Mann zu Hause auf sie wartet«, lachte er, amüsiert über seine eigene Kultur. Dann wurde sein Gesicht wieder etwas ernster.
»Genieß dein Leben!«
Das hatte mir noch keiner so gesagt.
Jedes Gespräch, jedes Kompliment, jede sanfte Berührung und jede Aufforderung von Simo gaben mir Energie und Kraft. Jeden Tag fühlte ich mich ausgeglichener und energievoller. Saskia bestätigte mir, dass man mir diese Gefühle an meinem Äußeren ansehen könne. Meine blasse Haut hatte wieder Farbe bekommen, meine Gesichtsverkrampfungen hatten sich entspannt, meine Ausstrahlung hatte einen positiven Glanz bekommen.
Ich weiß gar nicht mehr, wie wenig Zeit verging bis zu dem gewissen Abend.
Simo saß vorm Rechner und ließ seine Marokko-Bilder vor seinen Augen ablaufen. Er schien nostalgisch zu sein. Das Gefühl von Heimweh konnte ich gut verstehen. Ich hatte als Jugendliche mein Heimathaus verlassen müssen und diese Veränderung eigentlich nie wirklich verkraftet. Wahrscheinlich, weil ich bis auf den heutigen Tag noch keine neue Heimat gefunden hatte.
»Ich möchte dich mitnehmen«, empfing er mich zärtlich.
»Wohin?«, fragte ich aufgeregt.
»Ich möchte dich mit zu meiner Familie nehmen.«
»Wie?«, fragte ich verwundert. Auf meine witzig gemeinte Frage vor einigen Tagen, ob ich mit nach Marokko fliegen könnte, weil ja bald Herbstferien waren, hatte er mir keine Antwort gegeben. Er hatte noch

nie eine seiner Freundinnen mitgenommen und seiner Familie vorgestellt.
»Wir fahren zusammen nach Marokko«, juchzte er. »Möchtest du?«
»Ja sicher, ich möchte gerne ein neues Land kennen lernen.«
Ich fühlte so was wie Abenteuerlust in mir hochsteigen. Draufgängerisch, leichtsinnig, nenn es von mir aus auch unvernünftig, lieber Leser, aber ich wollte in diesem Moment nichts lieber als dorthin fliegen. So eine Gelegenheit würde sich vielleicht nie wieder bieten, in solch kompetenter Reisebegleitung Land und Menschen zu erforschen.
»Es wird aber kein gewöhnlicher Urlaub werden«, warnte Simo.
»Ich möchte gerne eure Kultur kennen lernen, sehen wie die Menschen dort leben, was sie essen, was sie denken und alles.«
»Schön, freut mich. Ich werde dir alles zeigen, was sonst keine Touristen zu sehen bekommen.«
»Was sonst keine Touristen zu sehen bekommen«, spottete mein Kollege am nächsten Morgen im Lehrerzimmer, »hm, dann viel Spaß im Harem. Nach den Herbstferien lesen wir dann in der Zeitung:

SARA M. IN MAROKKO VERSCHOLLEN
Nach Angaben von Familienangehörigen hatte die junge Lehrerin, Mutter von zwei kleinen Kindern, einen Kultururlaub in Begleitung eines marokkanischen Studenten angetreten. Vermutlich schon in Casablanca ist die junge Frau in einem versteckten Harem gefangen gehalten worden. (...)

Ich werde natürlich umgehend die kräftigsten Schüler zusammentrommeln und dich raushauen.«
Ich kannte schon seinen Humor und lachte gemeinsam mit ihm.
Ich machte mir keine Sorgen hinsichtlich irgendwelcher Gefahren; vielmehr störte es mich, dass ich weder Arabisch noch richtig Französisch sprechen konnte. Nicht nur sprachlich würde ich voll und ganz auf Simo angewiesen sein.

Auch mein Kollege hatte eine Scheidung hinter sich – wer eigentlich nicht? –, die sich schmerzvoll einige Jahre durch sein Leben gezogen hatte. In seinem Fall hatte die Frau, als erfolgreiche Managerin, die Ehe beendet und ihn arbeitslos zurückgelassen. Heute war er wieder glücklich verheiratet und meinte, ich würde nach so langer Ehe ungefähr zwei Jahre brauchen, bis auch ich alles wirklich verarbeitet hätte und wieder ein glückliches Leben führen könnte.

Am Nachmittag sprach ich erst mit Gitte über meinen geplanten Urlaub. Sie war skeptisch, das merkte ich, auch wenn sie sich das mir gegenüber nicht anmerken lassen wollte. Aber sie unterstützte mich während meiner Krisenphase, indem sie machen ließ. Sie war eben mein Engel. Eine Woche wollten sie und ihr Mann Karsten die Kinder gerne bei sich haben, erklärte sie, ohne dass ich sie danach gefragte hatte. Der Vater der Kinder sollte sich doch freuen, seine Kinder vierzehn Tage lang bei sich haben zu können. Andere Frauen entzogen ihre Kinder eher den Vätern. So informierte ich meinen Ex per SMS über meinen geplanten Urlaub und dass er die Kinder eine Woche der Herbstferien nehmen müsse.

Die ersten zwei Stunden kam keine Antwort.

Ich räumte unterdessen meinen Kleiderschrank auf, kaufte noch ein paar Sommersachen und einen neuen Bikini. Wer hätte gedacht, dass nach meinem spontanen Türkei-Urlaub noch ein weiterer folgen sollte: zwei Urlaube in einem Jahr, von dem ich dachte, ich käme nie wieder irgendwohin, und noch dazu beide in mir noch fremde Länder. Meine Stimmung stieg.

Dann piepte mein Handy.

möchte umgehend mit dir sprechen

Das hörte sich nicht gerade freundlich an. Ängstlich und nervös hantierte ich unnütz in der Küche herum; nicht dass ich jemals vor meinem Ehemann Angst gehabt hätte. Ich sah nur mein Urlaubsvorhaben auf

einmal bedroht. Was, wenn er die Kinder nicht nehmen würde? Zwei Wochen bei Gitte und Karsten? Natürlich würden sie das machen, aber … Mein schlechtes Gewissen meldete sich. Die armen Kleinen wurden unbarmherzig hin und her geschoben. Aber wieso sollte sich der Vater nicht über einen längeren Aufenthalt seiner Kinder freuen? Und ich? Ich hatte schließlich was nachzuholen und mir mein Glück verdient. Er hatte dies noch in unserer Ehe getan, dann stand mir auf jeden Fall das Gleiche zumindest jetzt zu. Mein Wutfunken glühte etwas heißer und schien auch ein wenig zu wachsen.
Dann überwand ich mich zu einer Antwort.

bitte sehr

schrieb ich nur kurz und provokativ.

bin in einer halben Stunde bei dir

Unverschämtheit! Wie konnte er sich anmaßen, meine Zeit einzuteilen. Erst wollte ich dieses Treffen abwürgen und verschieben, aber was würde es mir nützen? Ich hatte Zeit und war sehr neugierig, was er denn nun genau für ein Anliegen hatte.
Ich räumte meinen Tisch im Wohnzimmer und in der Küche schnell auf, als ob sich die penible Schwiegermutter angekündigt hätte, stylte meine Haare, zupfte an meinen Haarsträhnen, packte Zeitungen in meine Eckbank und fand so weit alles okay.
Das sollte das letzte Mal gewesen sein, dass ich mich noch für meinen ehemaligen Mann herrichtete. Das hatte ich, weiß Gott, nicht nötig.
Die Klingel schellte irgendwie wütend. Einbildung. Ich wartete nervös in der Tür und erblickte einen hochroten Kopf auf der Treppe.
»Hey«, begrüßte er mich, die Zigarettenschachtel schon im Anschlag. Ich holte schon vorsorglich einen Aschenbecher aus dem Schrank, den ich ja jetzt auch für Simo brauchte.

Er setzte sich in meinen Sessel und begann das Gespräch.
»Du willst also in den Herbstferien weg?«
Ich hielt einige Sekunden Stille aus, um ihn zu verunsichern. Dann antwortete ich: »Ja.«
»Nach Marokko, oder was?«
Wie ich dieses »oder was?« hasste. Mein Herz pochte schneller, das Glühen wurde stärker. »Hast du was gegen mein Urlaubsziel?«
»Nee, ich bin mit keinem einverstanden.«
»Wie bitte?«, fragte ich empört.
»Du hast erst deine Kinder eine Woche allein gelassen, als du diesen Urlaub mit deiner Discofreundin in der Türkei gemacht hast. Reicht das nicht?«
Ich beherrschte meinen Zorn und versuchte ruhig zu bleiben.
»Ich dachte, du freust dich, die Kinder zu haben.«
»Ja, aber Kinder gehören zur Mutter. Gerade in dieser Zeit muss sie besonders für sie da sein.«
»Findest du das nicht ungerecht? Wieso soll ich verzichten, obwohl du das alles verursacht hast?« Die innere Wut nahm mir fast den Atem, aber ich blieb äußerlich erstaunlich ruhig.
Versöhnend setzte ich hinzu: »Eine Woche sind die Kinder ja bei Gitte.«
Seine Röte im Gesicht wurde wieder kräftiger. »Auch das noch. Bei ihr sind sie doch sowieso schon oft genug.«
»Du bist nur eifersüchtig, weil sie so ein inniges Verhältnis zu Gitte und Karsten haben«, fauchte ich zurück.
»Blödsinn!«, schrie er fast.
»Ich habe eine super Chance auf einen besonderen Urlaub. Und diese Gelegenheit lasse ich mir von niemandem nehmen.«
Ich hatte nicht erwartet, dass er eine logische Gedankenverknüpfung vermochte, hinter dieser Reise auch meinen neuen Freund als Verursacher zu erkennen.
»Spinnst du im Moment von Afrika rum, oder was?« Er strich nervös

seine dünnen blonden Haare nach hinten. Anscheinend schien er nun langsam etwas zu merken.

»Ja, ja, verstehe, du fährst mit diesem Typen da los. Vater hat mir erzählt, dass du dir einen jungen Studenten mitgenommen hast. Findest du das nicht leichtsinnig, mit einem wildfremden Kerl in so ein gefährliches Land zu fahren? Du hast eine Verantwortung für deine Kinder.«

Ich ließ ihn reden, sagte nichts mehr, erwiderte und unterbrach ihn nicht, fügte am Schluss seiner Zornesrede nur leise hinzu: »Und ich fahre doch. Wenn du die Kinder nicht nehmen willst, bleiben sie eben die ganzen zwei Wochen bei Gitte. Und fertig.«

Er drückte hastig seine vierte oder fünfte Zigarette aus und murmelte: »Darüber ist noch nicht das letzte Wort gesprochen. Die Mutter gehört zu ihren Kindern. Und fertig.«

Es ärgerte mich mehr, dass er die gleichen Schlussworte benutzte wie ich, als dass er meinen resoluten Entschluss immer noch in Frage stellte. Aber er saß in der Falle. Wenn ich den Kindern erzählen würde, dass ihr Vater sie in den Ferien nicht haben wollte (was ich niemals getan hätte!), hätte es das Verhältnis zu seinen Kindern nicht einfacher gemacht. Und darum kämpfte er, wenn auch die meiste Energie für seine neue Freundin draufging.

Er wusste außerdem auch, dass ich meinen Willen durchsetzen würde. Und vor allem ich wusste, dass ich auf jeden Fall fahren würde. In das Land von »Tausendundeiner Nacht« – nach Marokko.

21

Schröder war gewählt. Viele konnten es nicht glauben, dass trotz Verschlimmerung der Arbeitsmarktsituation die SPD wieder für weitere vier Jahre drangekommen war. Dabei hatte Stoiber schon im Glauben zu gewinnen mit Sekt angestoßen. Der war mir sowieso zu arrogant. Im Moment schien alles ziemlich schwierig zu sein. Neben Fusionen von großen Firmen stiegen die Insolvenzanmeldungen von mittelständischen Unternehmen ständig an.
Meinen Geburtstag hatte ich in sehr kleinem Stil gefeiert, nicht wegen der wirtschaftlichen Situation, aber dieser Tag war mir unbedeutend wie nie, doch war es deswegen besonders aufregend, weil Gitte und Karsten und meine Schwester Doris mit ihrem Mann Dieter das erste Mal Simo begegneten. Ich hatte meinen Pfirsichauflauf gemacht und in der Küche gemütlich gedeckt. Simo war sehr höflich, nahm mir alle Servierarbeiten ab und antwortete leise und zurückhaltend auf alle Fragen.
»Wie lange bist du schon in Deutschland?«
»Was studierst du hier?«
»Wie viele Geschwister hast du?«
»Was ist typisch für uns Deutsche?«
Dieter musterte meinen neuen Freund sehr eindringlich, wie ich bald bemerkte. Gittes Mann Karsten war sehr wissbegierig, wollte schließlich etwas über seinen Glauben wissen und holte alle Informationen über den Islam hervor, die er irgendwann mal irgendwo aufgeschnappt hatte.
»Und was ist da mit dem Schweinefleisch, wieso esst ihr das nicht?«
»Gibt es in eurem Land überhaupt Alkohol?«

Meine Schwester Doris wollte dann eher wissen, wie er mit den Kindern denn so klarkäme. Dorothee saß anhänglich bei Simo auf dem Schoß und gab damit schon eine gewisse Antwort.
»Ja, wir nähern uns etwas an. So oft sehen wir uns ja nicht«, antwortete Simo langsam.
Dann sprachen wir übers marokkanische Essen, was abrupt beendet war, als wir alle voll gegessen unser Besteck auf dem Teller ablegten und Simo alles in die Spülmaschine räumte. Er lehnte meine wie auch jede andere Hilfe ab. Ich war verblüfft.
Meine Gäste begaben sich dann mit Getränken ins Wohnzimmer, wo ich mehrere Duftkerzen angezündet hatte. Doris und ich blieben noch eine Weile mit unseren Weingläsern in der Küche stehen.
»Manchmal könnte ich verrückt werden, wenn ich daran denke, dass er mit seiner Freundin jetzt am schönen Kamin oder auf der schönen Terrasse sitzen und die Zeit genießen kann und du mit den zwei kleinen Kindern im ersten Stock eines Mietshauses wohnen musst«, sprudelte es auf einmal bei meiner Schwester. Sie war einige Jahre jünger als ich, ein dunkler, vollschlanker Typ und hatte die Trennung nur schwer verkraftet, da mein Exmann und ich für sie ein gewisser Elternersatz gewesen waren. Sie kannte ihn schon von klein auf sozusagen und hatte auch gemerkt, dass er sich mit den Jahren als Geschäftsmann sehr verändert hatte. Sie konnte ihm anfangs seinen Betrug weniger verzeihen als ich und hatte anscheinend immer noch mit einem Ungerechtigkeitsgefühl zu kämpfen.
So fest entschlossen, wie ich ihr beibrachte, dass es nun mal so ist und sich Hass und Wut nicht auszahlen und alles schon seinen Lauf nehmen wird, so merkte ich aber auch, wie dieser Wutfunke mehr und mehr aufflackerte. Natürlich war alles gemein, dachte ich später noch einmal. Aber daran war nun mal nichts mehr zu ändern.
»Ja, sicherlich. Aber das Haus hätte ich nicht halten können mit meinem Gehalt einer Zweidrittelstelle. Außerdem wollte ich das seinen Eltern nicht antun, auf ihre alten Tage noch einmal umziehen zu müs-

sen. Und mit ihnen weiter im Haus zusammenwohnen, vielleicht später auch mal mit einem neuen Partner, wollte ich auch nicht.«
Meine Schwester nickte. »Ja, ja, aber es ist alles schon echt Scheiße.«
Karsten und Simo unterhielten sich über Computer und Software, als wir ins Wohnzimmer kamen.
Nachdem Jonas uns mal wieder eine Ulkvorstellung geboten und mit seiner Schwester wieder ins Kinderzimmer verschwunden war, fragte Gitte: »Haben sich deine Schwiegereltern eigentlich gemeldet?«
Alle Gespräche verstummten. Ich schwieg einen Moment und antwortete dann: »Nee, nicht mal 'ne Karte, Schwiegervater war auch schon lang nicht mehr hier.«
»Die haben sich zu deinem Geburtstag noch nicht gemeldet?«, fragte meine Schwester verblüfft nach.
Ich schüttelte mit dem Kopf.
»Das ist ja ein starkes Stück«, zeterte Gitte.
»Die lassen dich ganz schön hängen«, meinte Dieter, der auch ein ruhiger Vertreter war.
»Und 'ne Karte hätten se nicht mal schicken müssen, wenn sie dich schon nicht sprechen wollen, so nah wie ihr zusammenwohnt«, fügte Karsten hinzu.
»Da bist du extra so in ihre Nähe gezogen, um den intensiven Kontakt zu halten, und sie nutzen das nicht.« Doris schüttelte verständnislos den Kopf. Sie hatte noch keine eigenen Kinder, die sie sich sehr wünschte, und konnte es überhaupt nicht verstehen, dass man das große Glück, gesunde Kinder zu haben, nicht durch intensive Betreuung auskostete.
»Meinst du, die haben das echt vergessen?«, fragte Doris weiter.
»Schwiegermutter hat alle Geburtstage in ihrem Kalender stehen. Sie vergisst eigentlich keinen. Hoffentlich ist bei ihnen nichts passiert.«
Schwiegervater war schließlich sehr herzkrank.
»Du bist echt gutmütig. Deinen Geburtstag haben sie ja auch genügend Jahre mitgemacht. Ich glaube, die wollen das alte Leben vergessen, um sich mit dem neuen, das ihr Sohn jetzt führt, zu arrangieren«, meinte

Gitte, die vor Wut brodelte. Ungerechtigkeiten konnte sie ebenso wenig ertragen wie Saskia und ich.

»Dann vergessen sie nur, dass du immer die Mutter ihrer Enkel bleiben wirst«, sagte Karsten.

»Aber es reicht doch, wenn sie die alle vierzehn Tage sehen, wenn sie sowieso ihren Papa besuchen«, erwiderte meine Schwester.

Auf einmal mischte sich Simos weiche Stimme in das Gesprächsgemenge: »Saras Schwiegervater hat mich gesehen. Ich glaube, deshalb kommt er nicht mehr oft her.«

Alle blickten ihn schweigend an. Alle dachten wahrscheinlich, dass er damit nicht ganz Unrecht haben würde. Und mindestens meine Schwester war erstaunt über meinen neuen Freund. Er schien nicht nur mit seiner Umwelt, sondern insbesondere auch mit sich selbst sehr ehrlich zu sein.

»Hat der Papa dir denn gratuliert?«, fragte Dieter lächelnd.

Ich wollte das Thema eigentlich so schnell wie möglich abwürgen. Darüber auf meinem Geburtstag zu sprechen, behagte mir überhaupt nicht. Besonders für Simo war dieses Gesprächsthema bestimmt nicht angenehm.

»Durch Zufall, weil Doro ihn angerufen hatte. Von allein hätte er es bestimmt nur nachträglich getan, wenn er die Kinder zum Wochenende abgeholt hätte.«

»Was hast du eigentlich für 'ne Bowle gemacht?«, lenkte meine Schwester endlich vom Thema ab. In diesem Moment schellte es an der Tür. Saskia kam verspätet zu meiner kleinen Geburtstagsrunde dazu. Sie hatte vorher noch einen anderen Termin und in Kauf genommen, meinen köstlichen Pfirsichauflauf zu verpassen. Aber sie habe bei ihrer Bekannten gut gespeist, versicherte sie mir, als ich ihr noch etwas zu essen anbot.

Sie war elegant in Schwarz gekleidet. Simo richtete sich im Sessel ein wenig auf, als sie hereinkam. Das erste Mal seit unserer Autofahrt von der Disco nach Hause, dass sich die beiden wiedersahen.

Die Männer, wohlerzogen, standen zur Begrüßung alle kurz auf.
Saskia und ich konnten ausgiebig Bowle trinken, da wir nicht fahren mussten. Meine Schwester grummelte unverständliche Worte in sich hinein, als feststand, dass sie mal wieder an der Reihe war, das Auto nach Hause zu fahren. Er habe es ja schließlich auf dem Hinweg gesteuert, meinte Dieter etwas spöttisch und nahm provokativ einen großen Schluck aus seinem Weizenbierglas.
»Na ja«, meinte Doris laut, »hätte sowieso höchstens zwei Glas Bowle getrunken.
Saskia trank schon das zweite Glas Bowle und unterhielt sich angeregt mit Simo.
Ja klar, lieber Leser, klar war ich ein wenig eifersüchtig. Immer noch versuchte ich sämtliche Gefühle, die mit Zärtlichkeit und Zuneigung zu tun hatten, abzuschütteln, die neuerdings öfter versuchten, wie schleimige Schnecken an mir hochzuklettern. Aber sie bereiteten schnell Schmerzen. Und das wollte ich nicht mehr. Am besten an der Oberfläche schwimmen, ja nicht untertauchen und die Gefahr in Kauf nehmen, nicht rechtzeitig aufzutauchen und Atemluft zu bekommen.
Karsten und ich unterhielten uns eine Weile über *Die Säulen der Erde*, Gitte plauderte mit meiner Schwester über die Kinder. Dieter saß eher stumm und unbeteiligt dabei, aber ich wusste, dass er genau zuhörte und sich seine Gedanken machte. Simo lachte mit Saskia. Beide schienen mir schon ein wenig angetrunken zu sein.
Ich bekam noch an diesem Abend Anrufe von Bekannten, die mir herzlich zum Geburtstag gratulierten, mein Cousin und meine Cousine, meine Tante und auch mein Opa meldeten sich, nur von meinen Schwiegereltern kam wirklich keinerlei Zeichen. Ob ich mal horchen sollte, ob nicht doch was mit Schwiegervater passiert war? Vielleicht lag er wieder auf der Intensivstation. Wenn, dann morgen. An seinem eigenen Geburtstag rief man nirgendwo persönlich an; jedenfalls tat ich das nicht.
Bis auf Saskia und Simo waren bald alle gegangen. Das Bier war alle,

das Bowleglas hatte sich bis auf ein Drittel geleert, den Rest des Auflaufs aßen Simo und Saskia um Mitternacht noch auf.
Ich räumte die Küche auf, während meine beiden Freunde sich immer noch im Wohnzimmer angeregt unterhielten. Für einen Moment war ich echt sauer, dann dachte ich, dass sich alles sowieso so entwickeln würde, wie das Schicksal es vorgesehen hatte.
Als meine Küche wieder perfekt aussah, setzte ich mich zu den beiden, absichtlich weit von Simo entfernt. Es dauerte vielleicht drei Minuten, als er mich anblickte und sagte: »Wieso sitzt du so weit weg? Komm zu mir.« Er wartete erst gar nicht ab, sondern zog mich an meiner Hand nah zu sich heran und küsste meinen Hals.
»Ich habe das gespürt, dass das mit euch was Ernsteres wird«, meinte Saskia lächelnd. »Das wusste ich vom ersten Augenblick an.«
Simo sah mich verliebt von der Seite an.
»Ich muss jetzt auch los. Pfleg die Pflanze schön«, sagte Saskia und stand sofort auf. Schon am Morgen hatte sie mir meine erste Pflanze, eine kleine Yucca-Palme, zum Geburtstag vorbei gebracht und hoffte, dass ich nicht böse darüber war, denn eigentlich wollte ich ja nichts Lebendiges in meiner Wohnung haben, um das ich mich kümmern musste, über das ich traurig werden könnte, wenn es eingeht.
Wir umarmten uns zum Abschied, auch Simo drückte meine Freundin an sich und ging zurück zu seinem Glas.
Ich horchte noch einmal kurz in die Kinderzimmer und folgte Simo auf die Couch.
Er lächelte mich lieb an. »Du brauchst dir keine Sorgen zu machen. Deine Freundin und ich haben uns gut unterhalten und sonst gar nichts. Ist das okay?« Er streichelte sanft mein Gesicht. Als ich daran dachte, dass Saskia nichts von Ausländern hielt, glaubte ich ihm – zu 90 Prozent.
Einige Tage später, nachdem ich meinem Ex enttäuscht erzählt hatte, dass seine Eltern mir nicht zum Geburtstag gratuliert hatten, kam ein Anruf meiner Schwiegermutter.

»Das tut mir Leid, aber mir ging es nicht so gut. Ich hatte wieder meine Magenkrämpfe und hab nur im Bett gelegen«, erzählte sie leidend.
›Hm‹, dachte ich, ›und was ist mit ihrem Mann? Hätte er nicht wenigstens einen Anruf tätigen können?‹ Doch ich hatte keine Lust auf Widerworte oder Fragen. Ich ließ es einfach so und nahm es hin.
Julia, die mich hin und wieder anrief, um zu hören, wie es mir ging, meinte an diesem Abend, dass ich mich darauf einstellen müsste, mit der Familie meines Exmannes bald nichts mehr zu tun zu haben. Nur in den seltensten Fällen würden Eltern nicht zu ihrem Kind, sondern zum Schwiegerkind halten, wenn sie wirklich objektiv und ehrlich waren. Man macht sich seine eigene Wahrheit zu seinem eigenen Schutze zurecht. Besser sei es, Abstand zu nehmen, vor allem emotionalen Abstand. Ganz erfreut war sie, als ich ihr von meinem aufregenden Türkei-Urlaub erzählte und berichtete, was ich in den Herbstferien vorhatte. Sie beglückwünschte mich geradezu.
Glückwünsche erntete ich gerade nicht von Gitte und dem Vater meiner Kinder. Murrend und anklagend gab mein Ex aber schließlich doch sein Okay für meinen Marokko-Urlaub.
Gitte und Karsten fanden es einfach natürlicher, wenn die Mutter bei ihren Kindern blieb, zumal sie selbst keine hatten. Alle Gedanken und Aktivitäten mussten ihrer Meinung nach die Kinder betreffen. Und der Vater wollte mir eher eins auswischen und gönnte mir eine zweite Reise nicht. Dann auch noch mit einem fremden Kerl.
Als eine Art Herausforderung lud ich zum Nachmittag Inge zum Kaffee ein, um ihr von meiner bevorstehenden Reise zu erzählen und auch hier meinen Standpunkt entschlossen zu vertreten.
Sie war irgendwie geknickt, als sie zur Tür hereinkam, was meine Härte sogleich schmelzen ließ.
Ich bat sie höflich in die Küche, wo ich gerade Waffeln backte. Das Waffeleisen hatte ich mir neu zugelegt, da meine Kinder dieses Gebäck über alles mochten.
»Kaffee, Cappuccino oder Tee?«, fragte ich gut gelaunt. Nicht selten

steigerte es meine gute Laune, wenn es anderen Menschen schlecht ging.

Inge war ein oder zwei Jahre jünger als ich, sah aber durch ihre Korpulenz viel älter aus, war keine attraktive Frau, aber eine hingebungsvolle Mutter. Sie wollte was aus ihrer eigenen Kindheit wieder gutmachen, das hatte sie mir ja mal anvertraut.

»Ach, Cappuccino.« Sie setzte sich schwerfällig auf meine Eckbank.

Unsere Kinder spielten zusammen auf dem Hof, den ich vom Küchenfenster einsehen konnte. Dorothee sprang im Moment begeistert Seilchen im Gleichschlag mit ihrer Freundin Simone, Inges Tochter. Jonas kurvte mit seinem bunten Dreirad immer um die beiden herum.

»Okay«, sagte ich nach einem kurzen Blick auf den Hof. Ich wusste, wie gerne Jonas seine Schwester ärgerte.

»Was ist denn los mit dir?«, fragte ich vorsichtig, als ich das Pulver in die Tassen füllte.

Sie wischte nervös mit dem Handrücken durchs Gesicht, um Tränen zu unterdrücken.

»Ach«, sagte sie wieder schlapp.

Ich sah sie fest an, so wie ich es getan hätte, um sie von einer Urlaubsreise ohne Kinder zu überzeugen.

»Tobias hat seine Arbeit verloren.« Tobias war ihr Mann. Bei über vier Millionen Arbeitslosen in Deutschland war es gar nicht so schwierig, dabei zu sein.

»Das tut mir Leid«, entgegnete ich mitfühlend. »Er findet sicherlich bald eine neue Arbeitsstelle.«

»Tja«, sagte sie und schien sich wieder gefasst zu haben.

Ich wollte spontan fragen, wieso er seine Arbeit verloren hatte. Zwar kannte ich Tobias nur vom Hallo vorm Einkaufsladen oder auf der Straße, doch schätzte ich ihn als zuverlässigen Arbeiter ein.

Wir wechselten beim Cappuccino-Trinken zum Thema Kinder und Schule. Simone war gut im Rechnen, dafür schrieb sie sehr krakelig, was Inge Sorgen bereitete.

»Doro war ja letztens bei uns. Die schreibt wirklich akkurat und es sieht so leicht bei ihr aus. Simone drückt so fürchterlich.«
Ich hatte eigentlich keine Lust, darüber weiter zu sprechen. Meine Gedanken kreisten um ein fernes Land, um fremde Menschen und Abenteuer, und zwar für mich – nicht für meine Kinder.
Ich hatte eine Weile gar nicht richtig zugehört, was Inge weiter erzählte. Als sie aber etwas faselte von Bewerbung, merkte ich wieder auf.
»Tobias hat schon angefangen, Arbeitsstellen rauszusuchen. Aber in der Möbelbranche sieht' s nicht so gut aus.«
»In welcher Branche sieht es überhaupt gut aus?«, fragte ich bissig.
»Bei Lehrern«, lachte Inge verhalten, »die haben doch 'nen sicheren Job, oder nicht?«
Fast klang diese Aussage wie ein Vorwurf an mich. Was konnte ich denn dafür, dass ich diese sichere Arbeit hatte und ihr Mann nicht?
»Du hast doch sicher Bewerbungsunterlagen, wie man das heute macht, oder?«
»Ja sicher, natürlich kommt es immer darauf an, wo du dich bewirbst und was der Chef gern sehen will«, sagte ich und stand vom Küchentisch auf, um meine Bewerbungsmappe für meinen Schulunterricht zu holen.
Mit den Unterlagen ging ich wieder zurück in die Küche und blätterte die abgehefteten Seiten durch.
»Dieser dämliche Türke, der hat die ganze Sache verbockt«, meinte Inge plötzlich, während sie auf die Seiten spähte, die ich durchblätterte.
Meine Augen blitzten vor Wut auf. »Was?«, fragte ich nach und war erschrocken, wie tief sich meine Stimme anhörte.
»Der hat eben nichts anderes zu tun, als sich mit Computern abzugeben, und da schnappt er sich Tobias seinen Job.«
›Oh‹, dachte ich, ›was für ein Deutsch‹, aber ich verbesserte sie nicht, sondern suchte hastig nach passenden Unterlagen für ihren Mann.
»Hm«, machte ich bloß, um ja nicht ein Streitgespräch anzufangen. Ich

konnte verstehen, wenn Leute ihre Existenz gefährdet sahen, dass sich ihr Hass schnell auf einen Sündenbock richtet, um mit sich selbst wieder besser klarzukommen.
Schließlich hatte ich was Passendes gefunden und legte es Inge hin.
»Oh danke, da werden wir uns heute Abend erst mal dransetzen.«
Ich sagte vorerst nichts, kochte nur neuen Cappuccino und kramte noch ein paar Kekse aus der Schublade, die Inge binnen weniger Minuten aufaß.
Von mir aus wäre ich nicht auf das Thema gekommen, aber Inge fragte mich, nachdem sie sich vergewissert hatte, dass die Kinder immer noch schön auf dem Hof spielten.
»Habt ihr für die Herbstferien was geplant?«
»Ja«, sagte ich kurz und trank aus meiner Tasse.
»Und was, wenn ich mal fragen darf?« Inge merkte wohl, dass ich etwas wortkarg geworden war und fragte sich sicherlich, aus welchem Grund.
»Die Kinder werden die Ferien bei ihrem Vater verbringen.«
Wieder ließ ich sie warten. Aber diesmal tat sie, als wolle sie nicht mehr wissen und überflog die Bewerbungsseiten, die sie fest in Händen hielt. Da klingelte es an der Haustür. Simone, Doro und Jonas wollten nun in Doros Zimmer spielen, wo es bald auch laut zuging und ich mehrfach Streitereien schlichten musste. Schließlich brachte ich ihnen auch ein paar Kekse, was sie zufrieden stellte.
»Willst du mit den Kindern nicht was gemeinsam unternehmen, wo du schon Ferien hast?«, fragte sie schließlich doch.
»Nein, ich fahre nach Marokko«, antwortete ich ruhig.
Inge schien verblüfft, ja beinahe schockiert zu sein.
»Erst Türkei, jetzt Marokko«, murmelte Inge kaum hörbar.
»Wie kommst du denn auf Marokko?«, wollte sie weiter wissen.
»Ein Bekannter von mir nimmt mich mit. Er kennt sich dort gut aus und kann den perfekten Reiseleiter spielen. So was darf ich mir nicht entgehen lassen.« Ich merkte wie ich mich nicht mehr richtig unter Kontrolle

hatte und alles aus mir heraussprudeln wollte. Aber ich verschluckte den Satz, dass ich einen marokkanischen Freund hatte, obwohl ich es so gerne in die Welt hinausschreien wollte.
Mein Freund war Marokkaner! Etwas Besonderes! Außergewöhnliches! Etwas Neues!
Diesmal wurde Inge wortkarg. Nach einiger Zeit meinte sie abschließend: »Na dann, viel Vergnügen.«
 Ich konnte mir rege vorstellen, was sie an diesem Abend für ein Gespräch mit ihrem Mann führen würde. Vielleicht war sie auch so clever zu ahnen, dass mein Reiseleiter selbst ein Marokkaner war und mir vielleicht näher stand als ein üblicher Bekannter.
Die Gerüchteküche kochte bestimmt eh schon in der Nachbarschaft, wobei Inge sich gerne und rege beteiligte. Nebenan hatten meine Nachbarn sicherlich schon meine Besucher bemerkt und ringsum Alarm geschlagen: *Achtung, gerade getrennte Mutter von zwei kleinen Kindern hält sich jungen Liebhaber! Und dieser Liebhaber ist auch noch ein Ausländer!!!*
Aber ich schob die Gedanken beiseite. Ich wollte mich nicht mehr von der Meinung anderer beeinflussen lassen. Ich würde in jedem Fall fahren.
Um ganz sicher zu gehen, ließ ich an diesem Abend Doro bei ihrem Papa anrufen. Sie sollte ihn fragen, ob sie wirklich die ganzen Herbstferien bei ihm bleiben durfte. Taktik, was? Wie sollte er da nein sagen können.
Jonas mischte sich natürlich hin und wieder in das Telefonat ein, so dass Doro gar nicht richtig zu Wort kommen konnte.
Aber schließlich kam am Ende das gewünschte Ergebnis raus. Doro sprang jubelnd in der Küche herum und verkündete, dass Papa ja gesagt hatte. Jonas wirbelte mit durch die Küche und wusste gar nicht wieso.
»Kommst du auch mit zu Papa Urlaub machen?«, fragte Doro nach einer Weile.

»Nein«, sagte ich. Das nun wirklich nicht. Aber vielleicht hätte die Freundin von Papa uns dann alle beköstigen und versorgen können, unsere Betten aufschütteln, wenn wir aufgestanden waren und das Licht ausmachen, wenn wir wieder schlafen gingen.

»Bleibst du hier in der Wohnung?«, fragte meine Tochter weiter, die in den vergangenen Monaten noch nicht ihr neues Zuhause mit meiner Wohnung identifiziert hatte.

»Ich fliege nach Marokko«, antwortete ich ehrlich.

»Nach Marokko? Nach Afrika?«, fragte Doro.

Da merkte Jonas auch auf. »Da sind doch die Tiger und Löwen«, ermahnte mich mein kleiner Sohn mit erhobenem Zeigefinger. »Die fressen Menschen!«

»Ich hab euch doch erzählt, dass die wilden Tiere nicht zu den Menschen kommen ...«

»... weil sie Angst vor Menschen haben«, vervollständigte Doro schnell.

»Außerdem fahre ich nicht nach Südafrika sondern nach Nordafrika. Da gibt es keine Tiger und Löwen«, beruhigte ich die beiden.

»Fährst du mit dem Fuchzeug?«, fragte der Kleine mit großen Augen.

»Ja, mit dem Flugzcug«, antwortete ich lächelnd. Eigentlich hätte ich sie doch gerne mitgenommen auf diese Abenteuerreise, aber ich wollte sie den Strapazen nicht aussetzen, denn Simo hatte geplant, viel herumzureisen, um in der kurzen Zeit möglichst viel zu sehen. Ich musste erstmal sehen, was mich dort selbst erwarten würde.

Simo war auch sehr aufgeregt. Schließlich war ich die erste Frau, die er seiner Familie vorstellen würde. Und die Familie erwartete mich wahrscheinlich ebenso nervös wie ich sie. Er freute sich unbändig darauf, mir seine Heimat zu zeigen.

Beim Einkaufen am nächsten Tag traf ich zufällig Sylvana an der Obsttheke, Gudruns arrogante Freundin, die mit spitzen Fingern die Äpfel und Pflaumen prüfte.

»Hallo«, begrüßte ich sie kühl. Sie grüßte genauso zurück. Eigentlich hätte jede von uns ihres Weges gehen sollen, aber ich wollte auch Äpfel kaufen und sah nicht ein, dass ich mich zurückziehen sollte, obwohl das nicht mein Weg war. So drängelte ich mich fast neben sie, um ebenfalls die Äpfel zu prüfen.
»Na, wie geht's dir?«, fragte sie beinahe gequält und wartete meine Antwort erst gar nicht ab. »Ich hab heute Abend Gäste und wollte mal wieder einen schönen Obstsalat machen. Der erfrischt wenigstens bei dem Wetter.«
»O ja«, sagte ich, mich zur Freundlichkeit zwingend. Ihre Goldkette stach mir ins Gesicht.
»Und was machst du so?«, fragte sie mich mitleidig und schien von zehn Metern über mir auf mich runterzuschauen.
»Ich bereite meinen Marokko-Urlaub vor«, sagte ich laut, was sie, wie ich mir gewünscht hatte, überraschte.
»So? Du fliegst alleine in so ein Land? Ist das nicht gefährlich?«
Seit dem Anschlag vom 11. September witterte man überall Explosionen, Attentate, Kidnapping und Virenverseuchung. Und über solche exotischen Länder, die wir Europäer so gut wie gar nicht kannten, kamen die wildesten Geschichten in Umlauf.
»Ich fahre ja nicht allein, ich hab einen Begleiter, der sich dort gut auskennt.«
»Aha«, machte sie verblüfft. Dann veränderte sich ihr Gesicht.
»Na dann, Patrick und ich waren vor zwei Jahren auch schon mal dort, Agadir, super Hotel, sag ich dir, alles vom Feinsten, guter Service, Pool war sauber, Animation o.k. Eine Nacht hat man uns sogar eine typisch marokkanische Hochzeit vorgeführt. War toll. In welchem Hotel habt ihr denn gebucht?«
»Wir haben nicht gebucht, weil wir privat wohnen werden«, antwortete ich hochnäsig.
»Aha«, machte sie wieder. Und noch einmal fasste sie sich.
»Da wird eure Unterkunft sicherlich nicht so komfortabel sein. Die

Leute da leben ja in ärmlichen Verhältnissen. Ob das ein richtiger Urlaub wird?«

»Ich möchte keinen Hotel-Spießer-Tourismus-Longdrink-Pool-Urlaub machen, sondern Land und Leute kennen lernen.«

Sylvana sah mich verstört an, schien mein Langwort gar nicht richtig verstanden zu haben. Typisch Lehrerin, musste sie wohl gedacht haben.

»Ich werde erleben, wie eine marokkanische Familie wirklich lebt, wie ihr Alltag ist«, erzählte ich weiter.

»Ist dein Begleiter vielleicht zufällig selbst Marokkaner?«, kombinierte sie richtig.

Ich nickte stolz.

»Bist du ganz sicher, dass er dich nicht dort festhält, vielleicht sogar in einen Harem verschleppt?«

Ich nickte wieder, wenn ich mir auch nur zu 90 Prozent sicher war.

»Und bei den Einheimischen ist es doch auch so dreckig. Wer weiß, was für Krankheiten du dir da holst.«

Mal sehen, wie viele Vorurteile wirklich stimmten.

»Na dann, gute Reise.« Sie packte endlich die ausgewählten Äpfel und Pflaumen in ihren Einkaufskorb und verschwand in einem anderen Gang.

Puh, angeben konnte richtig anstrengend sein. Sicher rannte Sylvana jetzt sofort zu ihrem Patrick, um ihn darauf hinzuweisen, dass ich als allein stehende Frau und Mutter verreiste und sie als kinderloses, gut situiertes Paar nichts geplant hatten. Bestimmt würde sie das schnurstracks ändern, so verwöhnt wie sie war. Und tatsächlich sah ich sie Minuten später schon an der Kasse stehen. Sie schien es wirklich auf einmal eilig zu haben.

Fernseher, Videorecorder, Bügeleisen und Bügelbrett, Videokamera und Fotoapparat hatten mein Ex und ich problemlos aufgeteilt. Da ich in den letzten Jahren die meisten Videoaufnahmen, insbesondere von den Kindern, gemacht hatte, überließ er die Videokamera mir, während er die gute Fotokamera behielt. Ein einfacher Fotoapparat war schneller zu kaufen als eine ordentliche Kamera. Aber bisher hatte ich mir noch immer keine angeschafft. Simo meinte, ich solle Fotos und Filme von seinem Land machen. So lieh mir Gitte ihren Zweitapparat, der ganz einfach zu bedienen war.

Sicher, Gitte und Karsten fanden Simo nett, aber der Gedanke an diese Reise war für sie noch immer eine unsichere Sache. Und wenn man Mutter von zwei kleinen Kindern war, ließ man sich auf unsichere Sachen niemals ein, dachten sie, so vernünftig und wohlorganisiert wie sie waren. Aber ich wollte ja im Moment nicht vernünftig sein und tröstete sie ein wenig damit, dass diese verrückte Phase bestimmt wohl bald ein Ende haben würde.

Als ich nach meinem Einkauf noch bei Gitte in der Küche saß, schwärmte ich eine Weile von Simo, bis sie plötzlich sagte: »Ich bringe euch aber zum Flughafen.«

Ich schmunzelte. Sie machte sich, nur zwei Jahre älter als ich, Sorgen um mich wie eine Mutter um ihr Kind.

Zwei Tage bevor ich nach Marokko fliegen wollte, überwand ich mich, schluckte alle Enttäuschung über den verpassten Geburtstagsanruf hinunter und stattete meinen ehemaligen Schwiegereltern einen Besuch im alten Haus ab. Sie freuten sich, dass ich endlich mal vorbeigekommen war, aber ihre Freude war so überschwänglich, dass ich die Unechtheit darunter spürte. Naiv-nett berichtete ich von meinem geplanten Urlaub mit Begleitung und versprach auf ihr Bitten, nach meiner Rückkehr die Fotos zu zeigen.

Glaubst du, lieber Leser, die wollten wirklich mich mit meinem neuen »Lover« in meinem neuen Leben sehen?

Abends führte ich noch lange Telefongespräche mit meiner Schwester, meiner Tante und Julia, die mir alle Mut zusprachen und meinten, ich würde schon wissen, was ich tue und mich nicht in ein zu großes Risiko begeben.

»Vertraust du Simo?«, wollte meine Schwester wissen.
»Ja«, sagte ich nach kurzem Zögern, »er wird auf mich aufpassen.«

22

»Willkommen in Afrika«, flüsterte Simo mir ins Ohr und hielt meine Hand sanft fest. Wir hatten gerade den Süden Spaniens hinter uns gelassen und die wenigen Kilometer über den Ozean zurückgelegt. Ich war aufgeregt und ließ mich bei diesem zärtlichen Willkommensgruß ein wenig an Simos Schulter sinken. Dann aber richtete ich mich auf und blickte forsch in die Nacht hinaus. Ich war so neugierig auf dieses neue Land, auf seine Natur und seine Bauwerke, aber mehr noch auf seine Menschen. Dabei stellte ich mir absichtlich nicht vor, wie ein erstes Zusammentreffen mit seiner Familie stattfinden würde, was ich sagen konnte, wie ich mich verhalten sollte. Ich verließ mich ganz auf Simo und ließ die Dinge einfach auf mich zukommen. Hin und wieder hallte mal ein Echo in mir, was wie Vorsicht, Vorsicht oder auch nach Harem klang.
Als hätte er mein Echo wahrgenommen, flüsterte Simo mir zu: »Du bist in guten Händen. Mach dir keine Sorgen und genieß unsere Reise.« Ich sah ihn dankbar und glücklich an. Er hatte immer die richtigen Worte parat, die ich gerade brauchte.
An der Spitze Nordafrikas liegt Tanger wie ein Bindeglied zwischen Europa und dem afrikanischen Kontinent. In der Zeit zwischen 1923 und 1959 genoss die Stadt den Status einer internationalen Zone wegen ihrer strategisch vorteilhaften Lage und war daher nicht nur ein Platz vieler Künstler, sondern wurde in dieser Zeit auch Streitobjekt zwischen Europas Kolonialmächten.
In *Casablanca* landete unsere Maschine sicher und pünktlich um Mitternacht.
Als Gitte und Karsten sich von uns beim Einchecken verabschiedeten,

hatte Gitte Tränen in den Augen und bat Simo noch einmal, gut auf mich aufzupassen. Als wir nun aus dem Flugzeug ausstiegen, war mir ein wenig zum Weinen zumute. Ich kann gar nicht sagen, aus welchem Grund. Es war weder Traurigkeit noch Gerührtheit. Vielleicht irgendwas dazwischen.

Dann aber erfasste mich eine ungeheure Abenteuerlust, die nur ein wenig von meiner Müdigkeit gedämpft wurde. In Amsterdam hatten wir mehrere Stunden Aufenthalt gehabt, was uns sehr ermüdet hatte.

Casablanca war, wie ich mich am nächsten Tag überzeugen konnte, eine hektische Millionenstadt, dicht besiedelt als Marokkos Wirtschaftsmetropole mit Produktionsbetrieben und Dienstleistungsunternehmen. Der Hafen von *Casablanca* ist der bedeutendste Warenumschlagplatz Nordafrikas. Die ganze Stadt wirkte auf mich im Geringsten marokkanisch, eher europäisch.

Gott sei Dank erspähten wir unsere Gepäckstücke auf dem Transportband, ohne lange darauf warten zu müssen. Wir schnappten sie uns und warteten in der riesigen Flughafenhalle auf Simos Bruder und Onkel, die uns um Mitternacht abholen wollten.

Erschöpft hockte ich mich auf meinen Koffer und nahm nur schwach die vielen Goldverzierungen in dunklen Umrissen um mich herum wahr. Von Beleuchtung hielten sie hier nicht viel.

Simo lief, Zigarette rauchend, immer auf und ab und wurde mit jedem Schritt nervöser. Was, wenn seine Leute uns hier nicht abholen kamen?

»Sie werden wohl gleich kommen«, beruhigte er mich, als er das vierte oder fünfte Mal bei mir und meinem Koffer angekommen war.

Immer weniger Menschen befanden sich in dieser Halle. Da konnte einem schon etwas mulmig werden. Aber ich wollte es ja so. Ich wollte mich auf dieses Abenteuer einlassen. Also bitte.

Ich saß jetzt auf meinem Koffer hier in Afrika, in *Casablanca*, um auf einheimische Fremde zu warten, die mich an einen fremden Ort brachten, an dem ich völlig fremd war und allein nicht wegkommen konnte.

Und noch dazu mit einem marokkanischen Physiker, den ich auch erst seit kurzem kannte. Wie leichtsinnig! Meine Güte, Sara, denkst du denn überhaupt nicht nach? Du bist wirklich total naiv, mit jedem einfach mitzufliegen, der dir mal eben ein Reiseabenteuer verspricht!
Simo zog lange an seiner Zigarette, pustete den Qualm dann wie in Zeitlupe aus, hob ein wenig die Hände, reckte den Hals etwas vor und strahlte dann übers ganze Gesicht.
In großen Schritten ging er den beiden Männern entgegen, die da auf uns zukamen, und umarmte sie fest. Aufgeregt stand ich von meinem Koffer auf und bereitete mich auf die erste Familienbegegnung vor. Simos Bruder machte einen dunklen aber durchaus sympathischen Eindruck auf mich und bemühte sich, mich englisch zu begrüßen und in Marokko willkommen zu heißen. Simo hatte ihm erzählt, dass mein Französisch kaum zur Konversation ausreiche. Der andere war ein Freund von ihm, sagte kaum etwas und trug anscheinend eine Gesichtsmaske, die unbeweglich zu sein schien.
Sie nahmen sich gleich unserer Koffer an und bugsierten uns in der Halle eine Treppe hinauf, die zu einem dunklen Café führte, wo ich bald einige Leute sitzen sah. Onkel, Tante und ein Cousin von ungefähr elf Jahren warteten neugierig dort auf uns. Sehr euphorisch begrüßten sich alle, dieses französische Küssen kannte ich gottlob schon aus meiner Kindheit und natürlich – von Simo. Simos Tante war eine sehr temperamentvolle Frau, kastanienblond und etwas füllig. Sie erinnerte mich sogleich an meine Oma. Ihr Mann hatte tiefschwarzes Haar wie Simo, war sehr hoch gewachsen, hielt sich lieber im Hintergrund und überließ seiner Frau die Bühne. Diese redete in einer Tour, mal auf Französisch, meistens aber auf Arabisch. Ihr Sohn lief gelangweilt von einem Tisch zum andern, trank seinen Jus d'orange und sah mich ein paar Mal neugierig an.
Als wir alle am Tisch saßen und unsere Getränke vor der Nase hatten, raunte Simo mir zu: »Jetzt bist du die Ausländerin«, und zwinkerte gleichzeitig seinem Cousin zu.

Ungefähr eine Stunde stürmten die arabischen Wörter auf mich ein und führten mich in eine total unbekannte Welt.
Dann brachen wir auf zum Parkplatz, wo Onkel und Tante mit ihrem Sohn sich von uns verabschiedeten und wir mit Simos Bruder und dessen Freund in einem anderen Auto zum Hotel gefahren wurden. Sie wollten uns diese Strapaze ersparen, den weiten Weg nach Fes noch in dieser Nacht zurückzulegen.
Die vier Stunden Flug mit langem Aufenthalt hatten schon gereicht.
Frag mich jetzt keiner nach der Marke des Autos. Ich weiß nur noch, dass es alt und klapprig war. Für einen Moment genoss ich das Säuseln des Windes in den Palmen, die von großen Strahlern beleuchtet wurden. Dann stieg ich ein und begann mein Abenteuer über holprige Straßen Richtung Stadtmitte. Simo und sein Bruder redeten ununterbrochen und entschieden sich ganz spontan für eine Seitenstraße, in der es wohl ein kleines Hotel geben musste, in die der Wagen mit quietschenden Reifen einfuhr.
Der Freund der Familie blieb als Einziger im Wagen sitzen, während wir zum Hoteleingang gingen. Auch hier war alles dunkel gehalten. An der winzigen Rezeption stand tatsächlich ein Mann, der uns nüchtern begrüßte. Simos Bruder Toufik ergriff das Wort, wurde hektischer und mal lauter und leiser. Der Hotelier wackelte mit dem Kopf und machte zwischendurch mal eine leichte abwehrende Geste. Aber Toufik ließ sich nicht abwimmeln, redete auf ihn ein und schob ihm dann ein paar Zigaretten rüber. Wieder wackelte der Hotelier mit dem Kopf und murmelte irgendwas vor sich hin. Simo stand wortlos dabei.
»Was ist denn?«, fragte ich unsicher nach.
Aber Simo gab mir keine Antwort, weil er sich völlig auf das Gespräch zwischen seinem Bruder und dem Hotelboss konzentrierte.
»Ist das Hotel belegt? Müssen wir woanders hin?«
Simo schüttelte den Kopf, wollte aber nun wirklich nicht weiter von mir gestört werden.
Toufik und der Hotelier waren kurz auf die Straße gegangen, wo

Toufiks Freund kurz dazu kam. Ich machte mir nun ernsthaft Sorgen, was hier wohl vorgehen mochte. Außerdem war ich hundemüde und sehnte mich nach irgendeiner Liegemöglichkeit, ganz gleich wo.
Da kamen sie wieder herein. Die Miene des Hoteliers hatte sich nicht verändert, aber er zückte mehrere Schlüssel und einen Block, auf dem Toufik und Simo unsere Namen eintrugen.
»Du musst allein auf dem Zimmer schlafen«, flüsterte mir Simo beim Schreiben zu. ›Auch das noch. Ganz allein in einem fremden Hotel?‹
Wir gingen schließlich, oder besser gesagt wir schlurften durch gewölbeartige Gänge zu den beiden Zimmern, wovon das eine Simo und sein Bruder bewohnen sollten, während ich einsam und verlassen das andere beschlafen sollte. Toufiks Freund übernachtete bei Freunden in *Casablanca* und hatte wohl auch kein Geld für Hotelkosten.
Mein Zimmer war einfach, aber mit dem Nötigsten ausgestattet. Möbel und Design erinnerten mich an die 50er Jahre bei uns in Deutschland. Die Duschwanne hätte ich nicht gerne benutzen wollen, aber das Frischmachen am Waschbecken tat's auch. So schnell wie möglich zerrte ich mein Nachthemd aus dem Koffer, fuhr oberflächlich mit der Zahnbürste über meine Zähne, kontrollierte noch schnell mein Handy (Simo hatte mir versprochen, dass es in seinem Land selbstverständlich auch funktionieren würde, wider alle Befürchtungen zu Hause) und wollte mich gerade ins Bett werfen, als es an meiner Tür klopfte. Herzklopfend drehte ich den Schlüssel um und öffnete behutsam.
»Ich bin's«, hauchte mir durch den Türspalt Simo entgegen.
Endlich hineingelassen drückte er mich fest an sich. Wir fielen beide todmüde ins Bett. Beschützend behielt er mich im Arm und sagte, fast mit Tränen in den Augen: »Ich hätte nicht gedacht, dass es wahr wird. Aber nun sind wir tatsächlich zusammen in Marokko.« Er übersäte mich mit Küssen, die eher Freude als Leidenschaft ausdrückten.
»Was war denn los vorhin?«, wollte ich vorm Einschlafen noch wissen.
»Ab Drei-Sterne-Hotels braucht man in Marokko einen Ehschein, wenn man zusammen ein Hotelzimmer bewohnen will. Sie wollen

damit der Zuhälterei einen Riegel vorschieben und ihren guten Ruf bewahren«, antwortete Simo sofort und lächelte. »Aber mit Zigaretten oder ein bisschen Geld klappt's manchmal doch.«
Er hob ein wenig den Kopf und blickte mir fest in die Augen.
»Mein Bruder war nicht begeistert, dass ich zu dir rüber gekommen bin, aber er versteht, dass ich dich nicht allein lassen kann und auch nicht will.«
Es war schließlich der ältere Bruder, der in Abwesenheit der Eltern die Verantwortung für den Kleinen zu tragen hatte, wenn auch nur fünf Jahre dazwischen lagen. Simo hatte ja immerhin die 30-Jahres-Marke schon überschritten, doch die Verlobte von Toufik ging schon auf die 40 zu und musste immer noch gesittet um 21 Uhr zu Hause sein, denn sonst kam man als Frau in Verruf und hatte kaum noch Chancen, geheiratet zu werden.
Ich war sehr froh darüber, in der Fremde nicht allein schlafen zu müssen, wirklich sehr. Und innerhalb weniger Minuten waren wir beide fest eingeschlafen.
Am nächsten Morgen wartete auf mich die nächste Überraschung. Es war noch nicht einmal halb acht, als Simo schon am Waschbecken stand und sich anzog, während er in Deutschland bis in die Puppen im Bett blieb und nur sehr schwerfällig aufstand.
Er küsste mich wach und bat mich auch aufzustehen. Es fiel mir sehr schwer, jede einzelne Körperzelle schien zu betteln, liegen bleiben zu dürfen. Aber ich raffte mich trotzdem auf, trat auf den winzigen Balkon und sog die schon warme Luft Casablancas ein. Von Ausblick konnte man auf diesem Hotelbalkon nicht wirklich sprechen. Hausmauern, Dachterrassen, verbaut und verwinkelt, versperrten jede freie Sicht.
Simo war schon rübergegangen zu seinem Bruder und klopfte nach etwa zehn Minuten wieder an der Tür. Mann, hatte der's eilig.
Wenig später gingen wir die Gewölbgänge wieder hinunter, diesmal in den Garten, in dem uns eine wunderschöne Laube in Grasgrün zum Frühstück einlud.

»Oh wie romantisch«, stieß ich aus.
Höflich geleitete Simo mich zu dem Tisch, an dem schon Toufik saß und mir herzlich die Hand schüttelte.
Das *Petit Déjeuner* war typisch französisch mit Croissants und Baguette, Konfitüre, Kaffee und frisch gepresstem Orangensaft.
Die beiden Brüder unterhielten sich leise, aber pausenlos, während ich die schöne Atmosphäre mit Palmen und zwitschernden Vögeln genoss.
Nach dem Frühstück erschien auch Toufiks Freund wieder bei uns und lud unsere Koffer in den Kofferraum seines kleinen Autos, mit dem wir dann eine Stadtbesichtigung starteten. Viel Zeit hätten wir wohl nicht, sagte Simo beiläufig, da wir den Zug nach *Fes* am Nachmittag erwischen müssten. Aha, mit dem Zug quer durch Marokko. Dass es überhaupt Züge hier gab! Das konnte ja noch interessant werden.
Der europäisch wirkenden Stadt konnte ich nicht viel abgewinnen. Mein Herz schlug erst da etwas höher, als wir Blick aufs Meer hatten und eine Weile an der Küste entlangfuhren. Dann ging's wieder stadteinwärts zur Besichtigung des achten Weltwunders: die »Grand Mosquee Hassan II«. Der modernde Kultbau wurde vom französischen Architekten Michel Pinseau entworfen und 1993 vom damaligen König eingeweiht und nach ihm benannt. Es ist ein gigantisches Gebäude, auf dem Wasser erbaut, und kann 25.000 Gläubige versammeln. Der Marmor stammt von Agadir, 100.000 Quadratmeter Granit aus dem Mittleren Atlas, das Minarett ist 200 Meter hoch und strahlt einen Laser in Richtung Mekka über 35 Kilometer weit. Unter anderem sind neben einer Medersa (Hochschule) ein Nationalmuseum, mehrere traditionelle Hamams und eine Tiefgarage darin untergebracht. Die angeschlossene theologische Bibliothek ist die größte im islamischen Raum. Sie ist per Computer mit allen Großbibliotheken der Welt vernetzt.
Ich war beeindruckt von den vielen Mosaiken, den sanft plätschernden Brunnen, gleich daneben das türkisfarbene Meer, oben der blaue Himmel. Es war wunderschön. Auch Simo war begeistert, denn er sah diese Moschee ebenfalls zum ersten Mal.

Leider verpassten wir die Besuchszeit für die Touristen und konnten daher das Gebäude nicht von innen bewundern.
Dann fuhren wir noch einmal zurück in die Straße, wo unser Hotel gelegen war. Ich verstand nicht, was wir noch dort wollten, wir hatten uns doch schon ausgecheckt.
Als Simo meine fragenden Blicke bemerkte, erklärte er, dass wir noch zum Essen eingeladen waren, bevor wir zum Bahnhof fuhren.
Tatsächlich betraten wir rechts neben dem kleinen Hotel einen schmalen Eingang, Toufiks Freund voraus, der uns wohl zu einer Bekannten mitnehmen wollte. Zwei, drei, schließlich vier Treppen stiegen wir hinauf und landeten in einer winzigen Wohnung bei einer stämmigen älteren Frau mit Kopftuch auf dem Kopf und einem Kittel, wie meine Oma ihn in meinen Kindertagen oft getragen hatte.
Um sie herum hüpfte ein etwa fünfjähriges Kind, das mit einem Plastikbecher spielte.
»Ihre Enkelin«, erklärte mir Simo.
In ausladenden Gesten sprudelte es nur so aus ihr heraus, als hätte sie schon jahrelang nichts mehr erzählen dürfen. Auch in der Küche hörte sie nicht mit dem Reden auf und unterhielt uns in großer Lautstärke, obwohl wir sie nicht sehen konnten.
Die winzige Wohnung war alt, schimmlig, verrostet, notdürftig verkabelt, aber mit einem großen Fernseher versehen. Der winzige Balkon war überfrachtet mit einer riesigen Satellitenschüssel.
Dann tischte die redselige Frau auf, in großen Mengen Nudeln und Kartoffeln, kleine Fische, eine riesige Schüssel Salat, Äpfel und Bananen, Oliven in hübschen Schälchen. Ich war beeindruckt und leider gar nicht so hungrig, wie es die Frau vielleicht gedacht hatte und war sichtlich enttäuscht, dass ich von ihren Köstlichkeiten nur sehr wenig aß.
Ich beteuerte mehrfach, dass wirklich alles prima sei, ich nur nicht den richtigen Appetit hätte, was Simo für mich übersetzte.
»Hungern muss in meinem Land niemand«, sagte Simo irgendwann beim Essen.

Die kleine Enkelin setzte sich selbstbewusst neben mich und begutachtete mich wie ein Wesen von einem anderen Stern. Es war ein interessantes Gefühl, etwas Besonderes zu sein. In meiner Heimat war es oftmals aber wohl eher ein Fluch.

»Sie bewundert deine blauen Augen«, übersetzte Simo den plötzlichen Ausspruch der Kleinen. »So wie ich auch«, fügte er lächelnd hinzu, wagte aber nicht, mich zu berühren.

Dann zupfte die Kleine an meiner Blumen-Stretch-Hose, um herauszufinden, ob die roten Blumen wohl echt waren oder nicht.

Ich stellte fest, dass Simo hier viel mehr aß als in Deutschland; vielleicht aus Höflichkeit, aber ich vermutete, dass es ihm in seiner Heimat einfach besser schmeckte.

Nach dem Essen bedankten wir uns mehrfach bei dieser Frau, die uns überhaupt nicht kannte und uns doch so gastfreundlich und überschwänglich empfangen hatte. Wie ich später erfuhr war sie mal ein Mitglied der alten Königsfamilie gewesen und aus einem unbekannten Grund aus der Familie verstoßen worden. Es war ihr Schicksal, mehr oder weniger in Armut zu leben, was sie anscheinend auch voll akzeptiert hatte.

Wir verabschiedeten uns auch von Toufiks Freund, der in Casablanca blieb und uns am Bahnhof abgesetzt hatte.

Unser Zug nach Fes kam mit einer Viertelstunde Verspätung im Bahnhof an und transportierte uns stundenlang durch die vielfältige Landschaft Marokkos. Ich war schläfrig, wechselte mit Toufik zwischendurch mal ein paar englische Sätze, was ihm etwas schwerer fiel als mir. Er fragte nach meinem Beruf und was ich von seinem Bruder halte. Was sollte ich groß sagen? »I am a teacher for German and History. And Simo ist a very nice boy.«

Meine letzte Äußerung amüsierte ihn und erst verspätet merkte ich, dass ich »boy« anstatt »man« gesagt hatte und verbesserte mich sofort. Ich war einfach kaputt und wollte mich auch nicht mehr groß anstrengen.

Der Zug ratterte in den Abend hinein. Ich war immer noch zu müde, um mir bewusst zu machen, wo ich mich eigentlich befand. Was mich in meinem Halbschlaf zwischendurch immer plagte, war die ängstliche Vorstellung, in der Fremde verloren zu gehen.

Ich erinnere mich noch, wie ich als Vier- oder Fünfjährige einmal im Auto warten musste, bis mein Vater seine Bankgeschäfte erledigt hatte. Er war nur ans andere Ende der Stadt gefahren, aber kam und kam nicht wieder. Voller Panik hatte ich mein Autofenster heruntergekurbelt und eine vorbeikommende Frau um Hilfe angefleht. Sie hatte mich beruhigt, bis mein Vater schließlich doch, wider Erwarten, aus der Bank herausgekommen und fürchterlich verärgert war, dass ich mich so anstellte.

Jetzt war ich auf Simo angewiesen, wenn auch als eine erwachsene Frau. Aber die jammert nicht, wenn sie allein irgendwo warten muss. Marokko hat eine Gesamtfläche von 710.850 km², einschließlich der Sahara mit 266.000 km², annähernd dreimal so groß wie die Bundesrepublik Deutschland.

Simo wurde auf seinem Platz merklich unruhiger, denn wir näherten uns langsam seiner Heimatstadt Fes, eine der berühmtesten Städte des Islams. Um die Jahrhundertwende lebten etwa 100.000 Bewohner in Fes, mittlerweile sind es ca. 400.000. Fes wird nicht nur von Armut, Schmutz und Unzulänglichkeiten geprägt, sie hat auch zugleich eine Menge Geschichte, Kunst, Kultur und Lebensqualität zu bieten. Wie ich später feststellte, war Marokko überall ein Land der Vielseitigkeit und Gegensätzlichkeit. Neben verwahrlosten Kindern, die im Müll spielten oder bettelten, standen die geschmackvollen Villen mit Bananenstauden und Zitronenbäumen, verspielten Mosaikbrunnen und Goldverzierungen.

Mehrmals diskutierten Simo und ich darüber, wieso es den Menschen nicht möglich sei, Müll von der Straße zu schaffen oder dafür zu sorgen, dass Straßen, Gehwege und kaputte Häuser in Stand gesetzt wurden. Die Paläste und Gärten des Königs waren prachtvoll, und das in jeder größeren Stadt. Wieso ließ er sein Land und sein Volk an vielen Stellen so verkümmern? Sicherlich ist es schwer, nach langer Kolonialzeit durch die Franzosen selbstständig ein Land zu verwalten und weiterzuentwickeln. Aber ... Na ja, war der Kapitalismus bei uns besser?

Simos Bruder schwärmte jedenfalls von Amerika und beabsichtigte dort demnächst zu arbeiten.

Amerika – das Land der unbegrenzten Möglichkeiten und der unglaublichen Freiheit!

Ich stand dieser Meinung eher skeptisch gegenüber. Die Einflüsse, die nach dem Zweiten Weltkrieg bis heute von Amerika von uns aufgesaugt wurden, hatten nicht immer positive Entwicklungen gebracht. Die Medien- und Fast-Food-Gesellschaft war meiner Meinung nach nicht das, wonach eine menschliche Gesellschaft streben sollte.

Simo klebte am Fenster, als wir in den Bahnhof von Fes einfuhren und hatte die Tür schon mit einem Ruck geöffnet, bevor der Zug überhaupt zum Stehen gekommen war. Zwei Jahre hatte er seine Familie, und vor allem seine Mutter, nicht mehr gesehen. Ich versuchte mich in seine Lage zu versetzen und freute mich mit ihm.

Bald schon saßen wir in einem kleinen gelben Taxi, das mit quietschenden Reifen durch die Stadt sauste. Alles klapperte und rappelte an diesem Auto, rote Ampeln spielten keine Rolle, Radfahrer mit Körben beladen, Mofafahrer mit kleinen Kindern hinten drauf sowie auch Eselskarren wichen problemlos aus und kein anderes Auto schien etwas dagegen zu haben, wenn wir uns in dritter oder vierter Reihe daneben auf die Kreuzung stellten, um bei Möglichkeit loszuflitzen. Ich schloss lieber die Augen und hoffte, dass wir bald angekommen sein würden.

Die arabischen Wörter lullten mich ein wenig in meiner Ecke ein. Simo saß in gebührendem Abstand von mir.

Das Taxi umfuhr noch geschickt ein paar Schlaglöcher und kam schließlich zum Stehen.

Wir überlebten die Taxifahrt alle unversehrt und mit nicht einem einzigen Knochenbruch.
Toufik bezahlte den Taxifahrer, während Simo unser Gepäck aus dem kleinen Kofferraum herauszog.
Ein weißes, verschnörkeltes Gitter verzierte die Haustür des schmalen Reihenhauses, das Toufik uns aufschloss. Auch hier stiegen wir mehrere Treppen in einem dunklen Flur hinauf.
An der stabilen Wohnungstür klopfte er an und kurz darauf wurde uns geöffnet.
Zunächst erschien eine Frau, etwa in meinem Alter, in einem langen schwarzen Gewand, die schwarzen Haare zu einem Zopf zusammengebunden. Ihr braunes, etwas faltiges Gesicht hellte sich auf, als sie ihren jüngeren Bruder erkannte. Simo ließ die Gepäckstücke fallen und fiel seiner Schwester in die Arme. Dann zog sie mich zu sich heran und umarmte mich herzlich.
Toufik sorgte dafür, dass wir endlich in die Wohnung hineinkamen und forderte seinen Bruder energisch auf, die Koffer aus dem Eingang zu schaffen.
Alle Fenster der Wohnung waren geöffnet und ließen eine angenehm frische Luft in den Raum strömen. Aus einem kleinen Zimmerchen trat plötzlich eine kleine, unscheinbare, ganz eingehüllte Frau, die Simos Mutter sein musste. Simo stürzte ihr fast entgegen, umarmte sie aber vorsichtig und setzte sich mit ihr aufs Sofa, wo sich Mutter und Sohn lange die Hand hielten. Zärtlich streichelte Simo die Hand und den Arm seiner Mutter und redete leise auf sie ein. Es war ein rührseliges Bild, bei dem ich fast angefangen hätte zu weinen. Sanftmut und Friede durchströmte plötzlich den Raum und auch mich. Dann blickte die alte Frau auf, erhob sich langsam vom Sofa und umarmte mich freudig.
Das musste die Sanftmut in Person sein und jetzt konnte ich verstehen, woher Simo so viel Einfühlungsvermögen und Zärtlichkeit hernahm und beneidete ihn ein bisschen um die Liebe seiner Mutter.
Simos Schwester führte uns in einen Raum mit einem großen Spiegel

und einem Wandregal, in dem neben einigen Büchern über Computer und Software auch eine goldverzierte Ausgabe des Korans stand. Irgendwie passte das nicht zusammen, doch ich ließ diese Gegensätzlichkeit einfach auf mich wirken.
Wie in den anderen Räumen, außer in Küche und Bad natürlich, waren die Wände von Sofas zugestellt, mit zusätzlichen weichen Kissen, die die Männer während des Essens als Stütze auf den Schoß legten und nach dem Essen als Kopfkissen zum Ausruhen nutzten.
In diesem Raum stellten wir unser Gepäck ab. Samira wollte wissen, ob ich duschen wollte. Dann musste sie das Wasser nämlich erst kochen. Ich schaute Simo etwas fragend an, der mir zu verstehen gab, dass ich dieses Angebot ruhigen Gewissens annehmen konnte.
Ich wusch mich im kleinen, kargen Bad in einer Waschschüssel, die mit warmem Wasser gefüllt worden war. Das Waschbecken befand sich außerhalb des Badezimmers, umrahmt von Ablageflächen, die voll von Seifen, Cremes, Zahngel, Bürsten und undefinierbaren Fläschchen und Tuben waren. Kontrastreich, das muss ich schon sagen.
Während ich mich frischmachte und meine Haare mal wieder ordentlich durch kämmte, richteten die Frauen das Abendessen her.
Es war egal, in welcher Sofaecke man saß, die Tische wanderten überallhin. Das war sehr abwechslungsreich und verschaffte mir jeden Tag eine neue Perspektive.
Vom Esszimmer führte ein gipsverzierter Bogen ins Wohnzimmer, wo an diesem Abend in der rechten Ecke gespeist wurde, um den Fernseher wohl auch gut einzusehen. Als ich einen Blick darauf warf, traute ich erst meinen Augen nicht. *Derrick*, ja wirklich, das ist kein Scherz, Kommissar *Derrick* wanderte über die Mattscheibe, mit Thekla Carola Wied, natürlich plötzlich französisch sprechend. Also war ich doch nicht in einer total fremden Welt. Auch der Zimmerbogen kam mir so vertraut vor, da wir so was in meinem Heimathaus auch gehabt hatten.
Samira und ihre Mutter hatten einen Krug Wasser mit Gläsern in einem Kreis auf den Tisch gestellt, in dessen Mitte sich eine riesige Schüssel

mit Fleisch und Gemüse befand. An verschiedenen Stellen des großen, runden Tisches lagen Brotstücke bereit. Vorher servierten die Frauen eine große Schale mit kleinen, knusprig gebratenen Fischen, die wunderbar dufteten und vorzüglich schmeckten.

›Die essen ja unmanierlich mit den Fingern‹, erinnerte ich eins der vielen Vorurteile von irgendeinem Bekannten von mir.

Es gab Löffel und Gabeln, aber wir begnügten uns mit aufgerissenem Brot, das wie eine Zange Fleisch und Gemüse mit Soße in sich aufnahm und köstlich zusammen schmeckte.

Fernsehen schaute an diesem Abend niemand. Es wurde unaufhörlich geredet und gelacht, immer wieder übersetzte Simo die Fragen seiner Familie, ob es mir schmecke, ob es mir gut gehe, was ich von Marokko halte, ob ich die Reise gut überstanden hätte, ob es mir zu warm war, ob ich noch hungrig oder durstig war.

Nach dem Essen gab es noch Tee und jede Menge Obst und Oliven. Kerne und Obstschalen wurden von den Männern einfach auf den Tisch geworfen. Während Toufik und Simo sich dann ganz allmählich auf dem Sofa ausstreckten, räumten Samira und ihre Mutter den Tisch ab und machten in der Küche Ordnung.

»Ja«, hatte meine Tante am Telefon gemeint, »zu Hause verhält sich ein Ausländer oft ganz anders als in Deutschland, um sich seiner Kultur wieder anzupassen.«

›Na warte, Freundchen, solche Machotouren kamen bei mir nicht in die Tüte.‹

Als ich auch etwas Geschirr in die Küche brachte, erhob Simos Mutter lächelnd die Hände und redete auf mich ein, während Samira mir andeutete, doch alles stehen zu lassen und mich auf dem Sofa auszuruhen. In der Tat war ich wieder total erschöpft. Sicherlich musste ich mich auch erst noch akklimatisieren.

Als die Frauen die Küche fertig hatten, setzte sich die Mutter mit ihrem jüngeren Sohn in eine andere Sofaecke, während ihre Tochter unsere Betten auf den Sofas im Nebenraum bereitmachte.

Simo hatte mich schon auf dem Flug hierher darauf vorbereitet, dass wir die Tage bei seiner Familie in getrennten Zimmern und Betten schlafen müssten. Es gab keinen Sex vor der Ehe. Und wenn man eine Frau zu Hause vorstellte, war das nicht die Freundin, sondern in jedem Fall die Verlobte, die man heiraten und mit der man eine Zukunft aufbauen wollte.

Toufik versuchte mich unterdessen ein bisschen auf Englisch zu unterhalten. Er schwärmte von Amerika, von amerikanischen Städten, von amerikanischen Sängern, von amerikanischen Filmen.

Schließlich fragte er, ob ich müde sei und ins Bett wolle.

Ich nickte nur schwerfällig. Er stand auf und hielt mir die Tür zum Zimmer auf, in das ich mich dankbar aufs Bett setzte und sehr bald einschlummerte.

Simo weckte mich sanft und küsste mich liebevoll. Dann zog er sich aus, wünschte mir eine gute Nacht und legte sich auf die andere Sofaseite.

»Hä«, machte ich erstaunt, »ich dachte, wir dürfen nicht in einem Zimmer schlafen.«

»Doch, dürfen wir, meine Mutter hat nichts dagegen. Sie mag dich«, antwortete Simo kurz und war bald darauf eingeschlafen.

Ich lag noch eine Weile wach, warf einen kurzen Blick auf mein Handy, das tatsächlich die ganze Zeit über Empfang zeigte, und schlief dann doch tief und fest ein.

Am nächsten Tag ging's nach dem Frühstück, an dem Toufik noch teilnahm, bevor er zur Arbeit musste, in die alte Medina – mit Samira als Führerin, da Simo sich in den unentwirrbaren, engen und verwinkelten Gassen auch selbst nicht sicher war. Einkäufe erledigten wohl vornehmlich auch die Frauen. Einige Schritte hinein in dieses Stadt-Labyrinth und du weißt nicht mehr, wie du hinauskommst. Enge Gassen, Treppen und überdachte Durchgänge führen an unzähligen Souks und Buden vorbei, mit Gold- und Teppichhändlern, Gewürzvierteln, lebenden Tieren, Schlachtern, die frisches Fleisch zerhacken und aufhängen, Töpfe, Keramik, Plastik auf dem Boden, und immer wieder Esel und Karren, die plötzlich auf einen zuholperten. Ich wusste nicht, wo ich zuerst hinsehen sollte und steckte nach einigen Minuten des Filmens meine Kamera lieber wieder in die Kameratasche, aus Angst, irgendwo vor oder mit jemandem oder einem Tier zusammenzustoßen. Ich war überwältigt von dem bunten und regen Treiben hier und merkte schnell, dass Simo wie ein Luchs auf mich aufpasste. Keine zwei Meter ließ er zwischen uns. Auf sein Bitten hatte ich eine Dreiviertelhose und keinen Rock angezogen. Es sei nur zu meiner eigenen Sicherheit. Ich hatte Glück, als wir um eine Ecke kamen, in einer offenen Moschee einige Gläubige bei ihrem Gebet zu beobachten und zückte sofort meine Kamera. Keiner schien was dagegen zu haben, obwohl es Simo augenscheinlich nicht ganz angenehm war.

Samira erledigte ein paar Einkäufe und machte sich dann mit uns wieder auf den Rückweg.

Sie trug eine braune *Tjlaaba*, aber kein Kopftuch wie ihre Mutter. Überhaupt war ich erstaunt, wie unterschiedlich die Leute in Fes und auch in der alten Medina herumliefen. Manche, wahrscheinlich sehr religiös, waren total verschleiert, andere trugen nur Kopftücher, wieder andere hatten sich in dünne Hosen und T-Shirts gesteckt, während wieder andere so herumliefen wie bei uns, kurze Hosen und sogar Shirts mit Spaghettiträgern.

Die große Freiheit schien auch schon ein wenig nach Fes gekommen zu sein.

Auch am Abend, als wir mit Toufik ins Café gingen, bestätigte sich mein Eindruck hinsichtlich der freien Kleiderwahl, aber als ich Simo die Hand geben wollte, schaute er mich streng an und wehrte ab. Wir waren ja schließlich nicht verheiratet; es war schon großzügig genug, dass wir nebeneinander auf der Straße gingen.

Ich fühlte mich ein wenig wie ein gerade gescholtenes Kind, aber sah sofort ein, dass ich mich hier in seinem Land seiner Kultur zu fügen hatte.

In anderen Städten wie Marrakesch und Agadir, in denen Simo nicht zu Hause war, ließ er das Händchenhalten und Schäkern gerne zu, was mich einige Zeit doch etwas verwirrte.
In den nächsten Tagen lernte ich noch viele Angehörige seiner Familie kennen, was man so als Kennenlernen bezeichnen kann, wenn man fast nicht in der Lage ist, Konversation zu betreiben. Wie oft wünschte ich mir in diesen Tagen mich mit diesen Menschen unterhalten zu können, ganz gleich in welcher Sprache.
Simo musste so viel übersetzen, dass er zwischendurch mit mir Arabisch sprach und seinen Verwandten das Ganze auf Französisch verpackte. Ich fragte auch immer weniger nach, was der eine oder der andere gesagt hatte, um ihn zu entlasten. Außerdem wollte er sich nach so langer Zeit verständlicherweise auch mit seiner Familie in Ruhe unterhalten.
Ich hatte Zeit, die Menschen und ihre Verhaltensweisen genauer zu studieren. Ich beneidete sie um ihre schönen schwarzen Haare und die rehbraunen Augen. Simos Cousine aber war fasziniert von blonden, blauäugigen Männern. Sie kämen wie Engel direkt aus dem Himmel. ›Na ja‹, dachte ich zynisch, ›das Äußere macht noch keinen Engel.‹
Alle, ohne Ausnahme, waren sehr freundliche und fröhliche Menschen, die begierig waren, etwas über Ansichten und Kultur aus Europa zu erfahren, um das in ihre Verhaltensweisen aufzunehmen. Zwei ältere Tanten von Simo fanden es übrigens vorbildlich und richtig, dass man beim Essen nicht schmatzte und auch nicht mit vollem Mund redete. Sie lobten die deutsche Pünktlichkeit und den Fleiß, mit denen man es zu etwas bringen konnte, priesen Ordnung und Strebsamkeit, die sie auch lernen wollten. Ich bewunderte ihre Selbstkritik und ihren Lerneifer. Es war kein Stolz zu spüren, dass sie in jedem Fall ihrer Lebensweise treu bleiben wollten, egal wie falsch oder unsinnig, sondern sie machten einen fortschrittlichen Eindruck, der viel Offenheit und Toleranz zeigte.
Dass sie sehr viel von Amerika und Europa hörten und mitbekamen,

bewiesen die vielen Satellitenschüsseln, die beinahe auf jedem Balkon und an jedem Haus angebracht waren, wie eine unverzichtbare Verbindung mit dem Rest der Welt, an den sie sich anschließen wollten.

Den sechs Monate jungen Neffen, den Simo natürlich selbst noch nicht gesehen hatte, musste man sofort ins Herz schließen wie er mit seinen tiefbraunen, großen Augen die Welt um sich herum aufmerksam betrachtete. Als Simo ihn stolz auf dem Arm hielt, dachte ich sehnsüchtig an meine beiden Kleinen, die vom Aussehen so anders waren. Was machten sie wohl gerade? An diesem Tag schickte ich noch zwei SMS mit lieben Grüßen an ihren Papa, der sie den Süßen hoffentlich weiterleitete.

Die Mutter von dem Kleinen, Simos Schwester Manell, sprach auch etwas Englisch und fragte mich über Simos Studium aus, wann er denn endlich fertig wäre. Sie und ihre Familie fragten sich immer wieder, was er all die Jahre in Deutschland machte, dass er noch nicht den Abschluss und sein Diplom erreicht hätte. Sie lobte ihren Bruder andererseits aber auch sehr, er sei ein toller, zuverlässiger und einfühlsamer Mensch, und wann wir denn heiraten würden?

Manell gefiel mir. Sie war eine hübsche junge Frau, ganz offen und direkt und äußerte auch den Wunsch, unbedingt einmal Deutschland zu besuchen und kennen zu lernen. Sie wollte so werden wie eine deutsche, emanzipierte Frau. Auch reichte ihr dieses eine Kind völlig aus, um ihm möglichst viel zu bieten und sich selbst zu verwirklichen. Das klang schon sehr emanzipiert und deutsch.

Simos Vater war durch und durch eine Respektsperson mit grauen Haaren und groß und hoch in jeder Hinsicht. Dieser Mann wusste genau was er wollte und wie er es bekommen konnte. Er betonte seinem Sohn gegenüber mehrmals, dass er sich gerne mit mir unterhalten würde und hoffte, dass ich beim nächsten Mal die französische Sprache besser beherrsche. Ich nahm mir sofort vor, zu Hause einen Französischkurs zu belegen.

Er unterrichtete bis vor kurzem Soziologie und Psychologie an der Universität von Fes und war jetzt pensioniert. Simo erzählte mir später, dass sein Vater mich sehr hübsch fand.
Ansonsten fanden sich unter den vielen kleinen Cousins und Cousinen von Simo die meisten mit Talent für Mathe und Physik, was so überhaupt nicht mein Bereich war, aber mir sehr imponierte.
Dann waren wir bei seinem Onkel und seiner Frau eingeladen, die uns am Flughafen begrüßt hatten. Sie zeigten uns stolz ihr gerade neu gebautes Haus. Ich war verblüfft. Die Räumlichkeiten waren großzügig und geschmackvoll eingerichtet, kaum zu unterscheiden von deutschen Neubauten. Die Küche war exzellent eingerichtet mit allen Haushaltsgeräten, von Spülmaschine und Küchenmaschine, Mixer, Sandwich-Toaster bis hin zu Mikrowelle und Espresso-Automat. Terrakottafliesen, die meine Schwester unbedingt in ihrem Haus legen wollte und aus Kostengründen noch nicht gekauft hatte, schmückten hier alle Räume.
Auch die schon ältere Villa eines anderen Onkels beeindruckte mich. Die Menschen vermissten nichts und schienen sehr glücklich zu sein. Allerdings konnte man diese Villengegend nur durch eine bewachte Schranke passieren und musste sich vorher anmelden, wenn man zu Besuch kam. Vor der Schranke sah die Welt nämlich ziemlich anders aus. Paradiesisch fand ich die Zitronenbäume und Bananenstauden im Vorgarten. Praktisch, wenn man sich morgens zur Arbeit sein Frühstücksbrot im Vorbeigehen abzupfen konnte.
Ein paar Tage später merkte ich, dass Simo Lust verspürte, mal allein alte Freunde zu besuchen. Er fragte mich, ob ich mit seiner Schwester Samira nicht einmal in ein traditionelles *Hamam* gehen wolle. Natürlich wollte ich; ich nahm alles mit, was sich mir bot, obwohl ich etwas unsicher war, da ich mich mit Samira nur mit Händen und Füßen verständigen konnte.
Samira steckte mich in ein schwarzes Tjlaaba und gab mir beige-farbene *Belra*, in denen ich bequem laufen konnte. Sie packte ein Tütchen

Henna, Bürste und Peelinghandschuh in einen kleinen Eimer und steckte große Handtücher noch in eine schwarze Tasche.

Sie setzte die Kapuze ihrer Tjlaaba auf und ich machte es ihr nach und folgte ihr aus der Wohnung auf die Straße hinunter. Es war ganz schön heiß, doch empfand ich die dunkle, dicke Umhüllung nicht als unangenehm, sondern eher als Schutz vor Blicken und der Hitze.

Samira deutete freundlich mit dem Kopf zur anderen Straßenseite hinüber und schien ein wenig stolz zu sein, mich führen zu dürfen. Wir wechselten die Straßenseite, wobei ich aufpassen musste, nicht in irgendwelche Löcher zu treten oder über Steine zu stolpern.

Wir holten noch eine Nachbarin ab, die genauso gekleidet war wie wir, aber über einen erheblich größeren und volleren Eimer verfügte. So ließ ich mich von den beiden marokkanischen Frauen zwei Straßen weiter zum *Hamam* lotsen, in dem es anders zuging als im touristenverzerrten Bad in *Alanya*. Wie in einem total veralteten Schwimmbad gab es Kleiderhaken und alte Holzbänke, auf denen wir uns bis auf den Slip auszogen. Samira und ihre Freundin verstauten die Sachen in ihren Taschen unter den Bänken und gingen mit mir und ihren Eimern in den ersten warmen Raum. 50er-Jahre-Fliesen mit ein paar großen Plastikschüsseln kamen mir entgegen. Vor lauter Dampf konnte man gar nicht richtig sehen. Die Nachbarin ging gleich zur Sache, holte Wasser und begoss uns ordentlich damit. Oberflächlich wurde die Haut zunächst mit Wasser abgespült, dann wechselten wir in einen zweiten Raum, in dem es noch viel heißer und wesentlich voller war. Junge Frauen, alte Frauen, Mütter mit ihren Kindern, alle hockten auf dem Boden oder auf winzigen Hockern und wuschen sich gegenseitig, genossen das Wasser, was sie wieder und wieder über ihre nackten Körper laufen ließen.

Die Nachbarin packte einen schlauchartigen Gegenstand aus ihrem Eimer, aus dem sie braune Seife quetschte. Sie gab Samira und mir davon ab und schmierte ihren Körper damit kräftig ein. Ich machte einfach alles nach, was sie mir vormachten, ohne zu denken, ohne zu fragen, die Antwort hätte ich eh nicht verstanden. Ich war erstaunt, wie viel alte Haut sich plötzlich löste und in Spaghettifäden abwischbar wurde. Das war richtiges Waschen. Immer wieder wurde der Körper gewaschen, abgerieben, wieder neu abgespült, wieder gewaschen und gespült, so dass ich schließlich nicht mehr wusste, wo oder was ich noch waschen sollte. Mechanisch rieb ich meine Beine und Arme mit dem Handschuh ab und beobachtete mehrere Frauen, die *Henna* mischten und ihre Haare damit färbten. Diese braune Masse wirkte etwas eklig, aber es schien ihnen Spaß zu machen.

Schließlich kam die temperamentvolle Nachbarin auf die Idee, ihrer Freundin und mir den Rücken zu waschen. Samira revanchierte sich bei ihr.

Bestimmt zwei Stunden hatten wir uns im Bad aufgehalten. Ich fühlte mich frisch und durch und durch sauber, als wir wieder an der Garderobe waren. Die erhoffte Massage, wie ich sie in der Türkei bekommen hatte, fiel aber leider aus.

Simo freute sich, dass ich diese Waschungen mitgemacht hatte und brachte mir die schöne Nachricht, dass wir in der morgigen Nacht auf eine Hochzeit in Fes eingeladen waren.

Das war ein tolles Erlebnis. Ich freute mich schon darauf, Sylvana zu erzählen, dass ich keine vorgespielte Hochzeit auf irgendeiner Hotelbühne präsentiert bekommen hätte, sondern auf einer echten wirklich dabei gewesen war.

Ich trug ein schwarzes, kurzes Stretchkleid und hob mich in jeder Hinsicht von allen anderen Gästen ab, die in farbenfrohen Kaftanen gekommen waren und sich mit üppigen Körpern zur orientalischen Musik bewegten. Ich war die einzige Ausländerin auf diesem Fest. Aufgeregt und neugierig beobachtete ich das bunte Treiben, wie Braut und Bräutigam auf ein *Ammaria* gehoben und von allen Gästen beklatscht wurden. Sie wurden dann auf einen Thron wie König und Königin gesetzt, wo sie für Fotos oder Gratulationen bereitstanden und das Fest von dort beobachteten. Ungefähr alle zwei bis drei Stunden

verschwanden sie in ein kleines Zimmerchen, in dem sie neu eingekleidet wurden, um die verschiedenen Traditionen ihres Landes zu repräsentieren. Von Dunkelblau zu edlem Rot bis hin zu Weiß mit Schleier, wie es bei uns üblich ist, präsentierte sich das Brautpaar, auch die ganze Gesellschaft war sehr farbenfroh. Die kleinen Kinder schliefen auf den Bänken, während die Großen bis in die frühen Morgenstunden weitertanzten und feierten. Ich freute mich schon darauf, zu Hause von meinen Erlebnissen zu berichten.
Wenn einer eine Reise tut …
Am nächsten Tag blieben uns nur noch wenige Stunden zum Ausruhen, dann mussten wir uns von Simos Familie verabschieden, denn wir wollten noch weiter nach Marrakesch und Agadir.
Ich fand das großartig von Simo, obwohl er noch gerne bei seinen Lieben geblieben wäre, sich jetzt schon aufzumachen, um mir noch möglichst viel zu zeigen.
Marrakesch war eine beeindruckende Stadt, alle Häuser in erdfarbenem Rot, die niemals schlief. Schon am frühen Morgen beginnen die Händler der Souks ihre Waren zur Schau zu stellen und erst am späten Abend rädern sie ihre Angebote wieder ein. Im Souk der Wollhändler werden unter freiem Himmel die gefärbten Wäschestücke zum Trocknen aufgehängt. Die *Place Djemaa el-Fna* gehört zu den bekanntesten Marktplätzen der Welt. Im Herzen der Stadt strömen Tänzer, Akrobaten, Märchenerzähler, Schlangenbeschwörer, Gaukler, Wunderheiler und natürlich auch Händler und Schaulustige zusammen. Der Turm der *Koutoubia-Moschee* ist das einzige vollendete Minarett der *Almohaden-Zeit*. In dem 69 Meter hohen Bauwerk befinden sich mehrere übereinander liegende Säle. Ende des 12. Jahrhunderts erbaut, war es später für alle Moschee-Baumeister das ideale Vorbild eines Minaretts schlechthin.
Toufik hatte uns zwei ehemalige Arbeitskollegen, gebürtig aus Marrakesch, zur Führung mitgegeben. Sie kannten die Stadt wie ihre Westentasche und zeigten uns interessante und tolle Ecken und mär-

chenhafte Restaurants. Alles in gebührendem Abstand, da jede kleinste Touristen-Belästigung streng bestraft wurde.
Per Bus ging's nach zwei Tagen weiter südlich nach Agadir. Die Landschaft hätte ich noch tagelang betrachten können. Das Keuchen und Würgen einer alten marokkanischen Frau hinter mir nicht. Es war widerlich. Am liebsten hätte ich sie angeschrien, dass sie lieber zu Fuß gehen soll, wenn sie Busfahren nicht vertragen konnte. Simo beugte sich nach einer Weile zu ihr hinüber und sprach ihr Mut zu. Ich versuchte mich auf die Landschaft zu konzentrieren. Die Farben und Vegetation wechselten ständig, einmal karger Sand, dann Kakteenfelder, armselige Hütten auf staubigem Boden, gelbliche und rötliche Gebirgsfelsen, Zypressen, Eisenholzbäume und Korkeichen. Marokko gehört übrigens zu den größten Korkproduzenten weltweit. In Agadir wohnten wir, ohne Ehescheinproblem, in einer schönen Hotelanlage mit Pool, Restaurants, Tennis- und Minigolfplatz, spießigen Liegestühlen und Möchte-gern-Animation am Abend. Schade, dass die Musiker schlechte englische Musik machten anstatt traditionelle marokkanische Musik zu spielen. Das hätten sie bestimmt besser gekonnt. Wir wollten hier unseren ersten gemeinsamen Urlaub entspannt ausklingen lassen. Jetzt, obwohl noch im eigenen Land, war Simo wieder der Ausländer, denn außer uns gab es im Hotel viele Franzosen, Holländer und Deutsche. Am Strand freute sich ein Einheimischer geradezu, endlich einen Marokkaner anzutreffen.
Auf Spaziergängen bemerkten wir bald, dass die Menschen hier im Süden doch wesentlich konservativer waren als im Norden. Hier ging keine einheimische Frau ohne Kopftuch über die Straße, und überhaupt nicht, wenn es dunkel geworden war. Nur die Männer durften in Cafés oder Bars sitzen oder einen Promenadengang unternehmen.
Auf unserem großzügigen Balkon genossen wir die Sonnenuntergänge, schlenderten romantisch am Strand entlang, schliefen lange aus, aßen ausgiebig, genossen unser mittägliches *Kailula* (Mittagsschläfchen) und liebten uns, als wäre unser Leben morgen zu Ende.

»Kennst du eigentlich *le mois du miel*?«, fragte Simo, als wir gemütlich auf dem Balkon lagen und unseren Blick an die Weite des Himmels geheftet hatten.

»Nein, was heißt das auf Deutsch?«, fragte ich leise. Ich fühlte mich wohl, entspannt, sorgenlos.

»Honigmonat.«

»Was soll das sein? Ein süßer Monat?«

»Ja genau, ein süßer Monat. Und wann könnte es den geben?«

Man merkte, dass seine Eltern beide Lehrer waren.

»Keine Ahnung. Im Sommer? Im Urlaub?«

»Nicht unbedingt. Na ja, mit deiner Kultur wirst du wohl nicht daraufkommen.«

Damit machte er mich erst recht neugierig.

»Na sag schon«, drängelte ich und schmiegte mich an ihn.

»Bei uns ist Sex vor der Ehe verboten. Und nach der Hochzeit geht's auf Hochzeitsreise, wo das ausgiebig gemacht wird, verstehst du?«

»Ah, honeymoon.«

»Ja genau. Honeymoon ist auch nicht deutsch. Komische Kultur im Norden«, lachte er. Ich boxte ihn sanft an die Schulter.

»Wir genießen eben, wann wir Lust haben und nicht wenn die Gesellschaft sagt, dass es in Ordnung ist.«

»Ihr habt eben keine Disziplin. Das bringt viele Probleme. Na ja.«

»Honigmonat«, wiederholte ich leise.

»Ja, süß und schön und leidenschaftlich. So wird unsere gemeinsame Zukunft aussehen.«

23

Die ersten Kapitel *Ein Afrikaner auf dem Balkon* schrieb ich wie in Trance nieder und durchlebte die verschiedenen Situationen und Gefühle noch einmal wie in Zeitlupe. Meine Finger liefen wie von allein über die Tastatur.

Mein Mann spielte das gleiche Drama mit anderer Besetzung, ich aber sollte nun ein ganz neues Stück im Leben darstellen. (s. S. 15)
»Du musst dir unbedingt deine Augenbrauen zupfen und die Wimpern färben lassen. Du hast schöne lange Wimpern. Wäre doch schade, wenn du die nicht betonen würdest. Hier, zieh mal an.« (s. S. 49)
Sich über jemanden ärgern heißt, ihm die Macht zur Kontrolle zu geben. (s. S. 57)
»Was ist denn hier los? Hier liegt ja alles voller Steine. Die ganze Dusche ist voll damit!« (s. S. 80)

Die Seiten füllten sich schnell und machten mich stolz. Beinahe jeden Abend, wenn die Kinder im Bett waren, saß ich bis in die Nacht hinein am Rechner und tippte mein Leben aufs Papier.
Mit dem Schreiben war für mich auch ein Verarbeitungsprozess beschleunigt worden, der sich am Tag der Scheidung wohl vollenden würde, dachte ich.
Wir hatten die Zeit der Trennung vorverlegt, weil meinem Ex immer noch daran gelegen war, die Scheidung so schnell wie möglich durchzukriegen. So war unser Termin schon festgesetzt auf den 19. Dezember 2002, was mich sehr freute, weil ich so total frei ins neue Jahr gehen konnte. Wir hatten ja so weit alles notariell geregelt, hatten beide auf

Unterhalt verzichtet, damit jeder seiner Wege gehen konnte. Das Einzige, was noch geklärt werden musste, war der Hauskredit, den ich natürlich damals mit unterschrieben hatte. Ich war sogar alleinige Eigentümerin, er hatte nur Wohnrecht, aus Sicherheitsgründen für etwaige Gläubiger. Die Arbeit für seine Firma lief zwar prima, aber die Kunden bezahlten nicht so wie sie es sollten. Das war wohl ein allgemeines wirtschaftliches Problem heutzutage in Deutschland. Nun ja, aus firmentechnischen Fragen und Zusammenhängen hatte ich mich meistens rausgehalten.

Mein Ex musste jetzt nur noch mit der Bank regeln, dass ich aus den Krediten entlassen wurde. Mit unserer Scheidung würde sicherlich auch dies von ihm zügig erledigt werden.

Ich war guter Dinge und freute mich auf ein neues Leben mit Simo. Wir hatten nach unserem gemeinsamen Urlaub in Marokko bald festgestellt, dass wir uns sehr vermissten und beide das Bedürfnis hatten, mehr und enger zusammen zu sein. Als ich ihm meinen Scheidungstermin mitteilte, freute er sich sehr. Erst dann wäre ich eine wirklich freie Frau für ihn.

»Ich habe drei Monate Kündigungszeit für mein Zimmer. Was hältst du davon, wenn ich zu dir ziehe?«

Er sah mich mit seinen braunen Augen ein wenig an wie ein krankes Reh. Dann strahlte er. »Ich vermisse dich so.«

»Ich dich auch«, entgegnete ich. Wie oft hatte ich diese Floskel in meiner Ehe auf den Ausspruch »Ich liebe dich« gesagt und zum Schluss gar nicht mehr so gemeint. Zum Schluss waren von beiden Seiten Lügefloskeln gekommen. Scheußlich.

Simo hatte sich langsam und ehrlich gesteigert von »*Ich mag dich sehr gerne*« zu »*Ich hab dich lieb*«. Jetzt sagte er mir die nächste Steigerungsform: »Ich liebe dich, echt. Du bist die Frau meines Lebens.«

Für dieses Mal antwortete ich nicht. Ich brauchte noch etwas Zeit.

»Ich denke, in den drei Monaten Kündigungszeit werde ich mir auch sicher sein«, sagte ich offen und ehrlich. Und Simo verstand das, nahm mich fest in den Arm und drückte mich an sich. Er war ein toller Mann, der es wirklich ernst mit mir meinte.

Der 19. Dezember kam wie ein Orkan angesaust. Mein zukünftig Geschiedener holte mich mit seinem schwarzen BMW ab. Ein wenig zittrig stieg ich ein, mit weißer Hose und schwarzem Blazer, und fragte nach seinem rasanten Start, wie es denn so mit den Kindern und seiner Freundin laufe. Ganz gut, meinte er kurz. Keine Probleme.

Sein Rechtsanwalt, – ich hatte aus Kostengründen keinen genommen, da ja alles geregelt war –, erwartete uns schon am Eingang des Gerichts und wollte uns durch seinen lockeren Ton die Aufregung nehmen. War ja nichts Besonderes, alles war geregelt, nur noch 'ne Formalität.

Im Gericht ging's auch ganz leger zu. Wir setzten uns sogar in eine Bank, was nach außen hin zeigen sollte, dass zwischen uns wirklich alles geklärt war. Der Richter wollte von uns jeweils nur wissen, ob wir die Ehe wirklich für gescheitert hielten, sprach alles aufs Band, was wir antworteten, und damit waren wir rechtskräftig geschieden, wenn auch mit Einspruchsfrist.

Der Anwalt verabschiedete sich von uns, erklärte, dass ich etwas zugeschickt bekommen würde, was ich noch einmal irgendwohin schicken müsste, damit ich einen Stempel bekomme, der bescheinigt, dass ich wirklich nicht mehr verheiratet bin. Somit bestünde dann auch für mich die Möglichkeit, wieder zu heiraten (wenn ich denn mit zwei Kindern so einen Verrückten finden würde, mochte er wohl gedacht haben). Mein Ex würde diesen Stempel wohl eher ausnutzen, dachte ich spöttisch.

Wir gingen zum Auto zurück und stiegen wie ein altes Ehepaar ein.

»Ich wünsche dir alles Gute«, sagte ich und reichte ihm die Hand. Eigentlich wollte ich ihm noch ein letztes Mal sagen, wie sehr er mich verletzt hatte und wie unfair alles gelaufen war. Aber dazu war schon zu viel Zeit vergangen, fand ich. Ich hatte schon zu viel verarbeitet.

Er war verblüfft. »Danke, dir auch.«

Er war in den letzten Monaten dicker und unansehnlicher geworden.

Ein Bekannter von mir hatte neulich am Telefon gemeint, dass wir eigentlich als Paar nie richtig zusammengepasst hätten, weder äußerlich noch vom Wesen her. Er hatte Recht.
»Doro ist nicht so erbaut von deinem Simo«, sagte er plötzlich und zog an seiner Zigarette, während er einen Gang runterschaltete.
»Hm«, machte ich nur und wartete ab, was da noch kommen würde.
»Ja, er würde sie immer beim Spielen stören«, erklärte er weiter und gab damit zu verstehen, dass das wohl nicht ernst gemeint war, er aber gerne mehr über diesen Mann erfahren hätte. Ich hüllte mich in Schweigen, aber sicherlich hatte er gemerkt, dass sich mein Freund um die Kinder kümmerte, und machte sich bestimmt Gedanken darüber.
Der Abschied war kurz und schmerzlos. Ich jubelte innerlich über meine neue Freiheit und freute mich schon auf meine Namensänderung.
Am Abend stießen Gitte, Karsten, Simo und ich mit Sekt auf meine Scheidung an.
»Jetzt muss nur noch die Haussache erledigt werden. Dann feiern wir richtig«, meinte Gitte nach dem ersten Schluck.
»Ach, das wird schon«, entgegnete ich zuversichtlich.
Wir unterhielten uns noch über mögliche Weihnachtsgeschenke für die Kinder. In diesem Jahr war ich besonders unschlüssig und hatte noch nicht ein einziges gekauft. Und das fünf Tage vor Heiligabend.
Dafür besorgte ich am nächsten Tag, Freitag, mit Simo zusammen einen niedlichen kleinen Tannenbaum. Als er ihn geschultert zum Kofferraum meines Wagens brachte, sagte er schmunzelnd: »Das erinnert mich an *Aidelkbir*, unser Opferfest.«
Ich versuchte diesen marokkanischen Begriff nachzusprechen, was mir nur schlecht gelang. Arabisch war überhaupt eine schwierig auszusprechende Sprache.
»Da kaufen wir zwar keine Bäume, dafür aber kleine Schafe, die wir auf der Schulter nach Hause tragen.«
»Lebendig?«, fragte ich etwas angeekelt.

»Ja sicher, zu Hause werden sie dann geschlachtet. Oder man lässt sie schlachten.«
»Zu Hause, wenn die Kinder dabei sind?«
»Ja, für die ist das ganz natürlich. Wir feiern die Freude Abrahams, der die Prüfung Gottes bestanden hat und seinen einzigen Sohn geopfert hätte und Gott ihn dann verschonte und ihm zum Opfer ein Lamm schickte.«
Die Geschichte kannte ich. Deswegen musste man doch nicht gleich ein Schaf mit nach Hause nehmen und dort schlachten.
»Du kannst ja, wenn das Fest ansteht, ein Lamm kaufen und bei uns in der Wohnung aufhängen«, sagte ich, um die schrecklichen Gedanken ans Schlachten zu verharmlosen.
»Ja, ich bin gespannt, was deine Besucher dann dazu sagen.«
Simo hatte vor, das Weihnachtsfest mit mir und den Kindern gemeinsam zu feiern. Ihm war der Hintergrund egal, es ging ihm darum, leuchtende, freudige Kinderaugen genießen zu können. Das gefiel ihm an unserem christlichen Fest besonders, dass vor allem den Kindern eine Freude bereitet wurde.
Damals hatte er selbst in einem französischen Kindergarten das Fest Noël mitgefeiert und ein Tüchlein mit Süßigkeiten bekommen, hatte mit den anderen Kindern fröhlich singend um einen geschmückten Baum herum getanzt, ohne eigentlich zu wissen, warum.
An diesem Wochenende backte ich mit den Kindern Weihnachtsplätzchen. So langsam musste wieder ein normales Leben bei uns herrschen. Dorothee und Jonas halfen eifrig mit und schleckten die ganze süße Dekoration und hatten nachher keinen Hunger mehr auf die fertig gebackenen Plätzchen. Dafür aß Simo die meisten davon auf. Seine Mutter backte regelmäßig Gebäck zu Hause. Das hatte er wohl sehr vermisst.
Er wollte die restlichen Tage des Jahres bei mir bleiben und spielte toll mit den Kindern, die zwar versuchten, ihn zu provozieren oder gegen mich auszuspielen, ihn aber im Grunde schon richtig gern mochten. Und er mochte sie. Das spüren Kinder eben.

»Es kommt von Herzen«, sagte er mehrmals. »Ich mag deine Kinder sehr, und ich werde mir alle Mühe geben, dass sie das auch tun werden.«
Am Sonntag, den 22. Dezember, vierter Advent und Winteranfang, gingen wir zu Viert ins Kino und sahen uns einen Kinderfilm an. Jonas saß die ganze Stunde lieb auf seinem Platz, futterte das Popcorn und schlürfte ab und an am Strohhalm seiner Fanta und verfolgte mit großen Augen die Szenen auf der riesigen Leinwand. Simo beobachtete fast die ganze Zeit voller Zärtlichkeit den niedlichen kleinen Kerl in dem großen Kinosessel und ich heftete meinen Blick an Simo, voller Dankbarkeit und Zuneigung.
Gott sei Dank hatte wenigstens Doro den Film genauestens verfolgt und konnte uns hinterher im Auto alles genau erzählen.
Am Montag, den 23. Dezember waren schon Weihnachtsferien und ich wollte diesen Tag nutzen, um alle Weihnachtserledigungen hinter mich zu bringen. Ich hatte mir eine Liste für alle Geschenke gemacht und die Kinder bei Gitte abgeliefert. Sie wollte mit den beiden etwas Weihnachtliches basteln, damit ich in Ruhe einkaufen konnte.
Ich parkte vor meiner Bank, um Geld zu holen. Ich hatte nicht mehr einen Cent im Portmonee. Zuerst stellte ich mich am Kontoauszugsdrucker an, vor dem noch fünf weitere Kunden standen. Alle wollten wohl noch Weihnachtsgeld abholen und Einkäufe tätigen. Ich sah, dass der Geldautomat auch eine längere Schlange hinter sich hatte. Na ja, dachte ich, ich hab ja Zeit. Bitte keine Hektik in der Vorweihnachtszeit. Ich hasste nichts mehr als das. Eigentlich war dieser ganze Konsum übertrieben und überhaupt nicht christlich.
Endlich war ich an der Reihe und steckte meine Bankkarte in den vorgesehenen Kartenschlitz. Die Maschine arbeitete eine Weile und warf dann zunächst meine Karte, danach den Kontoauszug aus. Wie gewohnt ging ich zum Geldautomaten hinüber und fädelte mich in die Schlange ein, die jetzt noch länger geworden war. Noch drei Personen waren vor mir dran, da warf ich einen Blick auf meinen Auszug und – traute meinen Augen nicht.

Sonstige Lastschrift
PFDG.
-TEILBETRAG-   *4500 Euro*
                        _____
                         0, 12H

Ich dachte zuerst, mein Herz höre auf zu schlagen. Ich war total geschockt und musste nach Atem ringen.
Was war hier passiert, um Himmels willen, was war das?!
12 Cent hatte ich noch an Vermögen! 12 Cent!
Pfdg.? Pfdg.? Ich dachte fieberhaft nach und ließ mich kaum merklich aus der Reihe gleiten und wie in einem leichten Strudel zum Schalter treiben.
Meine Hände zitterten, als ich auf Personal wartete. Und noch mehr, als endlich eine junge Frau zu mir kam und nach meinem Begehr fragte.
»Können Sie mir sagen, was hier auf meinem Konto passiert ist?«, fragte ich mit gebrochener Stimme.
Sie schaute freundlich auf den Auszug. Ich sah, wie ihr Gesicht sich etwas verdunkelte und sie schnell an einem mitleidigen Ausdruck arbeitete.
»Ja, es handelt sich um eine Pfändung des Finanzamtes. Ich seh mal eben nach, was da vorliegt. Einen kleinen Augenblick. Bin gleich wieder da.« Sie drehte sich in ihrem langen Rock noch einmal zu mir um, wahrscheinlich um zu überprüfen, ob ich mich noch auf den Beinen halten konnte. Ich klammerte mich am Tresen fest und versuchte mir nichts anmerken zu lassen. Doch ich fühlte, dass mein Kopf flammenrot sein musste und wie meine Stirn und Hände schweißnass wurden.
Dann kam sie zu mir zurück.
»Es liegt eine Pfändung vom Finanzamt vor, wir dürfen bis auf weiteres nichts ausbezahlen. Tut mir Leid.«

Ich schluckte, ballte dann meine Fäuste und sagte: »Dann zahlen Sie mir bitte etwas von meinem Sparbuch aus.«

»Tut mir Leid, die Pfändung erstreckt sich auf alle Konten und Vermögen, die auf Ihren Namen laufen. Ich würde Ihnen raten, sich sogleich mit Ihrem Finanzamt in Verbindung zu setzen. Auch Finanzämter können sich mal irren.«

Ich bedankte mich mit hängendem Kopf, packte den Wahnsinnsauszug und mein leeres Portmonee in meine Handtasche und schlich zum Ausgang. Ich war fassungslos. Und das vor Weihnachten! Was sollte ich jetzt bloß tun?

Draußen war es kalt geworden. In der letzten Nacht hatte es sogar ein wenig geschneit. Als ich auf mein Auto zuging, stieg plötzlich aus einem daneben stehenden Wagen mein Ex aus und kam geradewegs auf mich zu.

Ich spürte, wie meine Verzweiflung in helle Wut umschlug.

Er hatte sein neutrales Hallo noch nicht ganz ausgesprochen, als ich ihn anfauchte: »Ich möchte das Geld sofort wiederhaben. Kannst gleich mit in die Bank kommen. Sofort.«

Sein Blick verfinsterte sich. Er blieb stehen und sprach ganz ruhig: »Was für Geld? Nun mal langsam.«

Ich drehte mich auf dem Absatz um und ging zurück in die Bank. Er folgte mir wie ein braver Hund.

Nun standen wir zusammen vor dem Bankschalter und die junge Frau hatte den Leiter der Bank geholt, der wusste, dass es sich um Steuerhinterziehung handelte und die gleiche Pfändung auch die Konten meines Exmannes betraf.

Steuerhinterziehung, na also. Trotz Scheidung saß ich bei der Steuererklärung noch mit im gleichen Boot. So eine Sauerei!

Also das war der Beginn meines freien und unabhängigen Lebens? Da zog ich Strafmandate für zu schnelles Fahren doch vor.

Der Bankleiter empfahl uns, sofort Kontakt mit dem Finanzamt aufzunehmen, um die Sache so schnell wie möglich zu klären.

Hier war nichts mehr zu machen. Auch mein Ex konnte nichts tun. Draußen vor der Bank erblickte ich seine Freundin im Auto wartend.
»Super, was ist eigentlich los? Ich glaube, du bist mir eine Erklärung schuldig, oder?«, schrie ich ihn an.
»Ich lasse mich auf öffentlicher Straße nicht anschreien, klar?«, entgegnete er ruhig.
»Ich habe noch 12 Cent, um Weihnachtsgeschenke und Essen für die Kinder zu kaufen!«, schrie ich weiter.
»Bei mir ist es nicht anders.«
»Was soll ich jetzt machen?«
Er zuckte nur mit den Schultern und ließ mich einfach stehen. Ruhigen Schrittes stieg er wieder in sein Auto ein und fuhr mit seiner Freundin vom Parkplatz und auf der Straße mit quietschenden Reifen davon.
Ich wusste nicht, wohin mit meiner Wut. Flammen hätten mir aus der Nase schießen müssen, so schnaubte ich vor Zorn und Ärger.
Ich rief über Handy Gitte an, teilte ihr aufgeregt mit, was passiert war und wollte nun erst in Ruhe mit dem Finanzamt sprechen. Sie war fassungslos und bat mich wirklich alles in Ruhe zu regeln. Die Kinder seien bei ihr ja bekanntlich gut aufgehoben.
Es dauerte natürlich seine Zeit, bis ich beim Finanzamt überhaupt durchkam und bis ich endlich den richtigen Ansprechpartner für die Steuersache an der Strippe hatte.
Die ehemalige Firma meines Exmannes hatte eine Steuerprüfung über sich ergehen lassen müssen, dabei sei ein Rückstand von über 10.000 Euro aufgefallen, den beide Ehepartner tragen müssten, da beide diese Steuerschulden gemacht haben. Auch meine Scheidung tue nichts zur Sache.
»Ich habe zwei kleine Kinder und bekomme nicht einen Cent. Und morgen ist Heiligabend.« Ich war dem Weinen nahe.
»Tja, dann müssen Sie sich eben Geld von Ihren Eltern leihen«, empfahl mir der nette Finanzbeamte.

»Tut mir Leid, das geht nicht, die leben leider beide nicht mehr«, entgegnete ich sarkastisch.
»Wie? Alle beide nicht mehr?«, fragte der Beamte ungläubig nach, fast schon so, als wollte er sich über mich lustig machen.
»Ja, alle beide«, wiederholte ich, langsam die Geduld verlierend.
»Sie können im Moment nur die Aufteilung der Steuerschuld beantragen. Der Pfändungsbetrag liegt ja sowieso auf einem Zwischenkonto bei der Bank, bis die Sache vollständig geprüft ist.«
Er erklärte mir weiter, dass sie schon monatelang auf Belege meines Exmannes warteten, um Steuerrückzahlungen mit diesen Schulden zu verrechnen, sie hätten nun langsam die Geduld verloren und deshalb zu dieser Pfändungsmaßnahme gegriffen.
Damit steigerte er meine Wut auf meinen Ex natürlich noch mehr.
Ich setzte sofort das Schreiben für die Aufteilung der Steuerschuld auf und fand in einer Schublade noch einen Euro, mit dem ich die Briefmarke bezahlen konnte.
Am Abend ließ ich mich von Gitte, Karsten und Simo trösten. Sie waren alle betroffen von diesem Ereignis. Simo und Gitte legten mir sofort jeder 100 Euro auf den Tisch und meinten, das müsste ich ihnen nicht zurückgeben. Es sei ein Geschenk für die Geschenke der Kinder. Winzige Tränen liefen aus meinen Augen und Simo drückte mich fest an sich.
»Das wird sich schon alles klären, keine Sorge, das kommt wieder in Ordnung.«
»Die ehemalige Firma hat die Prüfung gehabt?«, wiederholte Karsten nachdenklich meine Berichterstattung. »Wieso ehemalige?«
»Keine Ahnung«, sagte ich nur schniefend. Ich hatte im Moment keine Kraft, noch über irgendwas nachzudenken.
Simo brachte an diesem Abend die Kinder ins Bett, was sogar weniger als eine Stunde Zeit in Anspruch nahm. Er besserte sich. Und die Kinder natürlich auch. Sie nahmen ihn mehr und mehr ernst.
Ich lag lethargisch auf dem Sofa und döste halb wach, halb schlafend vor mich hin.

Wie sollte es nun weitergehen?
Am Morgen des Heiligen Abend hatte ich, durch Simos unaufhörliche Zusprache, wieder neuen Mut gefasst und saß beim Leiter der Bank, um einen neuen Versuch zu starten, doch noch Geld ausgehändigt zu bekommen. Er wusste ja, dass ich eigentlich durch meinen Beamtenstatus eine solvente Kundin war.
»Ja, Steuerhinterziehung. Keine schöne Mitteilung vor Weihnachten. Aber sehen Sie mal hier.«
Der dicke Mann drehte den großen Bildschirm zu mir hinüber und zeigte mir eine Liste aller Firmeninsolvenzen der letzten Tage in unserer Region. Und da, da war die Firma meines Ex mit dabei. Nett, dass er mir das verheimlicht hatte. Mein Groll wuchs.
»Klar, dass das Finanzamt jetzt schnell reagiert. Was es sich jetzt noch krallen kann, geht ihm nicht durch die Lappen. Aber keine Sorge, ihr Ex ist schon wieder Angestellter einer neuen Firma.«
Ich machte mir doch keine Sorgen. Was glaubte der Banker denn?
»Wird natürlich jetzt mit dem Hauskredit nicht so einfach, Sie da rauszulassen, als sichere Kreditnehmerin. Aber das sehen wir später.«
Er schien eine Idee zu haben und ging meine Daten auf dem Computerbildschirm noch einmal konzentriert durch. Dann griff er zum Telefon und sprach mit jemandem aus der Bankhauptstelle.
»… Ja, die Frau hat zwei kleine Kinder. Und das jetzt vorm Fest. Aber können wir machen, nicht? Ist in Ordnung. Alles klar, schöne Festtage. Ja, danke.«
Er blickte mich freundlich an. Das tat gut.
»Sie haben Glück. Vor kurzem haben Sie nämlich eine Beihilferückzahlung von 800 Euro bekommen, die ist nicht pfändbar und die händige ich Ihnen jetzt sofort aus.«
Mir fiel ein kleiner Stein vom Herzen.
»Vielen Dank«, brachte ich gerade noch über die Lippen.
Gedankenverloren irrte ich durch die Geschäfte der Stadt und schaffte es aber dennoch, für alle wichtigen Menschen in meinem Leben ein

Geschenk zu kaufen. Um Essen und Trinken am 1. Weihnachtstag brauchte ich mich nicht zu kümmern. Meine Schwester hatte uns eingeladen und wollte, aufgrund meiner schlimmen Situation, dass wir schon am frühen Morgen kamen und erst am späten Abend wieder nach Hause fuhren. Am 2. Feiertag wollten Gitte und Karsten für uns sorgen. *Erst in der Not erkennst du deine wirklichen Freunde.*
Auf dem Parkplatz vorm Getränkeladen traf ich meinen Schwiegervater, der gerade einige Flaschen Wasser und Sprudel in den Kofferraum hob.
»Hallo«, begrüßte er mich sofort. »Wie geht's?«
Er wollte schon wieder weitersprechen, ohne meine Antwort abzuwarten, wie er es schon öfter getan hatte, aber ich fiel ihm ins Wort.
»Nicht gut. Meine Konten sind alle gepfändet wegen Steuerhinterziehung von der Firma. Ich bekomme nicht einen Cent.«
Sein Gesicht verfinsterte sich.
»Och, das gibt's doch gar nicht. Na ja, ich kann dir auch nicht helfen.«
Buff, machte der Kofferraumdeckel, er stieg ein und fuhr weg. So einfach war das. Bald zwanzig Jahre kannte er mich, als junges Mädchen schon, und da fertigte er mich so ab und fragte nicht einmal, ob er mir irgendwie helfen kann. Nicht, dass ich von ihm Geld angenommen hätte, aber eine seelische Anteilnahme wäre doch nett gewesen.
Sogar Saskia, die wegen eines Motorschadens ihres Autos auch in tiefen Geldnöten steckte, bot mir ihre volle Tiefkühltruhe an.
Meine Enttäuschung über meine ehemaligen Schwiegereltern wuchs noch, als sie sich weder Weihnachten meldeten noch in der darauf folgenden Woche einmal nachfragten, wie es denn nun bei mir aussähe. Nichts dergleichen.
Auch Karsten und Gitte und meine Schwester Doris waren schwer enttäuscht von den Alten, die nicht mal der Kinder wegen an uns dachten. Wie froh war ich in diesen Tagen, Simo an meiner Seite zu haben. Er bescherte uns mit seiner überschwänglichen Freude und Ausgelassen-

heit ein wunderschönes Fest. Er hatte sich eine kindliche Spontaneität und Freude bewahrt, die ihn alle Sorgen vergessen ließ.

Als Student im Ausland hatte es um seine finanzielle Situation oft genug schlecht ausgesehen. Aber solange es gut ging, ging es gut. Wieso sich weiter Sorgen machen über Dinge, die man im Moment nicht ändern kann?

Er ging sogar mit zur Christmette und sah sich mit uns das Krippenspiel an. Genau das war Lessings gepriesene Religionstoleranz in *Nathan der Weise*, die ich in den Augen der evangelischen Christen an diesem Abend nicht erkennen konnte, so wie sie Simo anstarrten. Aber das störte ihn nicht.

Der Koran lehrte seine Anhänger, alle anderen Religionen anzuerkennen und die des Islam nicht als die richtige und wahre Religion in der Welt zu verkünden und zu erzwingen. Der eine Gott ist für alle da, wenn die Menschen ihn auch auf ihre Weise aufsuchten und an ihn glaubten.

Am Abend meldete sich mein Ex und wünschte den Kindern und mir ein frohes Fest. Er kümmere sich selbstverständlich so schnell wie möglich um die Angelegenheit. Das Finanzamt hätte sich nicht an eine Absprache gehalten. Er würde das nach den Feiertagen sofort regeln.

Ich wollte mir das Fest nicht versauen und ihn auf die insolvente Firma ansprechen. Und so beließ ich es dabei und versuchte mich an Simos Devise zu halten: *Sei froh, solange es dir gut geht und denke nicht an morgen.*

Der Weihnachtstag bei meiner Schwester und ihrem Mann war sehr schön. Sie hatten ihr erst vor kurzem neu erworbenes Haus sehr weihnachtlich und gemütlich geschmückt und außer uns noch Freunde eingeladen, die mich alle gut ablenken konnten. Der Schwager meiner Schwester spielte am Spätnachmittag den Weihnachtsmann, der an der Terrassentür klopfte und von dem ehrfürchtigen Jonas mit einem dicken Sack hereingelassen wurde. Doro hielt sich eher etwas ängstlich bei mir auf, während Jonas den Weihnachtsmann bat, nun endlich die Geschenke aus dem Sack zu lassen. Jeder musste, bevor er sein Päckchen erhielt, ein Gedicht aufsagen oder ein Lied singen. Jonas und Dorothee machten ihre Sache gut, –ich war ja darauf vorbereitet gewesen und hatte mit ihnen geübt–, einige Erwachsene gaben aber eher ein schwaches Bild ab. Doch wir anderen halfen alle mit und sangen die Lieder gemeinsam.

Bei Gitte und Karsten fiel das Thema dann doch noch mal auf die Pfändungssache und meinen Ex. Gitte meinte, dass da wegen der Insolvenz noch einiges auf uns zukäme. So einfach wäre das nicht. Insolvenz anmelden, Schulden abstreifen und woanders weitermachen. Der Insolvenzverwalter würde alles genauestens durchforsten.

»Ich glaube auch nicht, dass die Bank dich jetzt aus den Krediten rauslässt«, meinte Gitte, während sie mir und sich selbst eine zweite Tasse Schokolade mit Sahne zubereitete.

»Du musst dich auf jeden Fall dahinter klemmen. Und ich würde deinem Ex auch nichts mehr überlassen, sondern alles selbst in die Hand nehmen«, riet mir Karsten. »Du siehst ja, dass er alles schleifen lässt und anscheinend andere Prioritäten setzt.«

Er und Simo erfreuten sich an einem schönen Glas Bier.

»Na ja«, meinte Simo nach einer Weile des Schweigens, »der Ex ist ja auch das Opfer vieler unangenehmer Geschehnisse. Er wird genauso dafür kämpfen, dass alles geklärt wird. Jeder möchte doch in Frieden leben.«

Gitte, Karsten und ich sahen ungläubig zu unserem marokkanischen Freund hinüber. Er war echt unglaublich.

Einen Tag vor Silvester hatte ich von meinem Geschiedenen erfahren, dass für die abschließende Steuersache noch ein Papier einer Finanzierungsgesellschaft fehlte, die es nach oftmaligen Bitten immer noch nicht geschickt hätte. Ich sagte ja bereits, dass ich mich nie wirklich für die Firmenangelegenheiten interessiert hatte. Ich wusste weder, was er für die Firma angeschafft, gebaut noch wofür er privat gebürgt oder gehaftet hatte. Ganz schön naiv, was?

Als ich jedenfalls selbst bei der Finanzierungsgesellschaft anrief und endlich mit dem richtigen Sachbearbeiter sprach, entgegnete dieser auf meine Frage, weshalb sie diese Zinsbescheinigung immer noch nicht geschickt hätten, beinahe boshaft, dass diese Bescheinigung erst vor ungefähr zwei Wochen angefordert worden sei, wir aber ein ganzes Jahr dafür Zeit gehabt hätten. Und wenn ich nun mit zwei kleinen Kindern in der Klemme stecken würde, wäre es immerhin mein eigenes Verschulden oder zumindest das meines Exmannes.
Na prima, dachte ich wütend.
Der letzte Abend des Jahres ging wie ein Schleier an mir vorüber. Ich registrierte weder das Feuerwerk noch den gemütlichen Abend mit Simo. Er tat mir etwas Leid, weil er sich wirklich Mühe gab, meine Laune zu verbessern, ich aber aus meiner Lethargie einfach nicht herausfand.
Ich tippte und schrieb meine Seiten voll.
Im Kapitel über Marokko musste ich mich im Schreiben bremsen, obwohl eigentlich noch so viel zu erzählen war. Zudem brachte Simo eine Anekdote nach der anderen, Gebräuche und Sitten sowie arabische Begriffe zum Besten, die ich am liebsten alle aufgeschrieben hätte. Bekannten und Verwandten berichtete ich nur kurz über meine Reiseerlebnisse, ich hatte Fotos und einen Videofilm von ungefähr einer Dreiviertelstunde zu einer Reisedokumentation zusammengeschnitten und meiner Schwester und ihrem Mann gezeigt. Aber die Wirklichkeit konnte ich nicht einfangen.
Simo ließ jetzt öfter marokkanische Musik laufen und war begeistert über meine schriftstellerische Tätigkeit. Er bediente mich mit Getränken meiner Wahl und lugte mir ab und zu über die Schultern.
Ich hatte das Gefühl, als wäre mein Leben stehen geblieben, so lange, bis mein Roman an dieselbe Stelle gerückt wäre, wo ich mich im Moment befand.
Simo versuchte wieder und wieder durch Zärtlichkeit und Ruhe meinen Geist neu aufleben zu lassen.

Doch es gab für mich weder ein Gestern noch ein Morgen und den Moment spürte ich auch nicht. Alte Wunden schienen wieder aufgebrochen, die so gut verheilt waren.
Aber ich musste wieder aufwachen und weitermachen.

24

Hallo, hier ist Sara. Wie geht's dir?«
»Hallooo«, meldete sich die mir nicht mehr ganz vertraute Stimme überrascht. »Schön, dass du dich mal wieder meldest.«
Ich sah sein Grinsen durchs Telefon und wusste, an was er dachte. Aber diesmal wollte ich etwas anderes von ihm.
»Silvester schön gefeiert?«, fragte ich, ohne es wirklich wissen zu wollen. Er schien auch nicht daran interessiert zu sein mir davon zu erzählen, sondern wollte vielmehr wissen, was passiert war, dass ich mich wieder bei ihm meldete. Freund weg, – was sollte es sonst sein? Neue Chance für eine Sexaffäre.
»Ganz gut, ja, und bei dir?« Seine Stimme veränderte sich wieder in eine etwas dunklere Tonlage, vor der ich anfangs etwas Angst gehabt hatte.
»Och, hab Ärger mit meinem Exmann«, leitete ich vorsichtig ein.
»So, will er dich wiederhaben?«, fragte Karim mit einem kurzen Lachen.
»Nee, das ganz bestimmt nicht. Es gibt finanziellen Ärger.«
Ich hatte seit kurzem die Information von der Bank erhalten, dass sie mich nur mit Hilfe eines solventen Bürgen aus der Haft, nein, natürlich aus den Kreditverträgen entlassen. So lange musste ich jeden Tag damit rechnen, für alle Schulden allein aufkommen zu müssen, wenn mein Ex nicht mehr in der Lage dazu war, und ich konnte auch auf keinen weiteren Kredit, zum Beispiel für ein Auto, hoffen.
Ein möglicher Bürge, nämlich der neue Arbeitgeber meines Exmannes, hatte einen Rückzieher gemacht, da die wirtschaftliche Situation für Immobilien im Moment auch mies aussah. Das Haus bekamen wir auch für den von uns benötigten Preis, inklusive Vorfälligkeitszinsen

der Bank, nicht verkauft und zu einer Zwangsversteigerung wollten wir es nicht kommen lassen.

Meine Zukunftsperspektiven auf ein neues eigenes Haus, auf eine neue Heimat waren damit bis auf weiteres versperrt.

Es gab keine Lösung, ich musste mich mit der Situation abfinden, weiter irgendwo zur Miete zu wohnen, und jeden Tag dafür danken, dass ich Unterhalt für die Kinder bekam und mein Ex noch nicht ganz bankrott war.

Auch meine ehemaligen Schwiegereltern hatten sozusagen den Familienriegel vorgeschoben, weil sie weder meine Aufregung hinsichtlich der Pfändung noch der Kreditsache verstanden. Dass sie sich nie bei mir und den Kindern blicken ließen, fanden sie auch in Ordnung, denn sie wollten sich nicht in mein neues Leben einmischen, zumal ich ja auch einen neuen Partner hatte.

Na warte, die sollten mich kennen lernen.

Julia wiederholte am Telefon, dass kaum eine Scheidung problemlos vonstatten geht und dass Blut nun mal dicker ist als Wasser. Die Neue gehörte nun zur Familie. Ich nicht mehr.

Gitte unterstützte mich, weiter Druck zu machen und auf meinen Rechten für ein friedliches, neues Leben zu bestehen.

Saskia riet mir, nur noch zu den Menschen Kontakt zu halten, die mir wirklich gut taten. Das Aufrechterhalten von irgendwelchen Beziehungen, wenn auch für die Kinder, würde mir nur unnötige Energie rauben. Das hätte ich nicht mehr nötig.

Aber ich wollte jetzt Rache, ob sie mir gut tat oder nicht.

»Kannst du mir einen großen Gefallen tun?«, fragte ich Karim nach einiger Überwindung. »Ich bezahle dich auch dafür.«

»Na klar«, sagte er spontan. »Was?«

Mit heftigem Herzklopfen und zittrigen Händen erzählte ich ihm die Einzelheiten meines Planes, die er sich schweigend anhörte und zum Schluss mit tiefer Stimme kommentierte: »Du hast nicht gedacht, ich mache so was, weil ich bin Ausländer?«

»Nein«, log ich, »ich dachte, du könntest Geld gebrauchen.«
»Geld ich kann gebrauchen. Okay, ich mache das.«
Wir verabredeten noch eine Zeit in tiefer Nacht, wie wir es sonst für unsere Intimtreffen gemacht hatten. Zufrieden beendete ich das Gespräch. Auf Karim konnte ich mich verlassen. Das hatte er mir ja bewiesen.
Na warte, dachte ich rachsüchtig, die würden ihr blaues Wunder erleben, und zwar so lange, bis ich hatte, was ich wollte!
Mit meinen Racheplänen schien wieder neue Energie in mir zu wachsen, die mit jedem teuflischen Bild größer und stärker wurde.
Ich erschrak geradezu, wie laut und heftig ich den Kofferraumdeckel zuschlug, als ich die Kiste Wasser herausgehoben hatte.
Einige Wolken schoben sich vor den dunklen Sternenhimmel. Das war gut, Helligkeit und klare Sicht konnten wir diese Nacht nicht so gut gebrauchen.
Ich hatte mir noch eine Strickjacke über meinen dicken Pulli gezogen, um auf dem Balkon nicht zu frieren. Wenn ich schon die Ausführung meines Plans nicht mitverfolgen konnte, so wollte ich wenigstens von weiter weg dabei sein und mit Hilfe meiner Vorstellungskraft die Geschehnisse in meinem Kopf ablaufen lassen.
Ein Blick auf die Uhr verriet mir, dass noch eine halbe Stunde vergehen musste, bis Karim drüben auftauchen und sein Werk beginnen würde. Wir mussten schließlich sichergehen, dass drüben schon alle fest schliefen, wenn er loslegte.
Ich kochte mir noch einen heißen Tee, blätterte etwas in einer Illustrierten und wartete ungeduldig die letzten Minuten ab.
Na, ob Karim auch hierbei früher da sein würde, wie bei unseren Verabredungen?
Egal, ich stellte mir jetzt vor, was drüben bald passieren würde.
Wenn das Schicksal schon nicht gerecht war, dann musste man eben selbst etwas nachhelfen, um der Gerechtigkeit Genüge zu tun. Alles musste in einem Gleichgewicht pendeln, damit die Welt nicht aus den Fugen geriet.

Wie abgesprochen rief Karim mich nach etwa einer halben Stunde über Handy an.
»Alles erledigt«, hauchte seine Stimme dunkel in mein Ohr.
»Prima«, lobte ich ihn.
»Morgen um dieselbe Zeit.«
»In Ordnung«, kam nur zurück. Damit war unser Nachtgespräch beendet.
Die ganze Aktion musste mich so erschöpft haben, dass ich, kaum dass ich mich ins Bett gelegt hatte, schon tief und fest eingeschlafen war.
Den ganzen nächsten Tag über wartete ich ungeduldig auf irgendeine Reaktion von drüben. Ein Anruf oder eine SMS mit Schuldzuweisung oder Drohung, dass ich ja wohl die Blumentöpfe mit Erde vor der Haustür ausgekippt und Humus an die Fenster geworfen und aus Boshaftigkeit die armen, unschuldigen Wacholderbäumchen am Vorgarteneingang, schön zu Kugeln geschnitten, umgeknickt hätte. Aber nichts geschah.
Dafür berichtete meine kleine Tochter beim Abendessen ganz plötzlich, völlig aus dem Zusammenhang unseres Gesprächs gerissen, dass sie und ihr kleiner Bruder bei Papa gar kein Kinderzimmer mehr hätten und auf einem alten Sofa schlafen müssten. Aus ihren ehemaligen Zimmern hatte man Gästezimmer und Büro gemacht, sozusagen alle Spuren beseitigt.
Ich kochte vor Wut. Anscheinend waren die letzten Monate der Trennung und des Abstandschaffens nur eine Art Ruhe vor dem Sturm gewesen. Dabei hatte ich ernstlich gedacht, alles friedlich zu lösen und – jetzt nach der Scheidung – mein neues Leben richtig anfangen zu können.
Na ja, Karim und ich waren ja noch nicht fertig.
Pünktlich um halb zwei nachts klingelte mein Handy.
»Ich bin gleich am Haus. Wie abgesprochen ich mache alles«, flüsterte Karim, scheinbar auch etwas aufgeregt.
»Alles klar«, entgegnete auch ich flüsternd. Es war spannend, so wie

Detektiv spielen in meiner Kinderzeit, wobei meine Freundin und ich uns nachts sogar mal auf den Friedhof getraut hatten.
Nervös lief ich im Wohnzimmer herum und beneidete jeden Raucher, der sich jetzt eine Zigarette anstecken und sich damit etwas beruhigen konnte.
Fast auf die Minute genau eine halbe Stunde später meldete Karim sich nach getaner Arbeit zurück. Ich bedankte mich bei ihm, professionell wie ich fand, wünschte ihm eine gute Nacht und verabredete eine dritte Nacht einige Tage später. Danach wollten wir auch abrechnen.
Am nächsten Tag gab es wiederum keine Beschwerde, was mich ein wenig enttäuschte, aber ich wusste ja, dass sie sich über die Vorgartenvorkommnisse bestimmt sehr geärgert hatten. Das »Attentat« der zweiten Nacht war im Vergleich zur ersten bitterböse. Karim hatte nämlich mit einem Schlüsselbund sämtliche Autos zerkratzt, das meines Exmannes und seiner Freundin sowie das meiner ehemaligen Schwiegereltern. Weiß Gott, wie er die Garage der Senioren aufbekommen hatte. Aber als mein Ex mir am Wochenende wutentbrannt davon erzählte, wusste ich, dass Karim seine Sache gut gemacht hatte.
Ich spielte natürlich die Entsetzte. Wer, um alles in der Welt, würde denn so was Gemeines machen?
»Jemand scheint es auf euch abgesehen zu haben?«, vermutete ich vorsichtig. »Hast du Ärger mit der Firma?« Ich versuchte in keiner Weise zynisch zu klingen, war mir aber nicht sicher, ob das richtig geklappt hatte.
»Du weißt doch, dass die Firma Konkurs gemacht hat. Spiel mal nicht die Scheinheilige«, gab er bissig zurück.
Ich musste vorsichtiger sein.
»Ja, das stimmt. Ich wünsch dir in deiner neuen Firma viel Glück.«
»Danke«, sagte er überrascht. »Können wir gebrauchen.«
Er packte die Sachen der Kinder zusammen und pfefferte sie in seinen Kofferraum. Der BMW sah wirklich übel aus. Ringsum waren dicke, tiefe Kratzer in den Lack gezogen. Ärgerlich.

2002 war sein Jahr gewesen, – 2003 wurde meines.
Das Wochenende über ließen wir sie in Ruhe.
Als die Kinder Sonntagabend wieder bei mir waren, verabredete ich mit Karim Dienstagnacht für einen dritten und vorerst letzten Anschlag, wobei der Albaner eine Sprühdose mit schwarzer Farbe an Haustür, Garage, Rollläden und Pflastersteine versprühte. Schade, dass ich die Aufregung drüben nicht miterleben durfte. Da gab es bestimmt ein Riesenspektakel.
Gott sei Dank schöpfte mein Ex immer noch keinen Verdacht; zumindest meldete er sich nicht bei mir, konnte sich wohl nicht vorstellen, dass ich liebes Mädchen zu so etwas fähig wäre und dem Vater meiner Kinder Schaden zufügen würde.
Das gefiel mir ja gerade so gut, dass ich Dinge tat, die mir die anderen nicht zutrauten.
Ich hätte mich vor Schadenfreude kugelig lachen können, wenn ich an die Verschandelungen von Vorgarten, Haus und Autos dachte und mir die entsetzten und wütenden Gesichter vorstellte. Das hatten sie richtig verdient. Bevor ich nicht meine Rechte durchgesetzt hatte, würde ihr neues Leben nur von Ärger und Aufregung durchzogen sein. Das schwor ich zum Himmel. Ja, es würde wimmeln von Missetaten und Pech!
Noch in der dritten Nacht bezahlte ich Karim, der die 200 Euro dankbar entgegennahm. Er hielt mir sein Gesicht hin und ich küsste ihn rechts und links auf die Wange, so wie es die Franzosen taten, und wünschte ihm eine gute Heimfahrt.
»Wenn noch was ist, du hast meine Nummer, ne?«, verabschiedete er sich und verschwand in der dunklen Nacht.
Er war noch keine fünf Minuten weg, da dachte ich mir schon die nächsten Gemeinheiten aus. Die sollten bloß erst gar nicht zur Ruhe kommen. Meine Rache würde ungeheuerlich werden. Und mein Portmonee war noch dick genug, um Karim für seine Dienste zu bezahlen. Was könnte er denn noch so alles anstellen, um sie drüben zur

Weißglut zu bringen? Die sollten nicht einen Tag mehr Freude haben und sich nur noch ärgern müssen. Ja, das wollte ich.
Hauptsache, mein Ex würde durch die Vorkommnisse nicht von den wichtigen Angelegenheiten abgelenkt werden, die geregelt werden mussten, wie insbesondere der Hauskredit, wenn er immer wieder seinen Versicherungen neue Schadensberichte zuschicken oder Unrat und Beschmutzungen an und um sein Haus herum beseitigen musste.
Apropos Versicherung. Da musste auch noch einiges geklärt werden.

Na, lieber Leser? Reingefallen?
›Wie? Wer? Was? Wieso reingefallen?‹, wirst du jetzt sicherlich denken, oder? Jetzt gilt es, deine Intuition einzuschalten. Dann wirst du vielleicht den Reinfall erkennen. Hast du Intuition? Oder lässt du dich, wie die meisten, von Logik und Verstand leiten?
Aber vielleicht hast du dich ja auch so schön durch meinen Roman führen lassen, dass du ganz brav mitgegangen bist, ohne zu fragen, wohin's jetzt geht. Wenn das so gewesen ist, in Ordnung. Dann bin ich zufrieden.
Das ganze Kapitel 24, also bis zu diesem Absatz, in dem ich mit dir, lieber Leser, Kontakt aufnehme, war ein Hirngespinst meiner Phantasie und ist niemals geschehen. Ich habe weder Karim um Hilfe gebeten noch die ganzen Gemeinheiten im Vorgarten meines Ex und an den Autos wirklich ausgeführt oder ausführen lassen.
Das einzig Wahre an der Geschichte: Die Kinderzimmer wurden von meinem Ex und seiner Freundin tatsächlich völlig umfunktioniert, sodass meine Kinder nur ein altes Sofa zum Schlafen bekamen.
Na gut, ich gebe zu, dass die Phantasien an sich nicht zu leugnen sind und ich gewisse Rachegelüste auch manchmal gerne ausgelebt hätte. Aber so viel Moral hatte ich trotz aller Verletzung und aller Wut dennoch.
Ich bin mir auch zu 99 Prozent sicher, dass Karim zu solchen Aktionen nicht bereit gewesen wäre. Allah hätte ihm das nie verziehen.

Meine Pfändung war mittlerweile, dank der Aufteilung der Steuerschuld, von all meinen Konten zurückgenommen und ich konnte wieder frei durchatmen, obwohl mein Ex sich per SMS ironisch für diesen Antrag bedankte, da nämlich nun alle Schuld bei ihm lag. Ich ignorierte diese Mitteilung völlig.

An einem Wochenende im Februar, als die Kinder bei ihrem Vater waren, zog Simo bei mir ein. Er hatte nicht viel in mein Auto zu tragen, so dass der Umzug angenehm schnell vonstatten ging. Schönes, befreiendes Gefühl, wenn man nicht viel besaß und im Grunde an nichts hing und darauf verzichten konnte.

Wir schleppten zuerst seinen Rechner und seine Musikanlage hinauf in meine Wohnung und bauten beides im Zimmer von Dorothee auf. Sie würde sich freuen, wenn sie am Sonntag wieder kam und diese Geräte für sich beanspruchen durfte. Immerhin besaß sie schon einiges an Lernsoftware, wobei ihr Simo gerne helfen wollte.

In meinem Schlaf- und Arbeitszimmer befand sich eh ein Rechner, den wir gemeinsam benutzen wollten.

Auf Simos Bitten kochte ich Kaffee, obwohl es schon auf neun Uhr abends zuging, während er froh gelaunt den Computer anschloss.

Ich packte Simos Studienunterlagen in ein Regal, das ich kurz entschlossen leer geräumt hatte. Viele Unterlagen von mir wanderten dafür mal wieder in den Müll. Am liebsten hätte ich alles weggeworfen.

Ich kochte mir einen Tee und brachte Simo seine mit Milch und Zucker angerührte Tasse Kaffee.

»Danke schön, Habibati«, sagte er zärtlich und streichelte meinen Arm, der die Tasse auf Doros Schreibtisch stellte.

»Bitte schön, Habibi«, antwortete ich meinem *Liebling*.

Dann fiel mir plötzlich ein, dass wir zwei Sporttaschen mit Simos Kleidung noch unten auf der Straße stehen gelassen hatten.

»Ja, holen wir sie hoch«, sagte Simo, nachdem er einen großen Schluck Kaffee getrunken hatte.

Ich wartete, bis Simo so weit war, dass wir hinuntergehen konnten, und blickte zufällig aus Doros Fenster auf die Straße, die die Laterne hell erleuchtete.

»Hey, da ist Tobias«, bemerkte ich und krauste meine Stirn, als ich sah, wie er sich bückte und einen Stein wütend in die Hecke warf. Ich konnte es zwar nicht nachvollziehen, wie es war, wenn man keine Arbeit hatte, aber ich fühlte mit ihm, wie nutzlos und deprimiert er wahrscheinlich war.

Dann meinte er sich wohl plötzlich beobachtet und ging in schnellen Schritten die Straße hinauf zu seiner Wohnung. Ob Inge wohl wusste, was ihr Mann so trieb? Sie saß sicher eifrig an Bewerbungsschreiben.

Wir schlenderten, uns halb umarmend und glücklich, die Treppe hinunter zur Straße, wo die beiden Taschen noch standen und auf uns warteten.

Simo erreichte sie als Erster, hob die linke Tasche mit einem Ruck hoch, so dass alle Kleidungsstücke auf dem Bürgersteig landeten.

»Was ist das?«, stieß er aus.

Als ich bei ihm angekommen war, sahen wir, dass die Tasche mit einem Messer aufgeschnitten worden war, ebenso auch die Tasche zur Rechten.

»So eine Sauerei!«, stieß ich wütend aus. »Wer macht so was?«

Ja, die bösen Gedanken, die einen selbst treiben, werden oftmals auch bestraft.

Simo blieb ganz ruhig und sammelte seine Sachen wieder auf.

»Na ja, Blödsinn«, sagte er, eher amüsiert als verärgert.

»Wie kannst du so ruhig bleiben?«, fragte ich verblüfft.

»Ändert es was, wenn ich vor Wut rumschreie?«, entgegnete er.

»Aber ich weiß, wer das war«, erwiderte ich zornig. Und jetzt war ich mir auch sicher, wer für die anderen Geschehnisse verantwortlich war. Nägel streuen, Steine werfen und damit schreiben, das war alles das Werk von Tobias gewesen, der total gefrustet, eifersüchtig und wütend war.

Beim Hochtragen der Kleidungsstücke erzählte ich Simo von Tobias und seiner Situation. Dabei stellte sich sogar heraus, dass er den Türken vom Studium her kannte, der Tobias' Job bekommen hatte. Die Examensnote des jungen Türken war äußerst gut gewesen, charakterlich sehr zuverlässig und freundlich.

Simo zeigte großes Verständnis für Tobias. Er könne sich vorstellen, wie schwer die Verantwortung auf einen Familienvater drückte, der seiner Frau und seinen Kindern ein gutes, angenehmes Leben ermöglichen wollte.

»Wir werden ihm erst einmal was anderes erzählen«, keifte ich.

»Ich werde ihm sagen, dass ich ihn erkannt habe, dass er für allen Unfug verantwortlich ist und dass er ein intoleranter, dummer Kerl ist, der sich wie ein Kind verhält!« Ich stampfte bockig mit dem Fuß auf.

»Im Moment verhältst *du* dich eher wie ein Kind«, lachte Simo und blickte auf meine Füße.

Das machte mich ärgerlich, ich verbiss mir aber jede Widerrede.

»Gar nichts wirst du ihm sagen. Er hat schon genug Probleme.«

»Dann mache ich bei ihm eben auch was Verrücktes«, entgegnete ich wütend.

»Damit löst du gar nichts. Davon ist weder meine Tasche wieder heile noch sein Zorn auf Ausländer kuriert, noch bekommt er einen neuen Job.«

Simo trank in aller Seelenruhe seinen Kaffee weiter.

»Er hat nie gelernt, Fremdes in der Gesellschaft zu tolerieren.«

»Er und seine Frau sind sehr christlich«, entgegnete ich.

»Gerade diejenigen, die sehr religiös erzogen wurden, haben selten Toleranz für Fremdes gelernt. Sie leben ihren Glauben, der für sie der einzig richtige ist, und haben keine Zeit und verspüren überhaupt keine Notwendigkeit, Fremdes und Neues kennen zu lernen. Sie sind sich ihrer Sache so sicher, dass sie glauben, in ihrem Inneren Platz für Aggression und Wut zu haben, um das Fremde zu verscheuchen. Aber damit erhöhen sie nur ihre Intoleranz und ihre eigene Unzufriedenheit mehr und mehr.«

»Und das ist wie ein Teufelskreis?«
Ich musste Simo diesen Ausdruck erst erklären. Aber er begriff schnell und bestätigte, dass er passte.
»Wie schön wäre es, wenn jeder den anderen in Frieden leben lassen würde«, meinte er abschließend.
»Ja, und jetzt?« Seine kurze Rede befriedigte meine Wut durchaus nicht.
»Warum willst du irgendwas tun? Ja, ich verstehe schon, du willst Ungleichheit ausgleichen und Gleiches mit Gleichem vergelten.
Es ist nicht schön, was er gemacht hat. Aber er wird ein schlechtes Gewissen haben, glaube mir.«
»Und das soll als Bestrafung reichen?«, fragte ich. Mein Wutfunken war zu einer faustgroßen Glutkugel angewachsen.
»Bestrafen ist allein Gottes Sache. Und was aus menschlicher Sicht nach Gerechtigkeit aussieht, ist es für Allah noch lange nicht.«
Dass er nun Gottes Macht ins Spiel gebracht hatte, zermürbte mich. Ich wurde schwach und sackte beinah ein wenig in mich zusammen. Er hatte Recht. Ich spürte, dass alle Wut in mir eigentlich nur Enttäuschung und Leid war, das in Tränen aufgelöst werden musste. Und dies konnte ich nur auf dem Bett der Liebe und Geborgenheit tun.
Ich konnte es nicht fassen.
Dazu hatte Gott mir einen Araber geschickt.

25

Bald bist du nicht mehr meine Mami, ne?«, meinte Doro eines Abends nach dem Zähneputzen.
Ich war geschockt. Was hatte sie denn jetzt?
»Wieso denn das?«, wollte ich wissen und warf die gerade zusammengelegten Handtücher achtlos beiseite.
»Ja, du bist dann nicht mehr meine Mutter. Das weiß ich schon«, entgegnete die Kleine und zog ihren Pyjama an.
»Woher weißt du das schon? Wer hat dir das denn gesagt?«, fragte ich empört.
»Simone. Sie weiß das von ihrer Oma.«
Simo hatte unser Gespräch anscheinend mitgehört und trat aus dem Flur näher zum Badezimmer.
»Aha«, machte ich erst nur. Tolle Oma.
»Wann ist denn bald?«, fragte ich und fasste mich ein wenig, als Simo seine Hände auf meine Schultern legte.
»Wenn Papa seine Freundin heiratet«, antwortete Doro schnell und verschwand in ihr Zimmer.
Wir gingen ihr nach. Die Kleine lag auf dem Boden und spielte mit ihren Playmobilkutschen.
»Heiratet dein Papa denn bald?«, fragte Simo für mich, der merkte, dass mich das Gespräch doch ein wenig mitgenommen hatte.
»Ja, nächsten Freitag. Jonas und ich dürfen mitfeiern und haben schon ganz tolle Sachen zum Anziehen gekriegt. Du bist nicht eingeladen«, sagte sie frech und schaute zu Simo hoch.
»Du kannst mitkommen, Mama, aber Papa meinte, du wolltest das wohl nicht.«

»Aha«, machte ich wieder und drehte mich um zur Küche. Einen kleinen Stich hatte mir diese Neuigkeit schon versetzt, aber jetzt war es gut.
»Früher oder später wäre es ja doch dazu gekommen«, sagte ich zu Simo, der mir in die Küche gefolgt war.
Er drückte mich an sich und entgegnete: »Tausende Menschen heiraten, jeden Tag. Lass ihm sein Leben, und du hast deins.«
»Ja, du hast Recht.«
Wie gut, dass ich nach dem Eintreffen des Rechtskraftvermerks für die Scheidung meinen Mädchennamen wieder angenommen hatte. Schreckliche Vorstellung, die Frau Nr. 2 zu sein, die in einer Wohnung die Kinder hegte, während die andere dick und fett im schönen Haus mit Garten und Terrasse residierte.
Wie hatte meine Oma nach der zweiten Heirat ihres geschiedenen Mannes das nur ertragen können, genauso zu heißen wie die neue, feurige, junge Blondine, die sich ihr Exmann, also mein Opa, geschnappt hatte? Na ja, das waren wohl auch andere Zeiten. Da war ein Namenswechsel, insbesondere mit Kindern, wohl nicht so einfach wie heute. Heute war alles möglich; sogar dass Mann und Mann die Ehe schlossen.
»Du musst deiner Tochter noch was dazu sagen«, ermahnte mich mein Freund.
Ich dachte kurz nach und ging dann entschlossen zurück in Doros Zimmer. Ich hockte mich zu ihr auf den Boden und sagte leise:
»Ich bleibe immer und ewig deine Mama, ganz egal was passiert.«
»Ich wusste es«, sagte sie erleichtert und spielte weiter.
An diesem Abend hatten wir noch über andere Dinge nachzudenken, denn heute kam meine Vermieterin, um die Nebenkosten des letzten Jahres abzurechnen und sich meinen Freund anzuschauen. Per Telefon hatte ich ihr mitgeteilt, dass dieser gerne bei mir einziehen wollte.
Meine Nachbarn von oben und unten klingelten pünktlich um halb neun an meiner Wohnungstür. Getränke lehnten beide Herren konse-

quent ab. Sie wollten wohl die finanzielle Sache so schnell wie möglich hinter sich bringen.

Simo begrüßte sie sehr freundlich und geleitete sie ins Wohnzimmer.

Jonas und Dorothee kamen selbstverständlich, beide noch hellwach, nachschauen, wer denn da gekommen war.

»Haben wir Gäste gekriegt?«, fragte Jonas mit einem Trecker in der Hand.

»Ja, einmal kurz gucken, dann geht's aber wieder ins Bett«, ermahnte ich sie.

Meine Nachbarn begrüßten die Kinder ganz kurz und sahen dann woanders hin, um ja keinen intensiveren Kontakt aufzunehmen.

Tatsächlich verschwanden die beiden schnell wieder in ihren Betten, als es noch einmal schellte. Kurz nachdem ich die Wohnungstür geöffnet hatte und meine Vermieterin im Flur erschien, huschten die zwei kleinen Geister auch wieder vorbei, um den nächsten Gast zu inspizieren.

Als die korpulente, etwa 65-jährige Frau meinen Freund erblickte, wollte sie erst ein wenig zurückweichen, was ihr die Tür im Rücken aber nicht ermöglichte. Es kostete sie erhebliche Überwindung, Simo die Hand zur Begrüßung hinzureichen. Er merkte das natürlich, doch führte er die Dame höflich ins Wohnzimmer, wo die anderen schon warteten.

Simo setzte sich frech und selbstbewusst neben meine Vermieterin aufs Sofa, die ihre Mappe mit den Mietunterlagen aufgeschlagen hatte. Für jeden von uns hatte sie die Nebenkostenabrechnung fertig aufgestellt und kassierte ab. Ich war erfreut, als ich anstatt einer Rechnung eine Gutschrift erhielt. Schließlich waren bei mir ja nur sechs Monate abzurechnen gewesen.

Auf die Frage, ob alles in Ordnung wäre oder Probleme bestünden, hatte mein Nachbar von unten verschiedene Mängel anzumelden von defektem Wohnungstürschloss über aufgeplatzte Fliesen in der Küche bis hin zu Schimmelbildung im Badezimmer, was schon so lange angemahnt wäre, seitdem sie in dieser Wohnung wohnten.

Die Vermieterin versuchte sich mit unterschiedlichen Ausreden herauszuwinden und meinte schließlich, man solle die Wände erst einmal überstreichen und vernünftig lüften. Mein Nachbar hielt es für angebrachter, zu einem späteren Zeitpunkt mit der Hauseigentümerin über das Problem zu sprechen.
»Ja, nun zu Ihnen.« Sie drehte sich nur leicht zu Simo um, ohne ihn direkt anzugucken. »Sie möchten also hier einziehen?« Ernst schob sie ihre Brille auf die Nase und tat, als ob sie in ihren Unterlagen etwas nachschaute. Aber da gab es keine Notiz: Wie werfe ich Ausländer raus!, oder vielleicht doch?
Mein Herz klopfte schneller.
»So ganz gefällt mir das nicht«, sagte sie ganz frei heraus.
»Tja«, sagte mein Nachbar von unten, »ich werd' dann mal wieder runtergehen. So weit ist ja alles geklärt.« Der große Mann stand vom Sofa auf, worauf sich mein Nachbar von oben gleich anschloss.
»Ich muss auch.«
Sie verabschiedeten sich hastig und waren bald im Treppenhaus verschwunden.
»Was machen Sie denn beruflich?«, wollte die alte Dame wissen. Dabei schaute sie Simo immer noch nicht direkt an.
»Ich bin Student.«
»Oha, na ja, die junge Frau hier ist grad allein,– mit zwei kleinen Kindern. Wer weiß, wie lange das gut geht.«
»Ich glaube nicht, dass Sie das etwas angeht«, mischte ich mich ein und spürte meinen Wutklumpen aufsteigen.
»Eine Garantie gibt es niemals«, entgegnete Simo ganz ruhig.
»Wenn das für Sie ein Problem darstellt, werden wir natürlich schnellstmöglich eine andere Wohnung suchen«, sagte ich ernst und versuchte nur stark, nicht wütend zu wirken. Es war nämlich bei diesem Mietpreis momentan sicherlich nicht einfach, einen neuen Mieter zu finden.
»Nun ja«, sagte sie, sichtlich unsicher geworden.
»Wenn Sie ein Problem damit haben, dass er Ausländer ist, sagen Sie

es ruhig«, forderte ich sie zum Zweikampf auf. Es musste einfach aus mir heraus.

»Nein, nein.« Ihr Gesicht veränderte sich krampfhaft. »Dann haben Sie ja Hilfe beim Rasenmähen, was?« Sie versuchte die Atmosphäre wieder etwas freundlicher zu gestalten. Aber Simo und ich lächelten nicht. Schließlich gab sie ihre Antihaltung zum Wohle des finanziellen Gewinns auf und notierte Simos Daten, ließ ihn auf dem Mietvertrag unterschreiben und verabschiedete sich kurz später mit den Worten: »Ein bisschen bleiben Sie aber noch hier wohnen, nech?«

In der Bürgschaftsangelegenheit für den Hauskredit hatte sich immer noch nichts getan. Einmal war der Bürge im Urlaub, dann musste erst eine Insolvenzsache bearbeitet werden, dann war der Bankleiter des Bürgen verhindert, dann versprach man mir Termine, die nicht eingehalten wurden. Es gab immer wieder einen neuen Hinhaltegrund.

Dafür bekam ich Post von meiner Bank. Ein nett anzusehender Bankauszug, der ein Kreditsoll von über 4000 Euro anzeigte. Weiter unten war in dicken Buchstaben die freundliche Aufforderung gedruckt, sämtliche Bank- und Kreditkarten sofort abzugeben.

›Super‹, dachte ich, solche Post bekam man doch gerne.

Ich wunderte mich über mich selbst, wie ruhig und gelassen ich blieb, meine Handtasche schulterte und zur Bank fuhr. Ich hatte Glück, dass der Leiter der Bank gerade für mich frei war.

»Ja, wir müssen Sie, als Kreditnehmerin, natürlich über den Stand auf dem Laufenden halten. Ihr Exmann war erst kürzlich mit seinem Arbeitgeber bei mir, um finanzielle Dinge für die neue Firma abzusprechen und versprach, die Rückstände baldmöglichst auszugleichen. Wenn wir natürlich zu lange warten müssen, leiten wir das Ganze weiter an die Hauptfiliale. Und die wird das Geld dann von Ihnen verlangen, versteht sich.«

›Ja, versteht sich wie von selbst‹, sagte ich tonlos böse.

»Wir hatten im Notarvertrag alles schön geklärt, dachten wir. Er bekommt das Haus, ich werde aus der Haft entlassen«, vertraute ich mich ihm an.

›Aber der Notarvertrag ist nichts wert, solange der Banker sagt: Is nich‹, schien er mir durch seine starren Augen sagen zu wollen.

Alles war halb so schlimm, versicherte mir mein Ex. Der Rückstand lag nur an der nicht gezahlten Eigenheimzulage, da er zwar im Haus wohnte, aber nicht der Eigentümer war, das war ja ich, und ich zwar die Eigentümerin, aber nicht dort wohnte, das tat ja er. Auch das würde bald geregelt sein.

Fragte sich nur, wann ein »bald« bei ihm eintreffen würde. Nächste Woche, nächstes Jahr oder wenn ich alle Schulden abbezahlt hatte?

Einige Tage später rief mich sein Bruder an. Er wollte wissen, weshalb ich denn so viel Ärger machen würde. Ich müsse verstehen, dass sein Bruder mit der Insolvenz schon genug am Hals hätte und nichts von heute auf morgen geregelt werden könne. Schließlich solle ich froh sein, regelmäßig Unterhalt für die Kinder zu bekommen.

»Den Unterhalt für die Kinder muss er rein gesetzlich bezahlen. Er soll froh sein, dass ich voll arbeite und er mich nicht noch unterstützen muss«, entgegnete ich energisch und spürte mein Blut in allen Adern pochen. Ich war stolz auf mich.

»Hast du denn in den Monaten der Trennung schon mal einen Cent für den Hauskredit bezahlen müssen?«, bohrte er weiter.

»Das wär' ja noch schöner: Die wohnen dort, kassieren die Miete von deinen Eltern und ich soll froh sein, für ihr vorteilhaftes Wohnen nicht noch bezahlen zu müssen?« Meine Stimme überschlug sich.

Ich war fassungslos und dachte an Julia: Blut ist dicker als Wasser.

Sie machten es sich eben so zurecht, wie sie es brauchten. Es machte keinen Sinn mehr, mit einem aus der Familie über diese Sache zu sprechen.

Ich wusste im Moment gar nicht, auf wen ich am meisten sauer sein sollte: auf meinen Ex, auf seine Freundin, auf Tobias, auf meinen Exschwager? Vielleicht sogar auf Simo, dessen Ruhe mich ab und an doch nervös machte?

Ein bisschen tat er mir auch Leid. Gerade jetzt, da er bei mir eingezogen war, drehten sich meine Gedanken gänzlich um meine Situation, hatte ich den Kopf selten frei für unsere Beziehung und unser gemeinsames neues Leben. Dabei ging es doch jetzt wieder auf den Frühling zu.

Mit finanzieller Ungewissheit und ewiger Existenzangst hatte ich viele Jahre meiner Ehe zugebracht. Das wollte ich nun einfach nicht mehr haben. Schließlich war der Notarvertrag bald ein Jahr alt, und meine Seite war immer noch nicht geregelt. Reichte es nicht, dass mein Mann mich belogen und betrogen hatte, in meinem Haus mit seiner Neuen wohnte und ich alles friedlich hingenommen hatte? Musste ich jetzt weiterhin alles demütig ertragen, nur weil er mal wieder geschlampt hatte?

Im Supermarkt traf ich Sylvana mit ihrem Freund Patrick und Melanie an der Fleischtheke. Sie hatten Größeres vor, so viel Fleisch wie sie verlangten.

Ich wollte sie gerade ansprechen, als ich von hinten angerufen wurde. »Hey Sara, wie geht's?« Gudrun kam in großen Schritten auf mich zu.

Ich drehte mich um und lächelte sie an. »Ganz gut. Und dir?«

»Auch gut. Komm mit.« Gudrun trabte munter auf ihre Freunde an der Fleischtheke zu. Da drehten sich alle zu mir um und begrüßten mich, nur so nett, dass man das Mitleid mit einer allein stehenden Frau noch heraushören konnte. Aber nach Simos Urteil bildete ich mir diesen Tonfall sicherlich nur ein.

»Wir machen heute Abend eine Einweihungs-Töpfer-Party. Wenn du Zeit und Lust hast, komm doch vorbei«, lud Gudrun mich ein.

»Unser neues Haus ist zwar noch nicht perfekt, aber für eine Einweihung reicht es schon«, grinste Sylvana angeberisch. Ich nahm die Herausforderung an.

»Ja, ich komme gerne.«

»Aber bitte ohne Kinder. Unser Haus ist nicht kinderfreundlich gestaltet«, ermahnte mich Sylvana barsch.
»Na klar, hatte ich auch nicht anders erwartet. Ihr habt ja schließlich keine.«
Sie nannten mir noch Adresse und Uhrzeit. Ich wusste natürlich, dass Sylvana mich heute Abend nur dulden würde, um mit ihrem neuen Haus anzugeben. Aber gerade das anzunehmen, dass andere es schöner, bequemer und geschmackvoller hatten als ich, wollte ich üben. Eine Stufe weiter, so Simo, würde bedeuten, sich wirklich und wahrhaftig über das Glück anderer zu freuen. Ein gutes Gefühl dabei zu haben, wenn es anderen gut ging. Das war die Kunst des friedlichen Lebens.
»Die Freundin von deinem Ex hat schon ganz schön Bauch, was?«, meinte Gudrun beiläufig und besah sich das große Fleischangebot.
Ein Stich wie mit einem Messer. »Wie Bauch?«, fragte ich und versuchte den Kloß im Hals hinunterzuschlucken.
»Ach, wusstest du das noch gar nicht, dass sie schwanger ist?«, fragte Gudrun verblüfft und hielt sich, ein wenig erschrocken, die Hand vor den Mund.
»Oh, ich dachte, das wüsstest du schon.«
»Nee, aber jetzt.«
Ich fasste mich wieder. Die Einschläge kamen immer dichter. Jetzt verstand ich auch, wieso das Thema Heirat plötzlich auf dem Tisch stand. Hoffentlich kamen Doro und Jonas gut damit klar.
»Da wird dein Ex demnächst nicht mehr so viel Zeit für deine Kinder haben, was?«
Ich brauchte erst mal Ruhe und verabschiedete mich schnell.
Ich kaufte nur frischen Aufschnitt, Quark und Milch ein und machte mich wieder auf den Nachhauseweg.
Während ich alle Einkaufswaren im Kühlschrank verstaute und Simo mich leidenschaftlich umarmte, fragte ich ihn, ob er heute Abend zum Babysitten bereit wäre. Ohne nachzudenken sagte er sofort ja.

»Das schaffe ich. Es dauert zwar ein bisschen, bis der Kleine wirklich im Bett bleibt. Aber ich werde ihm jeden Wunsch von den Augen ablesen, dann wird er schneller ruhig.« Seine Augen lachten mich an und versicherten mir, dass alles klappen würde.

Bevor ich Jacke und Schuhe angezogen hatte, klingelte mein Handy, was äußerst selten vorkam. Eher erschienen SMS-Mitteilungen.

Ich dachte sofort an meinen Ex, der vielleicht wirklich was regeln konnte. Aber es war Helmut, mein Tanzpartner, der anfragte, ob ich morgen mit ihm zum Tanztee kommen würde.

Simos Gesicht wurde sofort dunkel, als er mitbekam, wer am anderen Ende der Leitung mit mir sprach. Nur mit großer Überwindung ließ er mich noch jede Woche meinen Kurs machen, weil mir das Tanzen so viel Spaß bereitete. Helmut wusste zwar, dass ich nun einen festen Freund hatte, ließ aber das Baggern doch nicht völlig bleiben. Gott sei Dank stellte er mir im Anschluss an die nächste Tanzstunde seine neue Freundin vor. Blond, ziemlich dick, auf jeden Fall schon Mitte vierzig, sehr mütterlich. Sie würde ihn völlig in ihrem Schoß aufnehmen. So beschlossen wir, entgegen unserer Planung, keinen weiteren Kurs mehr gemeinsam zu tanzen. Das freute Simo natürlich genauso wie Helmuts Freundin.

Freundlich, aber bestimmt sagte ich ihm für morgen ab und vertröstete ihn auf die nächste Tanzstunde.

Die Kinder waren schon im Bett und ziemlich ruhig, als ich ging. Hoffentlich legten sie nicht noch richtig los, um Simo zu testen. Aber für alle Fälle war ich ja über mein Handy erreichbar und konnte in spätestens zehn Minuten zu Hause sein.

Noch im Auto schrieb ich eine SMS an Gitte:

Nachwuchs drüben im Anmarsch

Unerwartet schnell, da Gitte ihr Handy oftmals nicht zur Hand hatte, kam eine Antwort:

*wusst ich doch, die machen eine eigene Familie,
da haben deine Kinder nicht mehr viel verloren*

Auch Saskia prophezeite mir, dass der Kontakt meiner Kinder mit ihrem Vater immer weniger werden würde, was ich einfach nicht glauben wollte. Er liebte doch seine Kinder und würde immer ihr Vater bleiben, genauso wie ich immer und ewig ihre Mutter bleiben würde, egal wie oft er noch heiratete.

Als ich an diesem Abend nach Hause kam, unterhielt ich mich noch mit Simo darüber. Er spürte, dass auch diese Nachricht mich ein wenig mitgenommen hatte, und tröstete mich.

»Spätestens jetzt wird es Zeit«, meinte er ruhig, aber bestimmt, »dass du nur an dein eigenes Leben denkst. Die bauen sich ihre neue Zukunft auf und du tust das für dich. Und dein neues Leben kann nur schön werden, wenn du es willst. Du darfst dir nicht mehr für andere den Kopf zerbrechen. Was zählt, das sind deine Kinder und – ich natürlich.« Er grinste mich keck an. »Und zuallererst musst du selbst glücklich sein, sonst funktioniert gar nichts.« Er küsste mich auf Wangen und Stirn und drückte mich fest an sich. Wie gut das tat.

Das Haus von Sylvana und Patrick war rot verklinkert und riesengroß. Wie ich später erfuhr, betrug die Wohnfläche 220 m², das Grundstück insgesamt an die 1000 m², natürlich geerbt, so wie die meisten Einheimischen hier von Eltern, Tanten oder Großeltern erbten.

In einem riesigen Wohnzimmer mit Palmen und weinroten Vorhängen standen neben einer schwarzen Ledercouch mit zwei Sesseln noch drei Stehtische, hübsch dekoriert mit schwimmenden Blumen, und passend zu den Vorhängen steckten in silbernen Kerzenleuchtern weinrote Kerzen.

Die zweiflügelige Terrassentür stand weit offen und ließ einen Blick in den zwar beleuchteten Garten zu, aber die Dunkelheit hüllte ihn in grau-schwarze Kissen ein. Gut, dachte ich spontan, dass ich diesen bestimmt super angelegten Garten nicht ansehen musste. In letzter Zeit hatte ich doch vermehrt an meinen alten Garten denken müssen.

In einer kleinen Gruppe, mit Gudrun und ihrem Freund Daniel, führte uns unsere Gastgeberin stolz durchs Haus. Die Planung des Hauses war gut durchdacht, das muss ich zugeben, und die Zimmer großzügig und sehr geschmackvoll eingerichtet. Ein riesiger Balkon verband in der oberen Etage zwei Zimmer miteinander. Er war schön bepflanzt und mit leuchtenden Laternen dekoriert. Eine Rattan-Sitzgruppe lud zu einer gemütlichen Runde in der linken Ecke ein. Das war ein Balkon! Nicht so mickrig und fehlbesetzt wie meiner. Und alles würde so schön und ordentlich bleiben. Keine Kinder, die etwas kaputtrissen, beschmierten, zerbrachen, durcheinander brachten. Auf dem Fernsehsessel im Wohnzimmer und auf dem Lesesessel oben im Flur konnte man in aller Ruhe sitzen und sich entspannen, ohne von lärmendem Kindergeschrei hochgerissen zu werden. Ich träumte ein wenig vor mich hin, während die anderen die wunderschöne Buchentreppe wieder zu den restlichen Gästen hinuntergingen.

Ich fühlte mich von der Gesellschaft irgendwie betrogen: Kinder in die Welt setzen und dafür leben, war das das größte Ziel? Aber dass man dafür die eigene Persönlichkeit und Freiheit opfern sollte, fand ich gemein und ungerecht. Wieso hatte mir meine Familie nicht deutlich gemacht, was es für mich als Mutter bedeuten würde, Kinder großzuziehen? Jetzt hatte ich den Salat. Und nichts war mehr rückgängig zu machen! Ich war in eine Sackgasse gelaufen, aus der es kein Entrinnen mehr gab, gefangen in einer kleinen, spießigen Welt, in der man gar nicht wusste, was man in dieser Straße sollte.

Plötzlich sah ich mich selbst in diesem fremden Haus in dem gemütlichen Lesesessel sitzen. Winzig klein und unbedeutend kauerte ich da und in der Luft grinste beinah etwas über die klagenden Worte, die in kleinen farblosen Bildern im Raum herumschwebten.

Es würde immer Menschen geben, die es schöner, besser, angenehmer hatten als ich. Ich musste endlich mit diesem Konkurrenzdenken aufhören und mit dem zufrieden sein, was ich hatte.

Ich riss mich aus diesen Bildern los und stand aus dem Stuhl auf. Jeder richtet sich sein Leben selbst ein. Und ich wollte an der Zukunftseinrichtung mit Simo arbeiten.

Als ich wieder im Wohnzimmer angekommen war, präsentierte Gudrun gerade mit Melanie und Sylvana ihre Töpferarbeiten in einer Ecke. Sylvana und Melanie taten, als seien sie selbst Künstlerinnen dieser schönen, kreativen Arbeiten und deuteten hierhin und dorthin, um die Gäste zu begeistern. Viele verloren nach ein paar Blicken aber bald das Interesse. Nur sehr wenige kauften das ein oder andere Gefäß. Ich nahm auch Abstand von einem Kauf, obwohl mir ein paar Krüge und Schüsselchen gefielen. Aber ich wollte mir so wenig wie möglich anschaffen. Ich brauchte Platz und Luft zum Atmen.

An den Stehtischgesprächen beteiligte ich mich nur sporadisch, obwohl es diesmal nicht um Kinder und ihre Erziehung ging, sondern um Hausbau, Renovierung, Möbel und Dekorationen, Fabrikationsmarken und gute Beziehungen. Ich merkte, dass mich das Thema Haus mehr belastete, als ich gedacht hatte. Ich wollte endlich ein eigenes Heim für mich und meine Kinder haben.

Dafür plauderte ich ein wenig mit Daniel, der die nächste Reise nach Spanien plante und von mir alles über meinen Marokko-Trip erfahren wollte.

Daniel fand so eine Erlebnistour, wie ich sie mit Simo gemacht hatte, super. Das Gespräch baute mich wieder ein wenig auf. Trotzdem verabschiedete ich mich bald, nachdem ich kurz zu Hause angerufen und mich nach dem Rechten erkundigt hatte. Alles war in Ordnung, die Kinder schliefen ruhig.

26

Die Bankangestellte am Telefon stellte mich freundlich zu ihrem Chef durch, der mich mit sonorer Stimme begrüßte. Ohne zu atmen legte er gleich los.
»Ich muss Sie davon unterrichten, dass die Kreditzahlung im letzten Monat von Ihrem Exmann bisher noch nicht geleistet worden ist. Wir werden uns diese Woche noch einmal mit ihm in Verbindung setzen, damit er die Außenstände begleicht. Hat Ihr Exmann denn mittlerweile einen liquiden Bürgen gefunden?«
Mein Wutklumpen in mir pulsierte und wuchs mächtig an.
»Nein«, antwortete ich kurz.
»Ja, das ist auch momentan alles nicht so einfach. Sprechen Sie noch einmal mit ihm. Er braucht Druck zum Handeln. Und wenn er den von mehreren Seiten bekommt, desto besser.«
Ich versuchte meine Finger beschwörend zu krümmen und ihm und vor allem seiner Freundin Unheil zu schicken. Sollte sie doch bei der Geburt krepieren!
»Das ist nur 'ne kurze Verzögerung«, versuchte mein Ex mich am Telefon zu beruhigen. »Wir haben im Moment mit der Insolvenz andere Dinge zu erledigen.«
»Und ich soll jeden Tag Angst ausstehen, dass was schief geht und ich die ganzen Schulden am Hals habe?!«, schrie ich schrill in die Muschel.
»Ja, ja, man kann auch alles dramatisieren!«, schimpfte er zurück. Aber ich merkte, wie er sich und seine Stimme wieder unter Kontrolle brachte. »Du hast ja gehört, dass die wirtschaftliche Lage im Moment schlecht ist. Das Haus kriegen wir nicht verkauft. Zwangsversteigerung ist auch Blödsinn. Da bleibt nur abwarten.«

Mein Herz klopfte. Ich wollte sofort eine Lösung. Ich wollte nicht mehr einen Tag abwarten.

Doch Simo verhalf mir zu Geduld. Überstürztes Handeln oder irgendwelche Rachegelüste brachten mich nicht weiter. Im Gegenteil. Ich würde mich immer wieder nur neu aufregen und ärgern und schon mal gar nicht mein Ziel erreichen.

Mein Ex hatte mir versichert, dass in der nächsten Woche alles bei der Bank ausgeglichen sein würde. Diese Zeit wollte ich noch abwarten.

Bis auf einen Restwert von 1500 Euro wurden tatsächlich alle Kredite, mit einer Verzögerung von drei Tagen, bedient.

Trotzdem erlosch meine Racheglut noch immer nicht.

Saskia, die täglich mit mir telefonierte oder auf einen Cappuccino vorbeikam, meinte, ich hätte die natürliche Wut und Enttäuschung am Anfang der Trennung durch meinen Schock nur verdrängt. Durch einen winzig kleinen Auslöser war nun alles das da, was eigentlich zu Beginn hätte ausgelebt werden müssen.

»Aber ich will doch nur mein Recht, das, was wir per Notarvertrag vereinbart haben«, beteuerte ich und versuchte mich schön ruhig zu halten.

»Aber wenn das Recht im Moment nicht durchsetzbar ist?« Saskias Stimme war gewohnt ruhig und sanft.

»Das soll ich mir gefallen lassen?! Wie lange denn? Ich will mein eigenes Leben frei und unabhängig leben.« Meine Stimme war doch wieder lauter und verzweifelter geworden, als ich mir gewünscht hätte.

»Das ist auch richtig. Du darfst auch nicht aufhören, dein Recht zu fordern. Schließlich bist du ja auch für deine Kinder verantwortlich.«

Die Gespräche mit Saskia und Simo brachten mich gefühlsmäßig nicht weiter. Gitte stachelte mich an, zum Rechtsanwalt zu gehen. Schließlich hatte ich von Anfang an keine Vertretung für mich gehabt, die mich zu meinem Vorteil mit Bedacht beraten hätte.

Einen Abend fragte mich Simo, der geduldig die ganze Krise abwartete: »Darf ich dir eine Frage stellen?«
»Natürlich«, sagte ich monoton und legte die Fernsehzeitung beiseite, die ich mir neuerdings gönnte, aber kaum wirklich studierte.
»Du musst aber möglichst spontan antworten, ja?« Simo nahm meine Hand, schaute mit seinen dunkelbraunen Augen tief in meine blauen und fragte leise: »Was möchtest du im Augenblick wirklich?«
Ich brauchte nicht lange nachzudenken und konnte reflexartig antworten: »Eine Heimat.«
Simo senkte ein wenig seinen Kopf und bekam einen ernsthaften Gesichtsausdruck. Ich hätte gerne gewusst, was bei diesem Wort in seinem Kopf für Gedanken kreisten.
»Was bedeutet das Wort Heimat für dich?«, wollte er als Nächstes wissen.
»Das ist für mich ein eigener Ort, an dem ich mich wohl fühlen kann«, antwortete ich wieder schnell. Ich lehnte mich in meine Couchecke zurück und verschränkte die Arme vorm Körper.
»Warum tust du das jetzt?«, fragte Simo und deutete auf meine Verschränkung.
Ich blickte verwundert auf meine Hände hinunter und zuckte mit den Schultern.
»Du schützt dich unbewusst vor irgendwas. Wovor hast du denn Angst?« Simos Blick bohrte sich tief in mein Inneres.
Ich kam mir vor wie in einer Therapiesitzung. Doch spürte ich nun, dass ich tatsächlich kalt geworden war, ja geradezu vor Kälte fröstelte, obwohl der Raum angenehm warm war.
Ich zuckte nochmals mit den Schultern.
»Hach, du bist nicht ehrlich zu dir selbst. Machen wir anders weiter: Was brauchst du denn, um dich wohl zu fühlen?«
Darüber musste ich länger nachdenken. Erst vor wenigen Tagen hatte ich mit Saskia in ihrer Wohnung überlegt, woran wir überhaupt hängen, was wir für unser jetziges Leben unbedingt benötigen. Ich hatte

das Gefühl, an nichts zu hängen. Saskia meinte, im Moment brauche sie unbedingt ihr Internet und Versteigerungen bei *ebay*. Wir mussten beide etwas lachen.
Es klingt paradox, aber um mich von der Realität abzulenken, schrieb ich über sie. Nach dem Kapitel über Marokko kam die schlimme Geschichte mit der Pfändung dran. Ich durchlebte alle Panik und Sorge noch einmal, doch wusste ich nicht recht, ob meine Wut dadurch verebbte oder nicht noch angestachelt wurde.
Simo bestärkte mich im Schreiben wieder und wieder, was meinem Exmann nicht im Traum eingefallen wäre. Simo war meine Inspiration. Doch fiel ihm bald auf, dass sich meine Unzufriedenheit und Nachdenklichkeit auf meine Kinder übertrug. Sie waren launisch, unruhig und schwer zu bändigen. Mein neuer Partner brauchte viel Geduld und ein dickes Fell im Umgang mit den Kleinen. ›Du bist blöd‹ oder ›Du gehörst nicht zu uns‹ sowie diverses Piken und Kneifen und Boxen und Ignorieren ließ Simo sich alles gefallen, redete unablässig mit den Kindern über ihr Verhalten und machte immer wieder deutlich, dass er sie sehr gern mochte. Simo musste ein unerschöpfliches Reservoir an Verständnis in sich haben. Er hatte Verständnis für die Verarbeitungsprozesse der Kinder, Verständnis für meine Exschwiegereltern, die sich in ihrem Alter an eine neue Situation mit neuen Konstellationen und Personen gewöhnen mussten, Verständnis für meinen Exmann, der sicherlich einen schwierigen Weg mit viel Verantwortung beschritten hätte, dessen Kopf mit schlechtem Gewissen und Sorgen und Nöten belastet wäre. Er hatte auch immer wieder Verständnis für mich und meine schlechte Laune, für meine Ängste und dafür, dass ich ihn ganz schön vernachlässigte. Eines Abends, nachdem ich ein Gespräch mit Inge geführt hatte, hatte Simo alle Hände voll zu tun, mich zu beruhigen.
Ich war gerade dabei, die graue Mülltonne am Straßenrand für den Abtransport am nächsten Morgen zu postieren, als Inge auf ihrem Rad vorbeikam. Sie bremste sofort, als sie mich sah, und stieg einen Meter

vor mir ab. Sie trug eine bollerige Jeans und einen langen dunkelblauen Sweat-Pulli. Ihr Gesicht war wohl vor Anstrengung puterrot.
»Hallo«, begrüßte ich sie nett.
»Hallo, wie geht's?«, sagte sie neutral zurück. Ich spürte sofort, dass sie etwas auf dem Herzen hatte.
»Ganz gut. Warst du noch einkaufen?«
Ich rieb meine Hände aneinander, um etwaigen Mülltonnendreck zu entfernen.
Inge reagierte gar nicht auf meine Frage, sondern sagte, beinah provozierend: »Ich hab gehört, du hast wieder jemand?«
»Wie meinst du das?«, fragte ich und stemmte die Hände in die Hüften, bereit zum Rückschlag.
»Deine Nachbarin erzählte das neulich. Ein dunkler Typ. Das ist ja wohl kein Ausländer?« Inges Augen blitzten in der Dunkelheit auf.
Ich presste die Lippen aneinander und dachte an die »Attentate«, die Inges Mann in der Vergangenheit verübt hatte.
»Wohnt der etwa schon bei dir?«
Ich hatte das Gefühl, gar nicht antworten zu müssen, da die Nachbarschaft eh schon alles wusste.
»Mann, das ist für deine Kinder aber nicht gerade toll, was? Reicht das nicht, dass der Vater schon 'ne Neue hat?« Dies war gewiss eine rhetorische Frage, an sich selbst gerichtet, die eine Art Kurzverarbeitung ihrer eigenen Kindheit ausdrückte. Ich musste mich schwer beherrschen und versuchte die Wut immer wieder hinunterzuschlucken. Wie redete die überhaupt mit mir? Ich war doch kein kleines Kind mehr, dem man sagen musste, was es zu tun hatte und was nicht.
Nachdem sie sich noch eine Weile ausgelassen hatte, sagte ich nur kurz: »Ich glaube, ich muss selbst wissen, was für mich und meine Kinder das Beste ist. Hat Tobias schon einen neuen Job?«, versuchte ich auf ein anderes Thema überzuleiten.
»Nein, natürlich nicht. Solche ...«, sie deutete dabei nach oben zu mei-

ner Wohnung, »solche nehmen uns ja die Arbeitsplätze weg. Wie soll man da Arbeit bekommen?«
»Nun mal langsam«, entgegnete ich. »Man darf nichts verallgemeinern und einer Person, nur weil sie woanders geboren ist, alle Schuld in die Schuhe schieben, obwohl sie gar nichts dafür kann.« Ich konnte meine Wut nicht mehr bremsen.
»Deutschland ist voll mit Ausländern. Wo sollen die denn alle hin? Fahr mal auf den Markt. Da hörst du kaum noch unsere deutsche Sprache. Russen, Türken und Italiener bauen sich schöne Häuschen hier, Aussiedler kassieren Rente, obwohl sie nicht einen Pfennig bei uns eingezahlt haben.
»Aber das ist doch nicht die Schuld der Ausländer, dass sie in Deutschland so leben können«, erwiderte ich gereizt. Ich hatte meine Hände wieder aus den Hüften herausgenommen und fuchtelte damit wild in der Luft herum.
»Ja, ja, ich weiß, das ist die Schuld unserer Politiker«, entgegnete Inge bockig. Sie schien mein Argument mit einer hastigen Armbewegung verscheuchen zu wollen. »Würden die ganzen Ausländer nicht erst herkommen, hätten die Politiker keine Probleme damit und könnten ihre Arbeit für unser Land besser machen.«
Jetzt schoss es aus mir heraus: »Das ist aber immer noch kein Grund, Nägel vor einer Haustür auszustreuen, in die auch kleine Kinder treten könnten, und Fensterscheiben mit Steinen einzuschmeißen, nur weil man sauer und enttäuscht ist.«
Inge schien verwirrt. »Was hat das denn damit zu tun?«
»Da frag mal deinen Mann. Der kann dir bestimmt Auskunft darüber geben.« Damit drehte ich mich auf dem Absatz um und ließ Inge an der Mülltonne stehen.
Simo nahm mich gleich in die Arme, als ich zur Wohnungstür hereinkam. Er hatte sofort bemerkt, dass mit mir was geschehen war.
Als ich ihm von diesem Gespräch erzählte, wurde er kein bisschen wütend oder deprimiert, vielleicht ein bisschen ernst, da er meinen

Ausbruch für nicht angebracht hielt. Zwischen Inge und ihrem Mann würden sich so nur noch weitere Probleme ergeben. Simo hatte nur Mitleid mit Inge und Tobias, die eine schwere Krise zu meistern hatten.

Die letzte Tanzstunde hatte ich leider nicht richtig genießen können, da es mir doch Leid tat, mit der Tanzerei erst einmal aufzuhören. Am meisten und am besten hatte ich natürlich mit Helmut getanzt. Wir wollten trotz beiderseitiger Partner in Kontakt bleiben. Vielleicht besuchte man ja irgendwann einen Tanzkurs zu viert.

Annette unterhielt wie immer gut gelaunt die ganze Tanzgesellschaft und organisierte ausgelassen einen Kneipentreff am kommenden Samstag. Ich musste leider passen, da die Kinder bei mir sein würden.

Anne sah wie jeden Tanzabend traurig und müde aus. Zwar hatte sie seit kurzem wieder Arbeit gefunden und eine Stelle als Putzfrau angenommen, doch schien nichts sie aufmuntern zu können. Sie tat mir Leid. Ob sie wohl richtig depressiv war? Sah man dann so aus?

Wir tauschten unsere Telefonnummern und verabredeten uns zu einem Gespräch in der nächsten Woche. Sicherlich würden wir uns auch einmal besuchen. Wir wohnten ja nicht weit voneinander entfernt. Parallel zu dieser Verabredung wusste ich, dass dieser Kontakt mir in keiner Weise gut tun würde. Er würde mich hinunterziehen in dreckigen braunen Schlamm, der mich langsam aber sicher ersticken würde.

Ich hatte es nach der Tanzstunde eilig, zu Simo zurückzukehren, verabschiedete mit hastig von allen Tanzgenossen und auch von Helmut, der sichtlich enttäuscht davon war, und lief schnell zu meinem Golf. Bevor ich losfuhr, spähte ich noch einmal auf das Display meines Handys. O, eine SMS. Natürlich Saskia. Sie fragte in Kurzform, wie mein Tag gewesen wäre, und wollte Simo, mich und die Kinder morgen zum Essen einladen. Schöne Idee, dachte ich freudig.

Wie ich so durch die Dunkelheit fuhr, fiel mir auf einmal etwas traurig ein, dass ich gar nicht mitbekommen hatte, wie es Frühling geworden war. Am liebsten hätte ich jetzt die Sonne angeknipst, um die blühende

Natur zu genießen. Ich hatte sowieso das beklemmende Gefühl, dass es irgendwie viel zu dunkel war.
Sicher war draußen alles grün, saftgrün und in voller Blüte. Bestimmt bewegte der Wind ganz zärtlich einige Blätter, drückte sie an sich und gab sie wieder frei. Wo hast du so ähnliche Sätze schon mal gehört, lieber Leser? Na? Kommst du nicht drauf? Was? –Das ist dir gar nicht aufgefallen, dass es bekannte Wörter sein könnten? Sieh mal auf der ersten Seite des Romans nach. Vielleicht kommst du dann auch, intuitiv natürlich, darauf, wie alles weiter geht.
Auch in meiner Straße schien es dunkler zu sein als sonst. Ich kontrollierte nervös die Straßenlaternen, die aber alle hell und kräftig leuchteten. Ich fuhr mit einem merkwürdigen Gefühl langsam und bedächtig in meine Garage ein, wobei ich das Hofpflaster genauestens inspizierte, um nicht auf den nächsten »Anschlag« hereinzufallen. Vor einer neuen Attacke hatte ich weniger Angst, als dass mich die Wut packen würde. Mein Angstgefühl schien sich auf etwas anderes zu richten. Wenn ich nur gewusst hätte, auf was.
Ich schaltete das Licht meines Wagens aus und angelte meinen kleinen Rucksack vom Beifahrersitz. Ich stieg aus, verschloss die Tür und schob das Garagentor langsam zu. Als ich an der Haustür angelangt war, stellte ich fest, dass der Bewegungsmelder für die Außenlampe mal wieder außer Betrieb war. Es blieb stockdunkel, als ich vor der Haustür stand. Sicherlich war unsere Vermieterin hinsichtlich dieser Beschwerde auch außer Betrieb.
Es dauerte deshalb dementsprechend länger, bis der Schlüssel die Haustür aufschloss. Wie gewohnt schnellte meine Hand zum Lichtschalter. Aber auch hier gab's mal wieder kein Licht.
»So ein Mist«, flüsterte ich ärgerlich in den Hausflur. In diesem Moment fuhr gerade ein Auto auf der Straße vorbei und erhellte mit seinen Scheinwerfern kurzzeitig einen kleinen Teil des Flures. Das helle Licht der Scheinwerfer stieß an eine große, schwarze, unförmige Masse, die sich von der unteren Treppe langsam wabernd nach unten

bewegte. Nach unten. Nach unten zu mir. Ich wurde stocksteif, konnte nicht mehr atmen. Panik ergriff mich, aber ich war nicht in der Lage wegzurennen. Ich versuchte die Umrisse der Masse auszumachen, sie in eine Form zu pressen. Aber es war viel zu dunkel. Dann begann ich mich auf meine Ohren zu konzentrieren. Doch zuerst schaltete sich meine Nase ein, die mir einen Modergeruch meldete, bei dem ich mich hätte übergeben können. Ich musste hier weg, verdammt noch mal. Lauf doch, Sara, lauf!

Erst als ich ein schweres Atmen nur wenige Zentimeter vor mir vernahm, begannen meine Füße wie in Zeitlupe kleine, stockende Schlurfschritte nach hinten vorzunehmen. Als meine Füße die erste Stufe vor der Haustür hinuntergeglitten waren, erstaunlicherweise ohne sich zu verrenken, reagierte der Bewegungsmelder mit einem schwachem Licht. Das Schwarze im Hausflur nahm nun Gestalt an, was mir noch mehr Angst machte als vorher. Als erstes fielen mir die langen schwarzen Haare auf, die zerzaust und dreckig in allen Richtungen vom Kopf herunterhingen und das Gesicht fast völlig verdeckten. Unaufhaltsam kam die Gestalt näher, erreichte schon die Haustür, während ich mich in winzigen Schlurf- und Stolperschritten auf dem Rückzug befand.

Jeden Augenblick, dachte ich, musste meine Todesangst in hellen Wahnsinn überspringen. Ich versuchte Stufen zu gehen, wo keine waren, mich festzuhalten, wo es keinen Halt gab.

Als die Gestalt aus der Haustür getreten war, erhoben sich plötzlich ihre Arme, und lange, krumme Finger lugten unter dem viel zu weiten schwarzen Hemdsärmeln hervor. Die grauen Hände drehten sich geisterhaft um sich selbst und ließen die Finger daran zappeln wie winzige Fischchen auf der Flucht, die in wenigen Sekunden gefressen werden würden.

Dann, mit einem Ruck, der sich wie eine Druckwelle bis zu meinen Ohren und meinem Magen hin ausbreitete, krümmte sich das ganze Wesen vor mir, schien ein wenig an Schwarz zu verlieren und blasser zu werden, um sich dann hoch aufzurichten. Die zappelnden Fischchen verwandelten sich zu eisernen Stäben, die blitzartig die langen Haare vorm Gesicht ein wenig nach rechts und links auseinander schoben, als wenn ein Vorhang einer Bühne für eine Vorstellung geöffnet würde. Im schwachen Licht konnte ich ein verfallenes, entstelltes Mädchengesicht erkennen, das mich grimmig ansah. Mir schauderte. Dann richtete sich mein Blick auf die Finger, die mein ganzes Blickfeld einzunehmen schienen. Beschwörend und unheimlich führten sie akrobatische Bewegungen aus, von einem unverständlichen Zischen und Murmeln begleitet. Ich blickte panisch mal nach rechts, mal nach links neben mich, ob irgendwas geschah. Dann blickte ich an mir hinunter in der sicheren Eingebung, dass ich in dieser Minute verwandelt werden würde. In meine fürchterliche Angst mischte sich mehr und mehr ein Ekelgefühl. Ich zwang mich trotzdem weiter auf die Erscheinung zu blicken, die noch einen großen Schritt weiter auf mich zugekommen war. Ich kämpfte wie ein Löwe gegen eine drohende Ohnmacht an. Nur wenige Schritte hinter mir befand sich der Zaun des Nachbarn, der mir den Rückzug erschweren würde. Wenn ich schnell genug sein würde, könnte ich ihn überspringen und endlich davonlaufen, so schnell mich meine Beine trugen. Der Modergeruch wurde immer schlimmer und ich versuchte nicht mehr durch die Nase einzuatmen, wenn ich denn mal zwischendurch zum Atmen kam.

Ganz allmählich, aber für mich doch plötzlich, deutete die Gestalt mit beiden langen Zeigefingern auf den Boden. Da sich auch ihr Kopf ein wenig gesenkt hatte, waren alle Haarsträhnen wieder nach vorne gefallen und hatten das Gesicht erneut verdeckt.

Wie hypnotisiert kippte ich auf einmal nach vorne, als ob ich einem Befehl gehorchte. Um das Gleichgewicht zu halten, traten meine Füße vorsichtig nach vorne, sodass sich mein gesamter Körper schließlich vorwärts bewegte.

›Nein!‹, schrie mein Inneres, ›nur das nicht!‹ Aber es half nichts. Nach etwa zwei Schritten stießen meine Füße an etwas sehr Hartes, was auf keinen Fall die Modersträhnengestalt sein konnte. Ich konnte eine schwarze Kiste erkennen und wusste, dass ich dort hineinsteigen musste. Das unablässige Zischen und Murmeln schien meine Ohren zu betäuben. Und weil ich diesen Zustand nicht länger ertragen konnte, kletterte ich tatsächlich resigniert in die Kiste. Als ich mich zitternd hineingelegt hatte, sah ich links oberhalb von mir den Deckel zur Kiste, den Sargdeckel, der in wenigen Sekunden geschlossen werden würde. ›Nein!!‹, schrie ich voller Todesangst. ›Bitte nicht! Nein, bloß das nicht!!!‹

Mit einem lauten Knall fiel der Sargdeckel zu und hüllte mich in tiefe Dunkelheit, in der mein letzter Schrei dumpf verhallte.

Simo rüttelte mich heftig. »Wach auf, du hast geträumt. Wach auf.«
Ich wusste einige Minuten nicht, wo ich war, wer ich war, wann ich war, ob ich überhaupt war. Ich zitterte am ganzen Leib und atmete schwer. Simo holte mir Wasser und kochte mir einen starken Tee.
Es war schlimm und ängstigte mich noch sehr, aber ich musste Simo meinen Traum unbedingt schnell erzählen, bevor ich alles wieder vergessen hatte.
Seine erste Reaktion nach meiner Schilderung war: »Ah ja, der Film ›ring‹ hat dich ganz schön beeindruckt.« Simo pflegte gute Kontakte zu Freunden, die zu Hause oder in der Firma Kinofilme über ihre Rechner herunterluden. Einen Abend hatte er den Horrorfilm »ring« mitgebracht. Per Telefonanruf wurden die Opfer, die einen bestimmten Videofilm gesehen hatten, darüber informiert, dass sie binnen sieben Tagen sterben werden. Es ging dabei um ein merkwürdiges Mädchen mit langen, dunklen Haaren, das nie schlief und wohl von seiner Mutter in einen Brunnen geworfen worden war, damit sie es loswurde. Die genaueren, unheimlichen Hintergründe erfuhr der Zuschauer nicht, konnte sich höchstens aus leisen Andeutungen etwas zusammenreimen. Clever gemacht vom Filmproduzenten, für den Dreh eines zweiten Teils.

Zum Höhepunkt der Geschichte kriecht das eigentlich tote Mädchen Samara aus diesem Brunnen heraus und krabbelt schließlich aus dem Fernseher und zeigt dem nächsten Opfer ihr fürchterliches, vermodertes Gesicht. Dieses stirbt vor lauter Todesangst.
Simo hatte Recht, meine Traumszene erinnerte stark daran. Aber Informationen vom Unterbewusstsein per Traum waren niemals so oberflächlich zu deuten, sondern beinhalteten immer tiefer liegende Dinge, die es der träumenden Person mitteilen wollte.
Nachdem ich mich etwas beruhigt und einige Schluck Tee getrunken hatte, blätterte ich hastig in meinem Traumlexikon von *Georg Haddenbach* und erfuhr, dass das Erscheinen eines *hässlichen Gesichts* Leiden ankündigte. *Angst haben* heißt nach den alten Ägyptern, dass man mit sich selbst nicht ganz zufrieden ist, in der Tiefenpsychologie deutet sie auf Fehler hin, die man gern ungeschehen machen möchte. *Ekel* empfindet die Seele, wenn sie sich gegen eine im Bewusstsein ausgesprochene Äußerung oder ein falsches Handeln wehrt. *Geister* zeigen eine Verwirrung im Innenleben an und beweisen, dass wir leicht in Versuchung zu führen sind und einen etwas labilen Charakter haben. Und zum Schluss der *Sarg*. Eine Gänsehaut lief mir von oben bis unten den Körper hinunter bei dem Gedanken daran. Simo nahm meine zitternden Finger in seine Hand und rieb sie warm. Wenn der Sarg verschlossen ist, steht ein Abschied von einem Menschen oder auch von einer Lebenseinstellung bevor; es kann sich durchaus auch um eine Ehescheidung handeln. Sieht man sich selbst im Sarg liegen, – welch grausame Vorstellung! und fühlte sich noch immer so real an–, sollten wir die Vergangenheit vergessen und nur auf die Zukunft bauen.
»Na siehst du«, meinte Simo, als er alle Deutungen angehört hatte, »dein Unterbewusstsein und ich haben die gleiche Meinung. Lass alles Vergangene ruhen. Lass es los.« Er hob meine Hand in der seinen hoch und ließ sie herausgleiten. Im gleichen Augenblick hielt er seine andere Hand unter meine gerade losgelassene und schob sie hin und her, als ob sie frei und unbeschwert im Weltenraum schweben würde.

Energisch entwand ich meine Hand aus dem Weltall, die mittlerweile ziemlich warm geworden war, und sagte: »Aber wieso bin ich diesmal nicht im Flur die Treppen hinauf gegangen? Die Gestalt hat mich nach draußen getrieben. Kannst du dir vorstellen, was das bedeuten soll?«, fragte ich Simo, obwohl ich die Antwort schon parat hatte.

»Du wirst es mir sagen«, sagte er etwas verkniffen. Er mochte es durchaus nicht, wenn er mal etwas nicht wusste oder sich zumindest unsicher war.

Seit längerer Zeit kam mal wieder das Gefühl in mir auf, dass ich einen besonderen Partner hatte. Er war intelligent und kam aus Marokko, aus einer anderen Kultur, die mir näher rückte, weil ich ihn liebte.

Mein Gesicht nahm einen kecken Ausdruck an. Simo umarmte mich und flüsterte mir ins Ohr: »Ich liebe dich. Ich liebe dich ohne Ende.«

»Ich dich auch«, sagte ich nach einer kurzen Pause, wollte mir das »unendlich« aber noch für später aufsparen.

»Ich werde hier nicht mehr lange wohnen. Um mein neues Leben anzufangen, werde ich aus dieser Wohnung ausziehen«, sagte ich bestimmt, aber ein bisschen wie in einem Trancezustand.

»Aha, und wohin willst du ziehen?«, fragte Simo leise.

»In mein Haus.«

27

400 Euro brauchten wir mindestens für den monatlichen Haushalt, 200 Euro kostete die Leasingrate für meinen Golf, Versicherungen, Telefon, Strom, Wasser, Müll und Grundbesitzabgaben, DSL, Kindertagesstätte und Essensgeld, Musikschule, Sportverein, Zeitung, die Verpflichtung beim *Bertelsmann-Club* jedes Vierteljahr etwas zu kaufen, alles rechnete ich in diesen Tagen mehrfach durch und kam immer wieder zu demselben Ergebnis: Ich konnte es schaffen. Wenn ich im alten Haus einen Mieter hatte, konnte ich die monatlichen Kredite selbst bedienen und wusste, woran ich war.

Meine Aufregung wuchs, als ich beschloss, meinem Expartner diesen Vorschlag zu machen. Ich wollte das Haus übernehmen, die Schulden abbezahlen und dort wieder einziehen. Ich wollte für mich und meine Kinder eine Heimat schaffen, wo wir uns wirklich wohl fühlten, wo wir bleiben durften.

In der Nacht des 16. Mai saß Simo stumm weinend im Fernsehsessel. Als ich ihn tröstete und fragte, weshalb er denn weine, schluchzte er laut und mitleiderregend: »Terroranschlag. Da sieh hin. In Casablanca. Sieh, da waren wir.«

Ich schaute bestürzt zum Fernseher hinüber, wo die Nachrichten das neueste Ereignis gerade in lebhaften Bildern zeigten. 41 Tote und über 100 Verletzte, jetzt auch in Marokko. Zunächst vermutete man die *Al Kaida* dahinter. Seit dem 11. September 2001 war die Welt eine andere geworden. Erst später stellte sich heraus, dass es unter anderem mehrere Marokkaner und zwei Franzosen gewesen waren.

Simo weinte bitterlich um das Leid in seinem Land. Mehrmals wisperte er die Frage, wieso Menschen nur so grausam sein konnten.

Schon einen Tag später, nachdem er viel geschlafen und mit seiner Familie in Marokko telefoniert hatte, wirkte er wieder fröhlich und zufrieden und hielt mir einen Briefumschlag vor die Nase.

»Lass uns zu deinen Nachbarn Inge und Tobias hinübergehen.«

»Was? Wie bitte?« Ich glaubte, nicht richtig gehört zu haben.

»Du willst da rübergehen? In die Höhle des Löwen? Zu deinen Feinden?« Simo sah mich amüsiert an und nickte ohne ein Wort zu sagen.

»Was um alles in der Welt willst du denn da?«

Ich hatte Inge seit unserem letzten Gespräch weder gehört noch gesehen. Und das war wahrscheinlich für beide von uns besser so.

»Ich habe einen Brief für Tobias«, sagte Simo nach längerer Pause, die mich halb wahnsinnig gemacht hatte. Geduld war nicht meine Stärke.

»Komm, lass uns eben hingehen. Dauert auch nicht lange.« Er packte mich am Arm und zog mich zur Wohnungstür.

»Es geht nicht darum, ob es lang oder kurz dauert«, sagte ich garstig und riss mich aus der Umklammerung los.

»Jetzt sei nicht zickig. Vertrau mir einfach, okay?«

Seine liebe Stimme und meine Neugier ließen mich dann doch mitgehen, obwohl mir ziemlich mulmig zumute war.

An dem Sechsfamilienhaus angekommen, drückte ich auf die entsprechende Klingel, worauf kurz später eine dominante Stimme fragte: »Ja? Wer ist da?« Es war Inges Stimme.

»Ich bin's, Sara«, antwortete ich matt.

»Was willst du?«, fragte die Stimme grimmig durch den Lautsprecher.

»Ich hätte gern Tobias gesprochen.« Hoffentlich war er da. Ich hatte keine Lust, noch ein zweites Mal wiederkommen zu müssen. Dieses erste Mal war schon schlimm genug. Geradezu demütigend.

»Einen Moment«, sagte Inges Stimme.

»Widerlich, so angekrochen zu kommen«, flüsterte ich Simo zu.

Er reagierte gar nicht darauf, sondern wartete auf die Stimme von Tobias, die uns bald entgegenhallte.
»Was gibt's?«
»Hier ist Sara. Wir haben etwas für dich«, antwortete ich nett und war gespannt, was Tobias zu »wir« sagen würde.
Aber er schien diese Personalform im Plural gar nicht bemerkt zu haben und sagte: »Ich komme runter.«
»Ich dachte, wir dürften hochkommen. Aber zumindest hat er uns nicht weggeschickt«, bemerkte Simo leicht grinsend. Er schien mit menschlichen Verhaltensweisen zu spielen und sie auszuprobieren.
»Jetzt denke aber nicht, dass alle Deutschen so ungastlich sind.«
»Nein, das tue ich nicht. Ich bin kein Mensch von Vorurteilen.«
Da ging die Haustür auf und der bullige Tobias stand in voller Größe vor uns. Er war ziemlich verblüfft und trat unsicher von einem Fuß auf den anderen.
»Freu mich, Sie kennen zu lernen«, begann Simo höflich und verwirrte Tobias damit noch mehr. »Ich habe hier einen Brief für Sie von meinem Bekannten. Er hat vor einiger Zeit Ihren Job angetreten und dafür seinen alten gekündigt.«
Tobias schien erstaunt über Simos Aussprache und wusste gar nicht, wie ihm geschah, und ließ nur ein unverständliches Grummeln vernehmen.
»Dieser alte Job ist noch nicht wieder besetzt und nun möchte mein Bekannter dafür sorgen, dass Sie ihn erhalten. Sie scheinen der richtige Mann für diesen Posten zu sein. Nehmen Sie das Schreiben und setzen Sie sich mit dem Geschäftsführer in Verbindung. Es wird bestimmt klappen.«
»Wir drücken dir die Daumen«, hörte ich mich plötzlich sagen, mitgerissen von diesem schönen Gefühl, einem anderen Menschen etwas Gutes zu tun. Wie eine Marionette nahm er den Brief entgegen, winkte leicht mit der Hand und blieb stumm und starr in der Haustür stehen.
»Jetzt wird auf deinem Hof oder mit deinen Fensterscheiben nichts

mehr passieren. Das kannst du mir glauben«, sagte Simo triumphierend.
»Ja«, stammelte ich ergriffen. Das war die richtige Art, mit Menschen umzugehen, egal, ob sie mir gut oder böse gesinnt waren.

Am nächsten Tag fasste ich mir ein Herz und rief meinen Exmann an. Wieder erfand er irgendwelche Ausreden, warum der Rest der Außenstände noch nicht bezahlt war oder weshalb die Versicherungsangelegenheiten noch nicht geregelt waren oder warum sein Mitgesellschafter eine Bürgschaft noch hinausschieben musste.
Ich ließ alles an mir vorbeilaufen wie einen quer laufenden Wasserfall, den es in Wirklichkeit gar nicht gibt, weil er sich den Naturgesetzen nicht entziehen kann. Und so schaffte ich es, keine Wut zu verspüren, zumal ich ja diesmal auch einen Vorschlag zu machen hatte.
Ich machte ihm kurzerhand mein Angebot, ohne eine Spur von Pessimismus, der mich viele Jahre gepeinigt hatte: *Klappt sowieso nicht. Brauchst du gar nicht zu versuchen, Sara, ist eh zwecklos.*
»Was hältst du denn davon, wenn ich mit den Kindern wieder ins Haus einziehe und die Schulden übernehme?«
Schweigen am anderen Ende der Leitung. Dann ein kurzes Räuspern, ein leichtes, angetäuschtes Husten.
»Muss ich mal drüber nachdenken«, sagte er dann und dachte laut nach: »Sicher, du stehst sowieso schon im Grundbuch, die Kinder hätten ihr Zuhause wieder und wir könnten in die Nähe der neuen Firma ziehen.«
Ich war erstaunt. Mit solch kühlen, rationalen Argumenten hatte ich nicht gerechnet.
Aber für ihn fiel damit eine schwere Last ab, die zu den ganzen anderen Schulden Monat für Monat hinzukam. Am Wochenende, wenn er die Kinder holte, wollte er mir seine Entscheidung mitteilen.

»Ich muss mir keine schönen Sachen einpacken«, stieß Doro auf einmal hervor, während sie ihr Spielzeug für das kommende Papa-Wochenende zusammenpackte. Jonas war zur gleichen Zeit dabei, sein Zimmer auf Vordermann zu bringen. Das bedeutete für ihn, die gesamten Spielkisten mit Autos, *Bob-der-Baumeister*-Spielzeug und Playmobilfiguren auszuleeren. Zum Einräumen hatte er dann meistens keine Zeit mehr. Das war Muttersache.
»Was für schöne Sachen?«, fragte ich nach und legte die frisch gebügelte Kleidung von Doro in ihren Kleiderschrank.
»Ja, für die Hochzeit natürlich.« Sie sah mich mit großen Augen an.
»Ach so«, sagte ich schnell. »Ist die Hochzeit an diesem Wochenende?«, fragte ich nach. Ein klein wenig enttäuscht war ich schon, dass Doros Vater mir in unserem vernünftigen Telefonat nichts von der Hochzeit oder dem bevorstehenden Nachwuchs erzählt hatte. Aber so war er eben mal und nicht zu ändern.
Dorothee nickte eifrig mit dem Kopf. »Ja, die Hochzeit ist übermorgen. Und Papa hat mir ein tolles Kleid und neue Schuhe gekauft.«
»Schön«, sagte ich ehrlich.
»Kommst du nicht mit?«, fragte meine Tochter und versuchte unter größter Anstrengung ihren Spielzeugrucksack zuzubekommen.
»Nein, feiert ihr mal schön.«
Gott sei Dank wollte sie nicht nähere Beweggründe von mir wissen. Das Leben ging weiter. Unaufhaltsam. Entweder akzeptierte ich das oder ich konnte mich in einen Sarg legen und den Deckel mit einem lauten Knall zufallen lassen.
Als mein Ex in der Tür erschien, verströmte er große Unruhe. Sein Leben mahnte ihn zur Eile. Ganz beiläufig berichtete er mir, dass er seine Entscheidung wegen der Haussache auf den Wochenanfang verschieben wollte, und beeilte sich, das Gepäck und seine Kinder im Wagen unten zu verstauen. Ich wünschte ihnen ein schönes Wochenende und eine tolle Feier. Mein Ex blickte kurz auf, bedankte sich und weg waren sie und ich so schlau wie vorher. Doch ich zwang mich zur

Ruhe und Geduld. *Was lange währt, wird endlich gut,* pflegte meine Oma zu sagen. Simo trichterte mir das ganze Wochenende ein, dass ich bloß keine negativen Gedanken zulassen sollte. Mein Ex würde sich in jedem Fall für das Lastabwerfen entscheiden. Dessen war er sich sicher.

Ich rechnete Stunde für Stunde meine Ein- und Ausgaben zusammen und redete mir immer wieder Mut zu. ›Nur keine Angst. Was du wirklich willst, schaffst du schon.‹

Simo bestätigte mich noch dadurch, dass er mir immer wieder sagte, ich sei nicht allein. Er würde mir helfen, so gut er konnte, und sicherlich bald, parallel zum Studium, gut verdienen.

Wir hatten ernsthaft über unsere Zukunft gesprochen, und er hatte mir ernsthaft versichert, dass er keine Probleme haben würde, mit mir und den Kindern in dieses Haus zu ziehen. Er würde dahin gehen, wo ich hinging.

Hm, nach Marokko wäre ich meiner Liebe nicht gefolgt, ehrlich gesagt. Ich hatte den Monat Mai schon einmal finanziell so ausprobiert, als ob ich die Belastungen fürs Haus hätte tragen müssen. Ich musste zwar nun auf meine Ausgaben gucken und konnte auch nicht einfach unnütze Dinge kaufen, aber es reichte aus.

Ich musste das Risiko einfach eingehen.

Am Dienstagmorgen erwischte mein Ex mich gerade in der Schulpause über mein Handy und teilte mir mit, dass er zunächst einmal versuchte, einen Termin mit dem Bankleiter wegen der Haussache zu machen. Am späten Nachmittag stellte sich heraus, dass der nette Banker leider erkrankt war und uns erst wieder in zwei Wochen mit Rat und Tat zur Seite stehen würde.

Da half kein Heulen und Klagen. Zeit konnte sich ziehen wie Gummi oder rasen wie ein Überschallflugzeug. Merkwürdig.

Diese zwei Gummiwochen überstanden, gab es die nächste Geduldsprobe für mich. Mein Ex musste überraschend zu einem Lehrgang nach Sachsen-Anhalt. Das kam ihm selber sehr ungelegen, da bald der Ter-

min für die Geburt seines dritten Kindes heran rückte. In diesem Zusammenhang informierte er mich auch darüber.
Als er das Gespräch wieder schnell beenden wollte, fragte ich: »Ganz abgesehen vom Bankgespräch: Habt ihr denn eigentlich eine Entscheidung getroffen?« Ich bewunderte meine Ruhe.
»Ja, wir sehen, was der Banker sagt.« Das war so eine typische »Jein-Antwort«, die er besonders gut beherrschte.
Und so kam es, dass das Baby eher auf der Welt war als meine Zukunftsentscheidung. Als er meine Kinder anrief, um sie von der Ankunft ihrer Halbschwester zu unterrichten, ließ ich mir von Jonas das Telefon rüberreichen und sagte: »Herzlichen Glückwunsch. Alles Gute für euch. Bring doch am Wochenende das Kleine mal mit.«
»Ja?«, fragte er ungläubig.
Ich fühlte keinen Hass aufsteigen, keine Wut, keine Eifersucht, nichts. Innerlich jubelte ich. Ich hatte es geschafft!
›Mein Blick senkte sich auf den Boden der Gartenterrasse, die übersät war von Blütenteilen, eingerollten Blättern und allerhand Naturresten, die der Wind besonders in die Ecken trieb. Die vielen Blumen und Rankpflanzen würden eine schöne Arbeit für mich sein. Ihre Naturpracht würde mir Schutz und Geborgenheit spenden ... Herrliche Sonnenblumen, Terrakotta-Töpfe mit Oleander und Engelstrompete, die schützenden Zypressen rund um den Garten ...‹ (Vergleiche, lieber Leser, bitte die Anfangsseiten dieses Romans!). Wie sich die Sichtweise ändern konnte. Was ich ein Jahr zuvor als Belastung und Beengung empfunden hatte, kam mir jetzt wie eine schöne, schützende Welt vor.

Simo und ich standen auf meinem kleinen Balkon, auf dem uns noch immer kein Stuhl Platz bot, und sogen die frische Juniluft ein.
Vor einem Jahr hatte ich hier mit Saskia gestanden und sehnsüchtig die Sonne des Südens gesucht. Wie schnell die Zeit vergangen war. Und wie das Schicksal seine Lebenslinien zog.

Wir lehnten uns über das Geländer und Simo zog mich dicht an sich heran.
»Du hast gesagt, du suchst eine Heimat«, begann er tiefsinnig.
»Ja«, antwortete ich kurz. Worauf mochte er nun wohl hinaus wollen?
»Du hast gesagt, du wirst Schutz und Geborgenheit bekommen.«
»Ja«, antwortete ich noch einmal.
»Ich freue mich auf unsere gemeinsame Zukunft. Dazu möchte ich dir noch etwas sagen.«
»Ja?«, sagte ich jetzt fragend, immer noch grübelnd, was er vorhatte.
»Ich liebe dich wie du bist, mit all deinen kleinen Fehlern, mit deiner Lebensgeschichte, mit deinen Vorzügen und Hobbys. Aber ich möchte, dass du das nie vergisst:
›*Das Paradies liegt am Fuße der Mutter.*‹«
Mein Gesicht wurde nachdenklich und ernst. Seines auch, denn er hoffte, dass ich die richtige Deutung dieser Aussage schnell treffen würde.
»Ja, du hast Recht«, säuselte ich im Einklang mit dem leichten Wind, der den Sommer anzukündigen schien.
Simo fühlte, dass ich ihn verstanden hatte. Trotzdem sagte er: »Du kannst Häuser, Möbel, Fernseher, Computer, Autos haben so viel wie du willst. Das Paradies wird dir erst begegnen, wenn du eine ganz intensive Verbindung – mit allen Lasten und Beschwerden – zu einem Menschen aufbauen kannst. Und es gibt nichts Paradiesischeres, als wenn man dies bei den eigenen Kindern tun kann – in Liebe, die alles erträgt.«
Er schaute mir fest in die Augen, die mir sagten: ›Kümmere dich um deine Kinder. Sie sind ein Teil der Energie des gesamten Universums, der ganzen Unendlichkeit, die mit dir verbunden ist.‹